寻路全历程

● 大型史诗电视剧《寻路》全记录

中共天津市委宣传部　天津广播电视台/编著

天津出版传媒集团
百花文艺出版社

图书在版编目（CIP）数据

《寻路》全历程 / 中共天津市委宣传部，天津广播电视台编著. -- 天津：百花文艺出版社，2014.7
ISBN 978-7-5306-6461-2

Ⅰ. ①寻… Ⅱ. ①中… ②天… Ⅲ. ①史诗剧-戏剧评论-中国-当代 Ⅳ. ①I207.3

中国版本图书馆 CIP 数据核字(2014)第 143130 号

选题策划：韩铁梅　　**装帧设计**：郭亚红
责任编辑：韩铁梅　　**责任校对**：曾玺静

出版人：李华敏
出版发行：百花文艺出版社
地址：天津市和平区西康路 35 号　**邮编**：300051
电话传真：+86-22-23332651（发行部）
+86-22-23332656（总编室）
+86-22-23332478（邮购部）
主页：http://www.bhpubl.com.cn
印刷：天津市银博印刷技术发展有限公司
开本：787×1092 毫米　1/16
字数：220 千字　**图数**：322　**插页**：2
印张：32
版次：2014 年7 月第1 版
印次：2014 年7 月第1 次印刷
定价：76.00元

中共天津市委宣传部、中央电视台、天津广播电视台联合出品

电视连续剧《寻路》是继《解放》《辛亥革命》之后，中共天津市委宣传部、天津广播电视台推出的又一部重大革命历史题材作品。

毛泽东诗词《采桑子·重阳》手迹

大型史诗电视剧《寻路》
2013 年 6 月 18 日中央电视台综合频道 CCTV-1 黄金档首播

电视剧《寻路》海报

刊登于《人民日报》《光明日报》《北京晚报》
《北京青年报》《新京报》《中国电视报》

2012年9月21日，总策划肖怀远、总顾问逄先知、
总出品人成其圣共同为《寻路》开机揭幕

目　录

·深度解读

·媒体反响

赏　评

专　访

评　论

报　道

图 说

追寻中华民族伟大复兴之路
——写在电视剧《寻路》开播之际
（代　序）

肖怀远

经过创作团队三年多的不懈努力，在中国共产党建党纪念日前夕，在继《解放》《辛亥革命》之后，我们把与著名作家王朝柱合作的第三部革命历史题材电视剧《寻路》奉献给全国观众，心里感到十分欣慰。

《寻路》秉持严肃认真的创作态度，严格尊重历史真实，以广阔的视角、宏大的叙事，全景式讲述了1927年大革命失败后，以毛泽东为代表的一代中国共产党人在中国革命的重大历史关头，坚持从实际出发，把马克思主义普遍原理与中国革命的具体实践相结合，历经艰险，大胆探索，在革命根据地的艰苦斗争中，成功地走出了一条“农村包围城市，武装夺取政权”的光明道路。热情赞颂了毛泽东、周恩来、朱德等老一辈革命家为了探寻中国革命正确之路而浴血奋斗的坚强意志和远见卓识，深情讴歌了一大批革命先烈为了革命事业甘愿抛头颅洒热血的豪情壮志与牺牲精神，对教条主义、宗派主义以及腐化堕落、叛党变节分子进行了有力的鞭挞和批判。

总策划肖怀远与编剧王朝柱、出品人万克
在《寻路》拍摄现场

2012年11月，习近平总书记在参观《复兴之路》展览时，深情阐述“中国梦”。他说：“全党同志必须牢记，道路决定命运，找到一条正确的道路多么不容易，我们必须坚定不移走下去。”此时，《寻路》正在赣南外景地紧张拍摄，大家学习总书记重要讲话，思索《寻路》的创作历程，感到无比亲切。从一定意义上说，中国共产党的历史，就是一部历经艰难曲折、带领中华民族走向伟大复兴的寻路历史。

《寻路》的主题，具有强烈的现实意义和深远的历史意义

在中国共产党92年的征程中，1927年至1932年这段历史重要而特殊。由于蒋介石、汪精卫相继背叛革命，轰轰烈烈的大革命运动失败，中国革命陷入低潮，中国共产党遭受了建党以来最严重的损失，这

也促使中国共产党人开始认真思索失败的原因。对于这个原因,毛泽东同志在12年后所作的《〈共产党人〉发刊词》中进行了系统总结。他说:“这时的党终究还是幼年的党,是在统一战线、武装斗争和党的建设三个基本问题上都没有经验的党,是对于中国的历史状况和社会状况、中国革命的特点、中国革命的规律都懂得不多的党,是对于马克思列宁主义的理论和中国革命的实践还没有完整的、统一的了解的党。”“由于没有经验,缺乏深刻的革命认识,还不善于将马克思列宁主义的理论和中国革命的实践相结合。”(《毛泽东选集》第二卷,第610—611页)《寻路》的故事,就是在这样的历史背景下展开的。

《寻路》严格按照历史的真实脉络,形象地描述了中国共产党人对中国革命道路进行艰难探索的过程。从文家市决定转兵到敌人统治力量薄弱的农村和山区,寻找落脚点,保存革命力量,到井冈山时期对根据地建设经验和教训的总结,毛泽东提出了工农武装割据的思想;从三湾改编到古田会议,毛泽东在长期的战斗和实践中,系统地总结了胜利的经验和失败的教训,提出了人民军队建设的一系列重要思想和原则,确定了党领导的新型人民军队的建设纲领;在与“左”倾盲动主义、冒险主义和以城市暴动为主要途径等不符合中国革命实际的错误做法斗争的过程中,以毛泽东为主要代表的中国共产党人系统提出了在农村建立根据地,以农村包围城市、武装夺取政权的中国革命道路,是马克思主义理论与中国实际相结合的典范。这样一个过程,深刻揭示了历史为什么选择中国共产党、共产党为什么选择毛泽东、中国革命为什么选择农村包围城市道路的历史必然。

道路问题是关系党的事业兴衰成败的关键问题,道路就是党的生命。《寻路》将这段峥嵘岁月用最大众化的电视手段进行艺术再现,将波澜壮阔的革命历程写成一部生动形象的历史教科书,可以让广大观众更加全面深刻地了解认识中国革命的艰难曲折,并从一大批革命先烈可歌可泣的辉煌业绩中受到心灵的震撼和精神的洗礼;可以激发广大人民群众更加坚定中国共产党的领导,坚持中国特色社会主义道路的信念和决心，给人以思想的鼓舞。《寻路》从历史发展规律的角度告诉人们，要发展中国，实现中华民族的伟大复兴，不能照搬西方之路，只有探寻符合中国国情的中国特色社会主义道路，才能真正实现“中国梦”。

《寻路》塑造了一大批血肉丰满、栩栩如生的艺术形象

剧作秉承“大事不虚、小事不拘”的重大革命历史题材创作原则，真实再现了国共双方有名有姓的历史人物超过百人，尤其可贵的是将革命领袖的成长过程，置于中国革命的历史节点，在回答“中国革命向何处去”的历史命题中，展现了中国共产党人的信仰、追求、品格和风采。

作品成功塑造了年轻的革命领袖毛泽东的光辉形象，其高瞻远瞩的雄才大略既体现在他对中国国情的深刻体察与独立思考，又体现在他对农民问题在中国革命中重要地位和无产阶级领导农民斗争极端重要性的正确认识。他与党内“城市中心论”的教条主义、宗派主义进行了坚决斗争。毛泽东的超人胆识和绝不盲从的气质特点，给人留下了极其深刻的印象。毛泽东实事求是、敢闯新路的政治品格，今天仍然是我们建设中国特色社会主义的思想武器和精神力量。在毛泽东同志诞辰120周年即将来临之际，《寻路》的播出也是对一代伟人的最好纪念。

剧中还感人至深地塑造了一批老一辈革命家形象，周恩来的坚定沉着、披肝沥胆，朱德的厚德载物、长者风范，陈赓的胆大心细、机智果敢等，都被表现得淋漓尽致。另外，一批为理想、为革命英勇牺牲的先烈的英雄群像也被刻画得栩栩如生，像蔡和森、恽代英、彭湃、罗亦农、王尔琢、陈乔年、陈铁军、周文雍、郭亮、杨匏安……这些人物都在剧中有精彩描述，让后来的共产党员高山仰止、无限崇敬。他们性格各异，但救国救民的共同信仰，使他们矢志不渝地追求革命真理；他们生活

的道路不同，但为革命抛头颅洒热血的大无畏献身精神，感人肺腑、催人泪下。尽管时代变了、社会进步了，但他们的精神和信仰，仍是今天共产党人的楷模。

同样可以给党的建设以警示和借鉴的，是顾顺章、向忠发、白鑫、苏先骏等叛徒形象。他们带着各种目的加入共产党，有的还在党内担任重要职务，却因没有确立坚定的理想信念，贪图享受，生活腐化，在革命处于低潮时期，在个人利益与党的要求发生冲突之时，在生死考验面前，可耻地背叛理想，出卖同志，危害革命。

习近平总书记在十八届中共中央政治局第一次集体学习时的讲话中深刻指出："理想信念就是共产党人精神上的'钙'，没有理想信念，理想信念不坚定，精神上就会'缺钙'，就会得'软骨病'。"无论面临生死考验，还是面对利益诱惑，党员、干部的价值选择，根本取决于其理想信

总策划肖怀远、总出品人成其圣与毛泽东的扮演者许铂岑亲切交谈

念的纯洁坚定，取决于他“精神钙质”的含量。《寻路》通过正反两个方面的形象塑造启示我们：我们党要保持马克思主义政党的先进性，就必须坚持党要管党、从严治党，增强党的自我净化、自我完善、自我革新、自我提高的能力，保持党在思想上、组织上、作风上的纯洁。剧作形象展示的正是中国共产党九十多年自身建设的经验结晶。

《寻路》所揭示的中国革命正确道路，今天依然给我们以重要启示

“农村包围城市，武装夺取政权”这条革命新道路的开辟，无论在中国革命史上，还是在马克思列宁主义、毛泽东思想发展史上都具有十分重要的意义。开辟这一道路，实现了中国革命由城市转向农村的历史性转变，保存和发展了革命力量，使革命形势逐渐走出低谷；开辟这一道路，揭示了中国革命发展的规律，指导中国共产党和党领导的人民军队从小到大、从弱到强、从局部执政到中华人民共和国建立；开辟这一道路，丰富和发展了马克思主义关于暴力革命的学说，为国际共产主义运动提供了理论和实践两个方面的重要经验。

《寻路》的播出，有助于我们进一步解放思想、与时俱进、深化改革。中国特色社会主义是中国共产党和中国人民九十多年奋斗、创造、积累的成就，我们必须倍加珍惜、始终坚持、不断发展。要发展就要寻路。我们需要清醒地看到，中国特色社会主义事业取得了伟大的成就，但发展中不平衡、不协调、不可持续的问题依然突出，制约科学发展的体制机制障碍依然较多，深化改革开放和转变经济发展方式的任务依然艰巨。只有不断探索和把握中国特色社会主义的发展规律，永葆党的生机和活力，才能奋力开创中国特色社会主义更加广阔的发展前景。

《寻路》的播出，有助于我们进一步坚定共产主义的理想信念。当前，我们的党员干部队伍中少数人理想信念动摇，宗旨意识淡薄，形式主义、官僚主义和奢侈浪费现象比较严重，一些领域消极腐败现象易

《寻路》导演刘娟向总策划肖怀远、出品人万克、编剧王朝柱介绍拍摄情况

发多发，反腐败斗争形势依然严峻。我们必须结合新的时代条件，继承和发扬党在革命战争时期形成的光荣革命传统和革命精神，包括《寻路》中所再现的井冈山精神——坚定信念、艰苦奋斗，实事求是、敢闯新路，依靠群众、勇于胜利。结合时代的发展，结合党的历史任务的变化，在建设中国特色社会主义的伟大实践中，使之放射出新的光芒，这是《寻路》留给我们的有益启示和深刻思考。

（作者系天津市人大常委会主任
电视剧《寻路》总策划
本文原载于2013年6月20日《人民日报》）

问苍茫大地　谁主沉浮

• 创作心得

在看望参加电视剧《寻路》座谈研讨会专家学者时的讲话

成其圣

刚才，认真聆听了各位专家学者的发言，大家就大型史诗电视连续剧《寻路》的主题立意、思想内涵、艺术特色等，从不同角度进行解读分析，我很受启发，很受教育。《寻路》从选题策划到剧本创作、从拍摄制作到审查播出，始终得到了各级领导的亲切关怀，始终得到了方方面面的鼎力支持。这其中也包括在座各位专家学者的关心和帮助。参加今天座谈会的很多专家老师都曾认真审读过剧本、审看过片子，为该剧的成功付出了心血，做出了贡献。在此，我代表天津市委、天津市委宣传部向各级领导、各位专家对《寻路》的关心支持表示衷心的感谢！

《寻路》是在肖怀远同志的亲自策划和直接指挥下，由天津市委宣传部、天津广播电视台制作出品的又一部重大革命历史题材电视剧。这也是我们和王朝柱老师合作推出的第三部作品。这部电视剧严格尊重历史史实，以广阔的视角、宏大的叙事，全景式讲述了1927年大革命失败后，以毛泽东为代表的中国共产党人，在中国革命的

中共天津市委常委、市委宣传部部长
电视剧《寻路》总出品人成其圣出席开机仪式

重大历史转折关头，坚持从实际出发，于艰苦逆境中奋斗求索，历经千难万险，终于为中国革命闯出了“农村包围城市，武装夺取政权”这一条前人从未走过、其他国家更没有先例的伟大胜利之路。该剧还真实表现了周恩来等在上海建立隐蔽战线，与反动派展开殊死较量，坚持革命斗争的生动内容。《寻路》热情讴歌了毛泽东、朱德、周恩来等老一辈革命家为了探寻中国革命正确之路浴血奋斗、矢志不渝的革命理想信念和坚韧顽强意志，深情赞颂了陈铁军、周文雍、陈乔年、恽代英、杨匏安、蔡和森等一大批先烈英雄为了革命事业甘愿抛头颅洒热血的大无畏牺牲精神，对教条主义、宗派主义以及腐化堕落、叛党变节分子进行了有力地鞭挞批判。

现在，这部电视剧已在中央电视台一套黄金时间播出，并且取得了较好的收视率，受到了领导专家和广大观众的欢迎好评，我们备感欣慰。在纪念中国共产党成立92周年、毛泽东同志诞辰120周年之际，在我们党团结带领全国各族人民为实现中华民族伟大复兴的中国梦而努力奋斗之时，推出这样一部作品，具有特殊重要的意义。该剧的制作播出，彰显了优秀文艺作品的价值，体现了我们的责任。在这里，我有几点体会和大家共同交流。

《寻路》是一部鉴往知今的历史教科书

《寻路》是继《解放》《辛亥革命》之后，我市创作推出的又一部重大革命历史题材电视剧。在历时三年的创作过程中，我们始终秉持着高度的责任感和使命感，将拍摄制作该剧作为全市文艺创作的重中之重，要求剧组以对历史负责的严谨态度投入创作，坚持“大事不虚，小事不拘”，树立精品意识，实施精品战略，全力奉献出一部思想性、艺术性和观赏性俱佳的精品力作，展现出中国共产党不平凡的艰辛探索历程，激励人民群众不断奋勇前行。

从一定意义上说，中国共产党九十余年的奋斗历程，就是不断寻路的辉煌历史。中国共产党自诞生以来，为探寻中国革命正确之路前仆后继，用鲜血铺就了一条壮丽的红色之路。从1927年“四·一二”大屠杀到1932年宁都会议，短短的5年间，尚处在幼年时期的中国共产党遭受了建党以来最严重的损失，中国革命陷入低潮。中国共产党开始认真思索失败的原因，毛泽东和他的战友们坚持从中国革命实际出发，历经艰难困苦，最终找到了一条“农村包围城市，武装夺取政权”的胜利之路。电视剧《寻路》所表现的是中国共产党漫长的探寻中国革命之路中的一段。这是一章特殊而重要的历史，这是一笔宝贵的精神财富。

毛泽东提出攻打漳州的军事主张，获得一致通过(剧照)

知党才能爱党，知史方能爱国。该剧将波澜壮阔的革命历程写就成一部生动形象的历史教科书，将一系列重大历史事件和历史人物描摹出一幅宏伟的风云画卷，用最大众化的电视艺术手段真实再现了那段峥嵘岁月，让广大观众更加清楚地了解了那段不平凡的历史，更加全面深刻地认识了中国革命的艰难曲折。重温中国共产党那段艰苦卓绝、惊心动魄的“寻路”史，将使人民群众特别是年轻一代了解历史、牢记历史，透过革命道路的坎坷与艰辛，感受老一辈革命家不懈奋斗的坚定信念和实事求是的革命传统，从而增强道路自信、理论自信、制度自信，对实现中华民族伟大复兴的中国梦更加充满信心。

毛泽东在指挥大柏地战斗（剧照）

《寻路》有助于增强当代中国人的精神力量

一部好的文艺作品，不仅要有较高的艺术水准，还应给人以思想的启迪和精神的力量。

该剧的成功不只在于艺术再现了那段苦难辉煌的革命历程，其价值更在于站在唯物史观的高度，从丰富的史料中，挖掘和提炼出了"寻路"这一重大主题，深刻揭示了历史为什么会选择中国共产党、中国共产党为什么会选择毛泽东、中国革命为什么会选择"农村包围城市"这一道路的历史必然。看过《寻路》，就会由衷深切地感受到"找到一条正确的道路多么不容易"，就会更加坚定中国共产党的领导，就会更加坚定坚持走中国特色社会主义道路的信念和决心。习近平总书记强调指出，方向决定道路，道路决定命运。道路问题是关系党的事业兴衰成败第一位的问题，道路就是党的生命。从这个意义上讲，以毛泽东为代表的第一代中国共产党人，带领工农红军在艰辛“寻路”中的经验和教训，对今天实现中国梦，继续探寻中华民族伟大复兴之路有着强烈的现实意义和深远的历史意义。选择中国革命的正确道路，必须从中国的实际出发，由中国人在实践中去寻找。从“寻路”到“圆梦”，凝结着无数先贤的理想，承载着几代中国人的夙愿，我们唯有毫不动摇地沿着我们党找到的中国特色社会主义道路奋勇开拓、砥砺前进，才能迎来中华民族伟大复兴更加光辉灿烂的前景。

电视剧《寻路》鲜明地高举起理想信念的旗帜，满怀激情地谱写了一曲曲惊天地泣鬼神的革命英雄赞歌，以极富诗意的艺术表现，将陈铁军、周文雍、恽代英、蔡和森、彭湃等一大批为了革命事业甘愿抛头颅洒热血的共产党人光辉形象再现于荧屏之上。革命先烈之所以能够做到这点，就是因为他们有着救国救民的共同信仰，有着坚定的理想信念，从不改变，毫不动摇。广大观众从他们可歌可泣的奋斗牺牲中得到了心灵的震撼和精神的洗礼。这些革命先烈，仍是今天共产党人学习的楷模。此外，《寻路》还对顾顺章、向忠发、白鑫、苏先骏等失去理想和信仰的叛徒进行了一定程度的描写表现，给今天的我们以深刻的警示。这些叛党变节分子无一不是从腐化堕落的生活方式打开缺口，从放弃生活小节到放弃理想，从放弃信仰到背叛革命。这为我们敲响了警钟，一个共产党员没有理想信念，理想信念不坚定，精神上就会“缺钙”，就会禁不起生死考验和利益诱惑。《寻路》从正反两个方面告诫我们：中国共产党要保持马克思主义政党的先进性，就必须坚持党要管党、从严治党，永葆党在思想上、组织上、作风上的纯洁性。

《寻路》是天津践行文化自觉的具体体现

这些年来，天津树立高度的文化自觉，下大力气狠抓重大革命历史题材创作，精益求精锤炼打磨红色力作，大力唱响主旋律，弘扬

毛泽东率部日宿夜行，千里大迂回，在敌人后方寻找战机（剧照）

社会主义核心价值观，充分发挥优秀作品引领风尚、教育人民、引导社会、推动发展的作用。在新中国成立60周年、辛亥革命100周年、毛泽东诞辰120周年等重大历史节点，浓墨重彩书写国家和民族奋斗史的《解放》《辛亥革命》《寻路》三部大型史诗电视剧相继推出，在全国产生了广泛的影响。

坚持团结稳定鼓劲、正面宣传为主，坚持巩固壮大主流思想舆论，弘扬主旋律，传播正能量，激发全社会团结奋进的强大力量，是宣传思想工作必须遵循的重要方针。天津宣传文化战线始终把围绕中心、服务大局作为基本职责，胸怀大局、把握大势、着眼大事，找准工作切入点和着力点，做到因势而谋、应势而动、顺势而为。现在，在重大革命历史题材作品的引领带动下，全市艺术创作生产更加繁荣，一大批主题鲜明、艺术精湛、群众欢迎的优秀作品不断涌现。今后，我们将根据各位领导专家的意见建议，认真进行总结，精心组织实施好精神产品的创作生产，再接再厉，持之以恒，努力推出更多精品力作，不断推动天津文艺事业更加繁荣发展。

再次向参加座谈会的各位领导、专家表示衷心的感谢！

（作者系中共天津市委常委、市委宣传部部长
电视剧《寻路》总出品人）

超越自我
实现影视剧创作新突破

万 克

《寻路》是天津市继《解放》《辛亥革命》之后，策划推出的又一部重大革命历史题材作品。国家重大历史题材领导小组的专家们曾在审片之后，盛赞这部剧从策划到制作，都实现了影视创作的新突破，是重大革命历史题材近年来难得的创新之作。笔者认为，《寻路》自创作之初，制片方与创作团队始终在苦苦探寻一条思想创新和艺术创新之路，力求"三性"统一，超越自我。《寻路》创作上的重大突破主要体现在：

突破之一：无限风光在险峰——题材开拓新、奇、险

从《解放》到《辛亥革命》再到《寻路》，我们与编剧王朝柱多年亲密合作，共同目标只有一个——每部剧都要写出新意、深意，拍出新意，否则干脆不做。对于重大革命历史题材作品来说，题材创新首先要求创作者和决策者做到：一是志存高远，践行使命；二是登高望远，胸有层云；三是勇于担当，敢涉风险。作为出品方，拍摄革命历史

天津广播电视台台长　电视剧《寻路》出品人
万克在《寻路》首播新闻发布会上致辞

正剧，除经济风险之外，首当其冲的“险峰”是政治风险，这考验着决策者与创作团队的政治胆识、政治素养与政治智慧，以及对当下政治局势的前瞻性、敏锐性与预判性。

相较我们之前投拍的长篇电视剧《解放》《辛亥革命》，应当说《寻路》观照当下的主题立意和思想深度、维度与锋度要更上一层楼，但无限风光的背后，是涉险。与以往作品不同的是，《寻路》第一次把党内不同路线的交锋和斗争作为贯穿全剧的主线，这不仅是艺术上的一次大胆创新，而且标志着一次突破禁区的政治冒险。过去我们表现党的路线之争，要么浅尝辄止，要么讳莫如深，躲着走绕着走，往往视其题材的敏感而少有触及。饱读史书、政治素养深厚的王朝柱同志以超人的政治勇气和智慧知难而上，适时而进，第一次把党内斗争作为全剧的主线。其中既有国共两党的矛盾，又有国民党新军阀之间的争斗；既有党内两条不同路线之争的思想交锋，又有中共领导层与叛徒之间的斗争和沉痛教训，种种矛盾错综复杂，纵横交织，一波三折。正是通过大量揭秘性的新鲜史实和一个个生动的细节，把1927年至1932年这一历史时期我党面临的矛盾的复杂性、抉择的疼痛感表现得入木三分，揭示出“寻路”之艰难，热情讴歌了共产党之伟大，一代领袖们对中国革命道路的苦苦追寻，成为该剧最为打动人心的部分，也使《寻路》作为一部重大革命和历史题材作品，有了别样风采。

突破之二：道路决定命运——开掘时代新主题

出品人万克(左)与总策划肖怀远、编剧王朝柱在拍摄现场

大柏地伏击战胜利，毛泽东向红军英烈致敬（剧照）

习近平总书记在阐述“中国梦”时指出：“全党同志必须牢记，道路决定命运，找到一条正确的道路多么不容易，我们必须坚定不移走下去。”重大革命历史题材电视剧《寻路》的最大突破就是挖掘和提炼出了“寻路”这一重大主题。它的适时推出，有助于阐释和理解总书记讲话的重要意义。

《寻路》讲的是，1927 年大革命失败后，中国的出路在哪里？中国共产党向何处去？共产国际主张“城市中心论”，要求以城市暴动为革命胜利的主要实现途径，却在中国的实践中屡遭失败，损失惨重。以毛泽东同志为主要代表的中国共产党人，把马克思主义的普遍原理与中国实际相结合，实事求是、艰难探索。第一步，转兵到敌人统治力量薄弱的农村和山区，落下脚来，保存革命力量，开展工农武装割据；第二步，从三湾改编到古田会议，在革命实践中逐步确定党领导的新型人民军队的建设纲领；第三步，在总结胜利的经验和失败的教训过程中,系统提出了"农村包围城市,武装夺取政权"的中国革命道路。这条道路的正确性,已经被中国新民主主义革命的实践所证明。

《寻路》开掘的党带领人民探寻中国革命道路的重大主题,具有强烈的现实意义。围绕这个主题,回答了三个问题。一是回答了为什么"农村包围城市,武装夺取政权"的道路是胜利之路;二是回答了中国共产党为了探寻这条道路,付出了怎样的牺牲和代价;三是回答了当时选择这条道路的历史背景和历史环境。这个主题与今天的时代精神是完全吻合的,中国共产党从1921年走到今天应是"寻路"的结果,"探寻"可以说是中国共产党的历史责任,也是永恒主题。

当前,我们所奋力开拓的中国特色社会主义事业,是中国共产党领导中国人民九十多年奋斗、创造、积累的成果,必须倍加珍惜、始终坚持、不断发展。要发展就要探索道路。我们要继承和弘扬革命前辈忠于理想、勇闯新路的精神,敢于破解改革与发展中的难题,克服前进道路上的困难与障碍,不断开创中国特色社会主义新局面。

突破之三:革命理想高于天——人物塑造亮点多

《寻路》大胆起用了一批新人演员,塑造了一大批奋斗在八十多年前有名有姓、真实可信而又栩栩如生的共产党人形象,为人们树立了精神的榜样、学习的楷模。许铂岑饰演的革命领袖毛泽东的光辉形象,以崭新的姿态展现于荧屏。他高瞻远瞩、雄才大略,他对中国国情深刻体察、独立思考,他胆识超人、绝不盲从;他实事求是、敢闯新路的政治品格,今天仍然是我们建设中国特色社会主义的思想武器和精神力量。与此同时,周恩来坚定沉着、披肝沥胆,朱德厚德载物、长者风范,陈赓胆大心细、机智果敢等,在剧中都表现得淋漓尽致。老一辈无产阶级革命家为祖国的强盛、为民族的振兴、为人民的福祉呕心沥血、不懈奋斗的精神感人至深。

《寻路》还刻画了一批为理想、为革命英勇牺牲的先烈的英雄群像,蔡和森、恽代英、彭湃、罗亦农、陈铁军、周文雍……这些闪光的名字,这些在中国革命史上不朽的英魂,让我们后来的共产党员高山仰止无限崇敬。

革命领袖、革命前辈、革命先烈的一个鲜明共性,是他们坚定的理想信念。革命理想高于天。习近平总书记指出:“理想信念就是共产党人精神上的‘钙’,没有理想信念,理想信念不坚定,精神上就会‘缺钙’,就会得‘软骨病’。”无论是面临生死考验,还是面对利益诱惑,党员、干部的价值选择,根本取决于其理想信念的纯洁坚定,取决于他“精神钙质”的含量。

作为出品方,我们希望以电视剧这一大众形式,艺术地再现一段交织着血与火、激情与信仰、奋斗与牺牲、苦难与辉煌的峥嵘岁月,为广大人民群众特别是青少年传递正能量,助力中国梦。

(作者系天津广播电视台台长,电视剧《寻路》出品人
本文原载于 2013 年 7 月 12 日《文艺报》
2013 年第 9 期《当代电视》)

电视剧《寻路》创作谈

王朝柱

就创作规律而言，一切有历史责任感的严肃作家、剧作家在进行构思和创作新作品的时候都会发出这样的自问：我为什么要写这部新作以及如何才能写好这部新作？我在构思和创作每一部文学、戏剧或影视作品的时候不仅要发出同样的自问，而且还要经历长期而又痛苦的深思熟虑，方可动笔进行创作。

自从大型史诗电视剧《寻路》在央视播出以后，来自各方的朋友，尤其是同行的文友不约而同地问我：你为什么要把这段极其复杂的历史搬上电视屏幕，而且还要冠以《寻路》的片名？我思虑有日，遂决定把近三年来创作《寻路》过程中的甘苦如实地写出，愿听取各方朋友与文友们的批评、指正。

《寻路》，顾名思义，探寻中国革命之路。

自鸦片战争以来，中华民族及其志士仁人为探寻中国革命之路前仆后继，用生命铺成了一条革命之路，用鲜血染红了一条红色之路。

编剧王朝柱在《寻路》首播新闻发布会上致辞

中国共产党自诞生以来，她就继承了中华民族这一光荣的革命传统，用生命将这条革命之路铺得更宽，用鲜血将这条革命之路染得更红。

为此，成千上万的中国共产党人无怨无悔地倒在了这条革命大道上，是他们的鲜血把这条革命大道染得更红。

《寻路》所表现的就是这条长长的探寻中国革命之路中的一段：自 1927 年“四·一二”大屠杀至 1932 年宁都会议，短短的五年，毛泽东和他的战友们历经千难万险、九死一生，终于探寻到了一条“农村包围城市，武装夺取政权”的大道——尽管在前进中还有着这样那样的阻力和反复。

这五年，给后人留下了太多的启示，是一笔了不起的精神财富。我是一位年过七旬的老童生，只想用一颗真诚之心去认识、歌颂这段历史，以及带领人民创造这段历史的毛泽东、周恩来、朱德等先贤。

这就是我写《寻路》的缘起，同时也是这部电视剧的戏魂。为了立此存照，我把这段话写在文学剧本《寻路》的前言——《几句想说的话》中。

一、《寻路》的历史启示

自 1921 年 7 月中国共产党诞生，到 1927 年“四·一二”反革命政变近六年的时间里，中国共产党处在幼年时期，她的核心成员和基本队伍绝大多数对马克思主义知之甚少，对未来建设一个梦想中的社会主义新中国则更是茫然——这是因为在他们每个人的心中只有对“社会主义天堂”苏联有着一种最为美好的憧憬，因此从某种意义上说，那时绝大多数的共产党人只是凭借一腔救国救民的热情，在虔诚地进行着所谓的苏联模式的社会主义革命。更为可笑的是，远在莫斯科的第三共产国际并不了解中国的国情，却又手握尚方宝剑，对中共中央领导机关的改组赋予生杀大权，对中国革命道路的选择则更是说一不二，他们就像《西游记》中张开五指的如来佛祖，主观地操控着孙悟空等去西天取经那样，严厉地把控着中国革命前进的方向。事后追

毛泽东(剧照)

论，中国共产党参加领导的第一次国内大革命岂能不败？

历史发展有着自身的规律，这不可抗拒的规律一定要惩罚那些尚未认识规律的人。那时的中国共产党人天真地认为蒋介石是革命的，真诚地欢迎他为总司令的国民革命军抵定大江南北，进占东方冒险家的乐园——上海。令共产党人猝不及防的是，蒋介石突然发动了"四·一二"反革命政变，大肆叫嚣对共产党"宁可错杀三千，不可放走一个"的反动口号，对中国共产党人发动了最为疯狂的反革命大屠杀！霎时间，神州大地到处都是白色恐怖，无数的英魂悲愤地飘游在血雨腥风之中。这时，也唯有在这时，毛泽东等中国共产党人才会悲怆低吟："黄鹤知何去，剩有游人处……"

是啊！中国真正的革命之路在何方？

时人和后人皆知：在共产国际起伏变化的历史中，无产阶级夺取国家政权的革命只有两次，一是法国的巴黎公社起义，再是俄国的十月革命，前者失败了，后者成功地建立了第一个社会主义国家。虽然这两次无产阶级夺取国家政权的革命发生在不同的国家，且又前后相距几十年，但是他们的革命形式却是相同的，那就是以城市为中心发起暴动进而夺取国家的政权。这就是共产国际尊称为的十月革命之路或曰城市中心暴动之路。

大革命失败之后，处于徬徨中的志士仁人异口同声地发出这样的自问：中国革命向何处去？远在莫斯科的第三共产国际武断地下达了命令：中国共产党人必须走十月革命的道路，在大江南北、黄河上下举行城市暴动，夺取中国革命的胜利。从此，中国共产党开启了长达近八年的以城市为中心的革命。他们先后举行南昌起义、广州起义、两打长沙……待到李立三左倾路线在党中央取得统治地位之后，竟然认为全国范围内的革命高潮不仅要马上普遍到全国，而且还荒唐地认为中国革命的高潮已经到来，并将掀动世界的高潮。他除去以中央名义发出《目前政治任务的决议——新的革命高潮与一省或几省的首先胜利》，还公然提出会师武昌、饮马长江、直捣黄龙的可笑口号。结果,导致了全国白区百分之百、苏区百分之九十的大失败。由此,也授给了蒋介石屠杀中国共产党人的借口。据史料记载,在不到半年的时间里,被杀害的著名共产党人有陈赟贤、杨闇公、汪寿华、邓培、李大钊、陈乔年、陈延年、赵世炎、罗亦农、向警予等数十人;1927 年 3 月到 4 月,前后走上刑场的中国共产党人、工农群众和革命学生超过 12 万人,从是年 5 月到 11 月被杀害的革命者有 16.8 万人。如果加上在瞿秋白、李立三、王明等"左"倾冒险主义路线下牺牲的革命烈士和工农群众、革命学生,何止百万计啊!我想这些长眠地下的英灵一定会大声疾呼:"在中国搞城市中心暴动是条葬送中国革命的死路!"

但是,远在莫斯科的第三共产国际撞了南墙还不回头,继续派遣在苏联学习并忠诚于共产国际路线的留学生回国,顽固地坚持城市中心暴动的道路。他们不仅在党的中央机关公开地大搞教条宗派式的结党营私,而且还无情地打击远在井冈山、赣南和闽西等地努力探寻"农村包围城市,武装夺取政权"之路的毛泽东等同志。

说到毛泽东,我就很自然地会想到"天行健,君子以自强不息"这句古语。如果再加上他的出身、学养以及丰富曲折的革命经历,使他又养成了独立思考,不迷信权威,只相信真理,敢于抗上的叛逆性格。因此,当大革命失败之后,他断然地谢绝了瞿秋白希望他到上海中央机关工作的好意,坚定地说了这句史有所记的话:"我不愿意跟你们去住高楼大厦,愿到农村去,上山结交绿林好汉。"

从此,毛泽东站在"枪杆子里边出政权"的革命起跑线上,义无反顾地踏上了一条探寻"农村包围城市,武装夺取政权"的中国式的革命道路。请看:

秋收起义失败之后,上自湖南省委,下到参加秋收起义的不少同志仍然坚持执行中央攻打长沙的命令。毛泽东审时度势、力排众议,反复说明不能攻打长沙的道理,遂带领绝大多数工农红军向罗霄山进军。为了凝聚革命力量,大刀阔斧地进行了三湾改编;为了寻

毛泽东部与朱德部在井冈山会师，
成立工农革命军第四军（剧照）

找革命的落脚点，他在改编王佐、袁文才部队的基础上，逐渐创建了中国第一个井冈山革命根据地。

与此同时，中央以秋收起义失败和不继续执行中央命令攻打长沙等大中城市为名，开除了毛泽东的中央政治局候补委员。事后，湖南省委特派员又误传开除毛泽东中央政治局候补委员就是开除党籍，遂在红军指战员中引起了不小的震动。毛泽东为了井冈山革命根据地的稳定和发展，十分大度地说，那我就不当前委书记了，改当师长，继续指挥工农红军打土豪，筹款子，把中国革命进行到底。对此，毛泽东同志不止一次地笑谈自己当过几个月的民主人士。

朱德、陈毅率部上井冈山，实现了朱、毛两大红军的会师。虽说革命队伍壮大了，但这两支红军队伍又因构成、领导作风等不同，很快又在建军、根据地等原则问题上发生了分歧。由于革命形势瞬息万变，这种原则分歧没有得到根本解决，且持续了两年多的时间，遂

毛泽东与周恩来在交谈(剧照)

先后导致了工农红军在湘南的失败和南下粤东的失败。尤其在陈毅两次取代毛泽东为前委书记期间,严重地破坏了党对军队的绝对领导,削弱了工农红军的战斗力。对此,毛泽东先是坚持真理,在原则问题上寸步不让。接着,当他感到无力回天的时候毅然决定愤而辞职,上山养病。不久,陈毅自上海带回中央要毛泽东复出的来信,朱德又真诚地说出"朱毛不分家,一分家就打败仗"之后,毛泽东同意复出,并召开了著名的古田会议,从理论上解决了有关长期争论的建军原则问题,从组织上对工农红军进行了相应改组。

接着,毛泽东顶着中央数次下达攻打大城市的命令,和朱德、彭德怀等率领工农红军冒着严寒酷暑转战千里,克服千难万险,取得了三次反"围剿"战争的伟大胜利。同时,毛泽东也在指挥"反围剿"的战争中锻造成一位杰出的军事战略家。更为重要的是,毛泽东和他的战友们终于探寻出一条符合中国革命实际的"农村包围城市,武装夺取政权”的革命之路。

这就是中国共产党探寻中国革命之路的真实写照：一条是教条式地照搬苏联十月革命，走城市中心暴动的道路，把中国革命引向失败；一条是从中国实际出发，逐步地探寻出一条“农村包围城市，武装夺取政权”的革命道路，把中国革命引向最后的胜利。

这也是《寻路》留给后人的历史启示。

二、《寻路》的现实意义

历史是一面镜子，可鉴古今、知兴衰。从这个意义上讲，第一代共产党人毛泽东、周恩来、朱德等带领工农红军抛头颅、洒热血，演出的这部大剧“寻路”中的经验和教训，对今天的中国共产党人实现“中国梦”——继续探寻中华民族伟大复兴之路是有着很强的现实意义的。

其一，道路决定命运

中国共产党参加的第一次国内革命战争为什么失败？因为那时的党中央在第三共产国际的领导下，走的是一条放弃领导权，不懂得“枪杆子里边出政权”，完全为国民党做嫁衣的错误道路。十年内战——或曰土地革命时期搞的南昌起义、广州起义等为什么全都失败了，因为那时的党中央顽固执行的是一条错误的城市中心暴动之路。同样，白区的工作为什么会遭到百分之百的损失，他们撤到中央苏区之后，为什么在他们的领导下，中国工农红军会被迫退出中央苏区，遂又演出一幕“叫花子打狗，边打边走”（毛泽东语）的长征？因为执行的还是“左”倾机会主义的错误主张。

对此，我们不能不问那时党中央的负责人——尤其是从法国、苏联留学回国的领导者们，你们为什么会犯如此严重的“左”倾教条主义错误呢？在我看来，这些同志大多出生在富余的家庭，从小就不了解身处底层的农民，更不了解黑暗落后的旧社会，仅仅凭着一腔救国救民的热情少小离家,远赴他国求学。因此,他们很自然地只知外国先进,不知中国为什么落后。因此,他们回到祖国以后,很自然地会形成不顾国情,死死地抱定外国的强国之路,打算一夜之间就把贫穷落后的中国变成苏联。可以想见,由他们这些言必称希腊,口必说苏联的"客里空"领导中国革命岂能不败?他们所说的"山沟里出不了马克思主义",批评毛泽东倡导的"没有调查就没有发言权",否定"农村包围城市,武装夺取政权"等理论,是何等的无知和可笑。

诚如前文所述,毛泽东生在农村,成长在动乱的旧中国,他不仅了解我国的国情,而且更是熟悉中国不同阶层的农民,加之他注重调查研究,在战争中学习战争,终于历经长达五年的革命实践,和他的战友们一起在井冈山、赣南闽西中央苏区探寻出了一条"农村包围城市,武装夺取政权"的革命正路,并取得了三次"反围剿"的伟大胜利。

这是两条截然不同的道路,向人们昭示了一个真理:革命道路的正确与否,决定着中国革命的胜负。我作为《寻路》的编剧真诚地希望,为了国家的命运、民族的复兴,中国人民一定要走在革命的大道上。

最近,习近平同志语重心长地讲了这样一段话:"全党同志必须牢记,道路决定命运,找到一条正确的道路多么不容易,我们必须坚定不移走下去。"

其二,先知先觉们的蜕变与重生

自鸦片战争以后,中国逐渐沦为半封建、半殖民地社会。为救国救民于水火之中,一批又一批自誉为先知先觉者们争相向西洋欧美诸国、向东洋日本游学,希望窃取所谓的天火照亮黑暗的中国。这就是我国最早的知识分子。

说到知识分子,我很自然地会想到毛泽东说过的一句话:皮之不存,毛将焉附?意思是说知识分子不是独立的阶级,他的社会活动必然依附在一个载体上。同时,我又想起动笔写《辛亥革命》前的一件往事：中央主管部门的领导两次和我约谈，明确指示，“一要旗帜鲜明地反对‘告别革命论’，二要写出参加辛亥革命那一代知识分子的两面性，即革命没有知识分子是不行的，但他们在革命中的言行和功过又是十分复杂的。”对此，我是赞成的。

在我动笔写《寻路》之前，我又细心地检点这些先知先觉回国后的革命经历和下场，再次发现有些风云一时的先知先觉蜕变了，一步一步地走向自己的反面，甚至成为反动统治者的帮凶；还有一些窃火者从容不迫地走上统治者的绞刑架或断头台，他们的灵魂得到了升华和重生。如果我们把探寻中国革命之路比作一个熔炉，这些先知先觉有的经不过炉火高温的冶炼，遂蜕变成一堆炉渣；有的就像孙悟空一样炼成了钢骨铁身、火眼金睛。请看：

汪精卫曾是同盟会时期宣传革命的笔杆子，后又是孙中山先生的文胆和接班人。但是，他一俟从政争权，思想迅速地向着反动的深渊滑落，待到抗日战争爆发以后，他很快又变成了万夫所指的头号大汉奸。

廖仲恺与汪精卫同是同盟会、国民党的骨干。孙中山先生仙逝之后，廖仲恺因坚持孙中山先生亲自制订的

周恩来在上海(剧照)

联俄、联共、扶助农工三大政策，遭到国民党右派的暗杀。但他的革命精神却在熊熊的烈火中得到了重生。

陈独秀、李大钊同是中国共产党的创始人，时人尊称为南陈北李。后因陈独秀蜕变为托派，被党中央开除出党。李大钊因在北平坚守革命，被奉系军阀张作霖逮捕，送上绞刑架。他的革命灵魂同样也得到了重生。

我在创作文学剧本《寻路》的时候，也多次触碰到这个议题，同是向西方窃火的先知先觉，王明蜕变成苏联攻击中国的叛徒，而革命烈士恽代英、蔡和森等虽死犹荣，他们的精神化作了浴火重生的凤凰，自由地飞翔在万里长空。

从某种意义上说，蜕变与重生也是一种规律，一定会在不同的革命阶段中发生。换言之，既然改革开放是一场革命，那些曾经将改革开放叫得很响的先知先觉们也会蜕变与重生。为此，我希望看过《寻路》的观众要擦亮双眼，看看他们之中有没有人蜕变成叛徒，或拿着外国的钱当间谍出卖国家的利益，或把贪污来的大笔钱送往外国的银行……唯有如此，我国才能确保江山万代不变颜色。

其三，理想与信仰

理想，是革命者为之终生奋斗的方向；信仰，是革命者取之不尽、用之不竭的力量源泉。诚如习近平同志所言："理想信仰就是共产党人精神上的'钙'，没有理想信仰、理想信仰不坚定，精神上就会'缺钙'，就会得'软骨病'。"

为此，我创作的《寻路》就是要浓墨重彩地张扬革命的正气，在每一位革命家的心中牢牢地竖立一杆理想和信仰的大旗，光照千秋万代，昭示革命自有后来人。请看：

周文雍、陈铁军相伴走向刑场，向世人宣示举行刑场上的婚礼；杨匏安写下"慷慨登车去，相期一节全……"的绝命诗，从容地走上敌人的刑场；杨度在实现了"但哦松树当公事，愿与梅花结后缘"的理想大愿之后，又挥毫写下这首自挽联："帝道真如，如今都成过去事;医民救国,继起自有后来人。"遂安详地驾鹤西去。同样,恽代英、蔡和森、彭湃等烈士都是高喊着"打倒蒋介石!""中国共产党万岁"等革命口号从容就义的。

同时,《寻路》也重笔写了革命队伍中失掉理想和信仰的叛徒。当革命处于低潮时,他们在生死的考验和利益的诱惑下,一个个无耻地出卖革命、出卖同志。事后追论,贪图安逸、生活腐化是他们政治上堕落的开始。如党的总书记向忠发把见情妇置于党的利益之上,终被敌人逮捕;顾顺章玩女人、抽大烟,违背党的纪律要魔术,终落入敌人的手中。如果没有钱壮飞同志破译密码,设在上海的党中央就会全军覆没。这是何等严重的教训啊!

时下,随着改革大潮的冲刷,党的一些高级干部腐化堕落,相继落马,在群众中造成极坏的影响。为此,《寻路》的播出,使人民群众对中央从改进作风入手,反对形式主义、官僚主义、享乐主义和奢靡之风,必将会有更深入的理解。

中国的改革开放已经走过 34 个年头,且摸索出一条中国特色的社会主义道路。但我依然认为:如果中国改革开放要想大踏步地前进,全党、全国人民还必须继续探寻改革开放之路。

这就是我为什么写《寻路》的原因。

(作者系电视剧《寻路》编剧
本文原载于 2013 年 7 月 31 日《文艺报》)

以“寻路”精神拍《寻路》

倪祖铭

这些年来，天津市以高度的社会责任感和文化自觉，精心组织重大革命历史题材创作，在重要历史节点推出重大文艺作品，继连续推出《解放》《辛亥革命》之后，又在中国共产党建党92周年之际，献上了一份厚礼——大型史诗电视剧《寻路》。

在当今电视剧每年有数万集产量、观众的口味越来越挑剔的背景下，这部史诗品格的作品却能引发全国观众和影视业界的热议，应该说是值得研究的现象。作为该剧总制片人，站在创作者的角度，在此谈谈《寻路》的创作体会。

垂钓历史之溪·寻觅新选题

2010年《辛亥革命》还未杀青，中共天津市委宣传部、天津广播电视台就以政治远见和历史高度再次邀请王朝柱，策划并创作大型史诗电视剧《寻路》。

总制片人倪祖铭在《寻路》首播新闻发布会致辞

我们之所以拍板选中《寻路》这一题材，一是对王朝柱的作品有信心，看得准抓得牢。纵观当今电视剧市场，生编硬造的"快餐"作品频出，浮躁之风甚至蔓延到重大历史题材这样严肃的领域，而王朝柱的电视剧作品，以强烈的民族意识和国家情怀，高奏了一曲曲正能量的英雄主义颂歌，我们希望借以该剧向党的历史和革命先驱致敬；二是被《寻路》讲述的内容深深感动；三是极为看重《寻路》以史鉴今、多点观照现实的强烈现实意义和深远历史意义。

日前，在京津举办的《寻路》座谈研讨会上，专家们指出：《寻路》延续了王朝柱重大历史题材电视剧的史学品质和艺术风格，尊重历史真实，追求艺术创新，遵循"大事不虚、小事不拘"的创作原则，以广阔的视角、宏大的叙事，全景式地讲述了从 1927 年"四·一二"大屠杀到 1932 年宁都会议这 5 年间，毛泽东和他的战友们在沉沉暗夜中苦苦探寻中国革命道路的不平凡历程，挖掘和提炼出了"寻路"这一重大主题，深刻揭示了历史为什么会选择中国共产党、中国共产党为什么会选择毛泽东、中国革命为什么会选择"农村包围城市，

倪祖铭在剧中饰演陈独秀（剧照）

武装夺取政权”这一道路的历史必然。《寻路》角度新颖独特、主题立意鲜明、剧情起伏跌宕、人物生动鲜活、拍摄制作精良，较好地实现了思想性、艺术性、观赏性的统一，具有较高的历史文献价值和思想艺术价值。

老树发新枝·寻找新视角

从《解放》开始，我们与王朝柱三度走到一起。光阴似箭，不觉间我们与王朝柱一起合作八年了，从选题策划到主题确立，从创作拍摄到审读审看、播出宣传，从业务运作到为人处世，我受益匪浅。王朝柱经常讲自己是研究“人学”——人的学问、史的故事。我从艺三十多年，最最长进的还是与王朝柱合作的这段时光。

王朝柱对从辛亥革命到新中国成立这段历史尤为熟悉，为了写

《辛亥革命》,他做了七年的准备,又与李准一路南下到南京、广州、港澳采风。为了写《寻路》,他又把当年毛泽东走过的地方重走一遍。实地走访中的感受令他想到了为什么从苏联回来的博古,比不上在中国土生土长的毛泽东。博古俄语说得比中国话还好,俄文书读得比中文书还多,但他对中国农村、农民不了解,毛泽东却在中国农村长大,写了《湖南农民运动考察报告》,对旧中国底层社会了解得很透彻、很深入。由此王朝柱思绪万千,感到这对我们很有启示——学习西方先进的东西是没错的,但如果不结合中国国情,那注定行不通。

对党史材料的充分掌握让他对历史的把握更客观、更准确,叙述视角也更加新颖独特。比如《寻路》就讲了一个事实,井冈山时期的毛泽东并非一般人所想象的,创建红色根据地风光无限,事实上他因为不是军校出身、没有受过系统军事训练而被很多有军校背景的人瞧不起。当时的革命军队还留有旧军队习气,战斗力也不高。毛泽东经过一段时间的艰苦摸索,才找到了"支部建在连上"的方法,明确提出"党指挥枪"的原则,这是一个很重要的转折。类似的历史情节这部戏里还有很多。

精益求精拍摄·寻求新精神

《寻路》筹划之初就将目标设定为思想性、艺术性、观赏性"三性"统一的精品力作。全剧制作成本超过6000万元人民币,云集国内一流主创人员,制作上精益求精。中共天津市委宣传部、天津广播电视台将创制《寻路》作为创作的重中之重,要求全体主创人员坚持高标准,树立精品意识,发扬井冈山精神,艰苦奋斗,团结协作,精益求精打造精品,向中国共产党建党92周年献上一份厚礼。

《寻路》的拍摄,沿用了电视剧《解放》和《辛亥革命》的主要拍摄班底,这是个善于打硬仗的团队。剧组在进入革命老区拍摄时,那里的条件非常艰苦，生活上遇到很多问题，但大家都毫无怨言。为了严格尊重历史事实，最大化地还原历史场景，剧组花了大半年时间赴江西兴国、瑞金和井冈山，以及上海龙华烈士陵园、福建土楼等历史事件发生地实地采景，沿着当年革命领袖人物的足迹感知历史。

这里有一组数据：2012 年 9 月 21 日《寻路》开机以来，在 100 天的拍摄行程中，A、B 两个摄制组，300 人的团队，五十余部车辆，跨越六省三市，总行程一万多里，沿着当年毛泽东和工农红军走过的中国革命红色之路，转战江、浙、闽、赣、鲁和津、京、沪等历史事件发生地取景拍摄，3.6 万人次参演。剧组秉承严谨的创作态度，以继续创作出重大革命历史题材精品力作的理念，克服重重困难，圆满完成了拍摄任务。

造型师王希钟以 85 岁高龄，在《寻路》剧组跟组指导化妆工作，一天，半夜 3 点突然想起领袖造型的细节问题，立即起身来到化妆室，当人们劝他注意休息时，他说："拍这种戏有感情，不辛苦！"

《寻路》大胆起用了一批新人，怎样演好领袖人物和革命先辈，让观众接受，是摆在演员面前的一个重要课题。为此，剧组专门组织年轻演员读书学习和体验生活，编剧、导演多次为演员讲述创作思想、人物把握要点等。

《寻路》拍摄期间，得到了天津市主要领导同志的亲切关怀和社会各界的鼎力支持。在中央和天津市有关部门的大力支持和创作团队的共同努力下，各方面密切配合，以"寻路"精神拍《寻路》，大型史诗电视剧《寻路》得以问世。

从《解放》到《辛亥革命》再到《寻路》，每两年推出一部史诗作品，相信这也是我个人事业和人生的一次升华与飞跃。回想当年学艺之初，曾拜师印质明（电影《铁道卫士》中饰演高科长），是他引领我走进这座永远充满创造、创新、创意之梦的艺术殿堂。幸运的是，这些年我与王朝柱老师等一批大师级艺术家和权威专家顾问团队的合作非常融洽谐和，获益多多；更为幸运的是，我常说自己运气好，干事创作中遇到了政治文化素养深厚、懂行的主管领导，其运筹帷幄的英明决策、决胜千里的指挥艺术、事必躬亲的支持鼓励、细腻入微的体察关心令我感恩在心，难以忘怀。他们渊博的阅历学识，严谨求是的敬业态度，勇于担当、甘于奉献的宽厚为人，为我树立了终生学习的榜样。

有人说，年轻好，年轻人像八九点钟的太阳，充满了阳光与活力；我说，年长好，因为他见多识广，充满了成熟和智慧。当然，随着年龄和阅历的增长，会磨去很多的棱角，但我们无法拒绝长大。作为一名有着三十多年工龄、二十多年党龄的电视文艺工作者，多年来我一直自觉地肩负着历史使命和时代责任默默前行。坚定信仰，坚守底线，坚持创新，拍摄思想性、艺术性、观赏性“三性”统一的电视剧作品永远是我孜孜以求的目标，我将为此鞠躬尽瘁，奋斗终生！

（作者系天津电视艺术发展有限公司总经理
电视剧《寻路》总制片人
本文原载于2013年7月12日《文艺报》
2013年第9期《当代电视》）

我的《寻路》我的路

黄金城

《寻路》是一种结果，也是一段路程。《寻路》的编剧王朝柱老师是一位探险家，他不断地挖掘出深埋在历史长河里的珍贵碎片，用最精妙的手法熔炼成一个整体，呈现出一幅波澜壮阔的历史画卷。我作为这部剧的制片人需要做的，是把这幅画拿出来让更多的人看到，由此引发一些思考和辩论，以史为镜，照进现实。

选择什么样的题材，决定了制片人将走一条什么样的制作之路。《寻路》问世，从选题到落笔，从拍摄到后期，从宣传到播出，整个制片团队一直在寻寻觅觅，不断探索，走着一条别人看来崎岖艰辛的道路——坚持创作重大革命历史题材电视剧。从拍摄电视剧《长征》开始，我就喜欢这条路，这种喜欢的背后是对历史的深深敬意。探索真理的过程是迷人的。在信息还不发达的那个年代，历史的真相依靠口口相传，再诉诸文字，免不了遗失和扭曲，这种由多种原因而造成的历史的蒸发和变化的结果，就是每个人心中都有对同一段历史的不尽相同的历史解读。这是让我选择这个题材最原始的欲望，这种欲望更是一个团队创作力量的源泉，是传说中的“永动机”。这种力量会让工作变旅行，一路风光，有心者得之。

《寻路》的珍贵之处在于它身上流淌着英雄的血液，坚守着朴素的信仰。面对历史，它没有任何粉饰，大胆揭露大革命失败之后中国共产党对敌和对己的严酷斗争，一个决定生死存亡，一个指导何去何从，在历史没有揭晓答案之前，每个人都觉得自己挥舞着正义，占有着真理，而真理却往往掌握在少数人手中，这就使得革命之路越发艰难。毛泽东面对的困难尤其多，因为他愿意思辨地看问题，不照本宣科，不拿来就用，再多人支持的理论，也不代表就可以挽救中国的命运，只有通过实践，通过学习，通过思考，才能开拓出一条切实可行的救国之路。毛泽东思想在这个时期萌芽，在历史的洪流中深深扎根，这种勇气和实践的精神不仅在当时适用，同样适用于今天。今天的中国，是无数革命先贤用生命换来的，他们有着一个共同的信仰——英特纳雄奈尔一定会实现。罗亦农临刑前在狱中给妻子写

制片人黄金城在拍摄现场

“留得豪情作楚囚”，恽代英在龙华监狱壮烈牺牲（剧照）

信，周文雍和陈铁军在刑场上举行婚礼，陈乔年骄傲地告诉刽子手愿用项上人头保守同志的名单，恽代英掰开一个夹着纸条的馒头，没有吃馒头却吞下了纸条，杨殷、彭湃等拒绝了他们人生最后的晚餐，杨匏安撕毁了可以给他带来荣华富贵的蒋介石的亲笔信，蔡和森被钉在十字架上的磨难摧毁着叛徒的价值观，他们一个个相继离开，但他们脸上不会有恐惧，心里十分安宁，口中依然高呼“中国共产党万岁”，这就是信仰的力量。英雄主义就是在于为信仰和真理而牺牲自己。任何一个时代都需要英雄，需要信仰。

我们所生活的今天，确实是一个伟大的时代，是一个让世界梦、中国梦可以实现的时代，但很多人在社会发展极快的速度中失去了平衡和重心，感觉少无纲、老无依，这些负面情绪归根结底是信仰的问题。信仰就像一道阳光，能够照亮心里的每一处阴影，每当遇到困难的时候，信仰就会爆发出强大的能量。现在大家都在讲“正能量”，对于这个时代而言，什么是正能量，正能量在哪里，也许这部《寻路》就是对当今社会问题的一个解答，它不会告诉你路在何方，而是通过历史的真实，传达一种正面的思维方式。

慎赞徽音，《寻路》的厚重来源于编剧王朝柱在剧本创作时的如履薄冰。创作团队在处理每场戏、每个细节的时候都谨小慎微，每一段事件、每一个人物，都有真实的历史作为依据。戏说历史，不适合这种严肃的题材。可以说，拍摄这部戏给剧组的所有人员都上了一课，通过拍摄大家产生了许多的讨论，很多人会去主动查阅资料为自己的理论提供依据，争先恐后地延展自己的历史知识，整个剧组的学术氛围随着拍摄的深入越来越浓烈，甚至在中午送盒饭的车上，都能听到司机师傅对那段历史的一些见解，直到后期创作时，这种氛围还在延续，这就是这部剧的魅力。

影视作品是一个社会的精神食粮，《寻路》正是现在的中国社会最需要的给养。作为制片人，要有使命感，要有行者的精神。能通过作品给今天的人一点儿启示，并在这个过程中不断地探索是我最大的快乐。有人说制片人是商人，如果真是这样，我愿做一个贩卖历史和真知的商人，赢得一些思考，代价是一点儿时间。如果观众愿意花一点儿时间来观看像《寻路》这种题材的电视剧，我愿一直拍下去。对过去的认知，是为今天的冒险提供武器。今天走的路，是用“过去”铺成的。我会沿着这条路，一路探险，一路高歌。

（作者系电视剧《寻路》制片人，
本文原载于2013年第7期《当代电视》）

我拍《寻路》

张多福

当接到《寻路》这部史诗大剧的导演任务后，我就希望把这次拍摄《寻路》的过程，当成一次学习中国革命史的机会，在《寻路》筹备阶段，近半年的时间里，我翻阅了众多历史伟人的传记，调看了多部革命历史题材的电视剧，对近代中国革命史和历史伟人产生了浓厚的兴趣。《寻路》故事情节错综复杂、人物众多，如何还原历史的真实面目、清晰地把握故事脉络和重大历史事件，如何艺术地再现青年领袖和历史人物，如何能够适应当代观众的欣赏节奏，让观众在心理上接受这部史诗巨作，这是作为导演需要面对的课题，也是我要在拍摄过程中认真把握的要点。

一

《寻路》从创作之初就定位在史诗大戏，我们从人物造型和场景的选择上，严格按照大剧的标准去准备。如毛泽东、周恩来、朱德等

导演张多福在《寻路》新闻发布会上介绍演员

历史伟人的造型，需要对演员进行多次试妆造型，最终得到史学专家和先辈后人的认可。为适合剧中青年毛泽东、朱德等人物的实际年龄，在演员的选择上除了邀请观众所熟悉的特型演员刘劲饰演周恩来、黄薇饰演邓颖超、马晓伟饰演蒋介石外，《寻路》大胆起用了众多青年演员，如许铂岑、赵凯、罗忆楠等分别饰演毛泽东、朱德、贺子珍等角色。起用青年演员来饰演历史人物，关键要帮助青年演员把握好表演分寸。饰演伟人不只是单单地停留在外部形体动作上的模仿，而是要注重人物内心深层次的刻画。如许铂岑饰演的毛泽东跟以往革命历史题材中的毛泽东有很大不同，有些情节是鲜为人知的，是褪去了领袖光环更多地展现毛泽东平凡人性光辉的一面。例如，毛泽东为领导秋收起义，在前往起义部队途中被敌乡团抓获，毛泽东为了脱身跳下山崖落入池塘中，摆脱敌人的搜捕安全脱身。在毛泽东和中国革命处在最危难的时期，对毛泽东起着重要作用的三位战友，卢德明、王尔琢、黄公略先后牺牲，对毛泽东的打击很大，毛泽东为痛失三位亲密战友吟诗痛哭。这在以往革命历史题材影视作品中从未展现过，这也是观众最想了解、最想看到的伟人毛泽东真实情感的一面。

再有，要让生活在城市里、享受现代生活的演员首先从外形上像个当年的红军战士，更贴近七十年前革命先辈常年行军打仗、风餐露宿的状态，剧组要求青年演员住农家、干农活，深入到革命老区进行生活体验，必须晒太阳，把脸和身体晒黑；减肥，严格控制饮食；加强身体训练；日常生活中要求穿剧服，除去城市脂粉气。让青年演员由表及里、从内到外能真正地像个革命者，从而准确地塑造领袖人物。《寻路》播出后，青年演员饰演的伟人形象让观众耳目一新，一批新的领袖人物形象诞生了。

二

《寻路》剧组是个善于“打硬仗”并具有专业水准的制作团队。在江西井冈山革命老区拍摄时，那里的条件非常艰苦，生活上遇到很

导演张多福在江西井冈山拍摄现场

多问题，但大家都毫无怨言，令我很感动。在紧张艰苦的拍摄阶段，为了保证拍摄效果和艺术质量，剧组上下齐心协力，不计个人得失，牺牲休息时间，任劳任怨。大家都秉承严谨认真的创作态度，发扬“寻路”精神，克服重重困难，同心协力誓将《寻路》打造成一部精品力作。

在拍摄场景的选择上，摄制组沿着当年毛泽东和工农红军走过的中国革命红色之路，赴江西兴国、瑞金和井冈山，以及上海龙华烈士陵园、福建土楼等历史事件发生地实地取景拍摄，如毛泽东工作、居住过的江西茅坪八角楼、福建土楼、古田会议旧址等，只为尽可能地还原历史真实。

特别难忘大柏地那场战争戏的拍摄，当我们找到当年打伏击战的大柏地原址时，山上已经长出了很多树，不符合当年打伏击的地形。我们就在周边按照大柏地的原貌，找相似的地形。大柏地战役是红军主力离开井冈山革命根据地以后，第一次主动诱敌深入打的一场漂亮的伏击战，这场战役是摄制组拍摄的重场戏。拍摄时我们采用超强的雕塑造型感、写意的艺术表现形式，展示红旗下无数战士用自己的身体护卫红旗，画面被英雄的鲜血染红，此时响起了《国际歌》声。这种表达形式是在追求一种境界，在强化革命先烈们的坚定信仰，为中国革命事业前仆后继，同时又有一种震撼力量在催人奋进。这种雕塑造型带给观众心灵强烈的震撼。

《寻路》在拍摄格调上着意凸显该剧厚重的历史感。如将上海街道的示威游行、蒋宋婚礼、红军主力部队转战井冈山、朱毛红军会师、大柏地战役、二打长沙火牛阵、红军反围剿誓师大会、攻打彰州城等大场面和战争场面拍出了气势，拍出了油画般的效果，很多场面的调度和镜头运用力求达到电影的震撼效果。

当我重走当年红军走过的路，包括重访毛泽东生活和战斗过的地方，更多的是一种感动。遥想七八十年前，探寻一条革命胜利之路是何等艰难，老一辈无产阶级革命家当年赤手空拳打天下是多么的

大柏地战斗(剧照)

不易。今天,我们脚穿高档舒适的旅游鞋走在石板上或是柏油路上尚觉磨脚,而当年他们可是穿着草鞋,有的甚至没有鞋穿,只用布条裹着肿胀的双脚,走在碎石尖上,跋山涉水,一天要行军几十里路,先辈们靠的是什么?正是信仰的力量。

没有共产党就没有新中国。作为创作者,我们坚信《寻路》传递出的精神力量绝对没有过时,为了实现"中国梦",我们要将《寻路》精神发扬光大、代代传承,最终实现中华民族的伟大复兴。

(作者系电视剧《寻路》导演
本文原载于2013年7月12日《文艺报》)

《寻路》导演阐述

刘 娟

记得2012年8月12日，从我捧读大型史诗剧《寻路》剧本的那一刻起，激动、感动、冲动、压力……同时涌来，好剧本、好团队让我激动；寻路精神让我感动；迸发的创作激情让我冲动；超越更让我倍感压力……我再也无法进入正常睡眠！

著名剧作家王朝柱老师呕心沥血的巨作《寻路》，极为生动、具体、权威、真实地告诉我们，1927年，蒋介石发动“四·一二”大屠杀，欲将共产党扼杀在摇篮中。一时间，阴霾密布，暗无天日，寒冷的空气里，处处是腥风血雨。中国革命路在何方？中国共产党路在何方？这在马列主义著作中没有答案，更没有符合中国国情的现成的路可走！为寻路——以毛泽东、周恩来为代表的共产党人历经千难万险，九死一生！为寻路——无数可歌可泣的革命先烈抛头颅、洒热血、矢志不渝、浴血奋战！

这段尘封已久的历史，终于敞开了她的胸怀，让我们走进她，了解她，为她心动，为她牵魂。她给我们“留下了太多的启示，是一笔了

导演刘娟在拍摄现场

不起的精神财富”，寻路精神激励着现代寻路人，使我们的灵魂得到了极大的冲击和震撼！这是一段不该被中国人忘掉的历史，忘掉了，就等于背叛！作为中国的后辈之人，我们有责任，用一颗真诚之心去认识、歌颂这段历史！也应以正直的良心，来报效前辈们以血肉之躯换来的共和国。以此告诫人们，江山来之不易！

非常荣幸和激动，作为本剧的导演，承担这部史诗性巨作的拍摄任务。首先感谢剧作家王朝柱老师提供给我们这样一部厚重的沉甸甸的力作。剧本以历史事件的进程为依据，大量的真实的历史史料，具有一定的纪实性，但完全纪实的再现不但做不到，也很难实现我们对那段历史的解释，必须在再现中有表现，把那些特定的历史瞬间在荧屏上升华，使人们在感受历史深层内涵方面，得到最大限度的满足，把我们对那段历史的主观情感，渗透到全片中。只有这样，才能使作品与观众在情感上和心理上产生共鸣，才能感动和感染观众。

在二度创作的风格把握上，王朝柱老师提出了他的疑虑，他担心两位导演，因在不同的地点、不同的场景、不同的条件、拍不同的内容，会出现“两张皮”的现象。具体说，张导拍摄的是以毛泽东为主线的完全农村戏，场景更多地选在山上、祠堂、茅草屋等，照明以油灯为主。而我则负责拍摄以周恩来为主线，蒋介石为副线的完全都市戏。场景更多地是选在上海南京路、石库门、高档酒店、别墅、豪华作战室、咖啡屋、酒吧，灯红酒绿。这样都市和农村完全不同，又两条线同时拍摄，风格很难统一，担心一部作品出现“两张皮”现象。这一点提示得很好，需要我们特别注意，我翻阅了大量史料，并对剧本仔细研究，从历史真实和历史背景所需要强调的特定的历史氛围中，找到了答案。白色恐怖笼罩下的上海滩，错综复杂、暗流涌动、阴云密布，革命处在最低谷，共产党由地上转入地下，风云际会、刀光剑影，斗争也是血雨腥风、惊心动魄，残酷至极！为强调、渲染这种特定的历史氛围，大胆尝试营造一种艺术氛围。宏观上，都市部分外景的天空，除了第一场全市人民庆祝第三次武装起义的胜利大游行，阳光普照，其余整部戏的天空不出现阳光，设计成乌云密布的阴霾天空，展示国统区的黑暗，虽然国民党处在鼎盛时期，但也预示着国民党政权的前途将是风雨飘摇，暗淡无光，最终逃脱不了失败的结果。在同一天空下的共产党，遭到国民党残酷的镇压和屠杀，驱散头顶上的乌云，探寻中国之路，需要付出生命和血的代价！只有这样才能与江西毛泽东一线形成一体，使我们两方面的艺术氛围得到统一。微观上，为了遮人耳目，共产党的地下组织住处、接头地点常常被安排在高档宾馆、石库门、酒吧、咖啡屋，室内的光线也都要艺术地处理成柔和暗淡，强调它的隐蔽性、神秘性、紧张感。叛徒叛变后，由于心理上的恐惧感加重，室内的光线应有意识地处理成更加昏暗，加重他们的负罪感。说到这，我想要求照明师，要大胆根据剧情的变化，随时变化光效。做到通过多种光线的处理，对人物和环境加以渲染，展现人物的形象、情绪和性格，增强画面的情绪感染力。光效要符合人物的内心，不能单单起到造型的作用。大胆运用反差大，对比强烈的大比例的光效，写实写意相结合，营造出一种艺术氛围，刻画

蒋介石、宋美龄"世纪婚礼"在上海大华饭店宴会厅隆重举行（剧照）

人物，深化主题。

王朝柱老师还特别提醒我要拍好本剧的重中之重——革命英烈，他们是为寻路而付出生命的陈铁军、周文雍、陈乔年、郭亮、罗亦农、彭湃、杨殷、杨匏安、蔡和森等等，每每读到英烈惊天地、泣鬼神的悲壮章节都让我哽咽，陈铁军、周文雍因为心里有爱，当他们面对死亡、面对刑场时他们把藏在心底的爱情爆发出来，举行了一场悲壮动人的刑场上的婚礼，"在场送行的百姓就是我们婚礼的嘉宾，反动派的枪声就是我们结婚的礼炮！我们要把一个黑暗的世界一起埋葬！"这慷慨陈词，惊天动地荡气回肠，震撼山河壮志激昂，让我看到了刑场上共产党人视死如归的革命气节，读到了相爱的两个人最终走到一起的浓情蜜意，触到了两人那幸福、坦然、灿烂、浪漫的微笑。我们要用最浪漫、最唯美的艺术形式，让这对戴着镣铐的新娘和新郎，成为生命与爱情的千古绝唱，让这部红色的恋曲，永恒的爱恋，光照千秋！

“慷慨登车去，相期一节全。残躯何足惜，大敌正当前。”

“同胞们！战友们！永别了！望你们勇敢地战斗，英特纳雄耐尔一定会实现！”烈士的呼喊犹在耳边。有多少个英雄就会有多少个悲壮，他们挺起共产党人的胸膛，面带坦然的微笑，让苍老的历史落泪如雨，没有他们献出的生命，就没有共产党的今天，更谈不上明天。我们要浓墨重彩，心存感念，满怀激情，不惜篇幅展现烈士，震撼乾坤浩气长存，弘扬他们在生死关头苦苦追寻、探求劳苦大众解放道路的革命献身精神。达到一种境界，强化“信仰”主题。摄影、照明、服化道、包括美术置景在尊重历史真实的前提下，大胆运用写意和写实相结合，调动运用各种造型手段，渲染烈士的悲壮。这是我们的光荣，是我们的责任，是我们的义务，以告慰革命先烈们的在天之灵，并向所有烈士致敬！

《寻路》剧中人物众多，三百多位有名有姓历史人物贯穿在剧中，所有人物是真实存在的，每个人物都在历史上有史可查。这当中有伟人；有在历史上占有重要地位、有着广泛知名度的各界人士；也有过去大家感到敏感的、鲜为人知的、不太好写的禁区，如特科、左倾路线、罗章龙、陈独秀，叛徒白鑫夫妇，叛徒何家兴、贺稚华，共产党总书记向忠发的叛变，特科负责人顾顺章的叛变等，剧作中没有回避，而是严谨遵循史实，还原历史。总之，所有人物性格鲜明，有血有肉，很丰满，很生动，很人性化，很真实。演员选择上不仅仅要求形似，更重要的是神似，要注意性格、气质的吻合，化妆造型要给予外形的点睛。要求演员，必须做好案头工作，掌握所塑造人物的历史背景、人物资料、性格特征、生活习性，和其他人物的纵横关系，是否有情感线。熟知历史，解读人物，精神定位要准确。清晰掌握人物的脉络后，再谈你的人物塑造，否则很难谈到表演成功。

所有演员的表演要用心、要投入，要抓住人物细节，注重对人物性格的刻画和神韵的发挥。要追求时代感，要自然，要收放自如，避免戏剧化。

饰演叛徒的演员、国民党军官的演员切忌概念化，脸谱化。

饰演烈士的演员，要演出烈士的悲壮气势，学会唱《国际歌》。

现在离那个年代确实太远了，演员一定勿将自身的东西带到角色的身上来，以免造成角色的偏颇，避免遗憾。

本剧坚决杜绝阶段性的演员，只知台词不知历史，只知情绪不知思想的浮躁状态，哪怕这个人物只有一场戏！

特别指出的是，这次能与多次成功扮演周恩来的刘劲老师、成功扮演邓颖超的黄薇老师、成功扮演蒋介石的马晓伟老师有幸合作，很是兴奋和期待。在表演上他们都很有经验，能够很好地演绎、

周恩来亲自领导中共特科与国民党特务作斗争

陈铁军、周文雍同志用微笑向广州的父老乡亲告别，在红花岗举行“刑场上的婚礼”（剧照）

诠释人物特定环境下的内心世界。在此我还要强调一点，这一段历史是革命的初期阶段，周恩来也只有29岁，邓颖超23岁，蒋介石也只有40岁，他们都处在成长到成熟的过程，周恩来、邓颖超都是充满了革命的热情与激情的热血青年，有着热血青年的活力和朝气。演员需还原他们的青年时代，让人物年轻化。在准确把握人物性格、突出个性的基础上，从形体、语言、语速上寻找青春的活力、气宇轩昂的状态。我们演的不是今天思维中的伟人周恩来、邓颖超，而是再现八十六年前，年轻的共产党人在寻找探索革命之路时，那种英气、朝气、冲动、果断、才华、激情和智慧。（蒋介石也如此，要年轻化）

大家都知道，影视创作是综合艺术，要做到历史真实和艺术真实的完美结合，需各部门充分发挥主观创造性，来一起努力完成。尤其是美术师领导的服化道置景等造型部门，一定要熟悉历史、熟读剧本、熟知人物，认真研究剧中的历史背景、主要人物的造型特点。

美术、置景、道具部门，色调上，“注重模拟出历史的陈旧感，避开色彩的艳丽”。场景上，全片几百个场景，有实景的我们一定争取实景拍摄，哪怕克服再大的困难，利于强化“史”的风格，意在增加历史厚重感和生活质感。更多的场景需重新选择加工，陈设道具宜精不宜多，戏用道具要真实自然。叙事写实的场景，要依据剧情的发展选景，还原历史真实，外景重样式，内景重质感。比如，周恩来在上海的住处一共换了五次，随着剧情的发展，白色恐怖愈演愈烈，国民党的镇压、屠杀越来越疯狂，叛徒不断出现，造成政治形势更加残酷。这样，家的变化是一次比一次小，陈设上也是一次比一次简单。最后小到只能容下两人，空间中有一种被挤压的感觉。显示政治环境的残酷艰难，寻路的艰难。写意的场景要利于画面表现人物情绪的特定造型。比如，剧中陈铁军、周文雍刑场上的婚礼，刑场一景的选择，就需写实与写意相结合。

服化人员早在 7 月就开始了筹备，我们也做了沟通，人物造型上已付出了很大的努力，而且取得了很好的效果。

史诗性历史正剧要求摄影根据题材内涵和人物情绪，在把握整体风格样式的前提下，以人物形象为主体，镜头画面要大气、稳重、深沉。镜头技巧要朴实无华，尽量不用变焦距去推拉，景别张弛有度，大的升降镜头、运动镜头要恰到好处。构图要有张力，大场面要有延伸，画外有画，气势博大。注重画面的表现性。在摄影上有两个问题，一是剧中有大量开会的戏，环境封闭单调，如何静而不呆？运用多变的场面调度和镜头处理则是我们的主要手法和途径。在单调的环境里找出多变的角度，有意、有动机地多用运动镜头，求其丰富变化。这样不仅戏的味道得以充分地展示，人物情感能得到恰当揭示，而且能做到“静而不呆”，给人以新奇感。这同样是增加了观赏性。二是剧中表现我党隐蔽战线的戏，具有谍战元素，要依据整体史诗风格，在镜头的运用上，千万避免玩谍战样式的镜头，小气而花

导演刘娟在拍摄现场接受记者采访

哨，强拉硬拽观众的眼球，把严肃的史诗性的正剧搞成低俗化。但谍战情节又要求摄影，在画面角度上刁钻怪异，增加可视性，双方面的结合点要特别准确把握好。

我知道，《寻路》团队在制片人倪祖明、黄金城的带领下，创作了《解放》《辛亥革命》等许多重大革命历史题材电视剧，堪称红色经典剧的品牌团队，是一支特别能战斗的团队。每个成员都是精兵强将，在这大家庭里，我有幸成为其中一员，还望家里的每一分子，提出艺术方面独到的见解和看法，有一份力出一份力，有一分热发一分光！拿出你们的创作热情，勇于挑战、勇于超越，继续发扬团队的传统，对艺术执着、认真和智慧，为广大观众交一份合格的答卷。

这里所说的是开拍前的话，只是蜻蜓点水，抛砖引玉，也许还很理想还很浪漫。在开拍之后一定会遇到很多困难。服化道摄录美，都会遇到我们远远没有想到的问题。我希望，大家发挥寻路精神，发挥品牌团队精神，认认真真、孜孜不倦去研究每场戏以及每个人物，减少遗憾，直到最后一场戏、最后一个镜头的完成！

《寻路》这部电视剧，像一部激动人心、大气磅礴的交响乐总谱，已展现在我们每个人面前，我们就要开始演奏了。哪里是整个乐队的气势磅礴的烘托；哪里是丝弦的窃窃私语；哪里是快板；哪里是慢板；哪里又是华彩部分，我们都要胸有成竹，就让我们饱含热情、激情共同演奏起来吧！

我们一定能演奏成功，我们一定会演奏成功！

最后，我要真诚地感谢“金牌编剧”王朝柱老师，披肝沥胆、呕心沥血提供的厚重巨作，感谢您抱病为我们讲述您的创作设想、整体布局、人物刻画、细节描写。这生动的一课长达4小时之久，完全看不到因生病而水米未进、彻夜未眠的一丝痕迹。您慈祥、儒雅、朝气、风趣、幽默、博识、严谨、精益求精，令我难忘。在此，由衷地道声：您辛苦了！感谢您！

感谢天津领导，感谢天津电视台万克台长，是你们以敏锐的洞察力、独到的眼光、准确的定位，来拍板上马这部电视剧，并给了我难得的拍摄史诗电视剧的机会和广阔的创作平台。特别感谢你们对我的信任，我将倾其全力，以饱满的创作热情与大家共同携手交出一份“三性”统一的合格答卷！

（作者系电视剧《寻路》导演）

我演青年毛泽东

许铂岑

2012年北京除夕夜，一个人的龙年春节，窗外烟花阵阵炮声隆隆，放下手中的书，思考了一天角色的性格——书卷气、霸气、领袖气质等等王朝柱老师要求我着重研究的这些方面，大有收获啊，感觉离自己心目中的“毛委员”又近了。

一

对于毛泽东的分析，“前人之述备矣”，我不想多加赘述，仅列出以下几点：

1. 毛泽东在秋收起义之前，对于革命，对于中国是有着自己的成熟看法的，表现在《湖南农民运动考察报告》当中，以及中共的“五大”和“八七会议”，都对于中国的时局有着深刻的理解和解决问题的韬略，蓝图在胸。因此，他不会像一般人那样迷惘，或者抱着某种幻想，抑或对共产国际的盲从。在出场的戏份中已经能够充分地表

许铂岑饰演毛泽东(剧照)

现出,还有在“文家市讲演”、“三湾改编”、“决定去井冈山”、“对袁文才的攻心”。表演时我的内心在调动着真诚,始终贯穿,但也在与环境的互动过程中不断地修正。

2. 此时的毛泽东带有浓厚的书卷气,不像到了延安后经过革命战争的熏陶浸染,革命军事战略家的色彩日益浓重,《寻路》中的毛泽东有着“书生意气,挥斥方遒”的气质。

3. 毛泽东对女性是有魅力的。本来他天生“南人北相”,加之这一时期的毛泽东身材瘦高,长发飘飘,满腹经纶,纵论天下,说出话来令人耳目一新,难怪令“永新一枝花”贺子珍、曾志等女性革命者为之倾倒。

4. 在开会戏的众多场次中,如何理清各种会议的不同之处,意义重大,需要注意与开会前的事件、情绪、行动的衔接,这直接决定开会发言的节奏,例如第5集第8场的“临时会议室”,本场前刚刚搞清楚井冈山上的初步情况,然后开会,我在节奏上力求一种轻快、兴奋的语言状态。

5. 毛泽东对于中国政治形势的分析和判断,多体现在开会时的发言以及与朱德的对话当中,这源于他对中国的认识,对时局的精准预测,对于蒋介石的分析,基本上都判断无误,拍摄与朱德(赵凯饰演)谈话时,我努力透露出一种内心的强大与自信,当然,这都隐在严肃、轻松的氛围,甚至是嬉笑怒骂之中。

6. 雄才大略的毛泽东气魄、胸襟无与伦比。在拍摄“文家市演讲”、“三湾改编” 等大演讲当中，比如讨论如何团结袁文才的一场戏,“送他们一百支枪”,何等大气磅礴,绝无蝇营狗苟之态。第三次“反围剿”中,牵着敌人大范围的转移,气吞山河。对于彭德怀执意重回井冈,给予充分的理解、忍让,也是一种气魄。我都在努力地把握。

7. 毛泽东身上的幽默感,切不可丢掉,是反映一个角色多侧面的重要方面。例如:决定二打茶陵,说道:“我真想跟你们一道出征,我这个人是很革命的,可我这个脚啊,它不革命,至今不听我的指挥,你看看,我要是去了,怕耽误你们行军啊！”像与曾志的首次会面,以他的幽默取得了曾志的好感。

8. 静下心来,通过剧本、图片、视频、资料等各种途径,调动想象,尽可能地将自己置身于 20 世纪 20 年代末的“此情此景”之中,体会人与环境到底是何种关系。当年穷苦人的饮食、衣着、消费、语言方式,进而再揣摩与这群人交流时内心独特的感受。

9. 剧中第 4 集至第 9 集毛泽东形象都是在受伤、拄棍中,体会在受伤的规定情境下,毛是如何完成他的一系列任务的,形体上主要靠练。边走边说,站在原地拄着棍说,生气时把棍子扔掉了等等。此时,木棍已成为戏里的一个角色,不可或缺,但常常也会演变为一个依赖,一个障碍,没有它时还需好好适应。

10.《寻路》中的毛泽东尚未达成长征后的地位,领袖的气质还在逐渐地形成中,人们看到的多是与人争论的毛泽东,而不是说一不二的领袖,且还时不时地面临被颠覆、被拆台的危局。他是淡定的,又是忐忑的;他是有前瞻的,又是茫然的;他是坚决的,又是犹豫的。这种经常出现的矛盾状态,不正是一个活生生的人吗?剧中大量充盈着这位伟人的喜怒哀乐,七情六欲,拍摄时,我不断体验和感知着他的细微心理变化、他那高尚灵魂的升华,由内而外地完善着他独具魅力的一代伟人形象。

在一年半的时间里不接戏、不外出,只专心研读与毛泽东有关

毛泽东领导工农革命军建立革命根据地(剧照)

的书籍，加深了我对青年毛泽东的认知。怀揣着演绎一代伟人的梦想，我开始走进青年毛泽东的“世界”——

二

与单纯的“形似”相比，我更希望自己能无限接近人物的灵魂和思想，把青年毛泽东是如何思考、求索，克服前进道路上困难的心路历程外化，呈现给观众。

2 月 8 日，北影厂，化妆部，第二次造型，春寒料峭，经过王希钟和任宜工两位老师三个小时的巧手加工，换好服装，我和罗忆楠(贺

子珍饰演者)在寒风中摆好了各种姿势,面对镜头时,我的心里涌出一句诗:

> 我依然固执地铺平失望的灰烬,
> 用美丽的雪花写下:相信未来。

初夏,过午不食中,每到夜里,腹中饿感强烈,辗转反侧无法入睡,喝水也无济于事,突然悟出一句话:饥饿,是一种错觉。

7月24日拿到前20集剧本开始了真正意义的"寻路",第一件事就是拿起烟,每日香烟袅袅中,沉浸于寻路的刀光剑影。

9月中旬,开机前,练马场,每天赤裸上身,涂满橄榄油,在马背上,六七个小时的策马狂奔,头晕眼花时,望着镜中模糊的自己,耳边飘过来一句广告语:男人,就是要对自己狠一点儿……

12月初,瑞金山林中,雨中拍策马狂奔,猛然翻身落马,马蹄落在肋骨上的瞬间,脑中只有两个字:完了……当就地十八滚翻身站起后,发现身体还能动时,心中默念:毛主席他老人家保佑!

一连多日的战争场面,炮火连天,沙土横飞,本人蓬头垢面,听着战友们生动讲述赵凯(朱德饰演者)在面对炸点时的窘态,也跟着咧嘴傻笑,但实拍时火弹飞来,我一个趔趄,差点跌坐山坡……

总之,想说得太多,毛泽东的话题更是无穷无尽。怀着对毛泽东这个角色真挚的爱,我演绎了一个从意气风发的书生,到一个成熟的军事战略家的青年毛泽东。在拍摄过程中,从诚惶诚恐到欣然享受,我努力保持着内心的强大,以"我就是"的心态迎接每一天的挑战,戏里戏外都在完成这一伟大的"蜕变",力求以自己对领袖形象的准确把握和个性化演绎,让这部鸿篇巨制在解读重大历史题材过程中,把观众的视野导入广阔而平实的认知领地,为当代青年人学习历史、了解伟人创造更加贴近的空间。

作为一名塑造开国领袖的演员是幸福的。这里不谈幸运，只言感恩！朝柱老师，您真的不仅仅给了我一个角色，一部戏，而是给了我一生的"财富"，因此我会倍加珍惜，大恩不言谢，我真诚地期待业界专家、观众给予批评指正。

（作者系电视剧《寻路》毛泽东的饰演者，
本文原载于 2013 年 7 月 12 日《文艺报》）

我心目中的贺子珍

罗忆楠

电视剧《寻路》开机前，我托朋友带我到八宝山革命烈士陵园，为贺子珍奶奶扫墓。一为表示敬仰，二为增强自己的表演信念。一到灵位前，我傻眼了，完全出乎我的想象。灵位前，没有只字片语，只有一张两寸左右的照片，连名字都没留下，显得格外地清静。鞠躬毕，我静静地站立了三分钟，似乎感受到了一种暗示。我暗下决心，一定要演出一个我心目中的贺子珍。

在人们的印象中，似乎贺子珍就是一位女中豪杰，持双枪、会打仗、能长征。可我心目中的贺子珍，是心系国家兴亡，投身革命洪流的大女人；是牵挂着丈夫安危，有委屈自己下咽的弱女子；是战地秋风中，飒爽英姿又侠骨柔肠的女将领。她，是我演艺生涯中可遇不可求的好角色。自一年前得知自己要饰演贺子珍时，就读了很多关于她的历史资料，斯诺在回忆录里写道："贺子珍看起来是这么弱不禁风"。弱，那只是表象，我从心底里敬佩这位老人，敬佩她一生的顽强、倔强、隐忍。

在表演上，我把人物基本分为三个阶段：出场时的少女、带领队伍的大姐、婚后产子的妻子。

贺子珍的出场是一个亮点，她女扮男装、英姿勃发机智有谋。在一群男人的队伍中，脱颖而出，机智完成各种打探情报的工作。在这个阶段，我表演时经常放声大笑，导演和摄影还开玩笑，说我总露着我那八颗大门牙。我是故意的，我希望塑造出贺子珍天性开朗、不拘束缚的假小子个性，我想也正是她这种天真活泼、勇敢大胆的精神头，吸引了毛委员的注意吧。

第二阶段是带队伍打仗。有巷战、有树林战、开枪、爆破、追逐。实拍时，开枪不能眨眼这个问题，我轻松应对了。可这土弹、火弹、汽油弹一块爆炸时，战火纷飞中真把我吓得紧紧地抱住了头。因为埋弹药需要的时间很长，所以大的战争场面都很难提前演练，还有我身上背的两把双枪就有七八斤重，作为女子部队的大姐，凡事我都

罗忆楠饰演贺子珍（剧照）

跑在第一个。每次开机前,我都要鼓足勇气、提起干劲、咬紧牙关,再加一百二十倍的集中精气神,冒着枪林弹雨完成一个个“闯关”任务。拍战争戏真的不容易,但我自己就是一个要强的人,所以我认为这是一次很棒的工作体验。

最后一个阶段也是我最看重的一个阶段,一个妻子。毛委员一直受到不公正待遇,后来又得了打摆子病,贺子珍此时却一直怀着身孕。我的感觉是坚强、坚持、坚忍。我在演戏时,经常会看着毛委员,他生病了,观察他的病情,担心他的身体,无微不至地随身照顾,巴不得这个丈夫不离开自己的视线。我认为这是很动情的一段,战地情缘,患难与共,我特别希望观众能感受到贺子珍发自心底对毛委员的关爱,联想到她的一生是多么地坎坷不易。

小时候,经常听爸爸提到贺子珍这个名字,就觉得这个名字真好听。爸爸说,她是毛泽东的第二任妻子,也是真正的患难夫妻。真没想到,有这么一天,我能有幸扮演她,真的从心里特别感恩。真心感谢朝柱老师和创作团队一直以来给予我的信任和鼓励,感谢我的“战友们”戏里戏外的相互扶持与帮助。对我来说,每部剧都像自己的心灵之旅,让人生更精彩、更自信。

太多感激化成动力,而今迈步再接再厉!

(作者系电视剧《寻路》贺子珍的饰演者,
本文原载于2013年7月12日《文艺报》)

筚路蓝缕　以启山林

• 深度解读

一部真实、好看、有教育意义的优秀作品

逄先知

大型史诗电视剧《寻路》,是王朝柱同志创作的又一部重大革命历史题材的宏大作品。表现的是从1927年大革命失败到1932年宁都会议的五年期间,中国共产党在历史转折关头,面临生死存亡的历史时刻,在选择什么道路继续革命这个关键问题上,党内进行的一场大的争论和斗争。一方是以毛泽东为代表的主张农村包围城市、武装夺取政权的道路;一方是以"左"倾教条主义者主张的"城市中心论"的道路。当时中国共产党尚处在幼年时期,经验十分缺乏,又受制于远在莫斯科的共产国际,在这样的条件下,这场争论和斗争,是一个不可避免的历史现象。不管坚持哪种主张的人,都是出于对革命事业的忠诚,苦苦探索、寻求中国革命胜利之路。当时都是一些二三十岁的年轻人,对于那些主张"城市中心论"错误道路的人,后人在研究和评价这段历史时,也不要过于苛求他们。

电视连续剧《寻路》,有声有色、活灵活现地反映了这段内涵丰富而又奇特的历史,是一部成功的优秀作品。我之所以作出这样的

中共中央文献研究室原主任、电视剧《寻路》总顾问　逄先知

评价,理由如下。

第一,真实。剧作者利用了大量权威党史著作和第一手材料,以及一些重要人物的回忆录等等,用艺术的形式和语言,真实地反映了这段历史主线,真人真事,真实情节,看了这部电视剧等于读了一段党史。作为一部文艺作品,剧中虚构了一些具体情节,虚构几个跑龙套式的人物,用以穿插和连接故事情节,这些是必需的,不然就不成其为艺术作品了。但它同那些"戏说"之类的电视剧,截然不同,保持了重大革命历史题材作品的严肃性。

第二,好看。剧作者把剧中错综复杂的各种矛盾组织得有条不紊,跌宕起伏,引人入胜。有这样一些矛盾:国共之间的矛盾;共产党内部正确路线和错误路线之间的矛盾;国民党新军阀内部的矛盾;共产党同极少数叛徒之间的斗争。以共产党内两条路线的矛盾贯穿始终,突出了"寻路"这个主题。全剧就是围绕这些矛盾的发展而展开的。有矛盾,有冲突,就有戏,就好看,就吸引人。通过导演的精心

毛泽东上井冈(剧照)

编导和演员的精彩表演,把这段带有传奇色彩而又惊心动魄的历史呈现在观众面前。党内关于中国革命道路问题的路线之争,在这部电视剧里还没有结束。但是,事实已经做出了回答:“城市中心论”的道路已经行不通,毛泽东关于“农村包围城市,武装夺取政权”的主张是中国革命取得胜利唯一正确的道路。

第三,有教育意义。一个文艺作品,既有很高的艺术水平,又有很好的教育作用,能给人以启迪,提高人们的精神境界,才称得上一部优秀作品。我认为《寻路》可以称得上这样的作品。从这部电视剧里我们可以得到很多启示,受到很多教育。我就有很多感受。看了这部电视剧,会强烈地感受到老一代革命家们为了革命的事业,为了找到一条正确的革命道路,英勇奋斗,完全置个人生死安危于不顾。他们之所以能够做到这一点, 就是因为他们有着坚定的理想信念,毫不动摇,为了民族独立、人民解放可以牺牲自己的一切。这种崇高的革命精神，同那些叛党分子、叛徒们的卑鄙龌龊的心理状态和恶劣行径，形成强烈的对比。老一代革命家高尚的精神和风范，永远值得我们学习，中国人民将永远不会忘记他们，中国人民将永远不会忘记为中国革命牺牲的千千万万的革命烈士，这是第一点。第二点，选择中国革命的正确道路，必须从中国的实际出发，由中国人在实践中去寻找。既不能照抄书本，也不能照搬外国经验，更不能由一些不懂中国国情的洋人，按照他们的意志，替我们去设计，去作决断。外国的经验，可以借鉴，但必须以我为主。毛泽东所以能够找到一条正确的革命道路，就是因为他最了解中国国情，了解中国的历史和现状，亲自作实地调查，虚心向群众学习，把马克思列宁主义的基本原理灵活地运用于中国革命的实践。第三点，选择正确的革命道路，必须有独创精神，能开动脑筋，破除迷信，不被一些传统的东西所束缚；并且善于和及时地总结经验教训，包括正面的和反面的，再上升为理论。总之，从电视剧《寻路》可以学到很多东西。我所谈到的只是涉及思想内容方面的，关于这部电视剧艺术方面的成就，会有许多文艺界的同志发表重要意见。

最后，预祝大型史诗电视连续剧《寻路》播出成功！

（作者系中共中央文献研究室原主任
电视剧《寻路》总顾问
本文原载于 2013 年 7 月 1 日《文艺报》）

《寻路》:新的精神发现与艺术提炼

李　准

一个民族、一个国家、一个政党,每当重大历史转折关头都要面临走什么道路的选择。道路的探寻关乎全局,关乎民族和国家的命运。鸦片战争以来,无数仁人志士为寻找民族复兴的具体道路前仆后继,历经曲折。中国共产党人终于找到一条适合中国国情的“农村包围城市,武装夺取政权”的革命道路,揭开了真正实现民族独立和人民解放的历史崭新篇章,道路探寻中收获的宝贵经验至今仍是激励我们的巨大精神力量。

长篇电视连续剧《寻路》就是这寻路之旅和寻路精神的最新审美呈现。30 年来,对于从秋收起义到中央苏区“反围剿”的寻路历程,虽已有多部重大题材影视剧作出过各有侧重的艺术再现,但这次《寻路》的播出还是给人以强烈的新鲜感和精神震撼。原因在哪里?或者说,《寻路》在相近题材创作中的最大突破是什么?我以为,根本原因是该剧创作者自觉站在当代思维的高度,对寻路之旅作出了新的精神发现与艺术概括,有力地激发了历史经验与时代需求的共

中国文联原副主席、电视剧《寻路》艺术顾问　李准

鸣。

不是一般地再现大革命失败后的寻路历程，而是紧紧抓住能否突破“国际共运”已有的具体革命经验这个争论的焦点，以一种更宏大的历史尺度去重新审视、发现“农村包围城市”革命道路探寻的艰难和意义，从哲学层面上打通了历史与现实的内在精神联系。

打碎旧的国家机器、建立人民当家的国家政权，这是马克思主义国家学说的基本原理，也是各国共产党人共同的革命目标。但为实现这一目标，巴黎公社和十月革命走的都是中心城市暴动之路，国际共运史上只有这一种具体经验。中国共产党在寻路中应如何对待这种经验？这是问题的要害所在。

《寻路》的高明就在于它通过真实地再现历史，集中而又尖锐地揭示：那些从莫斯科和法国回到上海的中共领导人为什么长期抱着中心城市暴动的做法不放？为什么在“八一”起义失败之后又发动广州起义，接着又命令朱毛红军去打长沙打南昌打武汉，这些都失败以后，他们自己又要在上海和南京搞暴动？除了他们对中国的实际缺乏深入了解，更深刻的原因是思想方法上的教条主义，把只适用于某些欧洲国家的经验当成了绝对律令。毛泽东为什么能独立提出和坚持“农村包围城市”的道路？这当然与他对中国社会有深入认识并长期从事农民运动有关，但更重要的是他在方法论上坚持没有调查就没有发言权，反对本本主义。正因为如此，“农村包围城市”的探寻不仅给中国革命带来希望，也给国际共运开创了新的经验，推动了马克思主义理论的中国化。一部《寻路》生动地告诉观众：“农村包围城市” 道路的探寻实际上是中国革命历史上一次伟大的思想解放，而思想解放的要义就是一切从实际出发，按客观规律办事。推而言之，不论是搞革命还是搞建设，中国的发展道路只能由中国人自己在中国的实践中去探寻和创造。外国的经验再好，也只能借鉴而不能照搬。不管是谁，背离了这一条，就要走弯路，就要吃苦头。

在坚定地认为中国革命之路的探寻是世界历史的伟大创举的基础上，该片没有回避一些领袖人物在寻路中的缺点和错误、重要领袖人物之间的分歧和碰撞，反而通过对这些缺点和错误、矛盾和冲突的真实而又智慧的描写，对寻路之旅即中国共产党人成长之旅的内涵和领袖人物人格魅力的形成都作出了新的发现。

比如，第一次用平行蒙太奇的叙事，再现同样英勇的中心城市暴动的一次又一次失败和以农村为根据地斗争的节节胜利，在对比中揭示出“农村包围城市”道路的强大生命力。特别是接近结尾处的对比，一方面是中央苏区三次“反围剿”的巨大胜利，另一方面是指挥攻打大城市的党中央机关在上海再也无法立足，要分批撤到中央苏区的农村根据地，更有力地反衬出实践是检验真理的唯一标准，从自己的错误中学习是最好的学习。又如毛泽东与朱德、陈毅在建军思想上的分歧和他在红四军党的第七次代表大会上的落选、苏区中央局对毛泽东的错误批判尤其是在宁都会议上撤掉毛泽东的军事指挥权，这一直是重大题材创作中的难点，许多作品常常是绕道走或用画外音一带而过。《寻路》却迎难而上，由于把握住了共同革

“八七会议”之后，瞿秋白找毛泽东谈话，希望他能到上海中央机关工作。毛泽东表示愿到农村，于是改派他以中央特派员身份去湖南领导秋收暴动（剧照）

命目标下的认识分歧这个冲突本质，它直面矛盾的形象描写不仅揭秘了历史，而且把难点变成了深化主题和塑造革命领袖形象的亮点，给观众呈现了更有新鲜感又更接近历史本来面貌的毛泽东、周恩来、朱德的艺术形象。

寻路之旅充满未知与艰险，中国革命道路的探寻除了正确的思想路线还必须以真正的革命信仰的坚守为支撑，前进的路是用先行者的鲜血和生命铺成的。《寻路》的又一个突出成就，是通过对党员队伍尤其是高层领导中革命烈士和叛徒形象的成功刻画，对坚守革命信仰的重要性及其巨大精神力量作出了新的深度发掘。

在红军和农村根据地方面，被具体描写到的烈士有卢德铭、王尔琢、黄公略、宛希先、王兴亚等，叛徒有余洒度、苏先俊、袁崇全、陈皓、龚楚等；在上海和其他大城市方面，被具体描写到的烈士有蔡和森、罗亦农、恽代英、赵世炎、彭湃、杨殷、张太雷、郭亮、陈延年、陈乔年、周文雍和陈铁军等，叛徒有何家兴、贺稚华、白鑫、唐虞、尤崇新、张克云、顾顺章、向忠发等。在重大历史题材影视剧创作中，第一次有一部作品集中描写了党员队伍包括高层领导中这么多的人物，而且写得如此真实又令人震撼。因为把献身人民解放的革命目标视作最高荣耀，周文雍和陈铁军毅然宣布在敌人的刑场上举行婚礼，让敌人的枪声作自己婚礼的礼炮！因为视革命信仰的坚守、革命道路的寻找高过自己的生命，蔡和森被敌人用5个大铁钉钉在墙上时还大声怒斥叛徒，高喊"中国共产党万岁"！相反，因为追求腐朽生活方式，革命信仰丧失，顾顺章在武汉被捕前就已给蒋介石写好了效忠信，叛变后成了捕杀共产党人的恶魔。向忠发在上海被捕后，敌人尚未用刑，他就立即出卖党的机密以求饶，并领人去抓捕曾多次保护过他的周恩来。坚守革命信仰，虽死犹生；当了叛徒，虽生犹死。剧中这一幕幕历史的真实再现，这一次次崇高与卑鄙的强烈对比，在艺术感染力上产生了一种穿越时空的叠加效应，让观众不仅重新审视革命信仰的崇高意味，而且会自然联想到今天我们坚持走中国特色社会主义道路，对于建设小康社会、实现共同富裕的目标是何等的重要。

与思想内容上的这些新发掘相呼应，该片起用富有潜质的青年演员饰演毛泽东和其他领袖形象，加快台词、动作和整个叙事节奏，也都给史诗品格的追求带来了新的气象。局部的遗憾还是有的，次要演员的形象、表演与角色要求尚有差距，某些情节的戏剧化程度还不够高。当然，这也给今后进一步修改留下了空间。

（作者系中国文联原副主席
电视剧《寻路》艺术顾问
本文原载于2013年7月9日《人民日报》）

电视剧《寻路》的三个看点

李 准

电视连续剧《寻路》作为重大题材影视剧创作一个新的收获，也作为今年纪念毛泽东诞辰120周年推出的第一部作品，我想它至少有三大看点。

第一个看点，新鲜感、揭秘感。文艺创作有个规律，任何一次真正的文艺创作都是对创作对象的一次新的发现。《寻路》最大的特点是它内容的新鲜感。从1927年大革命失败到1932年宁都会议，这段历史至少几十部影视剧都表现过，但是看《寻路》仍然感到很新鲜，为什么？直接的原因就是内容的揭秘感，这源于王朝柱同志和他的团队对这段革命史的新的发现。比如说，在第一集描写"四·一二"大屠杀当天，周恩来只身去见蒋介石，冒着杀头的危险，大义凛然痛斥蒋介石，然后昂首阔步走出了蒋介石的司令部。从"四·一二"到"七·一五"，周恩来是如何指挥上海白区反对蒋介石的斗争，这是过去所有影视剧都没有系统地表现过的。还比如说，红军第四军党的代表大会，因为对建军思想有认识分歧，再加上种种复杂的原因，导

“四·一二”大屠杀当天，周恩来只身去见蒋介石，冒着杀头的危险，大义凛然痛斥蒋介石(剧照)

致毛泽东落选前委书记；红四军召开“八大”时，毛泽东患疟疾打摆子起不来，坚持用担架抬着过河也要去参加“八大”，结果赶到时会议开完了。这也是过去大量的作品，包括大部分重大题材影视作品都绕过，或者是一带而过的。在我们创作队伍中，可以说没有几个人真正知道这一历史的底蕴，更没有人能够真实深入地表现好这段历史。现在，《寻路》这样放开写，真实地揭示矛盾冲突的结果，对领袖形象不仅没有损伤，反而给他们增光添彩。还有驻上海的中央和临时中央不断地派人到中央苏区去，对毛泽东展开批判，一直到 1932 年宁都会议上毛泽东被剥夺了最后的军事指挥权，这也是过去的作品不敢写或者没有写好的，但《寻路》却非常真实而又从容地加以呈现，取得了令人震撼又鼓舞的效果。自始至终，只要是对中国革命历史感兴趣，对中华民族历史感兴趣的人，看了《寻路》都会被它新鲜的内容所吸引。

第二个看点，创意致胜。电视剧《寻路》不仅对史料对历史本身有新的发掘、新的发现，而且对这 5 年历史特别是在共产党内部围绕走什么道路的探索和争论，有新的发现和新的表现创意。过去虽然也写到农村包围城市，也写到有人主张走中心城市暴动这条道路，但都没有像《寻路》这样紧紧抓住这个争论的焦点。当时的共产国际指导着全世界各国共产党的革命，就是要求走城市暴动的道路，准确地说是走中心城市暴动道路。中共中央领导机构有从莫斯科回来的、从法国回来的中央领导人，他们也只知道有一个中心城市暴动的道路。因为无产阶级第一次夺取国家政权是巴黎公社，第二次是俄国十月革命，不但是在城市暴动，而且是在中心城市暴动，

患疟疾的毛泽东，被抬着冒雨过河参加红四军“八大会议”，但未赶上（剧照）

是在首都暴动。在国际共运史上这是唯一的经验。《寻路》立足这样一个高度,从一开始就提出了这个尖锐的问题:大革命失败了怎么办,走城市暴动还是走另外的道路?从这个意义上说,以毛泽东为代表的“农村包围城市”的道路,不论从中国共产党党内,还是从鸦片战争以来半个多世纪的中华民族复兴之路的探索来看,都是一次很大的思想解放,而且从国际共运史来看,也是一次伟大的思想解放运动。《寻路》将宏大主题和剧魂升华到国际共运史、世界发展史这样一个高度,所有的道路之争和寻路之举,都有了新鲜的意味,都让人感到非常新鲜。在剧中我们看到,在上海党中央机关不断地发动城市暴动,不断地失败,最后中央机关自己在上海也待不下去了,只能撤到苏区。而在苏区的毛泽东不断受到批评,不断受到压制,但是井冈山的斗争,中央苏区的斗争,反围剿的斗争却是不断地走向胜利。这两方面的强烈对比说明了正确道路的探索必须从实践出发,实践是检验真理的唯一标准,就像恩格斯说的,从自己的错误中学习是共产党最好的学习。从这点看,立意高超而新鲜,赋予全剧以新意与诗意。

第三个看点,历史真实与艺术虚构的完美结合。重大题材影视创作有一个原则是“大事不虚,小事不拘”:对重大历史和重大决策事件的描写不能违背历史事实,但既然是电视剧,就必然有虚构,而且必须有大量的虚构。如何处理历史真实与艺术虚构的关系,一直困扰着许多创作者。王朝柱这次在处理历史真实与艺术虚构的关系上走到了一个新的起点,而且引领整个重大革命历史题材影视剧创作走到了一个新的起点。《寻路》中对一系列重大历史事件的描写,都严格地忠于史实,抓住了戏魂;但在具体的故事情节和台词上,又能够大胆按照艺术规律要求进行虚构,没有一部戏能像《寻路》这样展开自由想象的翅膀。从这个角度来说,他在重大革命历史题材史诗风格的追求上,也做出了新的探索,这给后来者带来不少启示。

看过《寻路》这部剧,很自然就想到上个世纪英国著名历史学家汤因比在评价荷马史诗《伊利亚特》时的一段精彩论述："如果开始把《伊利亚特》当作历史来看，你会发现其中充满虚构；当你将它当作虚构文体来阅读，又会感觉它里面充满着历史。"《寻路》就是这样的作品，因为它把握了历史的本质、历史的精魂，所以就更能展开艺术形象的翅膀。

以上是《寻路》的三大看点，在重大题材影视剧创作中有明显的突破。当然该剧还有很多看点，比如年轻演员许铂岑饰演的毛泽东，几集看过后，一定会发现，中国电视荧屏上又出现了一个崭新的、更接近当时红军时期毛委员的毛泽东艺术形象。

另外，迄今为止国内尚无一部电视剧像《寻路》这样，先后塑造了近二十个烈士，鞭挞了十多个叛徒。烈士的牺牲一个比一个更加气壮山河，如蔡和森被捕受刑时，被五个钉子将五体钉在墙上，他还痛斥叛徒顾顺章，痛斥蒋介石，高喊"中国共产党万岁！"相反那些叛徒，像党的总书记向忠发，被蒋介石一抓住，还没等用刑就先出卖党的机密，随后带领特务去抓多次保护过他的周恩来。再如叛徒顾顺章，还没被抓捕，就先给蒋介石写好了效忠信。他们的叛变都是从信仰动摇开始的；他们的信仰动摇都是从生活腐败开始的。剧中的这种描写有着极强的现实意义。

有位史学家曾说，历史就是我的垂钓之溪。我很同意这句话。历史是一条充满智慧和激情的河流，历史和现实的联系是自然存在，永远割不断的。观看电视剧《寻路》，将为我们今天带来很多启发和教益，一定会更加坚定我们走中国特色社会主义道路的决心和信心，激励全体中国人民继续奋斗求索，梦圆"中国梦"。

（作者系中国文联原副主席
电视剧《寻路》艺术顾问
本文原载于2013年7月1日《文艺报》）

一部为了明天，站在今天，表现昨天的精品力作

仲呈祥

电视连续剧《寻路》在今天播出具有非常重要的现实意义和深远的历史意义，党的十八大以后，习近平总书记提出了“中国梦”，梦是要靠一定的路径来实现的。为了实现中华民族复兴的伟大的中国梦，必须要走一条实事求是的中国革命之路。梦之源在哪儿？实际上中国共产党领导中国人民要实现的中华民族伟大复兴之梦，从党诞生以后就开始寻路，这条路究竟应该是什么样的一条路？《寻路》生动形象深刻地告诉我们，必须是马克思主义的普遍真理跟中国革命的实际情况相结合的路。用今天的话，就是既要美人之美，善于学习借鉴外来经验，更要善于发现自己的美，各美其美，坚持从中国的实际出发，并且使两者结合起来，实现美美与共，美美与共的过程就是结合的过程，就是交融整合的过程。

观看《寻路》，我有这样几点体会：

体会之一，《寻路》以艺术的方式，呈现了实现中国梦应走的一条哲学之路。哲学通，一通百通；哲学不通，四处碰壁。哲学之路就是

中国文联原副主席、电视剧《寻路》艺术顾问　仲呈祥

思想路线之路，就是理论与实践相结合之路，这是具有决定意义的根本之路。这条路又是组织路线之路，就是用人之路。思想路线、政治路线决定之后，干部是决定的因素，即用什么样的人。我们党蹚出的这条实事求是之路是靠着一批真正把马克思列宁主义的普遍真理同中国革命的实际结合起来的先进分子去践行的。在今天，要搞经济建设，要实现民主富强之梦，同样有这个问题。可以借鉴别人的，即善于美人之美，但是首先要各美其美。自己的民族精神是什么，民族的气质是什么，民族的思维方式是什么，必须一清二楚，必须当成根，当成自己坚守的基地，由此出发去美人之美，才能实现美美与共。当年的中央领导有从法国、从莫斯科归来的，生硬搬用“武装占领中心城市”，致使革命遭受惨重损失。而以毛泽东同志为代表探寻的“农村包围城市”之路，才指引革命走向胜利。这条路还是信仰之路。“人无信仰，生不如死”这是老作家马识途年逾九旬时写下的八个大字。共产党人就是讲信仰的，这个信仰就是为人民服务，为

全体人民谋福利，有这个信仰与没有这个信仰是完全不同的。最近，习近平总书记要求用形象、通俗的方式对青少年进行党史教育，对广大人民群众进行党史教育，知党爱党，知道党的历史才能爱党；知史爱国，知道历史才能爱国。《寻路》正是“知党爱党，知史爱国”极好的形象教材。

体会之二，《寻路》以电视剧这种覆盖面最广、影响力最大、渗透力最强的艺术形式在央视播出，其在传播历史精神，提供历史营养方面功不可没，给了我们宝贵的启示。一是创作者必须坚守与时俱进的唯物史观，二是必须坚守与时俱进的中华民族的审美观，没有这两条就可能戏说历史，就可能消费历史，就可能颠覆历史。像现在不少戏说历史、解构历史、颠覆历史的作品，打着人性的招牌，打着所谓的表现复杂人性的招牌，丑化共产党、丑化我们在共产党领导下革命斗争的历史，那是绝对不行的。《寻路》在人物塑造上的美学追求也很有新意。现在，青少年一代，还有多少人知道蔡和森、恽代

秋收起义前，瞿秋白、罗迈约见毛泽东（剧照）

毛泽东率部进行三湾改编，“官兵平等”“党支部建在连队上”，成为建设新型人民军队的开端。图为毛泽东在“工农革命军第一军第一师第二团改编大会”上讲话（剧照）

英等革命先辈？甚至有的人连朱德都不知道了。不知党怎能爱党？不知史焉能爱国？看了《寻路》，吸引青年人很好地去读书，去养成读史的习惯，养成读书的习惯，这样才能“知党爱党，知史爱国”。

体会之三，观看《寻路》，发思古之幽情，往往为了现在。这里所说的“古”，就是现代中国革命历史，观史是为了观照今天的现实。现在要走的中国特色社会主义道路，这条路究竟应该是什么样的，我们必须在思想方法上，在哲学思维高度上，在组织路线上，包括在我们的理想信念上，继承毛泽东这一代革命伟人的遗志，继续把中国改革开放事业推向前进。

此外，我非常佩服编剧王朝柱，我认为他堪称中华民族的精神脊梁。这位年过古稀之人，鞠躬尽瘁地向历史知识汲取营养，毕恭毕敬地向老一辈史学家、党史专家、军史专家虚心学习和讨教，以一人之力，把中国人民二十世纪的革命奋斗史系统地搬上当代荧屏，功在千秋。这在中国电视剧史的研究中是要大书一笔的。从文坛的“王朝柱现象”到整个思想文化战线的“天津现象”和“天津模式”,无疑对推动社会主义文化健康持续繁荣,提供了具有普遍借鉴意义的新鲜经验。

电视剧同所有的艺术一样,思想是灵魂,没有灵魂的艺术是不能够流传的,尽管它可以轰动一时。在重大革命历史题材创作中,要提倡一种良好的创作风气来引领风尚。像电视剧《解放》《辛亥革命》《寻路》这样具有较高的美学品格,并把“有思想的艺术”同“有艺术的思想”辩证统一起来的好作品,才能引领文艺界的风尚,才能够教育人民,才能够服务社会,才能够推动发展。从这个意义上讲,电视剧《寻路》是一部为了明天,站在今天,表现昨天的精品力作,一定能够成为一部反映波澜壮阔的革命历程、激励人民奋力前行的生动的历史教科书。

(作者系中国文联原副主席
电视剧《寻路》艺术顾问
本文原载于2013年7月1日《文艺报》)

群众路线教育的生动教材

汤 恒

《寻路》是天津出品的又一部重大革命历史题材电视剧。看完之后有三点感想。

第一，全新的视角和主题。《寻路》将中国共产党的早期历史，用探寻中国革命之路这样一个主题、一条主线贯穿起来，富有新意。这部电视剧表现的历史，有些是大家比较熟悉的。不管是通过欣赏文艺作品，还是阅读革命历史史料，以往大家了解到的都是些片段，比如大家都很熟悉的南昌起义等。通过“寻路”这样一个主题和一条主线，将这段历史系统完整地编织起来，是我们过去很少见到的。在《寻路》里，对这段历史中的很多内容和人物又有了新的深化和升华。“寻路”的主题具有鲜明的现实意义和深远的历史意义。这样的一个视角、一个主题、一条主线给这部电视剧带来了全新的意义、全新的价值。

第二，实事求是的精神。这是编剧王朝柱和《寻路》的创作团队、专家顾问团队一贯坚持的精神。在创作过程中，创作团队坚持唯物

中宣部文艺局局长　汤恒

史观和实事求是的精神，用历史的、辩证的方法较好地把握了这段历史。有四点给我的印象非常深刻。一是对毛泽东、周恩来、朱德等老一辈无产阶级革命家在探索正确革命道路的过程中，所付出的不懈奋斗、所表现出的顽强革命意志，给予了充分的展示和高度的肯定。中国共产党在探寻中国革命之路的艰难历程中找到了一条“农村包围城市”的正确之路，这是中国革命的一大重要贡献。二是对党的早期领导者给予了准确的表现。表现党的早期领导者的文艺作品也有不少，比如表现瞿秋白的就有电视剧《秋白之死》、电影《秋之白桦》。而《寻路》这部电视剧从历史的、从党的领导人的角度展现和描写了瞿秋白，角度选得好，把握得也比较准确。该剧对党的其他一些早期领导人都给予了恰如其分的客观展示。三是对我们党在幼年时期的奋斗和探索，无论是在革命根据地，还是在国统区，该剧都有充分的表现。《寻路》塑造了一批年轻革命家的光辉形象，描写了他们意气风发、信仰忠贞、意志坚定，表现了他们为革命事业甘愿抛头颁、洒热血。他们对中华民族历史的担当精神，对革命的执着和奉献牺牲精神，令我们感动，让我们景仰，值得我们学习。四是该剧通过真实的历史事件和大量生动的剧情描写以及精彩的语言对白，自然而然表现出是历史选择了马克思主义，选择了中国共产党，选择了社会主义的必然趋势。

第三，洋溢着革命的激情和浪漫的情怀。《寻路》的创作团队和整部作品充满了对党的热爱，凝聚着对人民领袖和老一辈无产阶级革命家的深情，饱含着对革命先烈的景仰，也饱含着对人民和人民革命的热情，给人一种时代的豪迈感和奋进的激情。这种激情就像毛泽东诗词中所具有的那种豪情、诗意、境界。《寻路》最后的那一段旁白，虽然只有简短的几句话，却是气势磅礴、催人奋进的。看过该剧，深感探寻一条正确的革命道路极其艰辛，使我们坚守正确道路的信念更加坚定，我们将毫不动摇地沿着党找到的中国特色社会主义道路继续奋勇前进，迎接中华民族的伟大复兴。

《寻路》是一部生动、艺术化和富有感染力的党的历史的“正史”。相信这部电视剧会成为一部常播剧，在我国电视艺术发展中发挥重要作用。在今年开展的群众路线教育实践活动中，这部电视剧也必将发挥教育和启迪作用。

(作者系中宣部文艺局局长
本文原载于2013年7月19日《光明日报》第一版
2013年7月12日《文艺报》)

播出《寻路》践行中央电视台应有的使命与担当

胡占凡

由中共天津市委宣传部、中央电视台、天津广播电视台联合出品的44集重大革命历史题材电视剧《寻路》即将在中央电视台综合频道黄金时段播出，我代表中央电视台向制作单位和全体主创人员表示热烈的祝贺。

大型史诗电视剧《寻路》以革命史诗风格和全景式的表现，真实生动地展现了自1927年“四·一二”大屠杀至1932年10月宁都会议五年间，毛泽东、周恩来、朱德、陈毅等老一辈无产阶级革命家和他们的战友在中国革命的重大历史转折点，坚持从中国革命的实际出发，于风雨逆境中上下求索，历经千难万险，九死一生，终于为中国革命闯出了“农村包围城市，武装夺取政权”这一条从未走过的独特的胜利之路。

电视剧《寻路》以独具的思想深度，秉持严谨的创作态度，全面、准确、真实地还原历史，揭秘重大历史事件和人物，具有广阔的视角、宏大的叙事风格，具有较强的思想性、艺术性和观赏性。今天播

中央电视台台长、总出品人胡占凡
在《寻路》首播新闻发布会上致辞

出这部剧具有重大的现实意义和深远的历史意义，它将使观众对中国革命的艰难曲折历程有一个更完整、更清楚的认识，对于今天的青年一代更好地认识中国革命历史，唤起以天下为己任的爱国情怀，加强革命优良传统教育，有着积极的推动作用。

中央电视台在“七·一”前夕选择播出这样一部革命题材电视剧，是为了表达对老一辈无产阶级革命家和无数英勇的中国共产党人为探寻中国革命之路披荆斩棘、浴血奋斗的敬意，表达我们对实现中国梦的追求。中央电视台担负着传达国家主流意识形态声音的责任和使命，始终追求“国家责任、全球视野、人文情怀”的精神，综合频道的“一黄”剧场选择什么、播出什么，具有重要的价值导向意义。去年以来，我们相继播出了《国家命运》《知青》《我们的法兰西岁月》《刘伯承元帅》《五星红旗迎风飘扬》等优秀主旋律电视剧，而《寻路》的播出也将体现主流价值，体现思想深度，体现历史厚度，践行

毛泽东在做战略部署(剧照)

影视作品应有的使命与担当。在面对革命先贤坚定信仰、昂扬斗志、振奋精神的艰苦卓绝的寻路岁月时,我们应向他们深深致敬,并努力继承优秀传统。《寻路》的播出有助于我们更加自觉地坚持中国特色社会主义道路,去实现民族复兴的伟大中国梦。

这部剧也是全党即将开展党的群众路线教育实践活动的一部生动教材,对于自觉抵制形式主义、官僚主义、享乐主义和奢靡之风,保持同人民群众的血肉联系,发挥密切联系群众的优势,都具有思想教育意义。同时对我们进一步落实十八大提出的“文化引领风尚、教育人民、服务社会、推动发展”有着重要的作用。

预祝大型史诗电视剧《寻路》首播成功。

(作者系中央电视台台长、电视剧《寻路》总出品人
本文是作者在电视剧《寻路》CCTV-1
黄金档开播新闻发布会上的讲话)

传递正能量　助力中国梦

罗　明

由著名编剧王朝柱同志创作的电视剧《寻路》于6月18日起，在央视综合频道黄金时间播出。对于中央电视台来讲，这也是一部有着传递正能量、助力中国梦的重大意义的剧目，它显示了作为国家媒体在思想文化领域的引领、责任以及使命所在。

电视剧《寻路》以革命史诗风格，真实生动地展现了自1927年"四·一二"大屠杀至1932年10月宁波会议五年间，毛泽东和他的战友们在中国革命的重大历史转折点，坚持从中国革命的实际出发，于风雨逆境中上下求索，历经艰难万险，九死一生，终于为中国革命闯出了农村包围城市，武装夺取政权这么一条从未有过的独特的胜利之路。中央电视台在"七·一"前夕播出这样一部重大历史革命题材电视剧，既是为了表达对老一辈无产阶级革命家和无数英勇的中国共产党人，为探寻中国革命之路披荆斩棘，浴血奋斗的敬意；也是为了表达我们对实现中国梦的追求。中央电视台担负着传达国家主流意识形态声音的责任和使命，始终坚持国家责任、全球视野、

中央电视台总编辑、副台长，电视剧《寻路》出品人罗明

人文情怀的精神。这里的“国家责任、全球视野、人文情怀”是中央电视台最新确立的台训，十二个字能够表达我们央视作为国家媒体应有的担当。在革命先贤以坚定信仰、昂扬斗志、振奋精神进行艰苦卓绝的“寻路”之后，我们向他们深深地致敬，并努力地继承优秀传统。我相信该剧的播出有助于我们更加自觉地坚持中国特色社会主义道路，实现民族复兴的伟大的中国梦。

电视剧《寻路》以唯物史观和宏大的叙述手法，真实、系统、完整地展现了“四·一二”大屠杀、秋收起义、三湾改编、井冈山会师、黄洋界大捷、古田会议、三次“反围剿”等重大的历史事件，真实地表现了以毛泽东同志为代表的真正的共产党人在艰苦卓绝的岁月里，为了孕育中国革命的星星之火，历经坎坷与磨难的“寻路”历程和不屈不挠的革命斗志，同时也再现了周恩来同志领导我党地下工作者在白色恐怖下的隐蔽战线，坚持开展对敌斗争的伟绩奇功。该剧形象生动地再现和梳理了这段党的历史，浓烈而厚重。于今天播出这样一部作品具有重大的现实意义和深远的历史意义，它将使观众对中国革命的艰难曲折历程有一个更加完整、更加清楚的认识。

电视剧《寻路》有着革命历史教科书般的历史价值，编剧王朝柱同志为了创作这部作品可以说是呕心沥血，他用了几年的时间读遍了党史文献资料，抱着注重历史、尊重历史的态度，本着大事不虚、小事不拘的创作原则，写出了历史大势，写出了时代潮流。《寻路》实际上是一个理论命题，用电视剧的方式把中国共产党这段探索表现出来，而且能够展现得很清楚，应该说是相当不容易。就《寻路》的代价和《寻路》的难度使人印象深刻。习近平总书记也谈道，中国共产党找到这么一条道路是相当不容易的，这条道路是通过实践检验的，是无数的先烈用鲜血换来的，而且是中国共产党人自己探索达成的一种共识，对于今天的青年一代更好地认识中国革命历史，唤起以天下为己任的爱国情怀，加强革命优良传统教育有着积极的推动作用。

电视剧《寻路》除具史料价值之外，同时还具备了比较深厚的艺术价值，该剧塑造了一大批可亲可敬的共产党人形象，而且揭示了在“寻路”过程中各自的表现。有的被淘汰了，有的被屠杀了。剧中成功塑造了青年毛泽东革命领袖的光辉形象，其雄才大略、超人胆识，其不盲从、不臣服的独立人格，让观众感受到了毛泽东作为伟人的先见之明，又体会到了他作为血肉之躯真实的人的一面。该剧还塑造了十多位烈士形象，给人留下了很深刻的印象，无论是周文雍、陈铁军、罗亦农、蔡和森等都是活灵活现的，人物形象丰富饱满，将共产党人的气节、意志、追求和信仰展现给现代人，关照现实，我们也可以看到，我们党之所以成就这样一个伟大的事业，靠的就是革命先驱为中华民族之崛起而慷慨赴死的精神，这种精神就是我们实现中华民族伟大复兴不可或缺的。电视剧《寻路》也是开展党的群众路线教育实践活动的一部生动教材，对于自觉地抵制形式主义、官僚主义、享乐主义和奢靡之风，保持同人民群众的血肉联系，发挥密切联系群众的优良作风都具有思想教育意义。同时对我们进一步落实十八大提出的文化引领风尚，教育人民，服务社会，推动发展有着重

大柏地峡谷，去前方侦查的毛泽东、朱德、
陈毅、罗荣桓（剧照）

要的作用。

通过欣赏《寻路》这部电视剧，我们对中国革命这段历史有了一次真实的解读，老一辈无产阶级革命家豪迈的革命情怀和崇高的精神境界是留给后人的宝贵财富，有助于我们更加自觉地坚持中国特色社会主义道路，这条道路的核心就是从实际出发，就是调查研究，就是既要总结正面的经验，同时还要总结反面的教训，这也正是在这种辩证思维下的电视剧《寻路》的主题思想和现实意义。在此，我们真诚地希望《寻路》能在今天的观众中激起强烈的反响。

（作者系电视剧《寻路》出品人
中央电视台总编辑、副台长
本文原载于 2013 年 7 月 1 日《文艺报》）

“天津现象”给予文艺创作者的深沉思考
——从电视剧《寻路》说开去

夏　潮

在我们国家这些年的几个重大节点上，新中国成立60周年、辛亥百年到今年毛泽东同志诞辰120周年，如果说没有中共天津市委宣传部，没有天津广播电视台与王朝柱同志形成这样一种优势的结合，推出《解放》《辛亥革命》《寻路》这几部电视剧史诗巨作，那么对于展现执政党，我们国家，我们这个民族的历史和创造的功绩而言，确实是很遗憾的，由这个话题，我觉得今天李准同志提出的“天津现象”，确实值得研讨。

作为一个国家的电视台，一个地方的国有电视台，它的责任、它的担当、它的使命，天津电视台给我们树了一个好的榜样，同时也给我们提供了一个很好的话题。一个国有电视台，在我们国家，应该说，它首先是我们党和政府的宣传舆论工具，这一点是绝对不能否定的，同时，电视台又是当今社会满足大众文化生活需求的一个现代文化传媒机构。作为一个现代的文化传媒机构，其许多功能与当今世界所有国家传媒机构是共通的，这我们也不能否定。第三点，它

中国文联党组成员、书记处书记　夏潮

也是一个现代企业，是一个国有的文化企业。既是企业，台长也好，其他人也好，就要想着国有资产的保值增值，要赚钱。如何把这几点有机地统一起来？天津电视台做出了很好的尝试，天津台紧紧抓住重大革命历史题材电视剧这个点切入进去，在这三者的结合上给我们提供了很多的启示。辛亥首义在武汉，《解放》《寻路》，北京、上海、江西、福建，哪个省市电视台拍摄都说得过去，但现在是天津拍了，所以说天津电视台它不是一个地方台的眼光，它是站在国家的层面思考问题，站在我们这个国家、我们这个民族，甚至站在执政党需要什么样的精神文化产品的高度来思考问题了。国有电视台，党的宣传舆论阵地，它必须把弘扬我们的民族精神，弘扬我们的核心价值观，彰显我们的主流意识形态，作为自己首要的任务。办台的人和领导这个台的人，怀远同志、其圣同志，还有万克同志，他们首先是以一个政治家的标准来要求自己的。几十年来，我们党领导文化文艺建设的方式，一是制定文化文艺领域的方针政策；另一个就是派干部，即给文化机构、文艺组织派干部，让他们将党的文化方针政策贯

彻落实下去，保证这些机构和组织者坚定正确的政治方向。天津宣传文化战线的领导同志，牢记自己是党的宣传文化工作者的神圣职责，从时代发展要求出发，从党的战略目标出发，从民族前行的方向出发，从人民精神生活需求出发，牢牢抓住王朝柱，优势互补，强强联合，在我们的电视荧屏上打造了这一幕幕高扬我们民族精神和文化精神的大剧。

电视台又是一个现代的文化产品创作生产机构，文化是有其自有规律的，文化如水，滋润万物。文化机构、文化传媒要有担当，也要有文化品位。文化产品不是政治教科书，政治家不能自己去搞文化，你得在尊重、敬畏文化的前提下团结、服务艺术家，让王朝柱以及《寻路》导演、演员这些艺术家们在一种和谐宽松的氛围里进行艺术的创造，才能生产出受欢迎的文化产品，天津的同志做到了。我们曾多次来天津，是天津这个地方的饭比其他的地方饭好吃吗？不是，是

毛泽东、朱德与战士们欢聚一堂，共吃“年夜饭”（剧照）

毛泽东读报如饥似渴，从中获知敌方讯息，
以运筹帷幄（剧照）

天津宣传文化方面的领导同志和天津电视台的同志对艺术家那种极强的亲和力。不容易啊，艺术家大都是像朝柱同志这样具有鲜明个性的人，理解他们、尊重他们，和他们交朋友，才能优势互补，才能产生出《辛亥革命》《解放》《寻路》这样的文艺精品，用这样的产品来滋养我们的人民，给我们的社会“补钙”。我们总说，文化产品的功能是要满足人民的文化需求，但不仅仅是满足，它一定还有教育人民的功能，所以党的十八大提出文化要引领风尚，教育人民。我们的文化机构、文化组织，都要为提高人民群众精神文化境界和道德文化修养努力，家国情怀，民族归属，这个国家是从哪里来的？要到哪里去？怎么来的？怎么去？我们的人民需要从我们的文艺作品里得到解答，受到教益，引起思考。

另外，听说《寻路》这两天的收视率还不错，收视率这个东西我们不要单纯追求，但也不能小看，我们从来不否认电视台和文化企业应追求经济效益,我们国家的电视台,国有电视台的管理人同时是企业的经理人,也是现代企业家,我们有责任为国有资本保值增值呕心沥血。在我们高扬精神和文化的旗帜的时候,怎么能不动脑筋,怎么能不想办法将我们的重大革命历史题材电视剧拍得更吸引人的眼球,特别是吸引更多年轻人关注呢?所以我们也高度关注收视率。

由"天津现象"发了以上感慨。《寻路》座谈研讨会,由中国电视艺术家协会来主办,在天津开,很有意义。天津台确实给我们很多地方台,包括我们国家电视台提供了很多启示。李准同志提出的"天津现象",促使我们有了一些新的思考。

(作者系中国文联党组成员、书记处书记
本文根据作者在电视剧《寻路》座谈研讨会发言录音整理
原载于 2013 年 6 月 28 日《中国艺术报》)

重大题材影视剧创作的重要收获

赵化勇

在伟大的中国共产党建党92周年来临之际，我们在天津电视台召开大型史诗电视剧《寻路》研讨会。在此,我谨代表中国电视艺术家协会,向为了亲爱的祖国亲爱的人民而笔耕求真的著名编剧王朝柱先生表示崇高的敬意;向为了党的重大革命历史真实而热力制作这部电视剧的天津市委宣传部、天津电视台的领导表示热烈的祝贺;向为了在学习革命先辈的奋斗精神中洗礼自己而倾情创作的全体演职人员，以及制作单位和首播单位中央电视台表示衷心的感谢！是你们,把这部具有很高史诗品格和美学品格、表现中国共产党人在重要历史转折点顽强求索的重大革命历史题材电视剧,作为向建党92周年献上的一份厚礼呈现在央视一套荧屏，使亿万电视观众能够共同缅怀革命先驱的革命精神。

电视剧《寻路》,真实地勾勒出1927年至1932年间中国社会风云变幻的历史,客观地表现出我党在那个历史阶段中引导革命的个性鲜明的领袖风采,诗意地展示出中国共产党人在特殊社会状况下

中国文联副主席、中国视协主席　赵化勇

艰辛寻路、舍生取义的精神。使今天的观众，可以从那段错综复杂的历史轨迹中、从那些历史人物的精神世界里，去认识历史，鉴知今天，开创未来。

《寻路》的题材厚重，立意深刻，独具思想深度和现实意义，主要体现在三个方面：第一，践行文化担当。天津市委、天津电视台秉承多年来对社会责任的自觉担当，深入开掘中国革命历史的宏大主题；编剧王朝柱以一名革命军中老童生的纯情去叩问一段极难由编剧驾驭的党史，热情讴歌共产党人在中国革命进程中的求索精神。他们以高度的文化自觉和文化自信共同肩负起崇高的社会责任，把重大革命历史题材电视剧演绎得宏阔壮观、感人至深。这种为了党的事业在电视剧创作上攻坚克难的执着，在娱乐节目风行的今天，实在难能可贵。第二，尊重历史真实。这部电视剧的创作团队怀着对革命先贤的敬仰，以敬畏历史的态度去探寻历史真实的轨迹，去挖掘革命实践的教训，生动地展示了中国共产党在大革命失败后五年

周恩来到苏区与毛泽东深度交谈，毛泽东明确阐述
“农村包围城市，武装夺取政权”的革命道路(剧照)

间的坎坷发展历程，深刻地揭示了以毛泽东为代表的中国共产党人，在中国革命的重大历史转折期，历尽千难万险找到的“以农村包围城市，武装夺取政权”之路，对于中国革命取得成功、建立新中国的关键作用和重要意义。第三，锤炼史诗品格。这部重大革命历史题材电视剧的宏大叙事中，闪耀着思想的光芒，传播着艺术的美妙，突显了历史中的人物谱系多侧面特点，塑造了毛泽东、周恩来、朱德、彭德怀等革命领袖和国共双方及各方面社会人物百余位的生动形象，充分展示了中国革命先驱留给后世万代的宝贵精神遗产；剧中情理兼蓄的场景和生动细节融会了丰富翔实甚至鲜为人知的史料，显示出创作者驾驭重大革命历史题材电视剧语言的非凡功力。

知古鉴今，慎终追远。缅怀历史，关照今天。我们相信，这部在历史观察、考量辨析等方面具有新突破、在历史真实与艺术真实相结合上气象万千的大型史诗电视剧《寻路》,将成为一部极好的党史教材和历史教科书,为党员干部、特别是为青年一代提供珍贵的教义。电视剧《寻路》将作为重大革命历史题材电视剧的精品力作,与《周恩来在上海》《开国领袖毛泽东》《长征》《延安颂》《周恩来在重庆》《解放大西南》《解放》《辛亥革命》等电视剧构成一部中国革命发展史的电视剧鸿篇巨制,轰轰烈烈地载入我国电视剧发展史册,产生不可替代的深远影响。

(作者系中国文联副主席、中国视协主席
本文是作者在电视连续剧《寻路》专家研讨会上的发言
原载于 2013 年 7 月 1 日《文艺报》)

历史真谛与革命史诗的荧屏演绎
——电视剧《寻路》评析

王丹彦

重大革命历史题材电视剧《寻路》正在中央电视台综合频道黄金时段热播，剧作以深邃的历史眼光、翔实的史料素材、创新的艺术手法与浓郁的史诗风格，全景式讲述了在1927年至1932年这一历史转折过程中，以毛泽东、周恩来等为代表的老一辈中国共产党人奋斗求索，为中国革命探索出“农村包围城市，武装夺取政权”这一伟大道路的宏伟壮举。该剧在题材表现上，成功地填补了重大革命历史题材电视剧创作的空白，在铺陈出一幅特殊时空历史画卷的同时，将思想性与艺术性熔于一炉，历史性与当下性深度衔接，开播以来，好评如潮。

1927年“四·一二”反革命大屠杀至1932年宁都会议的五年间，是中国革命的重大历史转折点，它关系到革命的方向、进程乃至生死存亡。此间，毛泽东和他的战友们正是坚持了从中国革命的实际出发，坚定不移地走符合中国国情的革命道路，才最终成就了中国革命的伟大胜利。电视剧《寻路》在这一历史背景与历史基调下展开

国家新闻出版广电总局宣传管理司司长、中国电视艺委会副主任兼秘书长　王丹彦

创作，艺术而合理地将这一至关重要的历史节点中的社会环境、文化思潮、阶级关系、人物风貌等史诗化地勾勒于电视荧屏，并通过千丝万缕的联系将其作为特殊而紧要的环节镶嵌入整体革命历程。剧作凭借展现和揭示事件发展的前因后果、人物关系的来龙去脉、局势变迁的深层诱因等，来还原历史真实、打通历史经脉，在全局视野下书写局部，在局部深描中映衬全局，有效地实现了二者的互启、互联、互彰、互动，让观众通过这五年的时代缩影，对中国革命有了更直观、更深刻、更理性的认知与理解。作为著名剧作家王朝柱带领的团队所精心打造的又一力作，该剧以道路探索为叙事主脉，有着填补创作空白的深远意义，从而使重大革命历史题材创作的连续性、完整性、系统性又向前迈进一大步。多年来，王朝柱先生在重大革命历史题材电视剧本创作方面取得累累硕果，在社会上形成响亮品牌，《寻路》的出炉再次成为电视剧人甘于奉献、使命如天的创作榜

毛泽东与贺子珍的战地情缘(剧照)

样。

历史题材电视剧创作的核心任务之一，在于如何将“史实”与“艺术”实现完美融合、相得益彰，实现“历史真实”与“艺术真实”的辩证统一。电视剧《寻路》在这方面为同类题材树立了创作标杆。其依循着“大事不虚，小事不拘”的原则理念，让作品呈现出“诗中有史，史中有诗”的艺术效果。剧中运用丰富的视听语言，深度梳理珍贵的史实资料，客观揭示历史的经典瞬间，真切再现了“四·一二”大屠杀、秋收起义、三湾改编、井冈山会师、黄洋界大捷、古田会议、三次“反围剿”胜利等一系列重大历史事件，全面、准确、生动地讲述了大革命失败后的血雨腥风和漫漫征程中，共产党人苦苦探寻中国革命道路的曲折历程。剧中一批年轻演员的精彩表演令人称道，尤其是较为成功地塑造了青年毛泽东的光辉艺术形象，其出神入化的超人胆识和绝不从众的性格特质,以及与贺子珍、曾志、蔡协民等人的相识相交,经过巧妙的艺术加工后,充满了审美吸引力和感染力,给观众留下极其深刻的印象。在尊重历史规律与艺术规律的前提下,这部剧深掘史实、力求创新,成为思想性、艺术性、观赏性和谐统一的重大革命历史题材精品力作。

一切历史都是当代史。电视剧作品应通过历史真实的辩证揭示、历史趋势的深度彰显,引领观众深刻体认社会发展规律,并与当下形成某种共鸣和呼应。如何在历史与现实的双重语境中实现对“寻路”的破题?本剧编创者找到了合适路径,那便是“寻求中国革命之路”与“寻求中国梦之路”的内在一致与前后贯通。在《寻路》中,创作者勇于正视革命前进道路上遇到的种种艰难险阻,真实再现实事求是的共产党人不照搬、不盲从,自主选择正确革命道路的坚强决心、探索勇气与大无畏豪情。这正是我们今日实现中华民族伟大复兴所应具备的灵魂精髓、思想真谛和精神气质。因此,剧作可谓运用影像的力量,在精神领域打通了一条民族振兴发展的时空通道,贯穿古今,面向未来,为炎黄子孙在追逐梦想道路上的不懈探索提供启示、升华情感、注入能量。

(作者系国家新闻出版广电总局宣传管理司司长

中国电视艺委会副主任兼秘书长

本文原载于2013年7月1日《文艺报》)

在《寻路》首播新闻发布会上的致辞

张　显

各位领导、各位来宾:

下午好!

在伟大的中国共产党建党92周年来临之际，大型史诗电视剧《寻路》即将播出。在此,我谨代表中国电视艺术家协会,向著名编剧王朝柱同志表示崇高的敬意,向天津市委宣传部、天津电视台和全体演职人员,向首播单位中央电视台表示衷心感谢!

6月,“神舟十号”让中国的步伐迈向太空,“蛟龙”让中国的足迹踏进大洋深处。今天的中国在民族复兴的道路上,实现了“可上九天揽月、可下五洋捉鳖”的壮举。这是道路自信最生动的证明。

在这一时刻,我以为我们更应该回望来路,检索新中国步履蹒跚的启程,以史为镜可以知兴替,慎终追远才能更好地开创未来。在“七·一”前夕,通过《寻路》让我们再度回首80年前的风雨历程,更能激发中国人民筚路蓝缕以启山林的奋斗精神,为实现伟大的中国梦而不懈追求!

中国视协驻会副主席、分党组书记、秘书长　张显

预祝《寻路》首播成功！

谢谢大家！

（作者系中国视协驻会副主席
分党组书记、秘书长）

实事求是精神的宏伟赞歌

郑伯农

《寻路》从1927年大革命失败写起，一直写到1932年宁都会议作出错误决定，把毛泽东同志排斥出红军的最高决策层。开头是“腥风血雨”，结尾是一场“悲剧”。这么个写法，在革命历史题材作品中是很少见的。作者这么处理，大约和开掘“寻路”这个主题很有关系。

从1840年鸦片战争失败开始，中国的先进分子就不断地寻找民族的出路。林则徐、魏源等人提出“师夷长技以制夷”，随后引起一阵洋务热潮。但实践证明，不改变腐朽的社会制度，光引进西方先进的科学技术，是不能从根本上改变中国命运的。以康梁为代表的维新志士们力主改良朝纲，结果六君子上了断头台。以孙中山、黄兴为代表的民主主义革命家看到了改良主义不可能有所作为，走的是武装起义的新路。辛亥革命推翻了延续几千年的封建帝制，但并没有改变中国社会的半封建、半殖民地性质。经过半个多世纪的苦苦寻觅，经过一次又一次的失败，陈独秀、李大钊等人终于找到了马克思主义。他们认为，要获得民族的解放与振兴，中国不可能走西方列强

《文艺报》原总编辑　电视剧《寻路》艺术顾问郑伯农

的资本主义道路，要以俄为师，靠社会主义来救中国。或者说，中国革命要分两步走，在无产阶级的领导下，先进行民主革命，再进行社会主义革命。这是中国革命史上一次重大的认识飞跃。

明确了革命的目标，是否等于已经找到了一条保障革命成功之路呢？认识上的第一次大飞跃是很重要的，没有第一次，就没有第二次。但光有第一次是不够的。怎样才能实现革命胜利的目标？巴黎公社、十月革命、辛亥革命走的都是城市起义的道路。大革命的失败、上海工人武装起义的失败、南昌起义以及此后一系列攻打大城市的失败，使中国共产党人不能不思考这样的问题：推翻旧制度、建立新政权，难道只有城市起义这一条唯一的道路可走？毛泽东领导秋收起义后，在敌人统治薄弱的地区建立红色根据地，并不断得到发展壮大。以毛泽东为代表的马克思主义者经过艰苦实践和反复思考，终于悟出这样一条道理：中国革命必须从中国的具体国情出发，走农村包围城市的道路。这是旷古未有的新思路，是中华民族思想认识上的又一次大飞跃。

毛泽东脚伤未愈，拄着棍子率红军战士行进在
通往茶陵湖口山路上(剧照)

《寻路》深入细致地描写了寻找中国革命道路的艰巨性。之所以艰巨，因为：一、这是世界无产阶级革命史上一条前人从未走过的路，只有抛弃对外国模式的机械抄袭，只有经过反复探寻、反复碰壁，别的路都走不通了，才能逐步摸索出这样一条可行的新路。毛泽东具有超人的智慧，一贯重视农民运动，但他也不是一投入革命就找到了这条路。他经过反复实践、反复思考，才逐步得出新的结论。二、即使少数人找到了这条路，要让它为党的领导层所接受，成为全党的共识，还要经过漫长的过程甚至艰苦的斗争。《寻路》写出，当朱毛红军闯出革命新路，使中国革命取得可喜转机的同时，以瞿秋白、李立三、王明等为代表的党的几届领导核心却一而再、再而三地要求红军攻打大城市，以取得“一省或数省的首先胜利”。他们以共产国际为后台，批判毛泽东等人“右倾”。他们把白区的地下党几乎折

腾光了，还要跑到红色根据地瞎指挥，结果导致第五次“反围剿”的彻底失败，不得不撤离根据地，进行两万五千里长征。“农村包围城市”的战略思想起初在党内不占优势，甚至不占合法地位，长期被当作批判和讨伐的对象。正如毛泽东同志所说的，接受真理，不但需要正面教育，反面教训也是必不可少的。经过第二次国内革命战争的失败，经历了大挫折、大损伤，付出了沉重的代价，全党才逐步承认毛泽东等同志所探明的革命道路的正确性。不过，这已经是红军北上之后的事情了。

《寻路》主要围绕着三条线索展开剧情：朱毛红军的活动、白区地下党的活动、国民党反动派对革命势力的围剿与追捕。以毛泽东为代表的马克思主义者，不但要应对蒋介石的围剿，还要应对上海派来的“钦差大臣”。这些钦差大臣虽然有着良好的愿望，但因为脱离实际，往往成事不足，败事有余。《寻路》用浓重的笔墨描写了党内斗争，特别是关于革命道路问题的激烈论争。应当说，在表现党内斗争的问题上，它比过去的作品有所深化，有新的开拓。过去有一种意见，认为党内路线斗争都是阶级斗争的反映，都是你死我活不可调和的，要采取残酷斗争、无情打击的方法去解决。党内路线斗争确实关系到党和民族的生死存亡，但对犯错误和受错误方针影响的人，不能一概而论。“左”倾盲动主义，有小资产阶级狂热性的影响，也有认识上的根源。当党还处在幼年时期的时候，当革命的道路还有待于探索的时候，人人都有可能犯错误。大革命失败之后，全国笼罩着白色恐怖，不少意志不坚定者被吓破了胆，纷纷退党了。留下来的绝大多数是好样的。《寻路》描写了党内各种不同类型的人物：有在苏区英勇搏击的战士，有在白区舍生忘死的地下党员，有刚从苏联留学回来的年轻学子，有像阿张伯这样在白色恐怖中坚决要求入党并默默为党工作的老工人。除了对极少数像顾顺章、向忠发这样的叛徒以及王明这样的投机者外，作者都用热忱的笔调给他们以不同程度的赞扬。对于像瞿秋白、李立三这样的错误路线代表人物，作者批判了他们的主观、武断、狂热、盲动,也表现了他们的真诚和坚贞。像周恩来、陈毅、任弼时,是品质高尚的优秀领导人。他们执行过错误路线,也支持过毛泽东的正确主张。他们既有主观教条的一面,也有顾全大局、舍生忘死、知错必改的优秀品质。他们既和毛泽东有分歧,又在根本问题上是一致的。这就是理想和信念。所以,他们既能和毛泽东发生激烈争论,又能成为同一战壕里的亲密战友。作者在描写党内矛盾的同时,也满腔热忱地塑造一系列革命烈士形象:彭湃、罗亦农、恽代英、蔡和森、王尔琢、宛希先、陈乔年、陈铁军、周文雍、郭亮、杨匏安……他们的精神惊天地、泣鬼神。所以,《寻路》是一部革命理想主义和革命英雄主义的宏伟史诗,也是一部实事求是精神的宏伟赞歌。《寻路》用生动的艺术形象告诉人们,没有不唯上、不唯书、只唯实的实事求是精神,就不可能探寻出中国革命的正确道路。

作为长篇电视连续剧,《寻路》延续了王朝柱创作的一贯特色:宏大叙事和生动细节的结合,史诗性和文献性的结合。它的最大亮点,我以为就是对"寻路"这样一个重大主题作深入而细致的挖掘与开拓。在人物形象的塑造上,也有许多新的亮点。譬如毛泽东,宁都会议的时候还不到40岁,他既高瞻远瞩、顾全大局,又有血气方刚、宁折不弯的一面。他敢于不顾情面地批自己的老战友,甚至在意见不合时敢于拂袖而去。这些都是极富个性特征的。蒋介石这个人物,也有新的开掘。他野心勃勃,工于心计,政治权术远胜于军事运筹,不愧为一代枭雄。他和宋美龄的婚姻,看似儿女情长,其实蕴含着丰富的政治内涵。周恩来、朱德、陈毅、彭德怀、陈赓、贺子珍、曾志等人物,也都给人留下很深的印象。

(作者系《文艺报》原总编辑、电视剧《寻路》艺术顾问
本文原载于2013年7月12日《文艺报》)

历史戏剧化和戏剧历史化的“寻路”史诗

曾庆瑞

看重大革命历史题材电视剧《寻路》，我们会在思想上非常震撼，在艺术上备受感染。看过之后，空谷足音，余音绕梁，很多画面让人挥之不去，一定会长留在人们的记忆之中。

《寻路》展示的，是以 1927 年“四·一二”蒋介石反动集团“清党”、“分共”的反革命政变为标志的大革命失败以后，到 1932 年 10 月宁都会议结束，前后五年之间，中国社会波澜壮阔的历史风云。这五年，是中国共产党历史上最为复杂也最为困难的五年。这五年间，历史把种种错综复杂因素纠结在一起。从国共两党来说，蒋介石在新军阀的重重矛盾中施展阴谋诡计腾出手来全力镇压共产党领导的如火如荼的工农大众革命，挥舞血腥的屠刀屠杀了共产党人、革命战士和人民大众多达三十余万人。其中，光是共产党的领袖人物就多达二十余人。人们熟知的，如恽代英、蔡和森、彭湃、陈乔年、罗亦农等人，还有柔石、殷夫等左联五烈士，都是在这段时间里壮烈牺牲的。在中国共产党内，这五年极其错综复杂。一方面，在当时共产

中国传媒大学教授　曾庆瑞

国际的胡乱指挥下，党中央错误地实行在中心大城市发动起义暴动夺取政权的路线，屡屡遭遇惨烈的失败和悲壮的牺牲，而且顽固坚持，不思悔改。瞿秋白、李立三、向忠发、王明，一次又一次的路线错误和权力斗争，还有总书记向忠发和中央特科顾顺章叛变投敌，导致革命事业损失惨重。直到最后，苏区中央局在临时中央局的错误的政治估量和军事估量指导下，还对毛泽东展开了空前规模的大批判，剥夺了毛泽东手中的军权，葬送了三次“反围剿”战争胜利的成果，导致日后第五次反蒋介石军事“围剿”的失败，被迫开始长征。期间，陈独秀、罗章龙、张国焘也曾参与其事。期间，周恩来组织领导了“八一”南昌起义，不完全同意中央的错误路线，还在隐蔽战线上组织和领导中央特科，指挥罗亦农、陈赓、潘汉年、李克农、钱壮飞、聂荣臻，还有杨度、杨匏安、董健吾等人，肩负了保卫中央机关安全、获取敌人情报、锄除叛徒奸细的历史重任，对革命做出了重要贡献，却也在那个紧急的历史关头没有完全摆脱中央错误路线的制约完全抵制中央的错误决策。那五年，在中共党内，只有毛泽东和朱德、陈毅、贺龙、彭德怀等人坚决反对共产国际和中共中央的错误路线。从秋收起义、三湾改编、井冈山会师、建立根据地、黄洋界大捷、古田会议，先后组建中国工农红军红四军团、第一方面军等工农革命武装力量，建立中央苏区政府，粉碎蒋介石四次反革命军事“围剿”，历经艰难险阻，流血牺牲，最终寻找到了一条救国救民的正确道路，那就是“农村包围城市、武装夺取政权”这样一条前人从来没有走过的独特的胜利之路。这是在中国革命的重大历史转折关头，以毛泽东为代表的一代中国共产党人坚持从中国革命的实际出发，于艰苦逆境中奋斗求索，历经千难万险，为中国革命做出的前无古人的伟大贡献。

要在一部电视剧里展示这样错综复杂的历史人物和事件的真实面貌和情景，叙事难度非常之大。尽管朝柱已经创作了以《长征》《延安颂》《八路军》《解放》《解放大西南》还有《辛亥革命》为代表的重大革命历史题材电视剧，业已形成独特品牌，经验十分丰富，他还是说：“作为编剧，深知《寻路》是很难驾驭的历史题材。”然而，朝柱深知：“这五年，给后人留下了太多的启示，是一笔了不起的精神财富。我是一位年过七旬的老童生，只想用一颗真诚之心去认识、歌颂这段历史，还有带领人民创作这段历史的毛泽东、周恩来、朱德等先贤。”他要求做到“真实地再现这段错综复杂的历史，客观地写出这些领袖人物的不同性格，以及他们在探寻中国革命之路中的缺点和错误”。王朝柱坦言，《寻路》顾名思义，是探寻中国革命之路，不仅能关照历史，更能昭示现在与未来，为此，他“写《寻路》酝酿了很长时间，阅读了大量关于中共党史和革命领袖的传记。《寻路》要做到真实地再现这段错综复杂的历史，客观地展现这些领袖人物的不同性格和精神世界，让今天的观众从中认识过去、鉴知当下。只有坚持走中国共产党领导的道路，我们才能实现‘中国梦’，实现中华民族的伟大复兴”。我觉得，朝柱和他的创作团队，本着追随崇高践行崇高的为人、为文的准则，立足于高尚的境界和博大的情怀，让自己的创作回归心灵的自由而不被市场绑架，认真地创作，真诚地创作，任凭自己的艺术想象力自由飞翔，纵横驰骋，终于很好地驾驭了这个题材，依然是举重若轻地创作了这部上乘的电视剧精品。

说《寻路》是重大革命历史题材电视剧中的上乘精品，我以为，表现在如下的几个方面：

首先，这是一部典型的宏大叙事鸿篇巨制的史诗性电视剧。

举凡史诗性电视剧所具有的种种元素它全都具备。就是说，它以“重大革命历史”的人物和事件为题材，叙述一个较为完整的重大的事件，塑造一个或几个十分重要的人物，演绎这些人物在重大事件中的重大作用；事件的结局和人物的命运在悲剧冲突中展开艺术演绎，充满悲壮，具有深沉的悲剧意味；它张扬的是悲壮和崇高的美学内涵，张扬这些重要人物的宏图大业丰功伟绩，张扬英雄主义，张

陈赓与潜伏在敌人心脏的“龙潭三杰”钱壮飞、李克农、胡底秘密接头（剧照）

扬民族精神，也张扬我们民族的审美情趣和格调；为此，它在审美精神和原则上遵循的是现实主义的道路，即使也会融合浪漫主义的手法，那也是现实主义的一种开放姿态；也为此，这一类的电视剧会采用宏大的叙事策略，用非凡的人物、大强度的情节、大场景和浓厚的氛围营造出大声势、大气象和巨大的震撼力与感染力；用以叙事的画面还会集合声光时空及服化道摄录美音乐舞蹈等等诸多造型元素，充分运用画面语法和修辞的魅力，在造型艺术上尽可能达到真、善、美的境界；由这样的电视剧，广大观众获得的审美愉悦就犹如阅读和欣赏一部"史诗"。

第二，这是一部精致的史、思、诗相结合的史诗性电视剧。

《寻路》除了有它的"史"的宏大叙事的色彩，原真的品格，还包含着另一方面的意思是，对那五年寻找中国革命的正确道路的历史，全剧绝不止于对史实作描述。描述，只是"史"的一个起点的初级阶段，它已经是更高级阶段的"史"，它还有对于这段历史的思辨性的"阐释"，而且这种立足于"思"、从"思"出发的"阐释"，更是一种诗意化的阐释，即以诗意化的叙事情思和画面语言做出的。我们看《寻路》，无论是脉搏还是呼吸，随时随地都可以感觉到"中国革命的道路在哪里"这个问题的非常强烈的纠结。这无疑是一条全剧叙事的情绪主线、内容主线、情感主线，也是这部电视剧的传播主线，观众的接受主线。在我们的电视剧里，能像朝柱这样，在描述历史时，用诗意化的画面作载体，表现出一种充满哲理意味的思辨和阐释，实在不多见。

第三，这是一部刻意追求创新的颇具新意的史诗性电视剧。

我觉得，《寻路》的创新，核心是对于"大事不虚、小事不拘"这样一个处理历史真实和艺术真实相统一的原则的创新。

在47集版的《寻路》文学剧本里，朝柱共在29集剧本的后面写下了说明文字。这些说明文字，按内容可以分为五种：

第一种是，说明他所依据的史料的出处，声明没有虚构。比如，第 2 集的“蒋介石邀见周恩来这场戏，是根据李一氓的回忆录《模糊的荧屏》编写而成的”；第 22 集的“这集有关内容主要是依据史实。同时还参照了陈毅、江华等亲历者的回忆编撰而成”；第 26 集的“陈毅等人在红四军第七次党代会上的发言，主要依据《陈毅同志在中央老同志座谈会上的发言》，非艺术杜撰”。

第二种是，史实有不同的记载，他取其一种，但也交代清楚别的记载，预防观众有“不实”的质疑。比如，第 45 集的“关于杨度先生仙逝的日期，一说是 1931 年 9 月 14 日，一说是 9 月 17 日。关于周恩来追念杨度先生的方式有两种说法：一是周恩来自上海撤退前夕，由潘汉年陪同凭吊杨度墓；一是刘人寿、何荦的回忆：‘1931 年 9 月 14 日，杨度逝世，周恩来、潘汉年等曾秘密亲去吊唁致哀。’本剧的内容即根据这一记载编撰而成”。

第三种是，有史实依据但又有改编的。比如，第 14 集的“关于周恩来与邓颖超赴苏遇险一事，根据邓颖超自述，以及金凤同志专著《邓颖超传》改编”；第 44 集的“关于第三次‘反围剿’战争，国内外有不少专著。但是，就说一些权威著作也有不小的出入。为此我选用的素材、观点，均取自中央文献出版的《毛泽东传》”。

第四种是有史实依据，但在时空等方面做了艺术处理。比如，第 8 集的“因为戏剧的需要，作者有意将周文雍、陈铁军刑场婚礼提前一个多月，请史家见谅”；第 14 集的“朱、毛井冈山会师，与周恩来赴苏遇险几乎是同一时间。为此，只好按戏剧规律分开去写，敬请史家见谅”。

毛泽东警卫员小龙——剧中唯一的虚构人物（剧照）

第五种是完全虚构。比如，第 4 集的“据史记载，秋收起义前毛泽东似没见到卢德铭、余洒度，从戏剧发展需要，权且按剧中所写处理，请史家谅

乔装后的周恩来巧妙地躲过敌人的搜查(剧照)

解";第5集的"小龙是个虚构人物,且不要对号入座"。

这样的说明,看起来纷纭繁复,实际上他说的就是一个"大事不虚、小事不拘"和历史戏剧化与戏剧历史化的问题。"大事不虚"和"小事不拘",是中国电视剧艺术从重大革命历史题材作品的创作和品格里提炼出来的一个创作经验的命题,或者说历史真实与艺术真实的关系的命题,属于真实性美学范畴。在谈论这个美学范畴的电视剧学科理论层面的新意的时候,我个人觉得,"历史戏剧化"和"戏剧历史化"的和谐融汇的问题,非常值得我们认真探讨。

这是因为,在创作历史题材包括重大革命历史题材的电视剧作品的时候,我们会碰到一个问题,就是,并不是所有的历史人物和事件都具有戏剧特质的,要使这些历史上的人和事都具有戏剧特质,都能变成有意义的戏剧内容和戏剧形式,都能够成为可供观赏的电视剧,就要使历史"戏剧化",让那些原本不具有戏剧特质的历史人物和历史事件艺术化为戏剧人物、戏剧故事。办法就是像朝柱现在这样做的，虚构或者改编一些戏剧人物，围绕这些虚构或者改编的人物再虚构或者改编一些由相关的戏剧矛盾和戏剧冲突演绎成的戏剧故事，以及这些虚构的人物和故事赖以发生的戏剧场景和氛围。现在，《寻路》在这方面做得更加出神入化了，几乎臻于某种化境了，结果，当人们沉浸在观剧审美的兴奋之中的时候，虚虚实实，亦真亦幻，谁也不会再去管它究竟是真还是假，而宁可信其有，信其真了，信其为纪实性的历史的再现了。这就是一种历史的真实和艺术的真实的和谐统一。这其实是一种难度很高的叙事艺术。其中的奥妙是在于，当创作者们，就像朝柱这样，将真实的历史事件和虚构的人物故事结合起来，努力做到"历史戏剧化"和"戏剧历史化"的和谐融汇时，关键是把握住在历史的框架里实施真正的艺术想象，展开真正的演剧艺术。

通常，我们都会说，历史题材电视剧是电视剧文学家艺术家对于历史人物和故事的艺术再演绎。在这种情况下，一切文学艺术作品想要以历史为题材，只能是创作主体对历史上的人物和事件及其文化蕴含、美学意义、史学意义有所发现、有所体认、有所感悟，而后塑造艺术形象，注入艺术情感，重新创造的一个"艺术文本"。这就意味着，相对于客观生活的真实，即历史的"史实文本"而言，一切历史题材的电视剧都具有虚构性，都是历史人物和事件的艺术演绎，而不可能是它们的所谓"真实再现"以至于"还原"。史学家营造"史学文本"也有不实之处、失实之处，或者，不算夸张地说，也有一些"虚构"，何况电视剧艺术文本呢?于是我们也就有了相对而言比较广阔的虚构的空间，有可能把"历史戏剧化"和"戏剧历史化"和谐地融汇在一起。

上个世纪的英国著名历史学家汤因比在评价荷马史诗《伊利亚特》的时候，有一段精彩的论述，"如果把《伊利亚特》当作历史来阅读与研究，你会发现其充满虚构；而当你将它当作虚构文体来阅读，又会感觉字字渗透着历史的水印”，因为，“如果不是一个出色的艺术家，就不可能成为出色的历史学家”，我们也可以反过来说，如果不是一个出色的历史学家，也就不可能成为一个出色的艺术家。就此而言，我要说，王朝柱当之无愧。

有了这样的创新追求，《寻路》这部电视剧就有了它不同于以往的更加好看的新的看点。

第一，它所具有的揭秘、解密的独到之处，使全剧叙事显得非常真实，人们几乎可以把它当作纪实性电视剧来观赏。

第二，它所具有的揭秘、解密的独到之处，使全剧叙事显得非常传奇，人们观赏它，见所未见，闻所未闻。如周恩来领导的特科在上海的活动，人们从中看到的是中共地下工作，即所谓谍战的庐山真面目，要它不吸引人也不可能。

第三，在朝柱文学剧本塑造了鲜活的人物的基础上，《寻路》的演员队伍，除了周恩来的饰演者刘劲、邓颖超的饰演者黄薇、蒋介石的饰演者马晓伟是“老资格”之外，全剧上百名演员，竟全都是平均年龄不足30岁的年轻演员。那些当年风华正茂的一代共产党人、革命的仁人志士，在这年轻演员的表演艺术里，全都活灵活现地站在我们面前。许铂岑饰演的毛泽东，比起形似来似乎神似更为突出；罗忆楠的贺子珍，英姿勃发、侠骨柔情，他们成功地演绎了战地黄花般的军旅情爱。看这部《寻路》，就人物艺术造型的鲜活丰满靓丽动人而言，可以说，早年无产阶级革命战士贺子珍的形象，是最为新鲜也最为成功的一个。其他，赵凯扮演朱德，黄俊鹏扮演陈毅，刘岳扮演陈赓，张页石扮演瞿秋白，还有郑萍扮演宋美龄、杨俊勇扮演陈立夫，李晓枫扮演顾顺章，也都相当出彩。

这部戏的导演张多福说：“《寻路》非常注重贴近电视观众欣赏习惯，讲求戏剧冲突和揭秘的悬念感，故事情节跌宕起伏，一波三折。”他要把这一类重大革命历史题材的电视剧拍得美，拍得好看，我以为，这个目的达到了。

在中国电视剧的剧作家队伍里，在重大革命历史题材的电视剧作品领域里，王朝柱是一位谁都无法比肩的剧作家，也是谁都取代不了的剧作家。今年是中国电视剧诞生55周年。我们甚至可以说，几十年来，在重大革命历史题材的电视剧作品领域里，中国电视剧界只出了一位他这样的大剧作家，或者说，中国电视剧艺术事业和文化产业只成就了他这样一位大剧作家，到现在为止还没有人超过这样一位大剧作家，甚至是在今后一个可以预见的时间里也没有人能够超过的这样一位大剧作家。我们可以说，是王朝柱选择了中国电视剧，也是中国电视剧选择了王朝柱。中国电视剧给了王朝柱"天之骄子"的身份、地位和从事剧本创作应有尽有的必须而又充足的得天独厚的所有的条件，包括硬件和软件。中国电视剧观众给了王朝柱"时代宠儿"般的厚爱、宠爱和作品播出后的高度思想艺术评价及无比强烈的欢迎。王朝柱则回报给中国电视剧及其广大观众独一无二的重大革命历史题材电视剧作品。从《巨人的握手》，一直到《解放大西南》，他在总体上造成了中国电视剧历史上一道非常独特的风景线。现在，他写了《寻路》，往回走，补足了《长征》前的一段党史的荧屏艺术记录。

还要感谢天津电视台。几年的时间里，你们和朝柱合作，拍摄了《解放》《辛亥革命》《寻路》这样三部重大革命历史题材的巨型史诗电视剧，功德无量，十分难能可贵。你们的奉献，一定会书写在我们中国电视剧艺术史事业和文化产业发展的历史上。

（作者系中国传媒大学教授
本文原载于2013年第7期《当代电视》）

艰难的寻找　高扬的信念
——电视剧《寻路》的色彩与启示

李硕儒

《寻路》，顾名思义，即寻找道路。自鸦片战争以来，这几乎成了中华民族一代代仁人志士的共同使命和责任。寻什么路?在我们这个国力孱弱、备受列强侵吞欺凌的民族面前，寻找的自然是救国之路、革命之路、民族独立富强之路。所幸自1921年中国共产党诞生后，我们找到了通向独立富强的“主义”和“目标”，但由于历史和革命党的尚不成熟，由于国民党反动派试图将共产党扼死在初生的摇篮中，以毛泽东为代表的寻路者们就面临着来自内外的腥风血雨、暗箭明枪，然而尽管环境险峻、路途泥泞，毛泽东等党的中坚力量还是结合中国当时的实际情况，摸索出一条“以农村包围城市，武装夺取政权”的正确革命之路。这就是长篇电视连续剧《寻路》所呈现的内容和主旨。

与王朝柱以往同类题材的作品一样，以史料翔实、大气磅礴、栩栩如生地再现历史的史诗性为风格，以“为理想而歌、为信念而写”为灵魂，以“以人绘史、以史塑人”并从中阐发出烛照今日现实的哲

中国青年出版社《小说》原主编、电视剧《寻路》艺术顾问　李硕儒

理为手法,为我们呈现出又一道丰盛而色彩斑斓的文化精神大宴。

不管何种题材、何种手法,长达几十集的电视连续剧要想让人看下去,关键在于故事和结构。从这点说,历史正剧特别是政治历史正剧要比戏说剧、家庭伦理剧、个人命运剧,特别是魔幻剧、宫斗剧、谍战剧、穿越剧难得多。因为既称历史正剧,首先就要谙熟这段历史的大势、细节、人物和走向,能以唯物史观对所写人物和事件有个正确的分析把握;既称之为戏,就不能如历史教科书样的以史代戏,而是要以戏剧的艺术手段营造氛围、结构故事、塑造人物,且不能做无根的想象、任意编纂。以《寻路》来说,在那不算长的五年中,真是世事诡谲繁杂,诸如"四·一二"大屠杀、蒋桂之战、蒋冯闫大战、三次围剿与"反围剿"、共产党内的"左"右之争、以夺取城市为中心的工人暴动和以"农村包围城市、最后夺取革命政权"之争等等;人物色彩纷呈,塑造了毛泽东、周恩来、朱德、陈毅、彭德怀、蔡和森、陈独秀、陈乔年、恽代英、瞿秋白、李立三、向忠发、王明、贺子珍、曾志、杨度、杨匏安、陈赓、潘汉年、顾顺章、博古、蒋介石、宋美龄、陈立夫、杜月笙等二百余人形象，王朝柱写来却是或隐或显、主次分明，或清晰流畅，或跌宕起伏，在清晰中见史实，在跌宕中见戏剧，没有深入地研究和史料把握，再大的手笔也难于架构；没有对戏剧创作规律的把握，再熟悉这段历史，也难于呈现这样的戏剧效果。与他以前同类题材的作品相比，更增加了其观赏性。

特别要说的是，毛泽东这个全新的人物形象及其少为人知的那段艰难岁月。这位中国共产党创始人之一、曾做过国民党中央执行候补委员、国民党宣传部代部长、《民国日报》主笔的革命领导人，尽管始终是蒋介石剿灭、捉拿的“大敌”，却一而再地被党内左倾路线的执行者们排挤出中央，直至被处以警告、留党察看、撤销本兼各职和开除党籍!可年轻的毛泽东却以坚定的信念、超人的毅力、为党为国为民的使命感，虽受辱受屈而不改初衷，忍风刀霜剑而奋然前行，终于从领导秋收起义到建立井冈山革命根据地到粉碎国民党的三次大“围剿”到建立瑞金苏维埃人民政府那中国第一个红色政权。愤怒出诗人，逆境见性情。在这种种打压和排挤中，毛泽东为了信仰使命和真理，不管是面对第三国际、面对上海的党中央，还是湖南省委，他总是要么坚定执着沉稳应对，要么拍案而起、拂袖而去，坚信“真理往往在少数人手中”。这是一段很少人知道的历史，也是很少人知道的毛泽东性格的另一侧面。由于种种原因，也是以往各种文艺作品中很少或从未表现过的历史，《寻路》以戏剧化的手法将这段历史客观而清晰地搬上荧屏，不光以其大量的揭秘性增加了可视性，更重要的是在还历史本来面貌的同时，将毛泽东的艺术形象、人品性格塑造得更饱满、更真实、更具魅力，从中我们得以窥出其性格形成的来龙去脉。

“顾全大局，相忍为党”，是周恩来在剧中说过多次的话。这是他多年来面对党内外艰苦卓绝的斗争总结出的行事方针，也是他终生的性格核心。不论是瞿秋白、李立三、向忠发、王明、博古谁做党中央书记，周恩来始终是上海党中央的中枢，无论面对国民党的白色恐怖、党内叛徒的变节出卖、第三国际及其信徒们的恣意指挥干扰，还是蒋介石对红区的三次围剿、以城市暴动为中心及毛泽东农村包围城市两条路线的斗争，别人可以一意孤行固执己见或撒手不管，他却从来都是以党的利益为己任，忍辱负重，奋然前行。他不是没有过失误、没有过迷乱盲从，但由于他坚定践行"顾全大局，相忍为党"的原则，总能以一己的忠诚和心力将党的损失减为最少，将党的胜利扩为最大，这就是一个真实的、我们过去少见的周恩来。

朱德则是另一类寻路者，为了寻求救国路革命路，他摆脱了旧军阀，先是远赴德国学军事、寻道路，继而回国参加了"八一"南昌起义、走上井冈山与毛泽东会师建立了工农红军，由于一些旧观念旧思路作祟，他与毛泽东有过分歧、走过错路，但实践告诉他：朱毛不能分家，分家就要打败仗。这是他从正、反两方面实践中得出的结论，也是他终生奉行的信条。此外，如陈毅、彭德怀、林彪、蔡和森、恽代英、陈赓、瞿秋白、周文雍、陈铁军、陈乔年、钱壮飞、董健吾、杨匏安、杨度、贺子珍、曾志，及至蒋介石、宋美龄、陈立夫、向忠发、顾顺章等等，虽着墨不多，却都各逞姿彩，鲜活地朝我们走来。

敢于真实深入地写人，写他们各自的文化心理结构及至寻路者的分歧、争论、斗争，是这部戏的另一贡献，这既凝注了作者的胆魄学识，也标识出历史的成熟、时代的成熟。

注重诗性、文学性、文化性，并将其融入人物故事之中是该剧另一个不可忽视的特点。这不是为了点缀调味，也不是附庸风雅，看得出，这是作者有意为影视作品注入一种崇高精神、高贵灵魂而为之的另一个写作初衷。众所周知，毛泽东不光是伟大的革命领袖，还是一位才华横溢的诗人。其诗魂何以如此宏大超拔，其诗情何以如此浪漫飞扬？钦羡赞佩者多，知其真髓者少。在这部电视剧中，王朝柱不仅借故事道出了其来龙去脉，而且吟出了其诗魂、诗情、诗蕴的魂灵。如故事进展到第 3 集，大革命失败前夕，继上海、广州反革命政

毛泽东与周恩来这一对革命战友终于相聚在中央苏区(剧照)

变后,夏斗寅率部进攻武汉,许克祥所部在长沙叛乱,大举镇压工人农民,汪精卫、蒋介石、唐生智、冯玉祥等反动势力异常活跃,从宁汉分裂到宁汉合流。就是在这空前的革命低潮中,毛泽东忧心着形势的急转直下,伤悼着牺牲的战友,不觉心事浩茫,诗心激荡,于是驻足长江,吟出了《菩萨蛮·黄鹤楼》:茫茫九派流中国,沉沉一线穿南北。烟雨莽苍苍,龟蛇锁大江。黄鹤知何去?剩有游人处。把酒酹滔滔,心潮逐浪高。尽管起句、承句饱蕴悲怆苍凉,但转句一转,就飞扬起“心潮逐浪高”的宏阔视野雄沉信念,这是毛诗的风格气象,但又何尝不是他的胸怀气度!这样的诗词楔入剧情之中,不光渲染出时代的氛围情势,也使得人物性格跃然而出。此后的《渔家傲》《采桑子·重阳》都有异曲同工之妙。除了毛诗的融入已见其绝,杨度的一幅横联和一副自录挽联的介入亦见其妙。杨度,这位清末举人、袁世凯筹安会的中坚、孙中山的好友,晚年落魄潦倒居于上海。当周恩来知其景

周恩来登门造访杨度，杨度以“愿与梅花结后缘”对联表示要求加入中国共产党（剧照）

况后亲往探望。周恩来进其陋室，虽满室寒怆，其“但哦松树当公事，愿与梅花结后缘”却高悬中庭。周恩来立即明白了他的晚年所愿，“梅花”自然指的是中国共产党，愿“结后缘”当明的是他想加入其中之愿，几句话后，彼此即款通心曲，一个痛表其志，一个慨然接纳。到了第44集，杨度病卧床上，杜月笙前来探望，杨要求杜为其递上文房四宝，之后写下自挽之联，曰“帝道真如如今都成过去事，医民救国继起自有后来人”，之后倒入杜的怀中。这位四朝元老就这样结束了自己的一生。这是又一位寻路者，虽用墨不多，仅两副联就在诗情画意中写出了他一生的求索探寻，他虽走过不少弯路歧路，终归还是走向了共产党。巧妙的是，他不光以此联为自己为一代人作了他们苦心追寻之结，还对杜月笙这一代旧势力的代表作了由衷的临终劝诫。此外，如杨匏安、蔡和森、恽代英、周文雍等虽都出场不多，但每个人在就义前都以其绝命诗升华出了他们寻路的艰辛、信仰的执着和生命的光辉，这就是诗文元素对影视作品无以替代的贡献。

一代先贤走近了我们又离开了我们，他们的理想、追求、才情却始终在我们心中鼓荡，在我们眼前萦绕……这不能不引我们冷思、令我们警悟：难道我们不该以他们的精神信仰，荡除些浮躁、喧哗、贪婪、享乐、疲软和种种从心灵到行为到弥漫于社会的污浊吗？

（作者系中国青年出版社《小说》原主编
电视剧《寻路》艺术顾问
本文原载于2013年6月28日《中国艺术报》）

《寻路》之道

王伟国

由中共天津市委宣传部、中央电视台、天津广播电视台联合出品的大型史诗电视剧《寻路》，讲述了中国共产党人以坚定的革命信念、不屈的斗争精神，为国家的独立统一、民族的解放、人民的自由，苦苦地寻路，演绎了一曲悲壮而又英勇的赞歌。谈四点认识。

第一，由于受到辛亥革命、新文化运动和“五四”运动的深刻影响，马克思主义在中国已经被积极传播，一批具有初步共产主义思想的知识分子，如陈独秀、李大钊、毛泽东、何叔衡等人，于 1921 年 7 月 1 日在上海成立了中国共产党。中国共产党的成立是中国近代史上最重大的事。从鸦片战争到中国共产党成立的八十多年的历史中，中国人民为了推翻帝国主义、封建主义，争取民族解放和国家主权的独立，进行了前仆后继、不屈不挠的斗争。如鸦片战争、辛亥革命、“五四”运动等，这都是中国人民的“寻路”斗争，这些寻路的斗争虽然在一定程度上打击了帝国主义列强和封建主义，但结果是失败了。中国共产党是继续寻找新的领导力量，但这条寻路之道充满着

中国传媒大学教授、博士生导师 王伟国

曲折、崎岖和生死的斗争。电视剧《寻路》形象化地表现了在1927年蒋介石背叛革命，发动了“四·一二”反革命政变，及汪精卫制造的“七·一五”反政变，导致了第一次国内革命战争的失败。但中国共产党继续高举革命的旗帜，相继举行了南昌起义、广州起义和秋收起义。南昌起义的重要意义是我党探索创建军队，独立领导武装夺取政权的革命道路的开始，这是一次“寻路”。广州起义的失败告诉我们，按照外国的办法，以武装夺取大城市和中心城市的道路在中国是行不通的，而毛泽东领导的秋收起义，在遭到挫折后，及时地率领起义部队走上井冈山，建立农村革命根据地的正确道路，这个道路是正确的，这是一次有重大意义的“寻路”。从1927年至1932年五年之中，中国共产党人经历了种种的斗争和磨难，终于确立了“在农村建立根据地，以农村包围城市，武装夺取政权道路的思想，以毛泽东为主要代表的中国共产党人的集体创造，它反映了中国革命发展的特殊规律，指出了中国革命走向胜利的唯一正确道路。”（中共中央党史研究室著《中国共产党历史》第一卷上册，第297页，中共党史出版）这是一次正确、成功的寻路，然而为了寻找这一条正确的道路，党的优秀儿女和人民群众做出了巨大的牺牲，如周文雍、陈铁军、张太雷、郭亮、陈乔年、罗亦农、向警予、彭湃、杨殷、蔡和森、杨匏安、何孟雄……他们面对敌人的屠刀，或在刑场上举行婚礼，或作诗“留得豪情作楚囚”，或高唱《国际歌》慷慨就义。他们高举共产党人信念大旗，坚定地寻路，做到了“为有牺牲多壮志，敢叫日月换新天”。

第二，这部作品全力塑造了以毛泽东、周恩来、朱德为代表的一代优秀共产党员的光辉形象。与王朝柱以前的作品相比较，王朝柱说：“在这部作品真实再现了这段错综复杂的历史，客观地写出了这些领袖人物的不同性格，以及他们在探索中国革命之路中的缺点和错误。”因为领袖是人而不是神，是人，免不了就会犯这样那样的错误，或不得已的情况下，迫于压力而犯了错误，但他们既敢于坚持真理，又随时地去修正错误，这才是一个鲜活、真实的人。

作者和艺术家将这些领袖人物放到社会矛盾和阶级斗争的风口浪尖中去展示他们的性格特征、斗争艺术和胆略。例如在宁波会议上严厉地批评了毛泽东的所谓右倾机会主义。毛泽东说：“对于我的批判我不想辩解，因为历史会做出公正的裁决，但是为了中国革命之大计，我诚恳地向诸位说，中国的革命必须走农村包围城市，武装夺取政权的道路，如要完成这一伟大的革命任务，就必须有一支在中国共产党绝对领导下的军队，因此我和朱总司令等同志探索的这一条革命道路是正确的。”所以毛泽东不止一次地对共产国际进行批评：“一些不了解中国国情，住着高楼、吃着面包、喝着牛奶对中国革命指手画脚，这就是马克思列宁主义吗？”从而警告：“我希望你们在上海完不成的以城市为中心的革命道路，不要再拿到苏区来，否则又会像丢掉城市一样丢掉用红军生命打下来的苏区！”这是毛泽东讲的，也只有毛泽东才能讲出这样掷地有声的话来，这就是毛泽东“君子以自强不息”的文化性格。而周恩来则是“君子以厚德载物”的文化性格，他顾全大局，相忍为党，在白色恐怖笼罩的上海，他

彭湃、杨殷等英烈在上海龙华监狱(剧照)

忍辱负重,他既要与临时中央的“左”倾思潮斗争,又要与陈立夫的“中统”特务斗智斗勇;既要维护党的团结和党中央机关的安全,又要与一个又一个的叛徒进行斗争。正是由于作品继电视剧《长征》之后,进一步开拓和深化了毛泽东的“自强不息”和周恩来“相忍为党”的文化性格,让观众看到的不仅仅是党内斗争和“反围剿”斗争中的毛泽东和周恩来,而是走进了领袖人物的精神世界,看到了他们的信仰、理想、人格和精神制高点,从而让我们对他们产生了由衷的敬仰和崇拜。这也是《寻路》的革命理想主义和浪漫主义精神的真切传达。

第三,《寻路》出色地做到了历史真实和艺术真实的有机结合。敬畏历史、尊重历史既是王朝柱同志电视剧创作的美学精神,又是重大革命历史题材电视剧创作的根本要求。首先,作品的作者以正确的历史观解读了自 1927 年“四·一二”蒋介石反革命政变后至

1932年宁都会议五年的历史，作品通过大量的历史真实的描绘，创造了真实可信的历史氛围，将历史人物，毛泽东、周恩来、朱德、陈毅、蒋介石等人物，流畅地融入到真实的历史氛围之中，从而给人以真实的历史感，同时给人以美感的体验。如红军第一次“反围剿”斗争，红军诱敌深入，集中优势兵力，于1930年12月30日全歼敌军主力张辉瓒师，并活捉了师长张辉瓒，真是“不周山下红旗乱”，表现了工农红军和革命群众欢庆胜利的兴奋心境和战士们高昂的士气，还有那感人肺腑的陈铁军和周文雍的刑场上的婚礼，以及顾顺章、向忠发的叛变对革命事业带来的严重挫败等等，重大革命历史题材电视剧创作，必须坚持历史人物、历史事件的真实再现，历史文本的真实是重大革命历史题材创作的生命，没有了历史的真实，哪里还有电视剧艺术真实可言。其次是艺术的真实，在重大革命历史题材创作中，艺术真实是不可缺少的，这就要求在创作中做艺术的虚构和想象，这种艺术的虚构不是违背历史和历史精神的胡编乱造，而是虚构出在历史真实中不曾有过的人与事件，他们是对历史真实和历史精神的丰富和补充，从而营造出历史上虽不曾有过，但是可能会有的人与事件，使历史真实更加可信，这就是艺术真实。正如亚里士多德在《诗学》中所说的那样，历史学家“记述已发生的事”，而诗人则“描述可能发生的事”，并认为这是历史学家和诗人的区别。《寻路》的成就就是它并没有停留在历史文本的真实上，而是从电视剧艺术规律出

蒋介石与宋美龄(剧照)

发，将繁杂的历史现象经过艺术的虚构、加工和提炼，转换为艺术真实。从而使历史真实和艺术真实有机结合，相得益彰。

第四，电视剧《寻路》透析出丰富的文化批判精神。电视剧中的文化批判精神既是电视剧价值的重要方面，又是作者审美理想的一种表达，电视剧《寻路》的文化批判主要表现在四个方面：

一是批判共产国际对中国革命的错误指挥。他们错误地估计了中国社会的阶级矛盾，严重地脱离了中国实际，将欧洲特别是苏联革命经验生硬和公式化地套用到中国革命上，错误地提出中国革命城市中心论，错误地提出中国革命高潮很快就会到来，错误地规定了城乡武装暴动的盲动策略等等，共产国际先是李立三、王明，后是博古"左"倾路线的主要根源，所以毛泽东对此进行了严肃批判。

二是批判了李立三、王明"左"倾机会主义路线，剧中特别批判了他们"左"倾路线给中国革命带来一次又一次的破坏，使得成千上万的革命群众和红军战士流血牺牲。

三是批判了中国共产党内的叛徒，如向忠发、顾顺章、白鑫、张克云、何家兴等人，特别是向忠发和顾顺章的叛变，对中国革命带来了巨大的破坏，使本已困难重重的中国革命蒙上了深深的阴影。

四是批判蒋介石背叛孙中山国民革命，屠杀革命群众和大批共产党人的罪行。

电视剧《寻路》从这四个方面进行文化批判，从而让我们更加清晰地看到了中国共产党人寻路之道是那样的千难万险，九死一生的艰难；同时作品也旗帜鲜明地指出：坚持什么、反对什么、提倡什么、批判什么、真理与谬论、是与非、美与丑、善与恶的历史视野和审美视野也告诉我们这部重要的电视剧达到了历史精神高度，也达到了审美精神指向的高度，也是作者王朝柱同志审美理想的高度。

（作者系中国传媒大学教授、博士生导师

本文原载于2013年7月12日《中国艺术报》）

革命理想信念的深情赞歌

柳　萌

鲁迅先生说,这世界上本没有路,走的人多了,也就有了路。我在观赏电视剧《寻路》时,脑海里不时想着先生这句至理名言;只是鲁迅先生未说,开始寻找道路的人,第一位起步的人,最早走路的人,会是多么艰难。因此可以说,电视剧《寻路》的拍摄成功,形象地丰富了先生的说法,尽管先生只是泛泛地说道路,其实革命的道路更是如此。

电视连续剧《寻路》讲的是,1927 年"四·一二"大屠杀到宁都会议,这五年间共产党内路线斗争的故事。剧本紧紧地围绕着一个主题:是仿效苏联举行城市武装起义,还是结合我国实际开展农村武装斗争,用哪种方式建立红色政权这个根本性的问题,生动地展现出一系列真实的历史事件。归结为一句话就是:中国的革命之路,从哪里下脚起步。很感人,很好看,很耐看,很值得回味。我观后有这样几点感想:

第一,这是一部生动的形象的激励理想的电视剧。剧中的主要

《小说选刊》原社长　柳萌

人物，留过洋的也好，“土包子”也好；家庭出身贫穷的也好，家庭出身富裕的也好；掌权的无权的也好；夺权的丢权的也好，都是一心为劳苦大众创建公平幸福的社会而奋斗，有的甚至于牺牲了宝贵的生命。老一代共产党人高尚的、无私的革命理想，让人打心眼儿里为之敬佩和折服。这些人当时都是三四十岁，对革命的执着，对理想的真诚，心中不含任何杂念，每一位都显得非常可爱。当联想到今天的种种不良风气，加以对比和思考，《寻路》这部电视剧的现实意义，就会远远超越它的历史价值，很值得今天的人重温这段历史。

第二，这是一部生动的形象的实干救国的电视剧。过去经常听老一辈革命家说，要珍惜来之不易的革命政权，究竟怎么不易并非每个人都知道。看了电视剧《寻路》终于开始明白，不易不光是艰难困苦的环境，更是党的正确路线的确立，路线错了就要走弯路，有的时候还要死好多人，革命起步时期人本来就不多，死伤千把百人就是相当严重的损失。比如剧中讲述的三次“反围剿”，哪怕一个并不大的战斗，决策错了就要牺牲无数革命战士。革命队伍往哪里开，根

毛泽东与朱德、陈毅在红色根据地(剧照)

据地往哪里建,地方选错了就要走弯路,这种事情靠书本不行,只能像毛泽东说的那样"在战争中学习战争"。或者叫"实践出真知"。革命就是要靠实干而不是空谈 。

第三,这是一部生动的形象的坚定信念的电视剧。教师出身的毛泽东,是地道的一介书生,没有打过仗摸过枪,却得到像朱德、彭德怀、刘伯承这样军人出身的人信服;没有出过国的毛泽东,却得到像周恩来、陈毅、瞿秋白这些喝过"洋墨水"的人拥护,毛泽东靠的是什么? 靠的就是他的威信。他的威信哪里来? 就来自他结合中国实际情况,总结出的他指导实践的理论,如"农村包围城市",如"枪杆子里边出政权",如"党组织建到连上"等等,靠这些理论指导革命成功了胜利了, 自然而然要服从真理信任毛泽东。剧中几次讲到的"朱、毛不分家",就是说,只有毛泽东的理论(战略)与朱德的实践(战术)相结合相配合以后革命才会顺利,否则革命就要受挫折遭失败。这些革命政权初创时期的故事,不仅告诉我们红色政权的来路,而且告诉我们红色政权的未来走向,回答了什么是中国革命的必由之路。观后能增强人的革命信念。

第四,这是一部生动的形象的警示自律的电视剧。在电视剧《寻路》中有两个工人出身的领导人向忠发、顾顺章,最后都因生活和女人问题走向革命反面,而一些知识分子出身的革命者和领导人,如蔡和森、罗亦农却能临危不惧为革命英勇就义。这是为什么呢?我想主要还是信仰坚定与否的问题。共产党员没有了信仰,革命就没有了奔头,就没有了前进方向,意志薄弱了就禁不住财色的诱惑,必然会在大的关口失节。这跟现在一些贪官堕落的原因颇有相似之处。《寻路》的拍摄成功,对于今天的共产党员,同样有一定的警示作用。

第五,这是一部以史为鉴关照现实的电视剧。从内容上评价电视剧《寻路》,它应该是一部用现代人视角,生动解读革命历史的优秀作品,除了通常说的具有史诗品格,它还极富现实的启示作用。在我们党面临某些困难的当口,每位党员特别是党的干部对照着先辈们,反省一下自身的理想信念,就会看到显而易见的差距。在党中央正要进行的群众路线教育中,这部片子可以说是"生正适时"。

《寻路》这部电视剧在艺术上,比之王朝柱其他剧本自有特点,就以结构来说,以寻找革命之路为切入点,逐渐用一个个故事扩展情节面,由小及大,由简入繁,越来越好看,越来越有戏,红区白区斗争交替穿插讲述,既不凌乱又无隔断感觉。许多熟悉王朝柱的人都知道,驾驭宏大题材和开阔场面是他的强项,电视剧《解放》《辛亥革命》《解放大西南》等都显示出他这方面的能力。我不是影视专家,难以从理论上说清,凭我自己的感觉讲,如果说《解放》的结构好像大海,一波连一波;电影《走过雪山草地》结构好像抒情曲,一音连一音;《寻路》这部大型电视剧结构好像九曲连环,环环相扣,无论是白区红区共产党人的故事,都是一环紧扣一环,穿在革命走什么道路这条线上,让你欲罢不能地一口气看完。电视剧创作手法的娴熟运用，王朝柱已经达到出神入化的地步，每一次都有新的探求新的超越。搞文学创作的人都知道，超越别人难，超越自己更难，可是作为擅长创作重大题材影视的王朝柱，写了这么多部作品，他总能找出新的突破口新的表现形式，让同类题材作品给人耳目一新的感觉，让观众从中找出新鲜的亮点和看点，这是相当不容易的。王朝柱写到今天，只是跟自己竞争，他再往下写会更难，我们只能抱以新的希望。

像王朝柱创作的其他影视作品一样，每次都能推出几位新面孔演员，这次的《寻路》有好多位是不常露面的演员，其中饰演毛泽东的演员在性格表演上很到位，举手投足和吸烟姿势都觉得就是“这一个”。我作为一个普通观众看他表演，觉得非常舒服、流畅、自然，没有做作和拿捏的感觉，觉得当年的毛泽东就是这样。最早塑造毛泽东舞台形象的演员，给人留下的印象更多的是形似神不似，这说明现在演艺界的后起之秀，在塑造领袖形象上是颇见功力的，这就对王朝柱的多部影视作品，在创新方面起到了“推波助澜”的作用。这是王朝柱影视作品艺术上成功的一个重要因素。一部好的影视作品如同神舟飞船，得由优秀航天员在太空操作才行，所以聪明的王朝柱在选择演员上从不马虎，达到了戏推演员、演员养戏、戏与演员双赢的效果。

倘若革命题材是一眼山泉，那么，作为从泉中打水人的王朝柱，每次给我们提出来的山泉水，都是那么沁人心肺的清洌甜水。没有才华很难做到，单凭才华也难完成。对待历史的严肃性，对待文学的敬畏心，对待社会的责任感，像三座高高的神圣殿堂，牢牢树立在王朝柱的心中。这就是王朝柱的影视剧本，写一个成一个，写一个“新”一个，使之成为历史题材剧本创作达到高峰，备受同行关注和赞赏的原因所在。

在世象比较浮躁的今天，能够潜下心来干事的人，无论如何王朝柱得算一个。他把他的剧本当作孩子来养，所以每部剧都是那么

毛泽东在红色根据地(剧照)

水灵灵,真应了那句老话"一母生九子,九子各不同"。比如这部《寻路》电视剧,尽管剧中讲述的历史事件,跟过去的《长征》《解放》《延安颂》等,不是完全相同的革命历程,但是剧中的主要人物,还是毛泽东、周恩来、朱德和他们的战友,我们观看时却没有重复感、老旧感,给观众的印象依然是那么清新、振奋。我们不能不佩服王朝柱的创作才能和进取心。

总之,《寻路》是一部优秀的电视剧,讲述的是我们党的早期历史,颂扬的是年轻时期的优秀共产党人,然而,在追寻"中国梦"的今日中国,它的现实意义却是不可低估的。感谢天津市委、中央电视台、天津广播电视台,在党的生日即将到来时,献上的这份厚重大礼。

(作者系《小说选刊》原社长)

再现中国革命史的辉煌史诗

陈先义

适逢党的十八大以后，作为庆祝毛泽东同志诞辰120周年的开场大剧，由王朝柱同志创作的44集重大革命和历史题材电视剧《寻路》与观众见面了。这部为广大观众翘首企盼的革命历史题材巨作，势必成为2013年度的荧屏热点，给疲软和迷惘中的中国影视创作注入强大的思想活力，对中华民族期待的“中国梦”在精神内容层面给予追根溯源的历史解读。

2013年，对今天的中国，注定是一个极不平凡的年份。这不仅是因为新一届中央领导集体走向政治舞台的核心，也不仅是因为极为复杂的国内外环境使我们面临更严峻的考验；更为现实的是，随着毛泽东同志120周年诞辰的到来，以网络为平台、以东西方不同意识形态为主角的攻防战正悄然展开，它暗潮涌动，风急浪高。可以说呈现近年来没有过的剧烈，斗争的核心是坚持或反对中国共产党的执政领导，坚持或反对毛泽东思想这面精神的旗帜。伴随这场斗争，一场关于道路的选择再次摆在中国共产党和13亿中国人民的面

《解放军报》文艺部原主任、电视剧《寻路》艺术总监　陈先义

前。正是在这样一个大背景下，一部磅礴大气寓意深刻的《寻路》诞生了，它用一代共产党人以鲜血和生命写成的经验，警示和提醒着今天的中国共产党和中国人民，我们应该以怎样的自觉和自信，追寻和坚持我们所应该走的道路。可以说，这是一部极其重要的应时之作。

《寻路》这部作品与王朝柱同志此前创作的《长征》《延安颂》一起，组成了艺术再现中国革命史的浩浩史卷，成为中国共产党以及我们民族百年历史的红色家谱。因此，总结好这部作品的创作经验，不仅对我们重新认识中国革命有着极为重要的意义，而且对迷惘中的中国电视剧艺术有着特别重要的启示。细观这部作品，有许多经验值得总结，但我认为，其中最重要的应该有如下几点。

第一，写矛盾。作为以表现重大革命历史为题材的电视剧，《寻路》为我们提供了写矛盾的成功范例。众所周知，矛盾是构成戏剧思想和艺术的核心，有了矛盾，戏才能好看。但是怎么表现矛盾，却能表现作家思想和艺术水准的高下。许多年来,关于革命历史题材创作,不论是表现民族矛盾的对日作战,还是表现针对国民党军队的战争,可以说都是敌我力量的博弈,从来很少有作品把党内的路线斗争作为主线。而《寻路》则不同,它第一次把党内不同路线的交锋和斗争作为贯穿作品的主线, 这不仅是艺术上的一次大胆创新,而且标志着一次突破禁区的艺术冒险。过去我们表现党的路线之争,要么浅尝辄止,要么讳莫如深,我们的作家们,也往往视其题材的敏感而少有触及。王朝柱同志则知难而上,第一次把党内斗争作为故事的主线。应该说,《寻路》所表现的矛盾错综复杂,纵横交织,其中既有国共两党的矛盾,又有国民党新军阀之间的争斗;既有党内不同路线的交锋,又有党的领导者与叛徒的斗争,种种矛盾,一波三折,互相交错,起伏跌宕。然而所有这些矛盾,又无不是围绕党内路线斗争这条主线为中心展开的。这正是《寻路》的突出特色。正是在党内路线斗争这条主线下,一代共产党的领袖们对中国革命道路苦苦追寻,成为这部戏最为打动人心的部分,也使《寻路》作为一部重大革命和历史题材作品,有了别样风采。从这个意义上说,《寻路》对编剧本人不仅是一次自我超越,也给中国电视剧树起里程碑意义的新标杆。

当然,任何一个自我超越和突破,必将经历一个思想的蜕变。作为以写路线之争为"戏魂"的思路,编剧王朝柱并非一蹴而就,他曾经历了痛苦的选择和思考。笔者曾见证了他长达半年多不着一字的苦思冥想,那个化蛹为蝶的过程,对他来说确实是痛苦的,当有了写"党内矛盾",写毛泽东、周恩来、朱德等领袖们因寻路而产生的分歧矛盾这个题旨以后,他便觉得思路豁然洞开,柳暗花明,断然毁掉已经写了十数集的草稿,重打鼓另开张,废寝忘食,一气呵成一部44集的皇皇大作。当最后一行文字伴随他从党史五年的腥风血雨和艰苦卓绝的环境中走出来,作为一个作家,他如释重负,但却大病一场。一个军旅老作家对国家对党对人民的那种高度的使命意识和责

毛泽东到湖南发动秋收起义，组建工农革命军第一军第一师(剧照)

任意识，令每个熟悉或不熟悉他的人都不能不肃然起敬。

作为以写党内路线斗争为主线的《寻路》，之所以激荡人心，不仅因为其史料的揭秘意义，而且主要因为1927年大革命失败后至1932年的这五年，在中国革命的历史上具有特别重要的意义。这五年，在92年党的历史上是最为艰苦的五年，五年寻路，不仅决定着中国革命一个时期的发展方向，而且从指导思想上影响了中国共产党的整个历史。由于国民党蒋介石疯狂的屠杀和围剿，由于党在指导思想上的严重错误，几十万共产党人惨遭屠杀，革命几乎被断送在摇篮之中。写好这五年的历史，对今天的中国共产党有着极其重要的警示意义。

作为展示党内矛盾斗争的主要人物毛泽东、周恩来、朱德，以及陈独秀、瞿秋白、李立三等，作品详细而真实地展现了他们在寻找革命道路上出现的严重分歧。最后中国共产党以白区损失百分之百红区损失百分之九十的代价，找到了“农村包围城市、武装夺取政权”的这条伟大真理。在这个奋斗求索的过程中，不论是毛泽东主张的“农村包围城市”的道路，还是占多数派的其他领导人坚持城市为中心的暴动道路，都是在为中国革命寻路。因此，尽管像陈独秀、瞿秋白、李立三那样让革命付出惨重代价的领导者，他们也并非为一己私利，他们同样高举的是信仰的大旗。《寻路》昭示的是一个真理：那就是一个正确的道路选择，来之不易，它的代价是千百万仁人志士的头颅和鲜血，历史如此，今天也同样。这就是《寻路》更深刻的思想意义。

第二，写信仰。《寻路》旗帜鲜明地高举理想信仰的旗帜，以极富诗意的艺术表现把一大批为信仰甘于抛头颅洒热血的共产党人的形象再现于荧屏，作品浓墨重彩地写了二十多位烈士的英勇就义，这些场面气壮山河，激荡人心。也写了一些叛徒因放弃信仰给革命造成的巨大危害。对信仰的坚守和背叛，使《寻路》焕发思想的巨大光彩，也是故事的主线。蔡和森、恽代英、罗亦农、彭湃、郭亮、陈铁军、周文雍等等，这些胸怀报国理想的先驱者，他们一个个先后惨死于敌人的屠刀下。面对敌人的屠刀，他们镇定从容高唱《国际歌》，高呼“中国共产党万岁”的口号，其悲壮场面，撼人心魄。这些场面，无疑会给当今的共产党人以深刻警示和联想。

更让观众震撼的是，这些优秀的共产党领导人的牺牲，无一不是因为内部叛徒的出卖。而这些助纣为虐的叛徒们，他们背叛革命的第一步，又无不是从放弃信仰开始，而他们放弃信仰的第一步，也无一不是从追求女人和腐化堕落的生活方式打开缺口，不论是工人领袖顾顺章，还是官至党的总书记的向忠发都概莫能外。这条历史的规律，一直延续到今天。从放弃生活小节开始到放弃信仰，再由腐化堕落放弃信仰到背叛革命，这已经成为一些共产党人九十多年不断重复的魔咒怪圈，历史是如此相像地在今天同样演绎着昨日故事。我们看到，当顾顺章这样一个曾手举驳壳枪冲锋陷阵所向无敌的起义英雄，最后成为蒋介石的鹰犬，又手举驳壳枪追杀自己的战友和领袖，这些真实的画面，拷问和敲打着今天的每个共产党人的心灵，那就是放弃了信仰，我们的队伍还会出现大大小小的顾顺章。《寻路》写这样一些十恶不赦的叛徒，把他们从革命到反革命的演变演绎得如此清晰，我想绝非是仅仅为了追求好看，它意在给今天的共产党人，也给每一个中国人树起一座警示之钟。那就是不论一个党、一个民族，丢掉信仰不仅意味失败，还意味着要亡党亡国。

第三，揭秘性。在追求艺术真实和历史真实实现完美结合的道路上，《寻路》走出了自己至为坚实的一步。对中国革命的历史，特别是对大革命和井冈山斗争的历史，过去的文艺作品从不同侧面都有表现，但也毋庸置疑，以往这些作品或多或少地都有历史教科书的局限，而在《寻路》里，大量具有揭秘性的情节和故事，第一次以鲜活

毛泽东与贺子珍(剧照)

生动的画面展现在荧屏。我们恐怕不会想到，就在“四·一二”大屠杀发生的当天，党的领导人周恩来以大无畏的英雄气概，大义凛然地去面见蒋介石，当面痛斥蒋介石的滔天罪恶。我们恐怕也不会想到，当毛泽东在前委选举中意外落选，连军委前委会议也无人主持时，是陈毅自告奋勇当了前委主席。当革命发生挫折，重病的毛泽东被用担架冒雨抬到了会场。我们更不会想到，当毛泽东被撤职后，是在闽西的那个山村里，他系统读完了共产国际因看好陈炯明而赠送的一大批马克思列宁的中文版著作。这或许正是毛泽东马列理论的源头和基础。我们不会想到，当毛泽东一次又一次被撤销职务后，却置个人荣辱于不顾，依然无比坚定地高喊：真理有时在少数人手里，错误的决定和路线，违背了中国革命的实际，即使来自中央，我也无法执行……这些鲜为人知的画面，当第一次生动地展示在我们面前时，我们不能不对一代共产党的领袖们表示由衷的敬仰。它揭示了寻路之难。有人说，王朝柱的成功，是因为他以其天才和勤奋，占有了大量珍贵的史料，因其史料的揭秘性，必然能引起轰动的效果。对此，我不尽赞同。史料是一种公共资源，但怎么去驾驭和表现史料，表现的是一个作家思想的睿智和水准的高下。《寻路》的成功，不仅在于作者有删繁就简的天才，而且他善于从浩繁史料中总结出带有规律性的东西，用艺术手段给予完美呈现。这不仅要编剧具有非凡的艺术架构能力，更主要的是，作者要有马克思主义文艺家的宽广胸怀和理论功底，要有对党史军史的清晰认知，要有高屋建瓴的驾驭能力，要有对党对人民发自内心的热爱。作品中有许多至为精彩的细节和对话，我相信，历史教科书也好，史料回忆也好，都不可能为作者提供如此精细的描述。它出自于作者在历史真实基础上的创作。而这些创作，依据的是作者对人物和历史融会贯通的把握和理解。所以，当《寻路》播出以后，剧中人物的亲属、身边人员及其历史学家们，才会发出这样的赞叹：它不是历史，胜似历史。

第四，大胆创新。《寻路》受到青睐，还因为大胆创新、起用新人，给电视剧艺术的可持续发展提供了成功经验。剧组以大局意识和国家胸怀起用一批平均年龄不满 30 岁的演员，这给明星大腕垄断市场的格局以很大冲击。《寻路》在推出一部好戏的同时，也打造了一支富有潜力的青年队伍，对电视剧创作具有示范和引领的意义，《寻路》表现的是共产党先驱们的道路探索，同时也在为中国文艺走出误区探索新路。

我认为，作为一部具有史诗品格的鸿篇巨制，《寻路》绝不仅仅是还原历史和再现历史，更为重要的，它在通过对历史的回望，给今天的中国共产党及其人民以重要的启示，有重要的现实意义。

道路的选择，决定着革命的成败。总结中国共产党九十余年的历史，就是一条不断寻路的历史。在探索中发展前进，是党九十多年的基本经验。《寻路》这部戏追根溯源，鉴往知今，它以腥风血雨的“四·一二”反革命政变为开端。中国共产党人用 30 万党员的生命，认识了“枪杆子里边出政权”的伟大真理。但是，有了武装以后，是照搬共产国际的城市中心理论，还是走农村包围城市的道路，党依然在继续探寻和摸索，“党指挥枪的原则”“农村包围城市” 的真理，无不又是以鲜血和生命的代价。此后数十年的革命战争，同样也是一部寻路的历史。历史发展到今天，我们的党依然在寻路。改革开放 30 年来，中国共产党领导中国人民，探索一条崭新的发展之路，这条路概括起来就是利用世界一切先进科学及管理技术，发展具有中国特色的社会主义道路。今天，世界都在关注中国，研究中国，“中国模式”和“中国道路”已成为这个世界的最新流行语。然而，也毋庸回避，不论是西方还是国内，同样有一种逆流在涌动，其目的就是把中国引向完全西化的歪路、邪路。两种道路的较量在国内外政治舞台几乎一天也没有停止过。

对此，中国共产党的新一代领导集体保持了清醒的头脑，习近平同志就任总书记以来，对道路问题反复阐释。就任之初，他代表新一代领导集体庄重宣言，强调要增强道路自信、理论自信、制度自信，不走封闭僵化的老路，也不走改旗易帜的邪路，坚持实事求是、与时俱进，求真务实，走中国特色的社会主义道路。在访俄时的莫斯科国际关系学院演讲时，他又说：鞋子合不合脚，穿着才知道，一个国家的发展道路，只有这个国家的人民才知道。这个道路，用一句老百姓通俗易懂的话就是实现我们民族伟大复兴的中国梦。可以说，《寻路》的推出，从艺术的角度为伟大的中国梦提供了富有内涵的思想注脚。对中国共产党人来说，承继老一辈用几代人的努力打造的治国理政经验，按照中国自身的规律，走一条符合中国特色的新路，将是我们民族和人民的必然选择。

作为一部应时之作，《寻路》旗帜鲜明地讴歌了一代先贤们的奋斗牺牲，讴歌了他们在带领中国人民翻身图强的历程中所经历的苦难和所具有的高风亮节，这对于为丧失信仰而陷于全民焦虑的当今社会来说，无疑起到了清醒和振奋的作用。它以感动人心的故事和画面告诉我们，一个国家和民族的强大，不仅要有物质的富足，更要有标志民族独立和自强的信仰和精神。

《寻路》还用成功的经验说明，"内容为王"是电视剧艺术颠扑不破的真理。我们有些制作单位，甚至有些领导机关，动辄拿收视率说事，先入为主地认为重大革命历史题材剧没人愿写，写了没人愿拍，拍了没人愿买，买了没人愿播，纯粹是向"唯市场马首是瞻"、向金钱拜物教屈膝投降。有没有收视率，关键看你有没有提供高质量的优秀作品，何况以收视率为标准完全不利于张扬国家主流声音。实践证明，靠砸大钱、用大牌，永远砸不出一流作品，要创作高质量的有品位的体现民族精神具有民族气魄的一流作品，还要在一剧之本上下足够的功夫。这就是《寻路》给当下中国电视剧创作的现实思考。

（作者系《解放军报》文艺部原主任
电视剧《寻路》艺术总监
本文原载于《当代电视》2013年第7期）

一部内涵丰厚的革命史诗

黄会林

《寻路》破题很好。全剧破题就是两个字——寻路，这两个字贯穿了全剧，其实也就贯穿了我们中国现代历史发展全部的精髓所在。

《寻路》的立足点是什么呢？我想还是毛泽东思想精髓的四个字——实事求是。马克思主义很伟大，但是它来到中国，必须和中国实践相结合，如果不能和中国的实践相结合，它就不可能成为指导中国革命的武器。我们民族有着五千年的智慧。一路走过来，多次的探路、多次的寻路，不断地向西方、向外国学习，但历史已经证明了：照搬是不行的。由此体会这部史诗，它的内容核心就是寻找中国革命之路。

而这部立意为寻找中国革命之路的剧作，为什么要在今天出现？为什么朝柱要拿到今天来展现？我想，它的价值就是八个字，叫作“认识过去，借鉴今天”。到了今天，社会主义建设的新时期，我们所探求的正是独一无二的中国道路。最近习近平同志多次讲，我们

北京师范大学教授、中国文化国际传播研究院院长　黄会林

要实现中国梦，一个是中国道路，一个是中国精神，一个是中国力量。而这三条里边核心是道路。这条道路是独一无二的，追根溯源可以上溯到从 1921 年中国共产党诞生，到 1927 年国民党实行大屠杀。在各派新旧军阀的纷争之中，蒋介石背叛了孙中山，进行了一次反革命的血腥镇压、屠杀，企图成为中国的“霸主”。当然，历史也最终证明了：那是不可能的。到了今天，社会主义建设的新时期，我们所探求的正是独一无二的中国道路。

整部电视剧看下来，内容的核心展现，可以概括为两条战线、两个营垒。第一，是两条战线。两条战线是城市和农村，是国民党和共产党，是双线并进的结构。两条战线的斗争写得如此之饱满，如此之充分。一方面是血雨腥风，一方面是漫漫征程，最终落定在那句经典，就是：中国的革命必须走“农村包围城市，武装夺取政权”的道路；必须有一支在中国共产党绝对领导下的军队！就这么一个结论，而这个结论在中国此前没有人能够总结，世界上也没有一个国家能够总结出来，这就是它的独特的、不可替代的最大的分量所在。这一点真的是给予我很大的震动。

第二，是两个营垒。这两个营垒，你中有我，我你交叉，也很有意思。全剧有名有姓的人物竟然有二百多人，这是多么宏大？主创者们又如何把握住如此浩繁的人物呢？电视剧集中呈现了毛泽东从小学教员到政治、军事战略家，成为“寻路”的主导；突出描绘了周恩来“顾全大局、相忍为党”的品质，成为“寻路”的保障；重点渲染了朱德从旧式军阀到红军统帅，成为“寻路”的支柱。看罢全剧，三位主要人物的形象得以铭刻于观者的内心。而作为对立面的蒋介石，同样以复杂的内心表现出独裁者的强势和无奈。此外联合主演的八人，内

要打出一个人民的新中国，必须要建立一支人民的军队。图为红军誓师大会（剧照）

毛泽东与贺子珍、儿子毛毛(剧照)

中有几名女角还是挺出彩的,如贺子珍是那样有情有义的性格。几个女角在这部戏里妥帖的分布,一下就把戏剧调剂得刚柔相济,阴阳结合。

一部《寻路》重现革命史,具有重要的价值和意义。它真实地再现了这段错综复杂的历史,客观地写出这些领袖人物的不同性格,及其在探寻中国革命之路中的缺点和错误,让今天的观众从繁杂的历史中,从历史人物的精神世界中认识过去,鉴知今天,以求得在新时期的寻路中能够少走一点儿弯路。我想,这就是作品在今天的意义所在。今天,我们的国家正在继续探寻祖国强盛之路,国家富强、民族复兴、人民幸福,这就是我们的中国梦。

(作者系北京师范大学教授

中国文化国际传播研究院院长

本文原载自 2013 年 7 月 12 日《中国艺术报》)

寻出一片新天地

——《寻路》对未来之路的启示

阎晶明

第一，我非常尊敬王朝柱老师这么多年的辛勤耕耘，他为广大观众贡献出这么多优秀的作品。王朝柱的创作体现出几个特点，一是功课做得特别足。他对自己所写的历史时段的熟悉了解，远远超越作品创作的基本要求。对中国近现代革命史，他掌握了大量素材，然后从不同的角度，按照不同的需要来进行戏剧创作，所以他是游刃有余的。二是功夫下得深。他不是约上几个“徒弟”，叫他们来做，然后自己来审阅一下。王朝柱一直是一个独立的创作者。我觉得这一点是非常难得的。我曾两次在北京香山的一家饭店里，偶遇王朝柱先生，他一个人“驻扎”在那里，潜心创作。非常有感触。两个月之前，文艺报社和作家出版社为王朝柱先生开过文学创作研讨会，对他的功课做得足、功夫下得深有了更加深切的感受。三是他的创作立意站得高。王朝柱有正确的史学观，他知道应该歌颂什么，批判什么。《寻路》更有特殊之处。寻路，既是引领观众回看历史，更是在启示我们今天。在不同的历史时期，我们的国家和民族都面临着道路

《文艺报》总编辑　阎晶明

选择的问题，在新的历史背景之下，播放这样一部电视剧，在再现中国革命腥风血雨的历程的同时，也对我们今天以及未来的道路有所启示。这也是这个剧作很重要的内涵。

王朝柱先生以前的创作，比如说《延安》《长征》《辛亥革命》等等，都是以历史事件那个“要点”为作品题目，但《寻路》却是个隐喻性的说法，或者说更具有象征色彩。王朝柱也可以说正遇到一个创作的“转型期”，会使他的创作，在《寻路》这样的一个背景之下，很可能会开出另外一片天地来，以史为鉴，为我们今天做更多的功课，这一点意义特别大。“寻路”，在每一个历史时段都有不同的内涵。但是“寻路”是每一个历史时期的人们都会遇到的问题。屈原说“路漫漫其修远兮”是在问路，《西游记》的人物在问路，鲁迅讲“世上本来没有路，走得人多了也就变成了路”，也是在说一个寻路、问路的道理。当然，寻路的目的是有不同的。历史性人物，在为一个国家、民族寻找道路。而众多小人物，可能就是在历史的洪流中如何把自己的人生和大的历史尽可能地吻合上去。这两种题材都可以创作出大作品。有很多经典的文学经典作品在写小人物在大历史当中的命运。王朝柱的创作更多的是前一种，是写对历史起决定性作用的人物，如何为中华民族探索正确的道路。这正是这部电视剧的当代意义，很值得我们更进一步地弘扬。特别是对广大青少年来说，不仅是去了解历史的知识，而且是通过对个人的人生道路，对社会的责任，对时代使命的担当意识，有了更加强化的作用。在新媒体时代，人们的思想观念、价值观念都非常多元的背景之下，非常需要这样一种有力量的、能够起启示和交流作用的作品，对大家进行教育和鼓舞。

（作者系《文艺报》总编辑

本文原载于2013年7月12日《中国艺术报》）

陈毅与朱德迎接病重的毛泽东（剧照）

深刻的启示 深远的意义

向云驹

电视剧《寻路》的笔墨集中在中国共产党建党初期、面对强大的反动势力和全面的白色恐怖、敌我力量十分悬殊的形势下，中国共产党人在黑暗与恐怖中的摸索、探索、求索。这一段以“寻路”为主题的历史的艺术再现，具有深刻的历史启示和深远的现实意义。

《寻路》以宏大的景观、影像，形象地全景式地呈现了一段波澜壮阔的历史。从蒋介石“四·一二”大屠杀，到1932年宁都会议，这是中共历史最低潮的时期，也是最具光彩的时代；是中国共产党人血流成河、牺牲最多的时期，也是真正共产党人品格、品质、人格、信仰、信念最为世人称颂、最辉煌夺目的时代；是中共党内错误频出、失误最多的时期，也是全面奠定中国前途与出路的思想路线、工作方法、革命道路、根本选择的日益成长与成熟的伟大时代。《寻路》真实地状写了这个时代光明与黑暗、正确与错误、忠诚与背叛的生死拼搏，令人惊心动魄，令人大悲大恸，令人百感交集，令人肃然起敬，令人掩卷长思。

《中国艺术报》总编辑　向云驹

如果说长征、解放战争是国共两党的第二次、第三次“大决战”的话，那么，在这幅腥风血雨、刀光剑影的历史长卷中，《寻路》展开的是国共两党的第一次“大决战”。这一首次国共大决战让我们重温历史，让我们从一个全新的视角“再观”历史。全剧以重大篇幅描写了蒋介石集团对中国共产党人的仇恨杀戮与围追堵截，真实地再现了中国共产党人革命环境的险恶与黑暗。当其时，反动势力如此强大，对革命道路的阻挡，对革命意志和智慧的摧残，对革命前途的扼杀和高压，无不揭示了中国共产党人走中国革命道路，即以马克思主义为指导、符合中国革命实际的出路，并不是选择众多、条条大路通罗马，而是别无选择。只有“武装夺取政权、农村包围城市”这一条路可寻可走。它是历史的经验所写就，也是历史的教训和巨大的血的代价所反复印证的。

当蒋介石高举屠刀挥向中国共产党之时，共产党人并没有完全意识到这第一次生死大决战的来临，经历了一系列失误失败、流血牺牲后，中国共产党人不断奋起反抗。《寻路》向我们展现了这一艰辛曲折的探索。从大上海的中共中央的斗争，到南昌起义、广州起义、秋收起义等武装斗争；从效仿巴黎公社、俄国十月革命，到武装起来走农村包围城市的道路；从工人武装起义、旧军队起义、农民武装占山为王，到党指挥枪、支部建在连上。以毛泽东为首的中国共产党人最后逐渐会聚闽赣革命根据地，井冈山斗争的星星之火燎原全国。

《寻路》告诉我们，尽管我们从这一段历史以及第一次国共大决战中看见了中国共产党人太多的失误、太多的幼稚、太多的牺牲，但是我们也看见了更多的流血、更多的执着、更多的忠诚、更多的感动，乃至更多的智慧。《寻路》向我们揭示了这样一个现实：坚定不移地忠诚于党的信念，始终不渝地追求人民的幸福、民族的解放和共

毛泽东读《战报》（剧照）

产主义理想，是我们党百折不挠、前仆后继、斩不尽杀不绝、越挫越勇、星火燎原的最伟大的力量和最深刻的奥秘。

《寻路》的中心主题和核心人物是毛泽东在这一时期进行的革命探索和人生行迹，并由此昭示农村包围城市的革命道路的伟大意义。全剧围绕毛泽东领导秋收起义，开辟井冈山根据地，指挥三次"反围剿"并取得胜利，以及他的领导权、指挥权的几起几落，细致、深入、生动、深刻地展示出走一条符合中国革命实际的道路是如何的艰难艰辛，同时也展示出毛泽东同志在"八七会议"党确定开展武装斗争路线后，率先探索农村包围城市的革命战略，率先确立建立革命根据地的战略决策，率先实践党指挥枪的军事政治原则与支部建在连上的建党建军政策，探索出一系列符合中国国情革命道路的指导思想、方针路线、政策策略、战略战术和工作方法。毛泽东在这一时期积累了大量思想、经验、方法和教训，为中国革命的未来发展全面地奠定了基础。从这个意义上说，在这一次残酷而严峻的共产党处于绝对弱势地位的首次国共大决战中，表面上或在一般意义的结论上，以中国共产党被迫长征为结果，但是从全局看，蒋介石的大屠杀更加激发了中国共产党人的革命意志和斗志，共产党及其领导的人民群众以 10 万、数十万的数量倍增。史料表明，虽然蒋介石"四·一二"大屠杀，死难的共产党人、共青团员、工农群众半年间达三十三万多人，至 1932 年更达 100 万人以上，但另一方面，革命队伍和工农红军迅速发展。这支队伍在毛泽东领导下，以一当十，气势非凡。仅蒋介石第一次至第三次围剿，就分别出兵 10 万人、20 万人、30 万人，并都以失败告终。《寻路》向我们具体形象地呈现了这几次"反围剿"斗争中毛泽东机智灵活的军事思想和指挥艺术。"前面捉了张辉瓒"是何等的豪情，这是未来"辽沈、平津、淮海"大决战的预言和预演，也是中国革命的不朽传奇。

《寻路》是一部形象、生动、鲜活的革命历史教科书。它集中起分散而又丰富的巨量历史资料和材料，串联沟通散漫的历史信息，运

1929 年 2 月，大柏地伏击战打了大胜仗，扭转了被动局面。
图为毛泽东、朱德、陈毅庆贺胜利（剧照）

用典型化的艺术手段，高度概括历史事件与主题，鲜明地揭示农村包围城市的革命道路的思想价值和历史意义。《寻路》对比了两条道路的孰是孰非。由城市转向农村是唯一的正确道路，也是唯一的生路和出路。这一主题的揭示是《寻路》最为突出的艺术贡献和美学成就。

走城市发展道路，以城市为中心夺取革命的胜利，是巴黎公社的伟大实践，也是俄国十月革命胜利的伟大经验。早期中国共产党人和共产国际践行这一革命目标和方法，是在情理之中的，甚至马克思主义的惊世之作《共产党宣言》也是这样表述的。当然，巴黎公社起义和俄国十月革命胜利也印证着马克思这一伟大论断。似乎，对中国革命这也是唯一的出路。所以，《寻路》描写了我党的内部分歧：毛泽东走向农村的探索，面临着的批判和责难是空前巨大的。与此同时，李立三并不是一般地空喊夺取大城市，他提出了一系列和一整套夺取大城市的战略规划。这种“纸上谈兵”，也曾经是党的领导核心和众多共产党人、革命军人信奉的蓝图和愿景。可惜它在残酷的现实中不堪一击，并使革命力量一败再败，乃至全面损失。相反，毛泽东的农村包围城市的道路却越走越开阔，最终成为革命大道，成为全党全军的抉择，成为中国特色社会主义道路的先驱和前锋。是教条主义、照本宣科，还是实事求是、调查研究，这是城市起义和农村包围城市的根本分歧，也正是《寻路》向我们揭示的最深刻的历史启示。

（作者系《中国艺术报》总编辑
本文原载于2013年7月1日《文艺报》）

《寻路》与实事求是的思想路线

张德祥

大型史诗电视剧《寻路》，越到后边越精彩，看到最后，实际上是一部悲剧，令人叹惋。中国共产党领导中国人民所进行的中国革命取得了最后胜利，但革命不是一帆风顺的，在这个过程中也经历过惨痛失败，经历了悲剧。今天再看这段历史，对我们有什么启发？悲剧是把有价值的东西撕破给人看。《寻路》正是这样一部作品，撕开了历史，让我们看到了最有价值的东西。

写中国革命历史的电视剧，我看过很多部。但是，这部剧是最有思想深意的。它的核心，我认为就是表达了一个实事求是的思想路线和思想方法。中国革命的正确道路，建立农村革命根据地，农村包围城市，武装夺取政权，正是通过这样的思想路线找到的。

蒋介石"四·一二"背叛革命之后，中国革命进入了低潮，共产党开始独立领导中国革命。但是，当时的党组织，还处在幼年时期，受共产国际的直接领导，实际上，中国共产党还没有多少自己的独立性和自主性，加之很多共产党领导干部缺乏实际革命斗争的历练与

《当代电视》总编辑　张德祥

经验，缺乏对中国社会的全面认识，仅是从书本上理解了革命。所以，总是照搬“巴黎公社”和“俄国革命”的模式，错误地认为中国革命形势处在不断高涨中，中国革命只能而且必须走中心城市暴动的道路，当然，这也是共产国际的旨意。《寻路》写的就是这段历史，从1927年到1932年的五年时间，中国革命的艰难探索过程。一次次城市暴动以失败告终，大批共产党人、工人及青年学生的鲜血并没有换来革命的胜利，实际上成为左倾路线的牺牲品。共产党人开始思考中国革命的道路问题。毛泽东就是其中之一。要回答这个问题，首先是从中国革命的实际出发，从中国的国情出发，从调查研究开始。

《寻路》全面展示了当时的革命进程，以上海为中心的中央领导机构和以井冈山为中心的农村根据地，表现出不同的革命思路，两者之间常常产生冲突，毛泽东几次被排挤出领导机构。作为观众，我们清楚地看到，毛泽东所开辟的农村革命根据地的道路是正确的，是他把马克思主义与中国革命实际相结合，经过大量调查研究，从实际出发,在革命实践中逐渐形成的认识和思路,是一条正确的革命道路。然而,就是这样一条正确道路,不为中央多数同志认同。为什么?因为占据中央领导岗位的大多数同志是按照革命“理论”办事,但革命理论中没有“革命根据地”、“农村包围城市”的理论,所以不予认同。这就是本本主义、教条主义的思维方法和思想路线。正是这种教条主义思维方法在中央占据了统治地位,才形成了“左”倾路线,才形成了对实事求是思维方法和农村包围城市思想路线的否定,形成了对毛泽东的排挤。该剧生动地再现了几次会议上的矛盾冲突,毛泽东代表的正确意见被否定。正确被否定,这就违背了事物的客观规律,这就是悲剧,就是把有价值的东西撕破了。事实上,左倾路线给中国革命带来了惨痛损失,致使第四次、第五次“反围剿”失败,中央红军被迫转移。失败和教训使人清醒,党组织也是如此,终于认识到什么是正确的,到遵义会议,重新确立了毛泽东在中央的领导地位,确立了农村包围城市的革命道路,中国革命才走出了悲剧。《寻路》就是通过这段历史,告诉我们,正确的道路不是从天上掉下来的,实事求是的思维方法和思想路线是找到正确道路的关键。离开这条思想路线,是不可能找到正确道路的。这条道路之所以来自毛泽东,不是偶然的,而是和他一贯重视调查研究、重视实践、脚踏实地的个性相关,和他对中国社会、中国农民的深刻理解相关。他一再强调,没有调查就没有发言权,实践出真知,这都是他实事求是思维方法的一种体现。实际上,这也是中国传统文化的精华所在:“纸上得来终觉浅,须知此事要躬行。”毛泽东在大地上筚路蓝缕的身影,就是知行合一。

《寻路》的深意还在于,找到了正确道路,让人们认识正确道路仍然是艰难的。剧中通过许多生动细节,表现了毛泽东的无奈和惆怅。他深深感叹,真理往往掌握在少数人手里。要人们认识真理是一个非常艰难、非常痛苦的过程,光有经验是不够的,甚至还得有教训。中国革命为什么要走这样一条道路,中国共产党为什么选择了

红军在井冈山出现了粮食短缺的问题，毛泽东与朱德和战士们一起背粮上山（剧照）

毛泽东，就是因为排挤了他和他的思想路线之后，革命就遭受失败，人们是在连续的失败中认识到他的正确，才做出了如此选择。真理常常是一个理想状态，看起来，好像很远，很难掌握，实际上，又离我们很近，就在我们脚下，只要脚踏实地，就会找到正确道路。道不远人，关键在于你是否坚持了实事求是的思维方法和思想路线。

用细节诠释历史，在矛盾冲突中求得共识和团结，是这部作品艺术上的巨大成功。该剧有一个特点，以前很少见的，就是充分描写了党内的斗争。不光是苏区和白区之间的两条路线的斗争，就是在苏区里边，也写到了毛泽东和朱德之间的冲突，和陈毅之间的冲突，包括他和周恩来之间的冲突。虽然周恩来胸怀很大，相忍为党，不是直接和毛泽东冲突，但也有意见不一致的时候。我们看中国革命最后形成了以毛、周、朱为中心的领导核心，不是说他们几个人脾气相

曾志(剧照)

投,走到了一起,而是在冲突中达成了共识,建立了团结。这一点非常重要,即使今天对我们党也是非常具有启发意义的。既要敢于坚持自己的观点,也要勇于修正自己的观点以服从真理。民主集中制的组织原则和个人坚持真理的人格不是矛盾的,而是辩证统一的。大事不虚,但如何把这些历史事件表现为艺术化的生活化的细节、性格,这是对艺术家的最大考验。就这点而言,《寻路》比《长征》做得更好。因为这里更真实、更直接地描写了内部矛盾冲突。朱德杀了几头猪,犒赏三军,毛泽东到那儿大发脾气,不给面子,让朱军长下不了台。过去很少在艺术作品里面见到这样的场景。同样,曾志与毛泽东在漳州相遇,这场戏意味深长,非常具有诗意。革命过程不全是血雨腥风,也有情感波澜,即使只是在内心深处,也是一种情感,这种东西写好了,同样是感人的。在《寻路》里面,这样精彩动人的细节或矛盾冲突是非常丰富的,所以,《寻路》在重大革命历史题材创作上有探索、有新意,达到了新的高度,可以说,与《长征》构成了重大革命历史题材电视剧的双峰。

(作者系《当代电视》总编辑
本文原载于2013年7月12日《中国艺术报》)

写真了历史　写活了人物　写深了思想

徐忠志

大型史诗电视剧《寻路》是重大革命历史题材影视剧的又一力作，也是继《解放》《辛亥革命》后，中共天津市委宣传部、天津广播电视台与著名剧作家王朝柱先生合作奉献给全国广大观众的又一部好戏。该剧延续了王朝柱重大历史题材影视剧的史学品质和艺术风格，尊重历史真实，追求艺术创新，遵循“大事不虚、小事不拘”的创作原则，以广阔的视角、宏大的叙事，全景式地讲述了从1927年“四·一二”大屠杀到1932年宁都会议这五年间，毛泽东和他的战友们在沉沉暗夜中苦苦探寻中国革命道路的不平凡历程，挖掘和提炼出了“寻路”这一重大主题，深刻揭示了历史为什么会选择中国共产党、中国共产党为什么会选择毛泽东、中国革命为什么会选择“农村包围城市，武装夺取政权”这一道路的历史必然。《寻路》角度新颖独特，主题立意鲜明，剧情起伏跌宕，人物生动鲜活，拍摄制作精良，较好地实现了思想性、艺术性的统一，具有较高的历史文献价值和思想艺术价值。

写真了历史，写活了人物，写深了思想，是《寻路》留给我的深刻

《文艺报》总编室主任　徐忠志

印象。对历史的尊重和礼敬是《寻路》可贵的品质。在我党92年的历史中，“四·一二”大屠杀到宁都会议这五年，是党和革命的低谷时期。由于蒋介石、汪精卫相继叛变革命，轰轰烈烈的大革命运动失败，幼年的中国共产党正经历着最巨大牺牲、最惨痛失败，中国共产党人正接受着思想上、生活上、精神上和斗争中最严酷的考验，许多人开始认真思索失败原因、寻找革命出路。《寻路》真实完整地再现了“四·一二”大屠杀、秋收起义、三湾改编、井冈山会师、黄洋界大捷、古田会议、三次“反围剿”等重大历史事件，全面、准确、深刻地讲述了大革命失败后的血雨腥风和漫漫征程中，共产党人苦苦探寻中国革命道路的历程。与以往作品不同的是，《寻路》第一次把党内不同路线的交锋和斗争作为贯穿作品的主线，一方面表现我党早期与国民党反动派、新军阀反动势力进行斗争的艰辛曲折、不屈不挠；另一方面表现党内两条不同革命路线（即“效仿苏俄集中力量开展城市暴动、武装夺取中心城市”和“从中国实际出发坚持农村包围城市，再武装夺取政权”）之争的思想交锋、沉痛教训，把这一历史时期我党面临的矛盾的复杂性、抉择的疼痛感，表现得入木三分。主创人员始终坚持唯物史观,以国际视野和全局眼光观察和表现中国共产党领导的中国革命,恰如其分地描写了重要事件中的重要人物和重要人物参与的重要事件,客观公正地展示了中国共产党早期领导人的活动,特别是对一些鲜为人知的史实揭秘非常值得一看,如在“四·一二”大屠杀发生的当天,周恩来冒险只身去面见蒋介石,当面痛斥其反革命罪行;当革命出现挫折,重病的毛泽东被要求必须参加中央会议接受批判,当他坐着担架冒雨过河赶到会场时,会议已经结束了;毛泽东率领工农红军攻下漳州时,与曾志来到龙溪中学图书馆找到大量马列著作,曾志奇怪为何这里会有这类书籍,毛泽东告诉她,当年苏联派来的人选的不是孙中山,也不是陈独秀、李大钊,而是陈炯明。苏联帮着陈炯明在漳州搞实验区,翻译出版了不少马列著作……这些从来没有在影视剧中表现过的历史细节真是引人入胜,耐人寻味。

成功塑造了一大批血肉丰满的共产党人的艺术形象是《寻路》的精彩之处。首先,该剧把一个起初不被各方面认知、经常遭受批评,但执着践行实事求是,最终将中国革命从失败引向胜利的伟人毛泽东的早期形象,刻画得细腻生动、有魂有魄。在中国革命经历大考验面前,缺乏经验、指挥失误是可以理解的,走些弯路、有些争执也是正常的,但顽固愚忠于洋教材,不汲取经验教训,盲目急于求成,不从中国革命实际出发、理论联系实际,是极其危险甚至会葬送革命的。对中国国情有着深刻体察和独立思考的毛泽东,充分认识到农民问题和领导农民斗争对中国革命发展的极端重要性。尽管当时毛泽东在党内的地位不高,处处受制于中央局,但他却敢于同党内“城市中心论”的教条主义进行坚决斗争。他以通过三湾改编实现党对军队的绝对领导、创建井冈山革命根据地和瑞金苏维埃政权、三次“反围剿”胜利等一系列成功实践,试图说服临时中央放弃“城市中心论”,把革命重心向敌人力量相对薄弱的农村转移、积蓄力量走“以农村包围城市”的斗争路线,屡屡碰壁,遭到批判,直至在宁都

毛泽东、朱德、彭德怀在勘察敌情(剧照)

会议被剥夺军事指挥权……可见,“让人们认识真理,光有正面的经验还不够,还得要有反面的教训才行”。很快,在王明“左”倾教条主义的统治下,党不仅把白区丢了百分之百,而且把中央苏区的百分之九十也丢掉了,被迫长征。直到遵义会议召开以后,党才确定了毛泽东所探寻的革命道路。在《寻路》中,毛泽东的超人胆识和不唯上不盲从的性格特质,实事求是、敢闯新路的政治品格被生动地刻画出来,让我们看到了他作为一代伟人的运筹帷幄和远见卓识,又体会到了他作为血肉真实的人的精神世界和人格魅力。而对周恩来的顾全大局、隐忍为党,朱德的忠厚尚仁、长者风范,陈毅的胆大心细、机智果敢等等,都表现得十分恰切。此外,蔡和森、恽代英、彭湃、罗亦农、潘汉年、陈铁军、周文雍、杨匏安等人物的塑造也都精彩生动,彰显了信仰的力量和人性的光芒。该剧主创能够把领袖人物放在社会矛盾和阶级斗争的风口浪尖中去展示他们的性格特征、斗争艺术和革命胆略，让观众尽可能走进人物的精神世界去认识理解人物，是难能可贵的，这样能够最大可能地实现剧中人物与观众的情感互动与心灵沟通，让观众真切感知创作者的创作思想和艺术追求。该剧还不惜笔墨再现了周恩来领导中共地下工作者在白色恐怖下的隐蔽战线开展对敌斗争的伟绩奇功。通过对苏区和白区两条线斗争的描写，深情讴歌了革命先贤为了探寻中国革命正确之路而浴血奋战的坚强意志和牺牲精神，有力鞭挞和批判了教条主义、宗派主义和腐化堕落、叛党变节分子。正是王朝柱和主创人员对史料挖掘得深入细致、对重要事件重要人物处理得精到准确，才使得《寻路》能够把党在大革命失败后艰难寻路的思想脉络、人物关系、实践历程梳理得如此清晰晓白，把中国革命只有走马克思列宁主义理论与中国革命实践相结合的道路才能胜利这一道理讲得如此透彻深刻。

写深了思想是《寻路》的重要贡献。该剧用最大众化的电视手段艺术再现的这段历史让我们深刻认识到，是坚持走中国特色革命道路的毛泽东和他的战友们在危难时期挽救了革命挽救了党，没有中国共产党和毛泽东思想，就没有中国无产阶级革命的胜利和新中国的诞生，也不会有中国特色社会主义道路的开辟。《寻路》从历史发展规律的角度告诉人们，要发展中国，实现中华民族的伟大复兴，不能照搬西方之路，只有探寻符合中国国情的中国特色社会主义道路，才能真正实现"中国梦"。这是《寻路》揭示的深刻思想主题。而该剧对于党的建设和党员修养方面的启示同样深刻。关于道路问题，当年我们党找到了"农村包围城市"的道路，引领中国革命走出低谷、赢得胜利、建立了新中国。今天我们探索了中国特色社会主义道路，这是一条强国富民、引领中国民族实现伟大复兴之路，来之不易，需要我们倍加珍惜、矢志不渝地坚持。关于保持党员先进性问题，剧中描写的顾顺章、向忠发、白鑫、苏先骏等叛徒形象是生动的反面教材，他们带着各种目的加入共产党，却因没有确立坚定的理想信念，贪图享受，生活腐化，在革命处于低潮时期，在个人利益与

蒋介石与夫人宋美龄召见杜月笙、陈立夫，面授“清共”事宜（剧照）

党的要求发生冲突之时，在生死考验面前，可耻地背叛理想，出卖同志，危害革命。这警示我们，一个党员理想信念不坚定，精神上就会“缺钙”，在利益诱惑面前就会投降，正如周恩来在得知向忠发被捕时所讲的，“一个人只要从生活上被打开了口子，就危险了”。《寻路》通过正反两个方面的形象塑造告诫我们：中国共产党要保持马克思主义政党的先进性，就必须坚持党要管党、从严治党，永葆党在思想上、组织上、作风上的纯洁。

此外，该剧导演和演员的二度创作亦十分出彩。尽管年轻演员居多，但对人物性格和心理把握得比较准确到位，饰演毛泽东、周恩来、蒋介石、贺子珍等主要人物的演员表演得比较传神，加之许多令人印象深刻的细节和对白，为该剧的艺术呈现增色不少。由于《寻路》主创坚持思想致胜，艺术创新，内容为王，追求历史真实与艺术真实相谐相依，所以该剧播出后受到业内专家好评、赢得全国观众喜爱就不难理解了。

（作者系《文艺报》总编室主任）

再现革命历程的艰苦卓绝

彭　程

观长篇电视剧《寻路》心潮澎湃，思绪连绵。这部电视剧真实生动地展现了自1927年蒋介石发动背叛革命的“四·一二”大屠杀，到1932年10月中共宁都会议五年间，毛泽东和他的战友们历经千难万险，为中国革命探寻出了“农村包围城市，武装夺取政权”这一条独特的胜利之路的曲折历程，艺术地再现了一段交织着血与火、激情与信仰、奋斗与牺牲、苦难与胜利的峥嵘岁月，以其所蕴含的强大的精神感召力和审美魅力，强烈地叩击着电视荧屏前每一位观众的心灵。

对这一段历史风云进行全方位、全景式的描绘，是电视剧《寻路》最为鲜明的特色。剧中真实再现了秋收起义、三湾改编、井冈山会师、黄洋界大捷、古田会议到三次“反围剿”胜利等重大历史事件。以往的影视作品中也对这段历史多有描述，但大部分是片断式的，或者是聚焦于其中的某个单一事件，这部作品却是对所有重大事件的集中展现。与描绘红色革命根据地的斗争相平行，电视剧还展开

《光明日报》文艺部主任　彭程

了第二条叙事线索，即周恩来领导下的中共地下党在上海等国统区建立隐蔽战线，配合苏区的革命斗争、与敌对势力斗智斗勇的惊险历程。这一段历史过去鲜为人知，在这部作品中被表现得较为完整和充分，像潘汉年、李克农、钱壮飞等我方特殊战线的杰出人物，在命悬一线、时刻面临死亡的惊险处境中所表现的大无畏的英雄气概和过人的智慧，让人感佩不已。这两条叙事线索齐头并进，形成了该剧结构上的一大特色。看这部电视剧，仿佛观看一幅色彩斑斓的巨幅画卷，画面上既有每一重大事件的全景描绘，而其中的重要的局部和细节都清晰可辨。本剧的创作者认真研究了大量的历史文献，对那一段历史了然于胸，在充分尊重历史真实性的基础上，给予了艺术化再现，使得观众得以重温那一段峥嵘岁月中的刀光剑影，感受革命者在血与火中跋涉的艰难。尤其难能可贵的，是该剧突破了许多禁区，正面描写了这一时期党内的分歧斗争，包括中央与苏区、苏区党内军内的矛盾，对教条主义、宗派主义进行了鞭挞和批判，从而更加真实地反映出中国革命道路的曲折坎坷。

《寻路》塑造了一系列鲜活的人物形象，这是该剧值得称道的又一大特点。人物形象塑造得如何，从来都是衡量一部电视剧是否取得成功的一个重要尺度，电视剧中涉及的国共双方及社会各界的各色人物有三百多位，或浓墨重彩，或寥寥数笔，大都生动传神。毛泽东的雄才大略、运筹帷幄，在面对被打击、被排挤时的自信和坚韧；周恩来在白色恐怖中表现出的大智大勇，沉着机敏；朱德对理想信念的忠诚和坚毅的人格、过人的胆识，都被描绘得酣畅淋漓。其他革命领袖人物，如陈毅的光明磊落、敢做敢当，李立三的坦率耿直、急躁冲动，都有生动的描摹。对敌方人物的刻画亦是如此。蒋介石老谋深算，惯于玩弄权谋、性格多变，一代枭雄的人格特征，固然得到了很好的刻画，其他一些重要人物的形象塑造也有不俗的功力，如中

李克农、钱壮飞是中共特殊战线的杰出人物（剧照）

统特务首脑陈立夫、上海帮头目杜月笙等。需要特别值得提出的是，曾经担任共产党高级领导而最终走向背叛革命的可耻结局的顾顺章、向忠发，在剧中都占有很重的戏份，这充分体现了该剧创作者忠实于历史真实性的创作原则。既客观描绘了他们对革命的贡献，也深刻揭示了他们走向堕落的原因——贪恋女色、个人欲望膨胀等等。印证了周恩来所指出的“一个共产党人只要在生活上放纵自己，就等于被敌人在精神上打开了缺口”。这一点，也具有强烈的当下警示意义。

《寻路》所表现的那一段历史岁月，本来就是跌宕起伏，充满了惊涛骇浪，已经具备了丰富的戏剧性，为了取得更为卓越的艺术效果，创作者较好地把握了历史真实和艺术真实的关系，秉持“大事不虚，小事不拘”的创作原则，在高度尊重史实真相的基础上，又给予了进一步的艺术化处理，凸显了其戏剧性呈现的强度。如秋收起义前，毛泽东从安源前往铜鼓的途中，被地方民团抓住，毛泽东用计逃脱，藏在水塘边的茅草丛中，成功地躲避了搜捕，这一段情节是有据可查的，电视剧中将此改编为毛泽东纵身一跳跃入水塘，藏在水下，靠一根芦苇管伸出水面换气，这种处理经由荧屏的画面表现出来，诉诸观众的视觉，显然增强了观赏性。

看《寻路》，会为时时处处、充盈跳荡于荧屏画面中的革命者的理想的激情、信念的力量而深深感动。这部电视剧所反映的那一段时期，敌我力量之间的对比，前所未有地悬殊，白色恐怖下共产党人随时可能被逮捕、囚禁，甚至流血牺牲。在这样的危急情势之下能够坚持下去的人，都是有着坚定的信仰，相信自己所献身的事业是光荣崇高的，是必然会取得最终的胜利的。陈铁军、周文雍笑对枪口，在刑场上举办婚礼；杨匏安拒绝蒋介石三番五次的拉拢，慷慨赴死；恽代英、蔡和森大义凛然地走向死亡，都是因为有着这种信念的强烈支撑。革命先烈为寻求中国革命正确之路矢志不渝、浴血奋斗的坚定信念和抛头颅洒热血的牺牲精神，对当今加强党的建设，重塑

在赴宁冈调查的山路上，毛泽东的草鞋走烂了，
袁文才送上一双他老婆做的新鞋（剧照）

理想信念，对于我们今天大力弘扬的“中国梦”实现，都有着重要的启示意义。

《寻路》提供了丰富的精神滋养和审美享受，洋溢着阳刚之气、崇高之美，是一部气势恢弘、波澜壮阔的革命史诗，是一部思想性、艺术性相统一的力作。

（作者系《光明日报》文艺部主任
本文原载于2013年6月28日《中国艺术报》）

让难点变为亮点

——《寻路》观后

郭运德

大型史诗电视剧《寻路》，最成功之处，就是把一个创作难点变成了艺术的亮点。

当初知道朝柱兄要与天津电视台再次合作《寻路》，既高兴又不免有几分担心。何言担心呢？长期的工作背景让我清楚地知道，重大革命题材创作不下百部，柱子兄自己同类题材创作也有十九部，在这样的情况下，如何对那段复杂的革命历史进行重新梳理，并且写出新意，这是个很大的难题，所以我曾劝作者慎重把握，此其一。其二是面对大量的相同革命历史题材创作，像《井冈山》之类系统写根据地时期的作品也有十几部，如何在同类创作中既不重复自己，又能超越他人，找到不落窠臼、出奇制胜的高招？这又是一个无法回避的艺术难题。三是面对广大电视受众特别是年轻的观众群体，你无法控制他们手里的电视遥控器，怎么才能做到既真实可信，又精彩好看，这是个高难度动作，是一块非常难啃的硬骨头。我曾开玩笑说，柱子兄牙都不全了，这个骨头能啃得动吗？

天津市文广局原局长　郭运德

带着这种疑问看《寻路》，一气看下来，惊喜地发现，柱子兄的牙口还真不错，这块硬骨头竟然被他啃得有滋有味。这个老兄长期说自己是个农民，看过作品，你不能不服气柱子兄确实把"农民的狡猾"演化成高超的政治智慧和艺术智慧，不露声色地驾驭起这样的一个复杂而又敏感的历史题材，把一系列的创作难点演变成了艺术的亮点，呈现给观众一个崭新的史诗般的作品。

细究难点何以成为亮点？我想有四。首先是剧作主题的选择。中国近代史特别是中国共产党革命斗争的历史，确实是个纵横交错、波谲云诡的复杂过程，维新图强、实业救国、教育启蒙、三民主义、科学民主、武装暴动等等，一路走来，发展到以毛泽东为主要代表的中国共产党人系统提出了在农村建立根据地，以农村包围城市、武装夺取政权的中国革命道路，实际上就是一个不断探寻前路的历史过程。《寻路》独出心裁地抓住了一个"寻"的主题，一系列繁复的历史进程立刻明晰起来。主脑一立，草蛇灰线，林林总总的历史事件与人

周恩来向陈赓、顾顺章部署任务(剧照)

物如同散金碎银一下子像珍珠链般地串联起来。尘封的历史顿时充满了艺术的生命活力。

其次是对复杂历史进程的深刻把握和灵活驾驭。朝柱兄熟稔且掌握巨量的历史资料,具有超强的过目不忘的记忆力,许多的历史事件特别是那些鲜为人知的历史细节,恐怕连历史学家和军事专家都未必能够掌握得那么清楚,具体到地下党的许多重要聚会和某个不甚著名的战场上的排兵布阵,作家都了如指掌、心中有数,真可谓胸中自有雄兵百万,这不是一般人所能做到的。历史事件的熟稔掌握对于文艺创作而言仅仅是基础性工作,更重要的是对这些历史素材进行有效的梳理和灵巧的驾驭,这一点作者同样做到了,而且做得很出色。他不动声色地把根据地创立、白区的地下党斗争,把共产国际的遥控、身处白区的中共中央的谋篇布局和苏区"反围剿"战争等,放置在统一的艺术框架内,展开灵动裕如的交叉叙事,构成特有的艺术情境。纵向的历史思考与横向的强烈对比，极其成功地烘托出特定而浓郁的历史氛围，把一个寻路的主题渲染得淋漓尽致。深刻把握和灵活驾驭还表现在作者在严格尊重历史真实的前提下，对某些具体的生活场景进行了许多合理且精彩的想象与虚构，使原本被后人抽象、概念化了的历史进程变得十分具有人情味，久远的骨感史实瞬间变得鲜活起来。

三是逼真的表达还原出残酷的历史。作品最突出的特点在于从不回避尖锐的矛盾，且给予条分缕析的层层揭示。从内部来说，无论是中国共产党还是所属军队，处在当年那样一个初创的、弱小的、幼稚的时期，理想化的憧憬、不计后果的冒进、不成熟的左右摇摆以及不同阵营聚集带来的山头主义等等，极容易造成一盘散沙、各自为政的局面。最终能形成一个坚强的领导核心，形成全党统一的意志，不可能是像后人如此这般简单随意评说而轻松道来，这是经历过无数正反两面血的教训后大浪淘沙的结果。从外部看，马克思主义武装斗争学说、巴黎公社和苏联模式的形成，更兼共产国际凌空蹈虚的远程掌控，再配上中共内部书生们的坐而论道，从“左”倾到右倾的反复跳跃，作为特定的典型环境无不加剧着中国共产党人寻路的艰难和困苦。剧中不仅对此有着残酷而逼真的表达，有着鲜活而形象的艺术展示，更有着非常真实、可信而又取舍有度的准确把握。

历史的残酷来自强敌的血腥镇压。残酷的史实加上逼真的表达，让观众领略到这出叫作“寻路”的戏，与其说“寻”不如说“逼”，为残酷的现实所逼。波澜曲折的探寻过程，包括毛泽东在内，都有个从自在到自觉，最后才走向自为的过程。在这个残酷的由“逼”到“寻”的历史进程，在一系列残酷的惊心动魄的敌我斗争中，很多革命先烈献出了宝贵的生命，更多的革命者在困难和挫折中逐渐成长壮大起来，当然也有一些意志薄弱者甚至是领袖级人物背叛了革命……从那些可耻的背叛中，我们感受到忠诚的可敬；从那些左右摇摆的政治投机中，我们领略到信仰的可畏；从那些奋不顾身、不屈不挠的执着追寻中，我们也真正见识了信念坚守的可贵。而正确道路的最终确立，则是毛泽东在内的一代共产党人用生命、用鲜血的代价换来的，承续着旧中国无数仁人志士怀抱救国图强的历史血脉，今天依然有十分重要的启示意义。

四是有益的现实警示。《寻路》的价值不止于那段波澜壮阔革命史的真实再现，"寻路"艰辛历程首先告诉我们：实事求是永远是马克思主义活的灵魂。我们什么时候遵循这个原则，革命就进步；什么时候违背了这个原则，革命就失败。只有坚持不懈地把马克思主义基本原理同革命的具体实际相结合，中国的革命、建设和改革事业才能走向正确的道路。《寻路》的警示还在于，如何把血的教训变成精神的财富。惨痛的历史教训告诫我们：任何时候都不可忘记相信群众、依靠群众，不可忘记尊重规律的科学决策，不可忘记履行党的民主集中制，不可忘记在革命的征程上允许探索、允许失败、允许个性的表达，这是一个马克思主义的执政党永远保持青春活力的重要条件。同时，中国革命的寻路过程还昭示着，中国未来发展仍然是一个寻路的过程，甚至共产主义运动同样是一个不断寻路的过程，寻路只有进行时，没有完成时。这才是《寻路》拍摄的现实意义。

如果说，作品存在些不尽满意之处。我觉得，一是《寻路》主题的表达有时不够连贯。比如根据地和白区党的地下斗争两条线有时融合得不太有机，有些跳的感觉。如果能够随时有意识地把两条线置于"寻路"的主题下叙事，作品或许会更加自然流畅，现实意义会更加突出。二是整部作品在注重了语言生活化的同时，个别对话还是比较直白，比如说某些豪言壮语式的表达，比如说蒋介石和宋美龄对话中个人心理的剖析，如果能够再含蓄些，肯定比直白地说出来更有味道。三是演员人选上。饰演周恩来的刘劲、饰演蒋介石的马晓伟、饰演贺子珍的罗忆楠、饰演陈赓的刘岳，这次均有上乘表演，真正挑起了大梁。饰演毛泽东的许铂岑虽是新秀，却也十分成功，实属难能可贵，只是前四集根本没有压住阵脚，缺少气场，显得弱了些。

毛泽东与朱德研究军事地图(剧照)

如果张多福导演先拍中间的戏份,找到感觉后再拍前边肯定要好得多。当然,这不影响对毛泽东人物塑造的整体成功,他的大量精彩演绎是立得住的,观众一定会认可这个饰演领袖人物的青年才俊。

总而言之一句话,变难点为艺术的亮点,就是这部作品最大的成功。

(作者系天津市文广局原局长
本文根据作者在电视剧《寻路》座谈研讨会发言录音整理
原载于2013年6月28日《中国艺术报》)

寻路的背后是复兴

罗澍伟

第二次国内革命战争期间,从“四·一二”反革命政变爆发到中国共产党的宁都会议,是中国革命最低谷的时期。北伐战争的失败,使一度火热的中国革命陷入了为自身生存而苦苦挣扎的地步,寻求一条有着鲜活生命力的新路,便成为历史赋予中国共产党人的必然。

岁月特别需要回忆,1927年,具有刚毅不挠坚强个性的毛泽东领导了秋收起义,通过三湾改编到达井冈山,创立了第一个农村革命根据地,开辟了“农村包围城市、武装夺取政权”的道路。然而,如同世上一切有权力的人都容易滥用权力一样,上海临时中央和苏区中央的“左”倾冒险主义者,围绕着那些不了解中国国情和中国农村的外国人指挥棒转,把马克思主义教条化,把外国经验神圣化,开展了一场反对毛泽东路线的斗争。很快,残酷的现实证实了毛泽东在剥夺他军权的宁都会议上所言,这些人将像丢掉城市一样,丢掉了红军用生命打下来的中央苏区,历史的结论是:“让人们认识真理,

天津社科院历史所原所长　罗澍伟

光有正面的经验还不够,还得要有反面的教训才行。”

实现民族复兴,是中华民族一百多年来的梦想,凝聚了几代中国人的夙愿。如何站在历史、现实与未来的交汇点上,严谨不苟地展现出这样一段关乎中国革命成败的历史进程,让人们得到一次承前启后、继往开来、艰苦奋斗、求真务实的深刻启迪和悟思?我想这是当前文艺创作中极具现实意义,又亟需表现的命题。《寻路》恰恰在这些方面,为我们做出了生动的、高屋建瓴式的响亮回答。

首先,《寻路》以刚毅肃穆的辉煌气质,苍劲壮观的艺术风格,交织成一部回肠荡气的史诗,给了广大观众难以言喻的心灵和精神震撼。不仅使我们受到了深刻的历史教育,而且使我们对那一段曲折历史的感悟,得到了升华和洗礼。

全剧通过这一时期国共两党在战场内外的种种较量,深刻而犀利地剖析了中华民族走出苦难、走向辉煌将是一个漫长的历史进程;同时,也让我们看到了百折不挠的中国共产党及其优秀领导人,

朱德与陈毅(左)在雨中(剧照)

在历史长河中铸就的坚强意志和独特魅力。全剧也使我们看到在欲雨的天空中，虽然有时添加的是更为浓重的乌云与凌厉的闪电,但迎来的将是绚丽的彩虹和耀眼的曙光。

其次,《寻路》的深刻思想性就在于,全剧在探究历史的兴衰的同时,丰富和延展了历史的生命,向广大观众揭示了历史中蕴藏着的立足现实、迈向未来的宝贵精神财富。在一定意义上说,每个人都是穿梭在历史中的一个片断,曲折的人生之旅、坎坷的事业征程,无论是谁都无法回避。

阅读使人充实,史鉴使人明智。《寻路》通过对那个时代潮起潮落,云卷云舒的深入剖析,给了我们某种有生命的感觉,引发了我们非同寻常的悟思。人们常说,复活的记忆乃是真正的记忆。生命中的任何一次探索,从本质上讲都是成功的,这是因为,探索中的失败是暂时的，而不代表整个征程；而且，唯有失败后的成功，才是事业与心灵的成功。

历史证明，曙光迟早要穿透厚重的夜幕，展现出火红的黎明。

最后，《寻路》弘扬了以爱国主义为核心的民族精神。全剧的结尾充满了余意不尽的含蓄，似乎让广大观众透过历史的尘埃，窥视到了一个伟大民族即将来临的复兴，使历史的追寻与现实的夙愿，相约在了广大观众的视野之内。

一部优秀的文艺作品，往往会使我们的生活情趣趋于高尚。看了《寻路》之后，祖国的富强、人民的幸福，不可折辱的尊严，物换星移的荣耀，宛如一湾清泉，长久地萦回于脑际；而这种强烈的使命感和民族精神，正是一个国家创新发展，奋斗不息的原动力。

故事的终结往往就是开始。

在一个 13 亿人口的泱泱大国实现现代化，在人类历史上是从

由于叛徒白鑫的出卖，我党早期领导人、工人领袖彭湃、杨殷、颜昌颐、邢士珍、张际春五位同志被捕，最终营救失败，前四位同志在狱中英勇就义（剧照）

未有过的壮举。艰苦的革命道路已经告一段落，中华民族伟大复兴的新路将怎样接续着走下去？全民关注，世界瞩目，而《寻路》恰恰从历史的回眸中启示了每一个人，在这条新路上，应当进行怎样的力量积蓄和精神追求。

我们所处的时代，比历史上任何时代都更接近于实现中华民族伟大复兴的目标，有了历史巨人的双肩承载，中华民族真正振兴起来，已不再是遥远的梦了。

（作者系天津社科院历史所原所长
本文原载于2013年7月12日《中国艺术报》）

求索的魅力

张春生

鲁迅先生有一句名言，世上本无路，走的人多了，便成了路。简短的话语，生动地概括了寻找道路的艰辛和对求索者也就是对“中国的脊梁”的敬仰与赞颂。

这里还有一个更为深刻的思考，在无路的“世上”艰苦地走，是需要巨大付出，甚至奉献出宝贵生命的。同时，在无路的地方走出路，会走差了，走歪了。“多走”也就包含着其中有失败，有歧途。当然，这些先行者应该载入史册，但是汲取了教训并带着同伴和后来人走上康庄大道的指路人，就更应该隽永地铭记，并沿着正确的道路继往开来，一步一步走向越发辉煌的阶梯。

大型电视连续剧《寻路》就是一部抒写寻找中国革命道路的经典之作。她以史诗般的挥洒和精细的雕画，描绘出一幅隽永的中国共产党人面对“四·一二”大屠杀后的革命低潮，带领大众求索一条推翻黑暗统治并走向光明道路的历史画卷。这是继恢弘的《解放》，厚重的《辛亥革命》之后，天津电视界又一次推出的全景式讴歌党的

天津社科院文学所原所长　张春生

不平凡历史的扛鼎之作。

表现历史的文艺作品，一要展示社会演进的正能量，二要以其形象的深刻做到“以史为鉴”，三要对民族的优秀文脉予以张扬。对革命历史题材而言，要在上述基础之上，把近代风云放置在追寻中国梦的大背景下，清晰而形象地揭示出中国共产党为着国家和人民于曲折中走向不断胜利的艰辛历程。《寻路》所表现的是一个极为关键的五年。上海工人武装起义被国民党反动派残酷镇压，党的以城市为中心的斗争策略屡遭挫折，照搬苏联革命，党内一些领导人的“左”倾与可耻背叛，使得北伐战争带来的大好形势，转瞬跌入革命低谷。大批革命者和工农群众被屠杀，党的组织遭到大面积破坏，武装起义队伍在攻打大城市的行动中多次失败。一方面党不断地寻求对策，以致用“锄奸”的方式纯洁队伍；另一方面要寻找一条适合国情的斗争路线，也就是把马克思主义和中国革命的实践结合起来，走“农村包围城市”的道路。

今天此事说起来容易，在当时却不被共产国际、党和红军的多数领导所认可。于是这里的“寻路”就不仅有着开拓中国革命新篇章的意义，而且必将对近代以来，志士仁人抛头颅洒热血追求民族独立国家强盛“中国梦”的各种努力，带来根本性的、走向胜利的巨变。尤其是思想路线和指导方针的转变，是要经历一场凤凰涅槃般的锤炼的。当《寻路》通过毛泽东、朱德会师井冈山，周恩来及时处置向忠发、顾顺章的投敌所带来的危险，以及面对蒋介石的围剿，毛泽东的“运动战”、“武装割据”、“支部建在连上” 等等创举在艰苦卓绝中的有效实践，都在电视剧里被生动清晰地展示出来以后，《寻路》的意义就不单单是一部感人至深的艺术作品，而是形象记录了党和毛泽东等人在革命关头，为中国梦的早日实现所做的启明之旅、方向之旅、奠基之旅。尤其在今天，这部电视剧更成为推进中国特色进一步发展的思想教科书，艺术影响人生的经典再现。

《寻路》抒写了一段可歌可泣的历史，更塑造了毛泽东、朱德、周

周恩来领导上海白区中共地下斗争（剧照）

1930年12月下旬，在小布召开“反围剿”誓师大会（剧照）

恩来等老一代革命家的光辉形象。路要在寻觅中开拓，寻觅时要不畏艰难，为祖国、民族和人民奉献一切，“我以我血荐轩辕”。当我们被这部史诗电视剧感染的时候，不仅是她的思想性，还有她的艺术性创作观。

历史剧的关键在于把握主流的真实。《寻路》的编剧王朝柱，一方面紧紧抓住丰富的史料，做到“大事不虚”；另一方面细细勾勒人物，做到“小事不拘”。“大事”写出本真，“小事”写出形态。表现在这部电视剧上，就是把历史进程中的事件、人物放置在本源，也即是把历史足迹推演到对国家命运和道路的追寻上，并在对“带领人民创造这段历史的毛泽东、周恩来、朱德等先贤”，进行深层的细腻的活化，从而让活化的动感给历史插上形象的翅膀。而“求索”在此刻，不只是寻找作品的思想与主题，也是寻找艺术的表现与雕画。

首先，真切地描绘党的领导者在挑战面前的各种应对，既写困惑也写失败，但在困惑中写出从此岸到彼岸的追求，在失败中写出走向胜利的思考与实践。于是塑造历史上“这一个”的性格、言语、作为，把领袖的个性生动展示出来，人与史形成互为表里的历史长河的冲浪人，观众也就从鲜活的形象里，在心灵的震撼中去领略党的光辉历程，领袖的深刻思想。

其次，全剧的人物都在感情世界上进行刻画，写他们的喜怒哀乐，写他们的智慧和方略，写他们的婚姻爱情，写他们的内部分歧和应对，写他们的对峙和战争，写他们的不同政治取向。正是这种紧扣时代，紧扣政治斗争，紧扣敌我双方领袖间的针锋相对，紧扣思想立场的跌宕起伏，包括写了向忠发、顾顺章的叛变与杨度在革命低潮时的秘密入党等等情节，艺术对感情世界的丰富展现使作品在多姿中彰显出曲径通幽的魅力。这其中“历史不虚”和“细节不拘”落实在人物的内心世界的“真”与活动外延“形象描绘”的立体化上。也就是说各个人物的人生与心灵轨迹是符合历史的，其生动的身姿语言行为是艺术表现的。互为补充，人物性格跃然于荧屏，进入观众的脑海。

再次，《寻路》对革命领袖的塑造，突破了只注重胜利的结果而轻于写挫折后的困惑和困惑后的选择。全剧以对历史的全景揭示，通过对蒋介石一方和毛泽东、周恩来、朱德一方的敌我对峙，以及中国共产党领导层内部的诸多思想路线和立场的冲突，对共产国际指示的不同认识所引发的一系列或失败、或曲折、或低谷、或胜利的种种历程多层多结构的交织在44集的电视剧中，在浓缩中一一剖析。于是，激烈的矛盾冲突已在历史的多重展现中，艺术的感染也就在真切而细微的书写上淋漓尽致地显现出来。

编剧的开拓创新，为导演、演员和围绕剧本的其他艺术创作搭建了广阔平台。年轻的导演对全局有着一种青春的激情，既突出了这一时期革命和它的领袖正在成长中，也把《寻路》的魅力表现得火花四溅。众多年轻演员出演毛泽东等形象，把编剧要求的“毛泽东从小学教员到政治、军事战略家”，周恩来顾全大局，相忍为党的品质，朱德从军阀到中国人民解放军的统帅的"寻路"过程本真地表演出来,当然其中还有稚嫩,但那团火热使这部电视剧更具魅力。还要指出,表现斗争另一方的蒋介石等人物,无论是贯穿形象还是历史过客,都在准确和鲜活上尽力予以表现。全剧近百位人物大体能在银屏上立下自己的身影,这也是这部电视剧成为佳作的又一原因。

作品要有深度,引发思考是不可或缺的。《寻路》的思考是具有思想与艺术魅力的思索,这种思索不仅仅是对历史的准确回顾,而更是对今天的以史为鉴和继往开来的推动。今天是历史的发展,发展要有对历史的优秀传统的弘扬。今天的中国梦,是革命历史寻路的壮丽积淀,也是又一阶段的扬帆起航。电视剧《寻路》以她的全景、壮阔、多彩、斑斓,尤其是困难中的求索,给广大观众以追寻历史走向明天的正能量的感染,这就是本文说的"求索的魅力"。

（作者系天津社科院文学所原所长

本文原载于2013年7月12日《中国艺术报》）

史诗《寻路》

赵 玫

恭贺剧组在《辛亥革命》后，又完成了鸿篇巨制《寻路》，也很高兴这部正在中央电视台播放的电视剧又是天津出品，感慨于剧组用这么短的时间就奇迹般完成了这部作品，足见这个创作集体是怎样身负使命，风雨兼程。在你们的努力下，让广大电视观众生动地了解了中国共产党的奋斗历史，并成为一部形象而立体的教科书。

接到研讨会邀请函时我正前往北京，参加中国作家协会重点作品扶植项目的评审，但出发前，我带上了刚刚拿到的王朝柱先生厚厚的探寻中国革命之路的剧本《寻路》。阅读中，钦佩于王朝柱先生博大精深的革命历史知识，为我们展示了这段始自 1927 年终到宁都会议这五年间的重要历史进程，作品不仅探寻了中国共产党的革命之路，还有血有肉地对剧中人物进行了深邃的把握。尤其在那段错综复杂的历史环境中，尤其剧中人物大多是人们不同程度熟悉的名人，而朝柱先生却能纵横捭阖，将所有这些历史中的人物塑造得既准确翔实，又风生水起。

天津市作家协会主席　赵玫

我深知写一部历史作品是怎样艰辛，尽管史籍为我们留下了某种真相，但是必得加进去血肉才能让历史变得栩栩如生，何况朝柱先生所写的还是一部电视剧，就更要绘声绘色才能寓教于乐，深入人心。

在京期间，我先后阅读了这部作品的第一集和最后一集，因为我觉得任何作品的开篇和结尾都是最至关紧要的，和屏幕中的电视剧相比，我更喜欢阅读文字，于是阅读中生出诸多感慨，作者要有怎样高超的驾驭能力，才能将各个历史事件以及人物的性格、命运纠葛在一起。

第一幕一拉开，就立刻进入了各种势力之间激烈的角逐和明争暗斗中，而剧情中各个重要的历史人物也先后登场。这些人物一出场就表现出鲜明的个性和身份，以及他们各自的抱负和使命。接下来，作品以极快的速度展开情节，除国共两党之间的博弈，还有诸如工人纠察队，以及学生、市民的游行，更有上海滩的青红帮黄金荣、杜月笙等势力和蒋介石暗度陈仓，而汪寿华的牺牲，湖州会馆的枪声，周恩来的深入虎穴等等，更是将整个剧情推向高潮。

剧中诸般场景色彩斑斓，湖州会馆十里洋场，蒋介石所在的枫林桥交涉使署大厅，杜月笙公馆以及天主教堂等等，可谓斑驳陆离，却一个个场景都承载了紧张的剧情，事件的跌宕，以及人物的命运。总之，开篇十分经典，让人们充满期待。而最后一集应该说更加耐人寻味，尽管这一集的色调是稍显暗淡，那是五年之后的瑞安，尾声中始终以毛泽东探索的“农村包围城市、武装夺取政权”的中国式革命道路作为主线，展开了他的理论与当时革命将领及共产国际之间的斗争，尽管毛泽东始终寂寞地坚守着他的路线，却最终不能得到同志的支持和共产国际的认可，于是宁都会议的那场戏，将毛泽东的性格极具风采地表现出来，他在阐述了所有关于中国革命道路的理念后，即席而去，很有风骨。尽管最后的镜头是毛泽东携妻女潸然而

由于王明“左”倾教条主义错误，宁都会议上，毛泽东被剥夺了军权，最终黯然离去(剧照)

大柏地战斗前夕，贺子珍、曾志等女战士围坐在一起吃“年夜饭”（剧照）

去，但在渐行渐远的跃马扬鞭中，却还是耐人寻味地埋下了中国革命的火种，以伏笔的方式，让人们看到了中国革命未来的希望和曙光，或者，这亦是承前启后的一个篇章，是又一部革命史诗的壮丽开始。

（作者系天津市作家协会主席
本文原载于 2013 年 7 月 12 日《中国艺术报》）

心灵的红色洗礼

——观电视剧《寻路》有感

刘宝迎

朝柱老先生的剧本大作《寻路》笔止，我就很有幸拜读了此佳作，对《寻路》深远的历史意义、现实的教育意义及它的文学创作价值、欣赏价值等已有很多国内知名专家学者早有过高论和点评，最近，电视剧《寻路》在中央台热播，老先生让我也谈点感想，说老实话，搞文学评论，自知是“门外汉”，难登大雅之堂，但又不好推托，故以一孔之见，与大家共勉。

从电视剧《寻路》在中央电视台一套节目播出开始，我就是忠实观众。《寻路》那气势恢弘而悲壮的战争场面，给人留下深刻印象，一下就给我们带到了那红旗漫卷、炮火硝烟的战争年代，从这里我们看到了中国共产党革命道路的艰难曲折，特别是由她缔造的这支历史上绝无仅有的英雄部队——中国工农红军，转战南北，出生入死，历经千难万险，不知跨过多少崇山峻岭，闯过多少激流险滩，多少仁人志士抛头颅、洒热血，献出自己的智慧、力量和宝贵生命。《寻路》观后给我这样几点启示：中国共产党领导中国革命走向胜利，没有

天津市宁河县委常委、政法委书记　刘宝迎

自己的武装力量不行；没有自己的根据地不行；没有老百姓的大力支持和无私帮助不行；没有以农村包围城市的伟大战略军事思想不行；没有马克思主义同中国革命具体实践相结合的理论指导思想更不行。

《寻路》的创作风格非同凡响，与以往其他红色作品相比，更加突出的是伟大的现实主义，客观地记述了共产党不仅打过败仗，这个领导集体也曾有过很多思想上、认识上、道路上的分歧，剧中的毛泽东、周恩来、朱德、陈毅等革命领袖人物走下神坛，他们也是有喜怒哀乐的常人，有过错误、失误，也走过弯路，他们各有风格特点，但共同的革命理想追求使他们同甘共苦、携手并肩。《寻路》这种客观地再现伟人集体群像，可谓是独树一帜、独具匠心，表现了作者朝柱老先生尊重客观事实、不搞虚夸、真实做人的真善美品格，文如其人，让我对老先生不禁油然生起无限的敬仰之情，我认为这是很值得当今一些文艺工作者好好借鉴、好好学习的。

《寻路》的奇特在于它的“巧”、“妙”，它的情节自不必说，单说它的内容与党中央当前开展的群众路线教育实践活动是那么“巧”和“妙”，说它“巧”是因为编剧作者朝柱老先生创作之初显然在党的十八大之前，而党的群众路线教育实践活动是在党的十八大之后；说它“妙”就在于它是我们开展这次教育实践活动的活教材。在《寻路》剧中我们看到，一些在党的重要岗位上工作的党员干部由于理想信念的动摇、丧失而腐败堕落甚至成为叛徒，给党造成重大损失甚至险些毁掉党中央，所以，我们看习近平总书记让大家在这次教育实践活动中“照镜子、正衣冠，洗洗澡、治治病”有多么重要。尤其在作品中通篇表现的是共产党走向成功的每一步都离不开老百姓的支持，无不体现了“军民鱼水之情”，足见民众对共产党的分量，赢得“民心”又是何等重要，这也是我们开展这次群众路线教育实践活动的最终目的。《寻路》中这些沉痛的历史教训和经验多少年来都在朝柱老先生的心中缠绕，所以《寻路》在我们党这次教育实践活动中，表面看来似乎是“不知不觉”的巧合，或美其名曰“前瞻性”，其实我认为不如说是老先生心中早就有的期盼，因此说党中央这次教育实践活动反映了所有像王朝柱这样的老共产党员、真正的共产党员的心声，在这继往开来的新时代，《寻路》更彰显了它伟大的现实意义。

罗亦农临刑前在狱中给妻子写信(剧照)

电视剧《寻路》有一段陈赓大将在七里海锄奸、与敬爱的周总理商讨革命大计的画面，由此，我蓦然想起了在那个战火纷飞的年代曾与敬爱的周总理并肩战斗过的挚友于方舟。于方舟烈士原名兰渚，又名芳洲。1900 年 9 月 15 日生于天津市宁河县俵口村一个农民家庭。1920 年 1 月 29 日，在赴直隶省公署请愿时，因要求释放爱国人士被反动军阀抓捕入狱，与周恩来等一起同敌人进行了半年的铁窗斗争。1923 年由李大钊介绍加入中国共产党，同年冬参与筹建天津的共产党组织。他曾代表直隶省与毛泽东、林伯渠、瞿秋白、张国焘等 7 名共产党员参加在广州召开的国民党第一次全国代表大会，并当选为国民党中央执行委员会候补执行委员。大革命失败后，他组织成立了京东人民革命军，在向玉田城进军途中遭反动民团围攻，不幸被俘入狱，面对敌人的酷刑和死亡威胁，他坚贞不屈地说："我信仰共产主义！"1927 年 12 月 31 日夜晚，于方舟被敌人杀害，年仅 27 岁。敬爱的周恩来总理青年时代是于方舟的同学，多次到方舟家与他谈理想、切磋诗文、共商革命大计，入夜二人就在他家的农村土炕上休息入眠，他们也曾在这里的天然屏障七里海躲过敌人的围追堵截。我们美丽的七里海是方圆近百里的一片广袤的湿地绿洲（如今已是国家级古海岸重点保护湿地），又有"津京冀肺叶"的美称，她是当年中国共产党人"寻路"中的卫士，是战胜敌人的坚强后防，在这里不知曾演绎了多少军民鱼水、共同奋战消灭敌寇的动人故事，她像《寻路》一样，见证了中国共产党革命的奋斗历程。因此我们总结并推出了七里海的红色文化，让这里的人们铭记历史，知党情、报党恩。特别是在前几年我们还把革命烈士于方舟的一生拍成历史资料片，再现了于方舟组建天津共产党开展学生运动、领导农民暴动等重要革命活动的历史画面。该片由原天津市委书记、全国政协主席李瑞环题名为"津门之光"。它的历史意义和伟大的现实意义与《寻路》珠联璧合、相得益彰、有异曲同工之妙，并与当前习总书记提出的"知党、爱党、知史、爱国"遥相呼应。《津门之光》和《寻路》这些珍贵的史料，用大量的事实证明了"没有共产党就没有新中国"的真理，给广大人民群众特别是青少年心灵以红色的洗

周恩来与陈赓在七里海(剧照)

礼。《寻路》是“中国梦”奋进的号角,是我们的力量源泉,它将激励我们更加勤奋学习、热爱自己的工作和事业,发愤图强,为中华民族的伟大复兴作出更大贡献。

(作者系天津市宁河县委常委、政法委书记)

崭新的"这一个"
——谈《寻路》中青年演员的人物形象塑造

王 敏

"寻路",不仅是全剧的贯穿行动,更是作品的形象种子。它的宏大的叙事与细致入微的情节刻画,展现着王朝柱作品一贯的史诗风格。作品从1927年"四·一二"蒋介石对共产党人的血腥大屠杀开始,到1932年宁都会议毛泽东被排斥出红军领导岗位,中国革命面临着向何处去的问题。作者满怀激情,通过对这一极为关键的历史断面的深刻挖掘与艺术概括,表现了以毛泽东、周恩来、朱德、陈毅等老一辈革命家在血雨腥风中,披荆斩棘、艰苦探索,终于寻找到农村包围城市,武装夺取政权这一中国革命的唯一正确之路。"寻路",是将老一代革命家在这段历史时期的丰功伟业,予以艺术的呈现,典型的概括。在毛泽东诞辰120周年到来之际,推出这部立意高远、内涵丰厚的力作,有着深刻的历史价值和重大的现实意义。

令人欣喜的是,作品中除了饰演蒋介石的马晓伟、饰演周恩来的刘劲外,几乎清一色地起用了颇有功力的年轻演员:罗忆楠的贺子珍、苗克的王尔琢、李槐龙的蔡和森、樊晓洋的宛希先、刘岳的陈

解放军艺术学院教授　王敏

赓等。特别是许铂岑塑造的毛泽东，其清秀的书卷气，执拗坚定的神情令人眼睛一亮。他塑造的"这一个"毛泽东形象，有着不可替代的风采。这些与当年老一代革命家年龄相当的年轻演员，以自己对所扮演角色的独特感悟与抒发，为该剧演出带来一股天然的青春气息。大胆地扶植年轻演员，是王朝柱团队的传统，我们也佩服天津电视台的自信与勇气。

许铂岑在屏幕上并不是"熟面孔"，但他却是一个极为用功，善于用脑，肯于吃苦，让人信任的演员。在解放军艺术学院毕业演出时，他在迪伦马特的《老妇还乡》中，成功地扮演了男一号伊尔，被迪伦马特研究专家叶廷芳老师称赞："相当到位。"毕业后，在中央戏剧学院担任了一个时期的台词教学，又开始影视表演实践。王朝柱慧眼识才，看到他在《辛亥革命》中饰演胡汉民的表演，要他几次造型尝试毛泽东的戏，他诚惶诚恐而又兢兢业业地开始了自己的艺术攀登。

“这一个” 毛泽东形象的独特魅力在于许铂岑对独特的规定情境、复杂的矛盾冲突、独特的人物关系的深刻感悟，以及由此形成的独特的行为方式和感情的抒发。在错综复杂的矛盾中寻找人物的行为逻辑，揭示人物鲜活的性格和坚强的信仰。

毛泽东是一个很有性格魅力的人。他的敢于坚持，敢于斗争，敢于担当的精神成为“这一个”毛泽东形象的特色之一。面对蒋介石的大屠杀和一次次的疯狂围剿，敌我强弱对比悬殊，革命究竟处在低潮还是高潮？是离开国情，执行共产国际以大城市为中心的路线，生硬照搬巴黎公社起义和十月革命攻打冬宫的模式，还是到敌人势力薄弱的农村，创建革命根据地，走农村包围城市的道路？真是沧海横流，英雄本色尽显。尖锐而复杂的矛盾，极为艰难的处境，显示出毛泽东独领风骚的才华。瞿秋白、李立三、王明一个比一个“左”的机会主义路线控制着共产党的中央领导。他们错把革命低潮看作革命到来的高潮，迎着敌人的屠刀，发动一次次的城市起义，使大批的革命同志一批批地倒在血泊中，而且，还要弱小的工农革命军去攻打大城市，争取革命首先在一省或数省的胜利。他们占据着党的领导地位，不是留苏就是留法、留德。理论一套一套的，而且，还有共产国际的支持，在共产党内绝对是主流。毛泽东的超群之处在于他不仅敏锐地感觉到中央及省委领导的不切实际的盲目，必将导致革命的更大失败，而且敢于挺身而出，以大无畏的反潮流精神，迎击各种批评与挑战，以坚定的意志和韧性战斗一次次校正革命的航程。这是贯穿全剧始终的矛盾，只不过在不同的环境下和面对不同的对象，冲突的方式不同而已。许铂岑紧紧把握着，毛泽东是人，但绝非一般的人。他的使命与性格，决定他必定处于矛盾漩涡的中心。在与不同人，在与同一批人的不同时期的冲突中深刻展现毛泽东的性格魅力与精神境界。“八七”会议之后，瞿秋白找他谈话：“中央机关很快会迁回上海，我个人希望你能到上海中央机关工作。”毛泽东摇摇头：“我不愿意跟你们去住高楼大厦，愿到农村去，上山结交绿林好汉。”

于是改派他去湖南领导秋收暴动。之后，又在秋收起义是打国民党“左”派的旗帜还是打共产党的旗帜上，在秋收暴动究竟是“全省的起义，最终目的是会攻长沙，夺取全国胜利”还是毛泽东的经过认真调查之后再决定举行多大范围的起义的激烈争论中，弄得瞿秋白强压怒火，“你、你……太有独立意见了！”还是这个毛泽东，他敢做敢当，毅然决定不再打国民党的旗子而高高打出共产党的旗子，这就等于取消了中央的命令，气得瞿秋白说：“这个润之，竟然明目张胆地反对中央的决定！”处理这段冲突，许铂岑把握住这是由于对国情的不同认识而引起的寻路之争，不涉及个人的品质问题，友谊归友谊，原则归原则。在此，突出了毛泽东敢于担当的勇气，同志之间的坦诚，带着几分执拗，甚至有点书生意气。让人联想到他的“问苍茫大地，谁主沉浮”的风貌。

许铂岑饰演毛泽东(剧照)

与余洒度、苏先骏的矛盾也是执行中央和湖南省委的指示，“把工农革命军调出深山老林”去攻打大城市还是团结、改编袁文才、王佐这支农民武装，创建井冈山根据地的寻路之争。他们又和瞿秋白不一样，这些以职业军人自居的“五皮干部”(皮帽、皮带、皮包、皮靴、皮鞭),根本没把这个拄着棍子、一瘸一拐的、连枪都不会使的“一介书生,根本不懂打仗”的毛泽东放在眼里。当毛泽东批评他们私自放走被俘的县保安队长时,余洒度竟公然当着众人的面说:“你怕死吗?我可以担保,你若死了,我余洒度给你抵命!”这样侮辱性的话语。许铂岑表现了毛泽东的隐忍,韧劲。支部建在连队上,党指挥枪,官兵平等是关乎工农革命军的根本建设,就是在这种情况下提出的。在加快与袁文才、王佐的联系、沟通上,在团结、改造这支农民队伍的基础上,创建井冈山根据地也是在这一时期。不是余洒度、苏先骏挤走毛泽东,而是他们自己待不下去脱离了革命队伍。

中央、省委派来的周鲁、杜修经、刘安恭来传达对毛泽东的处分,这本身就极富戏剧性的冲突。周鲁自己都没弄清楚,糊里糊涂地开除了毛的党籍。而年仅21岁的杜修经懵懵懂懂,居高临下地强令执行湖南省委的指示:“红四军必须集中力量向湘南发展”。毛泽东悲怆地喊出:“把话说白了吧!党中央——也包括湖南省委,只想轰轰烈烈地攻打大城市,从不想跑累了要有一个让屁股坐下来休息的地方。这就是症结所在!”他又激动地说道:“鉴于多年的教训,我们这个党应该立个规矩:谁代表了真理,我们就拥护谁;哪怕是党中央背离了真理,我们也不能拥护!”许铂岑在这里的处理是无奈,然而更是无畏。他的反潮流的气概令人震撼!

比杜修经更难处理的是对待刘安恭。这个刘安恭,早年同朱德、周恩来、蔡和森等一起赴法国、德国勤工俭学,后来又去苏联专门学军事。一到苏区就对于党指挥枪予以否定,并指责毛泽东是书记专政,封建家长制,说朱德准备让他当军委书记,并把陈毅的政治部主任也夺过去了。他的作为导致了朱、毛、陈的严重分歧,使红四军受到极大损失。

这五年,是中国革命非常困难而残酷的时期,也是毛泽东一生中最困难,最为苦闷的时期。他的苦闷在于他的观点,他的智慧,他的主张不能被人认识、承认,反而备受指责和打击。一次次地被撤

兄弟同心，其利断金。毛泽东和他的战友们在革命斗争中结下了深厚友谊，图为毛泽东与朱德、陈毅在艰苦岁月的“欢乐时光”（剧照）

职，一次次地被剥夺军权。因此，一种不被理解的寂寞，一种在孤寂中奋然前行、寻路不止的形象，是“这一个”毛泽东的又一特色。

《寻路》在刻画老一代革命家上，没有回避他们的分歧及错误。比如毛、朱、陈的分分合合，两次被陈毅替代前委书记。这不仅对人物没造成伤害，反而使人物更真实，更生动。所以，对人物关系的准确掌握，考验了一个演员的功力。许铂岑说，他在两次分歧与和好的处理上是不一样的。第一次朱、陈被杜修经、龚楚裹挟，公然违背永新会议的决定，去打郴州，致使井冈山陷入 1 个团打国民党 11 个团的危境，但一听说湘南吃了败仗，29 团整个跑光了的消息时，毛泽东立刻放下指挥的部队，亲自带人去接朱、陈，并让大家谁也不要提 29 团的事。他拉住陈毅的手，不要他说“霸王别姬”和“乌江自刎”的事。安慰朱德，自己也主动承担责任。第二次分歧是刘安恭制造的，又把朱德、陈毅卷进去。毛泽东写了一封牢骚味很浓的信拒绝参加红四军的“八大”。但是，在贺子珍、曾志等同志“得理要让人”的批评下，更主要是陈毅、朱老总的诚恳的态度，“朱毛不能分家，一分家就失败”。他们终于把手握在一起，“为朱毛永远不分家，握手！”这两个处理不一样，但同样动人。通过毛、朱、陈同一组人物不同时期的不同处理，我们看到了人物的发展，革命的进程。

苏区成功粉碎了蒋介石的三次围剿，根据地得到发展。白区却百分之百地丢失了。中央只好转到苏区来。一来就又要批毛，这次朱德当了少数，不再举手同意中央的做法了。毛泽东又一次被夺了军权。面对愕然的与会者，他说：“对于我的批判我不想辩解，因为历史会做出公正的裁决。但是，为了中国革命之大计，我诚恳地向诸位说：中国的革命必须得走农村包围城市，武装夺取政权的道路。如要完成这一伟大的革命任务，就必须有一支在中国共产党绝对领导下的军队。因此，我和朱总司令等同志探索的这一条革命道路是正确的！”他又说：“我希望你们在上海完不成的以城市为中心的革命道路，不要再拿到苏区来。否则又会像丢掉城市一样丢掉用红军生命打下来的中央苏区！”

与周恩来紧紧握着手，淡然一笑：“前方军事急需，何时电告便何时来。”他走了，在这个历史断面，毛泽东是一位带有悲壮色彩的英雄！看来让人们认识真理，光有正面的经验还不够，还得要有反面的教训才行。

许铂岑认为，当时老一代革命家的思想、性格不是停滞的，而是不断成长着、发展着。这段戏太有震撼力，他是以极大的真诚投入进去的。

成长的、发展的性格是“这一个”毛泽东艺术形象的第三个特色。

许铂岑成功地塑造了“这一个”毛泽东形象。首先是一度创作的本子给了他厚实的平台，更是这个团队将他推上了这个平台。他同时也感到,影视是遗憾的艺术,有着许多经验和教训。如果再有这么一个宝贵的机会,一定将这经验和教训用到新的创作中,相信会更上一层楼。许铂岑这样说,我们也期待着在影视的人物画廊里,老一辈革命家的形象更丰厚些。

(作者系解放军艺术学院教授
本文原载于2013年7月12日《中国艺术报》)

潜伏生涯　信仰至上

• 媒体反响

赏　评

道路决定命运
——《寻路》观感之一

林　之

习近平总书记在阐述“中国梦”时指出：“全党同志必须牢记，道路决定命运，找到一条正确的道路多么不容易，我们必须坚定不移走下去。”观看重大革命历史题材电视剧《寻路》，有助于我们理解总书记讲话的重要意义。

《寻路》讲的是，1927 年大革命失败后，中国的出路在哪里？中国共产党向何处去？共产国际主张“城市中心论”，要求以城市暴动为革命胜利的主要实现途径，却在中国的实践中屡遭失败，损失惨重。以毛泽东同志为主要代表的中国共产党人，把马克思主义的普遍原理与中国实际相结合，实事求是、艰难探索。第一步，转兵到敌人统治力量薄弱的农村和山区，落下脚来，保存革命力量，开展工农武装割据；第二步，从三湾改编到古田会议，在革命实践中逐步确定党领导的新型人民军队的建设纲领；第三步，在总结胜利的经验和失败的教训过程中，系统提出了“农村包围城市，武装夺取政权”的中国革命道路。这条道路的正确性，已经被中国新民主主义革命的实践

行军途中，毛泽东在研究军事地图(剧照)

所证明。

当前，我们所奋力开拓的中国特色社会主义事业，是中国共产党领导中国人民九十多年奋斗、创造、积累的成果，必须倍加珍惜、始终坚持、不断发展。要发展就要探索道路。我们要继承和弘扬革命前辈忠于理想、勇闯新路的精神，敢于破解改革与发展中的难题，克服前进道路上的困难与障碍，不断开创中国特色社会主义新局面。

(原载于 2013 年 7 月 9 日《今晚报》第一版)

革命理想高于天
——《寻路》观感之二

林　之

重大革命历史题材电视剧《寻路》为我们塑造了一大批奋斗在八十多年前，有名有姓、真实可信而又栩栩如生的共产党人形象，为我们树立了精神的榜样、学习的楷模。

年轻的革命领袖毛泽东的光辉形象，以崭新的姿态展现于荧幕。他高瞻远瞩、雄才大略，他对中国国情深刻体察、独立思考，他胆识超人、绝不盲从。他实事求是、敢闯新路的政治品格，今天仍然是我们建设中国特色社会主义的思想武器和精神力量。

与此同时，周恩来坚定沉着、披肝沥胆，朱德厚德载物、长者风范，陈赓胆大心细、机智果敢等，在剧中都表现得淋漓尽致。老一辈无产阶级革命家为祖国的强盛，为民族的振兴，为人民的福祉，呕心沥血、不懈奋斗的精神，感人至深。

《寻路》还刻画了一批为理想、为革命英勇牺牲的先烈的英雄群像。蔡和森、恽代英、彭湃、罗亦农、陈铁军、周文雍……这些闪光的名字，这些在中国革命史上不朽的英魂，让我们这些后来的共产党

革命英烈陈乔年(陈独秀次子)在狱中(剧照)

员高山仰止,无限崇敬。

革命领袖、革命前辈、革命先烈的一个鲜明共性,是他们坚定的理想信念。革命理想高于天。习近平总书记指出:“理想信念就是共产党人精神上的‘钙’,没有理想信念,理想信念不坚定,精神上就会‘缺钙’,就会得‘软骨病’。”无论面临生死考验,还是面对利益诱惑,党员、干部的价值选择,根本取决于其理想信念的纯洁坚定,取决于他“精神钙质”的含量。

(原载于2013年7月10日《今晚报》第一版)

物必先腐而后虫生
——《寻路》观感之三

林 之

就像一块肥沃的土地，既长庄稼，也生杂草；就像中国的历朝历代，既存忠信、清官，也有奸佞、贪官。重大革命历史题材电视剧《寻路》故事中的那些革命的叛徒，发人深省，令人警觉。

《寻路》刻画了中国共产党历史上几个有名的叛徒，他们在大革命高潮中，以不同目的加入共产党，有的还在党内担任重要职务，却没有确立坚定的革命理想，在革命处于低潮时，在个人利益与党的要求发生矛盾时，在利益诱惑或生死考验面前，可耻地背叛理想，出卖同志，危害革命。

贪图享受，生活腐化，是叛徒最普遍的共性。苏先骏因贪图安逸，不愿上井冈山开展游击战争。顾顺章在党内身居高位，生活却日渐腐化，以至于吃喝嫖赌、五毒俱全。向忠发为见情妇，违反党纪。白鑫夫妇为贪图荣华富贵，不惜出卖上级。余洒度对革命悲观失望，脱党、腐化并背叛革命。这些人的经历说明，生活上的腐化常常是政治上堕落的开端。今天，党内许多腐败分子的演变过程也证

周恩来怒斥腐化堕落的顾顺章(剧照)

明了这一点。

需要特别指出的是,谁都不会真正信任、真心喜欢一个背叛自身理想的人。这几个臭名昭著的叛徒中,苏先骏和白鑫夫妇是被正义的革命力量处决的,而顾顺章、向忠发、余洒度则无一例外地被接受他们投降的蒋介石亲自下令处死。这也应了中国的一句老话:“多行不义必自毙!”

(原载于 2013 年 7 月 11 日《今晚报》第一版)

坚持群众路线　破解改革难题

——《寻路》观感之四

林　之

《寻路》中老一辈无产阶级革命家敢闯新路的故事，表现了共产党人勇往直前、攻坚克难的精神，展示了革命前辈坚持实事求是、一切从实际出发和依靠人民，为人民求解放、谋利益的优良作风，今天仍然给我们以重要启示。

经过中国共产党领导全国人民的不懈奋斗，我国的社会主义现代化建设取得了举世瞩目的伟大成就。与此同时，改革中的深层次矛盾开始显现，制约科学发展的体制机制障碍依然较多，转变发展方式的任务依然艰巨。这就要求我们解放思想、与时俱进，勇于改革创新，努力开拓中国特色社会主义事业的新境界。

破解改革发展中的难题，必须发扬《寻路》中毛泽东等老一代共产党人实事求是的精神和坚持走群众路线的光荣传统。只有把我们党实事求是的思想路线与“从群众中来、到群众中去”的根本工作路线紧密结合和统一起来，把对上级负责与对群众负责紧密结合和统一起来，坚持一切从人民群众的根本利益出发，深入基层了解情况，

毛泽东、朱德与乡亲们一起割稻子(剧照)

深入群众听取意见,尊重群众的首创精神,尊重基层的创新经验,才能使各项改革发展的决策和各方面工作符合实际情况、符合客观规律、符合人民意愿。这是我们破解改革发展中一切矛盾,解决前进道路上的困难与障碍所必须遵循的基本原则。

(原载于 2013 年 7 月 12 日《今晚报》第一版)

在改进作风中锤炼党性

——《寻路》观感之五

林 之

《寻路》中革命前辈依靠群众、克敌制胜的故事，使我们体会到，当前党中央在全党开展以为民务实清廉为主要内容的群众路线教育实践活动，从改进作风入手，具有十分重要的现实意义。

作风问题绝非小事。如果不坚决纠正形式主义、官僚主义、享乐主义、奢靡之风等不良风气，任其发展下去，就会像一座无形的墙把我们党和人民群众隔开，党就会失去根基、失去血脉、失去力量。

改进作风，最根本的是坚持和弘扬艰苦奋斗精神。古人云："历览前贤国与家，成由勤俭败由奢。"能否坚持艰苦奋斗精神，事关党和人民事业的兴衰成败。《寻路》故事中那些令人不齿的叛徒，从追求享乐滑向政治堕落，今天仍具警示意义。

改进作风，必须深入基层，深入群众，全心全意为人民服务，把"一切为了群众、一切依靠群众"的观点体现在工作过程和目标中，把"从群众中来，到群众中去"的根本工作路线贯穿于工作的全过程，既动员广大群众积极投身改革建设的伟大事业，又使人民群众

打漳州全胜，毛泽东和红军战士受到城内百姓欢迎（剧照）

享受到改革发展的实际成果。

改进作风，必须坚持一切从实际出发，说实话、办实事、求实效，在充分调查研究后定政策、办事情、上项目。用制度和作风保障拍脑袋决策、拍胸脯表态、拍屁股走人的问题绝不发生。否则，形式主义、官僚主义、享乐主义、奢靡之风就会像《寻路》中的盲动主义、机会主义一样，给党和人民事业带来难以挽回的损失和挫折。

（原载于 2013 年 7 月 14 日《今晚报》第一版）

专　访

谦谦寻路人
——记著名作家、剧作家王朝柱

唐志平

在2013年仲夏召开的大型史诗电视剧《寻路》开播新闻发布会和作品研讨会上，人们见到的作家、剧作家王朝柱更透出走过岁月的苍健和不谙世故的朴拙：一如既往的平头、照例温暖而带刺儿的话语，当然还有见到朋友时憨厚的笑脸和热烈的拥抱，以及回答采访记者的简洁的语言。

一、他是一位艺术家

作品是艺术家的名片。王朝柱的电视剧文学作品在二十几年间一部部地增加着，仅重大革命历史题材电视剧剧本就达19部之丰。虽然他多年来总是对向他索要名片的人说他从来没有名片，但他在“大事不虚、小事不拘”“镣铐”下的炉火纯青的电视剧表达已成为一个醒目的标识，让观众记住了这位在重大革命历史题材电视剧创作上独树一帜的剧作家。

编剧王朝柱在江西拍摄现场

电视剧《寻路》剧本，是王朝柱在2012年完成的，由于它立意于表现中国共产党在1927年大革命失败后至1932年宁都会议期间的党内路线斗争最难表现的历史阶段，所以在编剧上必须正视前所未有的党史禁区。这让王朝柱在探析我党那五年的历史轨迹，表现我党在特殊历史时期的几位领袖人物之间的思想分歧，处理当时横在真理与谬误之间的不正确评判标准——少数服从多数的严酷现实时，曾数月煎熬在对档案史料的查阅和思索中，当他顿开茅塞梳理出一条以“寻路”为主旨而串起那段历史的思路时，这部《寻路》剧本的创作便走进了寻路之旅的新境界：在剧中主要表现我党内部的思想路线斗争，真实地反映以毛泽东为代表、在当时掌握了革命真理的少数人挨整、受排挤，致使革命事业付出血的代价，以此鉴证真理的获得来之不易的残酷史实。

“您要在这部电视剧的艺术真实中展现给观众哪些历史真实，

强调哪些理念？”

“观众可以在《寻路》中看到，毛泽东这个泥腿子出身的小学教员与留洋归国的党内知识分子如何展开思想交锋，如何坚持真理。了解毛泽东在主张中国革命要从中国实际出发、在实践中求真知的过程中，曾经在党内受到重重阻力，但他百折不挠地坚持真理，一步步地取得全党认同，形成统一的思想路线，最后夺取了革命胜利，建立了人民共和国。这段历史告诉今天新时期的知识分子，在借鉴别国先进经验时，要充分结合中国的具体实践。”

这次“寻路”是王朝柱以他一贯坚持的唯物史观对中国革命之路上最艰难的一段历史进行勘探，他要挖掘其中封存已久的精神财富，如他郑重强调的那样：“真实地再现那段错综复杂的历史，客观地写出那些领袖人物的不同性格，以及他们在探寻中国革命之路时的缺点和错误，让今天的观众从那段历史和人物的精神世界里认识过去，鉴知今天，在新时期少走弯路。”

与表现中国共产党在另一个艰难困苦时期顽强奋斗的电视剧《长征》相比，“从剧本而言，我更喜欢《寻路》。”这大概不仅由于《寻路》的悲剧性内涵丰富于《长征》，更在于王朝柱对剧中主要人物毛泽东坚持在逆境中寻求真理的革命精神有着深切的感知和敬意。由此，“寻路”对于电视剧《寻路》剧情中的历史和人物活动，也对于王朝柱在剧本创作上的思想发现和艺术发现，具有双重的意义。想听王朝柱谈他创作这部电视剧的心得，从中获知他在艺术理念上的新突破，他竟把话锋一转，津津乐道起剧中人物之间的险峻而激烈的政治路线斗争。这更让人感到，重大革命历史题材电视剧创作的特殊性和特殊规律，应该充分尊重。

当谈到这部剧的诗意时，王朝柱说：“剧中的毛泽东吟着《采桑子·重阳》人生易老天难老，岁岁重阳，今又重阳，战地黄花分外香。一年一度秋风劲，不似春光，胜似春光，寥廓江天万里霜。音乐由远而近，毛泽东思索着中国革命的出路，万里风云奔涌胸中……完美地表达这种意境,是我的一种艺术追求。”话间,王朝柱分别放在座椅两边扶手上的双手十指,令人不易察觉地轻轻弹动着,这也许是他曾经的作曲生涯给他留下的职业性无意识动作,继续在他的电视剧编剧思维里为声画艺术律动着。

二、他是一位农民

“我是个农民”,这句带着河北吴桥口音和个性韵律的话,几乎已成了王朝柱自我介绍的头条,好像他习惯把人们关注他的视线拉向观察一位农民、一位有着农民烙印的文化人、一位脱离了农民思想羁绊的革命者、一位从泥土中出落成的有着革命精神的艺术家的视角。

农民的奋斗永远与土地紧密相连。从这个意义上说,王朝柱热爱中国共产党的革命历史这块沃土,乐于以重大革命历史题材电视剧创作这一耕作方式,去迎接这块土地上的艳阳高照,去挑战这块土地上的电闪雷鸣,去追求一个耕耘者在播种和收获之间的劳动的快乐。

熟悉王朝柱的许多人都看到过这种情景,当他和鸿儒们据史分析我党早期知识先贤以及后来学识渊博的领袖人物时,常会说着说着便提高嗓门嗔言道:“你们这些臭知识分子, 就是缺乏实践精神,教条死板地对待历史和现实!”看他话语间带出的那种气愤,真让人以为他此时就是土里生土里长的农民。“其实您最是‘背叛’了农民、超越了农民的农民!”他听了这话哈哈大笑。

王朝柱在《寻路》里对多位领袖人物的塑造中,尤以对毛泽东的刻画着墨最多,从他对毛泽东的出身农民、了解农民、体贴农民、领导农民的精当分析和艺术表达上,足见这位有着农民血脉的剧作家对农民特质的透彻理解和精准表达。

战地黄花分外香——毛泽东与贺子珍的战地情缘(剧照)

“一个泥腿子出身的小学教员,能排除党内外的重重阻碍,成为全中国人民拥戴的共和国的伟大领袖,说明他所选择并带领劳苦大众勇往直前的道路是符合历史规律的,是正确的!”这无疑是剧作家王朝柱对毛泽东这一出自乡村的革命领袖的思想智慧和领导智慧的一种带有政治性的艺术探知。

三、他是一名老童生

“老”和“童”兼具,表现在王朝柱的创作上时,他既能老道走笔,激情游刃于重大革命历史题材电视剧所涉及的中国共产党党史、军史的风云变幻,比如在《寻路》中对那段“作为编剧,深知很难驾驭的历史题材”之党内路线斗争的艺术化披露和妥当揭秘;又不满足于自己以往对党史的研究探析和艺术表达,虚心诚恳地向史实求教、向长者和同辈求教、向专家学者求教,在档案史料的字里行间勘探历史真实的轨迹。

“老”和“童”兼有,表现在王朝柱的处世上,又见于他的真性情。《寻路》文学剧本 46 集,拍摄后剪出 44 集,这说明王朝柱在“如履薄冰的剧本创作”中的史实运用和分寸把握几乎万无一失。这个可喜的成功让他自曝出一些他现在可以平静说出的难忘感受。几年前,一部根据他的剧本摄制的重大革命历史题材电视剧,在审片通过后被剪去了几集,他得知后失声落泪,哭号他剧中人物个性的至情至真将有失于他所认定的完美。但他追求艺术的执着最终转化为一种政治自觉和文化自信,就像当年根据他的剧本拍摄的《解放》也被减去一些剧集时,他这样理解:“我作为祖国的孩子,能在母亲 60 岁生日时献上 50 集电视剧,值得欣慰。”

这就是王朝柱:简单、纯粹、豁达而执着。

四、他的作品是一剂良药

良药之效在于对症。近三十年来,在王朝柱的电视剧创作版图上,从他第一部重大革命历史题材电视剧剧本《巨人的握手》到《开国领袖毛泽东》,从《周恩来到上海》到《解放大西南》,从《长征》到《解放》,从《辛亥革命》到《寻路》,他把数十年来孜孜以求、博学强记的党史知识融会贯通于他的电视剧剧本创作,他把作家的敏锐和艺术家的灵性凝于笔端去触及社会的脉搏、感知时代的脉动。他披阅数十载、呕心沥血读史写史所创作的重大革命历史题材电视剧剧本,犹如切准社会脉搏而配制的一剂剂良药,有利于人民大众的身心调和,有利于社会肌理的结实健硕,有利于我党的自行保健。由王朝柱执笔、得到党和国家有关领导肯定、受到业界和广大人民群众欢迎的一系列重大革命历史题材电视剧剧作,引领了与之相应的不同社会时期的主流意识和价值观;根据他的文学剧本摄制的电视

周恩来、陈赓将中共会议地址选定在医院，
与柯麟医生秘密接头(剧照)

剧，在宣传党的历史、普及党史知识、借鉴党的经验教训等方面，发挥了无可取代的特殊作用。对于党的思想建设和社会意识形态而言，王朝柱的重大革命历史题材电视剧作品兼具保健品和营养品的双重功效。

常谈笑风生地说古论今，深知那些河东河西之间发生政权更替之玄妙的王朝柱，在立场问题上绝不含糊。

“善意地给共产党提意见可以，骂共产党、诋毁共产党，我坚决不赞成！要知道，没有共产党就没有新中国；没有共产党就没有中国劳苦大众得解放，就没有中国特色社会主义的国家，就没有祖国的统一。”听到他这并不夸张的慷慨陈词，不禁使人想到关于良医良相之说。

五、他是一块磁石

王朝柱热爱由历史和人民选择的伟大的中国共产党，坚信中国共产党能够领导中国人民在社会主义道路上实现中国梦，他执着于为党为人民鼓与呼。他以皇皇二十多部革命历史题材、重大革命历史题材电视剧的经典之作，成为了具有中国特色的重大革命历史题材电视剧的旗帜性编剧，产生了能量巨大的吸引力。

他为了书写中国共产党的革命历史，经年独处一隅，殚精竭虑地从复杂的党史资料和浩如烟海的参考书籍中梳理出适于电视剧艺术表达的历史真实，再为他创作的每一部重大革命历史题材电视剧勘定时空坐标，规划史实格局，苦心人物塑造，醉心性格描摹。他毫不讳言地告诉大家："我的每一部重大题材剧都经得起历史的检验和专家学者的推敲。"业界朋友知道，他如此自信是因为他在每一部重大革命历史题材电视剧创作之前都请教了我党最权威的党史专家，这也正如他完成《寻路》剧本创作时特别郑重感言的那样："中央文献的老领导逄先知、金冲及、冯蕙、黄允生、廖心文、熊华源，还有仙逝的李琦老等专家，不仅给予我档案资料的支持，而且还就一些历史疑点多次沟通、指导。""写《寻路》时，国家安全部的领导邱进、刘丽、余放、王金和、刘月明等以及上海、天津、江苏等安全局的领导都给了我很大帮助。""我的老朋友王兆海、李准、仲呈祥、郑伯农、李硕儒等更从生活到创作都给予我无微不至的关怀和帮助。天津的肖怀远、成其圣、万克、倪祖铭、杨君毅等领导多方关怀，力促《寻路》早日问世。"还有，给予他兄弟加战友情谊的柳萌、陈先义，等等。从他说出的必须致以谢意的长长的人名单中，我们看到了王朝柱对那每一份帮助的铭记。他的这种品质扩展了他的强盛人脉，也突出了他的人格魅力，使站在他擎起的重大革命历史题材电视剧创作旗帜下的仁人志士，已成为有着坚定的思想信念、坚实的理论基础、权威的艺术指导的颇具实力的创作"军团"。这样的军团集合了编导演及制作等方面的生力军,尤以"天津模式"和"王朝柱现象"的互补生辉备受关注。

"我1966年毕业于中央音乐学院作曲系,早年毕业于天津;'文革'中,我接受劳动改造时也在天津;虽然我在1972年调入总政文工团,历任总政歌舞团、歌剧团作曲和总政话剧团编剧,但是我的户口一直在天津留守了30年,2007年才迁出。"王朝柱的天津经历使他与天津有了非同一般的感情,也促成了他与天津市委宣传部及天津电视台近年来的合作,七年间他们创作并出品了《解放》《辛亥革命》《寻路》三部重大革命历史题材电视剧,还力促这三部剧在央视一套黄金时间首播,继而由全国多家电视台传播到千家万户。王朝柱对业界的领导、同仁、朋友们说,通过这三部剧的创作,他"向前迈进了三步,还与天津方面的肖怀远、万克等建立了深厚友谊"。

为了自己笔下的重大革命历史题材电视剧的创作、生产、播出,王朝柱早已不是单纯地只做编剧,在受到"柱子、柱子哥、柱子老师"的人格魅力感召而组合起的重大革命历史题材电视剧创作团队里,编导演、摄录美、服化道等专业人员齐备。他们之中的许多人都是专业行当里的翘楚,但却心甘情愿地跟着他们的柱子,像他那样主动"拿着最低的稿酬,干着最累、最舒心的活计"。

二十几年间,王朝柱向重大革命历史题材电视剧的拍摄单位推荐了许多年轻演员,如当年的唐国强、刘劲、王伍福、马晓伟等,他们今天已成为电视荧屏上观众熟悉并认可的中国革命早期领袖人物的特型演员。在这部《寻路》中,王朝柱推荐了毛泽东的饰演者许铂岑、贺子珍的饰演者罗忆楠,他又在悉心培养两位青年演员走上重大革命历史题材电视剧的创作之路,领他们学做重大题材剧的后继人。

"七一"之前,有《寻路》在内的9部电视剧光盘组成的《中国革命史——王朝柱革命历史题材系列大型电视剧作品集》在海军部队配发。这部时间跨度 16 年的革命史诗的思想意义和艺术价值得到了海军政治部、中国视协、中央电视台等方面的高度评价。在人民大会堂举行的新闻发布会上，面对海军副政委王兆海誉为的这部“红色经典的艺术丰碑”，王朝柱感言：“没有中国共产党和中国人民解放军，没有中国共产党领导全国人民进行的革命事业，就不会有我写的这些作品。我是一名老共产党员，我的笔要对历史负责，也要对未来负责；我是一个老兵，军队始终关注和支持着我，我的心永远朝着我们的党，朝着人民的军队！”

几年前就听王朝柱说过，“写完这部剧就不写电视剧了，去写写小说，换个轻松的写法。”那之后见他又出了几部电视、电影剧作，问他现在的想法，他放慢话音道：“停不下来呀，重大题材创作就是我的事，是我喜欢研究的事，可能要做到做不动了啊……”他话语间的平静透出复杂的思想感情，那自然和悠远伸向他所执着的继往开来的路。

（作者系《当代电视》副主编
本文原载于 2013 年第 7 期《当代电视》）

历史的回音：道路决定命运

——访电视剧《寻路》编剧王朝柱

阎玉清

重大革命历史题材电视剧《寻路》播出后，收视率一路上扬至全国前茅，几大视频网站的播放量也超过百万。《寻路》走红不仅表明这部主旋律作品真正实现了社会效益与经济效益的和谐统一，更重要的是，《寻路》以新鲜独到的视角实现了历史与现实的对接，艺术地揭示了"道路决定命运"的深刻命题，与当下全国人民奋力实现中国梦的舆论氛围形成强烈的共鸣和呼应。一段时间以来，严肃电视剧遭遇到来自大众文化、流行文化以及一些过度追求娱乐化电视节目的影响，有些作品出现了用娱乐的态度对待中国革命史的现象。《寻路》坚持思想制胜，追求历史真实与艺术真实相谐相依，其创作经验值得总结借鉴。为此，本刊记者采访了编剧王朝柱同志。

记者：前段时间，文艺界热议"王朝柱现象"，大家统计了一下，从《辛亥革命》《长征》《延安颂》《八路军》《解放》《解放大西南》到《开国领袖毛泽东》等等，您用几十部作品把20世纪中国人民的革命斗争史完整地搬上荧屏，构成了一部系统的中国近现代史，创造了影视史上的一个奇观。有人不禁要问，这次的《寻路》会给观众带来什么样的思考？《寻路》的创作背景是什么？

王朝柱：自1927年“四·一二”大屠杀至1932年宁都会议，短短的五年，恰是中国共产党历史上最复杂、最重要的五年。在这五年中，毛泽东和他的战友们历经千难万险、九死一生，终于探寻到了一条“农村包围城市，武装夺取政权”的大道。这五年的时间虽然不长，但却给后人留下了太多的启示，是中国共产党的一笔了不起的精神财富。正因为当时的情况复杂，以往的影视作品对这段历史的描述基本上是片断性的，《寻路》力求全景式展现这一艰辛曲折的过程。但是，我又不想一般地再现寻路历程，而是紧紧抓住如何突破“国际共运”已有的革命经验这个焦点，以一种更宏阔的历史视野，审视探寻符合中国国情的革命道路的深刻意义，从哲学层面上打通历史与现实的内在精神联系。这就是我写《寻路》的缘起。

记者：无论是专家学者，还是普通观众，都一致认为，《寻路》破题很好。“寻路”两个字贯穿全篇，其实正触及中国革命史的精髓。您在创作中是怎样展现早期中国革命道路的发展状况的？

蒋介石与张群密谋剿共(剧照)

瞿秋白与罗迈在研究中共对敌斗争(剧照)

王朝柱:《寻路》,顾名思义,探寻中国革命之路。这是这部长篇电视连续剧的戏魂。

自 1921 年中国共产党诞生,到 1927 年“四·一二”反革命政变近六年的时间里,中国共产党处在幼年时期,他的核心成员和基本队伍绝大多数对马克思主义知之甚少,对未来建设一个梦想中的社会主义新中国则更是茫然——这是因为在他们每个人的心中,只有对社会主义天堂——苏联有着一种最为美好的憧憬,因此,从某种意义上说,那时绝大多数的共产党人只是凭借一腔救国救民的热情,在虔诚地进行着所谓的苏联模式的社会主义革命。更为可笑的是,远在莫斯科的共产国际并不了解中国的国情,却又手握尚方宝剑,对中共中央领导机关的改组拥有生杀大权,对中国革命道路的选择则更是说一不二,他们就像是《西游记》中张开五指的如来佛祖,主观地操控着孙悟空等去西天取经那样,严厉地把控着中国革命前进的方向。

历史发展有着自身的规律，这不可抗拒的规律是一定要惩罚尚未认识规律的人。那时的中国共产党人天真地认为蒋介石是革命的，真诚地欢迎他为总司令的国民革命军抵定大江南北，进占东方冒险家的乐园上海。令共产党人猝不及防的是，蒋介石突然发动了“四·一二”反革命政变，大声喊着“宁可错杀三千，不可放走一个”的反动口号，对中国共产党人发动了最为疯狂的反革命大屠杀！霎时之间，神州大地到处都是白色恐怖，无数的英魂悲愤地飘游在血雨腥风之中。这时，也唯有在这时，毛泽东等中国共产党人才会悲怆低吟：“黄鹤知何去，剩有游人处……”

记者：时人和后人皆知，在共产国际起伏变化的历史中，无产阶级夺取国家政权的革命只有两次，一是法国的巴黎公社起义，再是俄国的十月革命，前者失败了，后者成功地建立了第一个社会主义国家。虽然这两次无产阶级夺取国家政权的革命发生在不同的国家，且又前后相距几十年，但是他们的革命形式却是相同的，那就是以城市为中心发起暴动进而夺取国家的政权。这就是共产国际所称的十月革命之路或曰城市中心暴动之路。

王朝柱：事实正是这样。大革命失败之后，处于彷徨中的志士仁人异口同声地发出这样的自问：中国革命向何处去？远在莫斯科的共产国际武断地下达了命令：中国共产党人必须走十月革命的道路，在大江南北、黄河上下举行城市暴动，夺取中国革命的胜利。从此，中国共产党开启了长达近八年的以城市为中心的革命。他们先后领导了上海三次武装起义，南昌起义，广州起义，两打长沙……待到李立三“左”倾路线在党中央取得统治地位之后，竟然认为全国范围内的革命高潮不仅能马上普遍到全国，而且还荒唐地认为中国革命高潮的到来，又将掀动世界的高潮。他除去以中央名义发出《目前政治任务的决议》(《新的革命高潮与一省或几省首先胜利》)，还公然提出会师武昌、饮马长江、直捣黄龙的可笑口号。结果，导致了全国白区百分之百、苏区百分之九十的大失败。由此,也授给了蒋介石屠杀中国共产党人的借口。据史记载,在不到半年的时间里,被杀害的著名领袖有陈赞贤、杨闇公、汪寿华、邓培、陈乔年、陈延年、赵世炎、罗亦农、向警予等数十人;从 1927 年 3 月到 4 月,前后走向刑场的中国共产党人、工农群众和革命学生超过 12 万人,从是年 5 月到 11 月被杀害的革命者有 16.8 万多人。如果再加上在瞿秋白、李立三、王明等"左"倾冒险主义路线下牺牲的革命烈士和工农群众、革命学生何止百万计啊! 我想这些长眠地下的英灵一定会大声疾呼:在中国搞城市中心暴动是条葬送中国革命的死路!

记者:鲜血并没有换来革命的胜利,而是成为"左"倾路线的陪葬品。

王朝柱:是的。那时远在莫斯科的共产国际撞了南墙还不回头,

毛泽东坚持从中国革命实际出发,最看重做农村调查研究(剧照)

继续派遣在苏联学习并忠诚于共产国际路线的留学生回国，顽固地执行城市中心暴动的道路。他们不仅在党的中央机关公开地大搞教条宗派式的结党营私，而且还无情地打击远在井冈山、赣南和闽西等地努力探寻“农村包围城市，武装夺取政权”之路的毛泽东等同志。

说到毛泽东，我就很自然地会想到“天行健，君子以自强不息”这句古语。如果再加上他的出身、学养以及丰富曲折的革命经历，使他又养成了独立思考，不迷信权威，只相信真理，敢于抗上的叛逆性格。因此，当大革命失败之后，他断然地谢绝了瞿秋白希望他到上海中央机关工作的好意，坚定地说出了这句史有所记的话：“我不愿意跟你们去住高楼大厦，愿到农村去，上山结交绿林好汉。”开始义无反顾地探寻中国式革命道路。

记者：《寻路》中的“这一个”毛泽东形象，将其敢于坚持、敢于斗争、敢于担当的精神浓墨重彩地表现出来，有着令人震撼的气概，不可替代。而很多对这段历史比较熟悉的人看过片子后，仍然感到很新鲜，因为有很多过去影视剧中没有表现过的情节，这些新突破，又让人一震。

王朝柱：许多重大事件都是首次展现。长期以来，对历史上客观存在的“朱毛之争”，许多人“为尊者讳”而很少言及。在这方面，《寻路》做了大胆突破。请看：秋收起义失败之后，上自湖南省委，下到参加秋收起义的不少同志仍然坚持执行中央攻打长沙的命令。毛泽东审时度势，力排众议，反复说明不能攻打长沙的道理，遂带领绝大多数工农红军向罗霄山脉进军。为了凝聚革命力量，大刀阔斧地进行了三湾改编；为了寻找革命的落脚点，他在改编王佐、袁文才部队的基础上，逐渐创建了中国第一个井冈山革命根据地。

与此同时，中央以秋收起义失败和不继续执行攻打长沙等大中城市为名，开除了毛泽东的中央政治局候补委员职务。事后，湖南省委特派员又误传开除毛泽东中央政治局候补委员就是开除党籍，在

"朱毛不能分家,一分家就失败。"
毛泽东与朱德(剧照)

红军指战员中引起了不小的震动。毛泽东为了井冈山革命根据地的稳定和发展,十分大度地说,那我就不当前委书记了,改当师长,继续指挥工农红军打土豪,筹款子,把中国革命进行到底。对此,毛泽东不止一次地笑谈自己当过几个月的民主人士。这些情节还是很有说服力和吸引力的。

朱德、陈毅率部上井冈山,实现了朱、毛两大红军的会师。虽说革命队伍壮大了,但这两支红军队伍又因构成、领导作风等不同,很快又在建军、根据地等原则问题上发生了分歧。

记者:客观地写出这些领袖人物的不同性格,及其在探寻中国革命之路中的分歧,《寻路》的整个创作过程都贯穿了这种实事求是的精神。

王朝柱:由于革命形势瞬息万变,这种原则分歧没有得到根本解决,且持续了两年多的时间,先后导致了工农红军在湘南的失败和南下粤东的失败。尤其在陈毅两次取代毛泽东为前委书记期间,严重地破坏了党对军队的绝对领导,削弱了工农红军的战斗力。对此,毛泽东先是坚持真理,在原则问题上寸步不让。接着,当他感到无力回天的时候毅然决定辞职,上山养病。不久,陈毅自上海带回中央要毛泽东复出的来信,朱德又真诚地说出"朱毛不分家,一分家就打败仗"之后,毛泽东才同意复出,并召开了著名的古田会议,从理论上解决了长期争论的建军原则问题,从组织上对工农红军也进行了相应改组。

接着,毛泽东顶着中央数次下达攻打大城市的命令,和朱德、彭德怀等同志率领工农红军冒着严寒酷暑转战千里, 克服千难万险,取得了三次反围剿战争的伟大胜利。同时,毛泽东也在指挥反围剿的战争中锻造成一位杰出的军事战略家。更为重要的是,毛泽东和他的战友们终于探寻出一条符合中国革命实际的"农村包围城市,武装夺取政权"的革命之路。我们尊重历史,就是实事求是。

记者:中华民族一路走来,其实一直在探路、寻路,不断地向西方学习、向外国学习,但活生生的事实证明,照搬是不行的。《寻路》整个故事看下来,内容的核心聚焦在共产党内部两条路线的交锋和斗争,这次突破禁区的创新冒险,从一个侧面反映了革命道路的曲折艰难,也反映出中国共产党批评与自我批评的精神与勇气。

王朝柱:这就是中国共产党探寻中国革命之路的真实写照:一条是教条式地照搬苏联十月革命,走城市中心暴动的道路,把中国革命引向失败;一条是从中国实际出发,逐步地探寻出一条"农村包围城市,武装夺取政权"的革命道路,并把中国革命引向最后的胜利。

历史是一面镜子,可鉴古今,知兴衰。就这个意义上讲,第一代共产党人毛泽东、周恩来、朱德等带领工农红军抛头颅、洒热血,演出的这部大剧,尽管艰难曲折,但中国共产党人通过血淋淋的事实,通过自我净化，实现了自我完善、自我革新、自我提高。这是中国共产党的宝贵财富，也是中国共产党历经曲折能够克服各种困难的重要优良传统。对此，我们一定要慎记不忘。

记者：故事的终结往往就是新的开始。《寻路》中的经验和教训，对今天的中国共产党人实现中国梦——继续探寻中华民族伟大复兴之路是有着很强的现实意义的。您在这方面有哪些思考？

王朝柱：我想，重要的思考有三条：

第一条，道路决定命运。中国共产党参加的第一次国内革命战争为什么失败了？因为那时的党中央在共产国际的领导下，走的是一条放弃领导权，不懂得“枪杆子里面出政权”，完全为国民党做嫁衣的错误道路；十年内战——或曰土地革命时期搞的南昌起义、广州起义等为什么全都失败了，因为那时的党中央顽固执行的是一条错误的城市中心暴动之路；同样，白区的工作为什么会遭到百分之百的损失，撤到中央苏区之后，中国工农红军又为什么会被迫退出中央苏区，演出一幕“叫花子打狗，边打边走”（毛泽东语）的长征？因为执行的还是这条“左”倾机会主义的道路。

对此，我们不能不问那时党中央的负责人——尤其是从法国、苏联留学回国的领导者们，你们为什么会犯如此严重的“左”倾教条主义错误呢？在我看来，这些同志大多出生在富裕的家庭，从小就不了解身处底层的农民，更不了解黑暗落后的旧社会，仅仅凭着一腔救国救民的热情少小离家，远赴他国求学。因此，他们很自然地只知外国先进，不知中国为什么落后？因此，他们回到祖国以后，很自然地会形成不顾国情，死死地抱定外国的强国之路，试图一夜之间就把贫穷落后的中国变成苏联。可以想见，由他们这些言必称希腊，口必说苏联的“客里空”领导中国革命岂能不败？如果再联想到他们说“山沟里出不了马克思主义”，批评毛泽东倡导的“没有调查就没有发言权”，否定“农村包围城市，武装夺取政权”等理论，又是何等的无知和可笑啊！

记者：正确道路之所以是由毛泽东开辟的，不是偶然的事情，他和那些住着高楼、喝着牛奶、吃着面包的人不一样，他一贯重视调查研究、重视实事求是，对中国社会、中国农民有着深刻的理解和热情。

王朝柱：诚如前文所述，毛泽东生在农村，成长在动乱的旧中国，他不仅了解我国的国情，而且更是熟悉中国不同阶层的农民，加之他注重调查研究，在战争中学习战争，终于历经长达五年的革命实践，和他的战友们一起在井冈山、赣南闽西中央苏区探寻出了一条“农村包围城市，武装夺取政权”的革命正路，并取得了三次反围剿的伟大胜利。

这是两条截然不同的道路，并向人们昭示了一个真理：革命道路的正确与否，决定着中国革命的胜负。正如习近平同志所说，道路决定命运，找到一条正确的道路多么不容易。因此，我们必须坚定不移走下去。

记者：那第二条思考呢？

王朝柱：第二条，就是想说说蜕变与重生。

自鸦片战争以后，中国逐渐沦为半殖民地半封建社会。为救国、救民于水火之中，一批又一批自誉为先知先觉者们争相向西洋欧美诸国、向东洋日本游学，希望“窃取”所谓天火照亮黑暗的中国。这就是我国最早的知识分子。

说到知识分子，我很自然地会想到毛泽东说过的一句话：皮之不存，毛将焉附？意思是说知识分子不是独立的阶级，他的社会活动必然依附在一个载体上。在电视剧《辛亥革命》中，我将那一代知识分子的两面性，即革命没有知识分子是不行的，但他们在革命中的言行和功过又是十分复杂的特征揭示了出来。在动笔写《寻路》之前，我又细心地检点这些先知先觉回国后的革命经历和下场，再次发现有些风云一时的先知先觉蜕变了，一步一步地走向自己的反面，甚至成为反动统治者的帮凶；还有一些“窃火”者从容不迫地走

毛泽东与陈毅在中央苏区(剧照)

上统治者的绞刑架或断头台,他们的灵魂得到了升华和重生。如果我们把探寻中国革命之路比作一个熔炉,这些先知先觉有的经不起炉火高温的冶炼,遂蜕变成一堆炉渣;有的就像孙悟空一样炼成了钢骨铁身,火眼金睛。请看:

汪精卫曾是同盟会时期宣传革命的笔杆子,后又是孙中山先生的文胆和接班人。但是,他一俟从政争权,思想迅速地向着反动的深渊滑落,待到抗日战争爆发以后,他很快又变成了万夫所指的头号大汉奸。廖仲恺与汪精卫同是同盟会、国民党的骨干,孙中山先生仙逝之后,廖仲恺因坚持孙中山先生亲自制订的联俄、联共、扶助农工三大政策,遭到国民党右派的暗杀。陈独秀、李大钊同是中国共产党的创始人,时人尊称为南陈北李。后陈独秀蜕变为托派,被党中央开除出党。李大钊因在北平坚持革命,被奉系军阀张作霖逮捕,送上绞刑架。

1929年5月，在永定召开的红四军前委会议上，刘安恭发难，
毛泽东辞去前委书记一职（剧照）

我在创作《寻路》的时候，也多次触碰到这个议题，同是向西方“窃火”的先知先觉，王明却蜕变成苏联攻击中国的叛徒，而革命烈士恽代英、蔡和森等虽死犹荣，他们的精神化作了浴火重生的凤凰，自由地飞翔在万里长空。

记者：多年来国内外敌对势力试图颠覆中国革命史，用各种手段诋毁中国共产党和革命先驱的形象，甚至公然为那些蜕变的人物开脱。《寻路》坚守唯物史观，对种种逆流主动反击，让人钦佩。

王朝柱：从某种意义上说，蜕变与重生也是一种规律，一定会在不同的革命阶段中发生。《寻路》虽然讲述的是历史，但启示的是今天。就当今中国来说，既然改革开放是一场深刻革命，就必须沿着正确方向，坚持正确道路。在方向问题上，头脑要十分清醒，一方面要坚定走中国特色社会主义道路，另一方面，也要警惕那些曾经借着改革开放叫得很响的先知先觉们，看他们之中有没有人蜕变，或拿着外国的钱当间谍出卖国家的利益，或把贪污来的大笔钱送往外国的银行……唯有如此，才能确保改革开放不断推进。

记者：再说说您的第三条思考。

王朝柱：第三条，就是理想与信仰。理想，是革命者为之终生奋斗的方向；信仰，是革命者取之不尽，用之不竭的力量源泉。诚如习近平同志所言："理想信念就是共产党人精神上的'钙'，没有理想信念，理想信念不坚定，精神上就会'缺钙'，就会得'软骨病'。"

为此，我创作的《寻路》就是要浓墨重彩地张扬革命的正气，在每一位革命家的心中牢牢地插着一杆理想和信仰的大旗，光照千秋万代，昭示革命自有后来人。请看：

周文雍、陈铁军相伴走向刑场，向世人宣示举行刑场上的婚礼；杨匏安写下"慷慨登车去，相期一节全……"的绝命诗，从容地走向敌人的刑场；杨度在实现了"但哦松树当公事，愿与梅花结后缘"的理想大愿之后，又挥毫写下这首自挽联："帝道真如，如今都成过去事；医民救国，继起自有后来人"，遂安详地驾鹤西去；同样，恽代英、蔡和森、彭湃等烈士都是高喊着"打倒蒋介石！""中国共产党万岁！"等革命口号从容就义的。

记者：正如许多评论所说，《寻路》传递的更多的是一种精神、一种信仰。周恩来曾说过，一个共产党人只要在生活上放纵自己，就等于被敌人在精神上打开了缺口。很多观众说，剧中二十多位革命先驱无不是因叛徒出卖而牺牲，而叛徒们背叛革命，无不从放弃信仰开始，放弃信仰又无不从追求奢靡的生活开始。

王朝柱：正因如此，《寻路》重笔写了革命队伍中失掉理想和信仰的叛徒。当革命处于低潮时，他们在生死的考验下，利益的诱惑下，一个个无耻地出卖革命，出卖同志。事后追论，贪图安逸，生活腐化，是他们政治上堕落的开始。如党的总书记向忠发把见情妇置于党的利益之上，终被敌人逮捕；顾顺章玩女人，抽大烟，违背党的纪律耍魔术，终落入敌人的手中。如果没有钱壮飞同志破译密码，设在上海的党中央就一定会被敌人破获。这是何等严重的教训啊！

时下，随着改革大潮的冲刷，党的一些高级干部腐化堕落，相继落马，在群众中造成极坏的影响。由此对照现实，电视剧《寻路》的播出，具有一种强烈的警示意义，使人民群众对中央从改进作风入手，反对形式主义、官僚主义、享乐主义和奢靡之风，必将有更深入的理解。

记者：忽然想起《寻路》结束时气势磅礴、催人奋进的旁白：这五年我们走得不容易，光有正面经验不行，还要有反面教训，而这反面教训付出的代价太大了。真理是不可战胜的，但探寻真理的路是坎坷崎岖的。今天，我们同样经过艰辛探索，终于找到了中国特色社会主义这条实现中华民族伟大复兴的正确道路。认识过去，鉴知今天，如何能在不断的寻路中少走一些弯路，就是作品的意义所在。

王朝柱：我积三十年之写作经验和教训，深深感到，重大革命历史题材作品的吸引力影响力一定要加强，使其赢得更多年轻观众的喜爱。一个拥有悠久历史的泱泱大国的年轻一代理应对自己国家的历史感兴趣，重要的是如何打通历史和今天的时空。换言之，剧作家必须把历史当作逝去的桥墩，把现实当作今日的桥墩，在空中架起一座穿越时空的精神大桥，艺术地完成历史和现实的沟通。如果观众能从剧中感知到创作者的用心，感知到中国革命和中国道路的内在关联，感知到中国道路的历史脉络和未来走向，并受之感召自觉自愿付诸行动，那这部剧的目的就达到了。

记者：十分感谢您在百忙之中接受采访。

（原载于2013年第16期《红旗文稿》）

拍好《寻路》剧 励志中国梦

——访导演张多福

为拍好这部剧，导演张多福和刘娟阅读了大量史料、资料以及与这段历史相关的文学作品。总导演张多福说："作为真实再现毛泽东等一代伟人在沉沉暗夜中对中国革命道路进行艰苦探索的鸿篇巨制，《寻路》还特别注重贴近电视观众欣赏习惯，讲求戏剧冲突和揭秘的悬念感，故事情节跌宕起伏，一波三折，比较吸引人。我想我们一定要以真实取胜，力求做到历史的真实、艺术的真实。"

由张多福导演执导的历史题材剧《炎岭人家》《南越王》《我是王土地》皆有口皆碑。《我是王土地》更是成功荣获第26届中国电视金鹰奖优秀电视剧奖。曾任优秀演员的他，表演经验充足，多年不记名现场制片的历练，个人编剧能力的才华，都为《寻路》的成功奠定了基石。电视剧《寻路》作为一部里程碑式的电视剧作品，更是励志当下同心共筑"中国梦"的民族理想。

《寻路》导演张多福做客北方网新闻会客厅

主持人：各位北方网的网友大家好，欢迎收看《新闻会客厅》。由中共天津市委宣传部、中央电视台、天津广播电视台联合出品的大型史诗电视剧《寻路》6月18日在中央电视台一套节目黄金时间播出，该剧是继《解放》《辛亥革命》之后，天津市策划推出的又一部重大革命历史题材的作品，为纪念中国共产党成立92周年献上的一份厚礼。今天我们特别请到了该剧的导演张多福老师一起来聊一聊，电视剧《寻路》台前幕后的故事。张导，您好。

张多福：主持人好，北方网的网友朋友们，你们好。

主持人：张导，《寻路》已经在中央台播出了，有一个演员我们特别地关注，就是男一号毛主席的扮演者、年轻演员许铂岑。他扮演的毛泽东跟我们原来印象中的像古月、唐国强扮演的那个非常成熟、稳重的毛泽东不一样，他有更多的书卷气、更多的朝气蓬勃的气息。您对这个男一号的评价是什么？

张多福：首先从最早的毛泽东说起。因为古月饰演毛泽东，真的非常像，他好像也是湖南人，他讲话特别像毛泽东。唐国强是有一定的表演经验,他演的毛泽东确实“神似”。这次启用许铂岑来演毛泽东,主要是从年龄段上考虑。《寻路》中故事发生的年代主要是从1927年到1932年,这个时候毛泽东才三十多岁,需要有一个特别年轻的毛泽东的形象。许铂岑在扮演过程中多次试妆,看了大量的资料,一直都在找感觉,因为一个人要想很快地去捕捉毛泽东这种伟人的形象,去塑造好他,这个过程是很艰难的。

主持人:作为导演来说,您怎么帮助一个非常年轻的演员,让他去塑造好这个时期的伟人形象?

张多福:我在这之前看了很多这方面的书、资料,还有大量的影像,包括唐国强等演员演的《长征》《延安颂》等等,我希望帮助年轻的演员把握内心表演,在形体上也帮他控制。因为毛泽东有很多固定的动作,包括抽烟的姿势等等,做多了不行,一点不做又觉得好像缺少了毛泽东的一些特征。什么时机去做,做什么样的动作,包括某个情绪下做等等方面,从演员的内心的表演一直到外部的形体动作,我们经常要跟演员沟通交流,比如说到哪一句台词的时候才会去做某一个动作等。在这个过程中,确实是逐渐经过拍摄之后,许铂岑悟到了。他是第一次演毛泽东,一直到他通过很多次的拍摄,现场不停地磨合,经历很多戏的摔打之后,我觉得他扮演的毛泽东还是挺有魅力的。

主持人:《寻路》首播后,我上网看了看,发现网友对这个戏的评论,演员是一个重点,大家说都是新面孔、都是年轻人,大家对这些年轻人的评价很高。但是我在想一个问题,作为导演,其实您在启用他们的时候,您的想法很大胆。因为这是一个史诗大戏,我们按照常理来想,我们要找一些更稳重的、戏路演得比较长的老演员们,但是您为什么会选择更多的年轻演员参与这部戏呢?

张多福:主要是从年龄段上,还有从演员整个表演的状态上来考虑,如果我们启用很多老演员来演,当然在表演上很有把握。但是在寻找寻求革命这条道路的时期,他们都是一种朝气蓬勃、热血青

红军战士行军(剧照)

年的感觉。特别是在上海,周恩来带领一批年轻的中央领导干部,他们都是二十多岁、刚从国外留学回来的年轻人,都有着青年的朝气,所以我觉得整个《寻路》这个戏还是希望让它年轻点,尽量整个戏呈现出的伟人的光环不要这么多。因为可能有很多演员演伟人演多了之后会形成一种模式,我们启用大量年轻的演员,我觉得可能重新探讨一种新的表演的方式,包括我们这次整个《寻路》故事的讲述,如何去展示这段历史等方面,我们还是想贴近现代观众的欣赏心理,所以我觉得吸收一些新的东西会更好,这部戏会有一种活力。

主持人:拍摄的三年时间里,我们也关注了很多的报道,比如说我们的天津市人大常委会主任肖怀远、市委常委、宣传部部长成其圣,包括天津电视台台长万克曾经多次到剧组里面去探班,有没有让您印象非常深刻的事情,给我们讲一讲。

张多福:在这点上天津的市委、天津的市委宣传部、天津广电局给我们很大支持，我觉得肖怀远主任、成其圣部长还有我们的万克台长，这几位领导他们的胸怀特别的宽阔。因为天津一直在创造历史史诗这种戏，从前几年《解放》《辛亥革命》到这一次的《寻路》。在这之前我跟天津台也合作过《我叫王土地》还有《最熟悉的陌生人》，跟领导们在一起交谈时，我觉得首先感受到的是这些领导对艺术创作的这份关心，他们给予我们的很多关怀。而且我觉得创作这样史诗般的历史戏一定要有很博大的胸怀、文化的底蕴和开明的思想。特别是《寻路》的创作，我觉得得到了肖怀远主任、成其圣部长、万克台长对我们的关心，包括我们在新闻发布会开机之前，他们总是要找到我们，跟我们交谈。他们不光是在给我们讲述一些历史上的这些人物，还能够提出很好的拍摄建议。万克台长还特意到了江西，当时我们在福田拍戏，他到了我们的驻地，离我们很远的路程，亲自到现场去观看这些年轻演员。当时台长也很担心这些年轻演员行不行，扮演革命人物的形象能不能达到他心里想要的感觉，他亲自到现场坐在监视器之前看这些演员的表演。当时我们正好拍一段准备突围的戏，万台长看了以后特别满意，觉得这些年轻人很有朝气。包括我们在天津拍摄的时候，肖主任和成部长都亲自到现场坐在监视器前，认真地看表演，给我们提很多很好的拍摄建议。从我个人来说我很感谢他们，感谢天津市委宣传部、感谢天津广播电视台，感谢肖主任和成部长还有万克台长。

（本文原载于北方网）

倾情塑造革命先辈感人形象

——访电视剧《寻路》主创

主持人:各位朋友大家好。《戏中人》节目又和大家见面了。我是主持人黄鹤。首先要和大家一起搜罗一下近一个月之内的热门词汇。我相信“中国合伙人”一定会榜上有名。今天在我们的演播室也要向大家讲述另外一群中国合伙人的故事。他们那时意气风发、正值年少,然而他们的组合,竟然开创了中国革命历史的新纪元。下面向大家隆重介绍中国最牛合伙人的成员、来自电视剧《寻路》的主创们。他们是《寻路》的导演张多福,毛泽东的扮演者许铂岑,贺子珍的扮演者罗忆楠,周恩来的扮演者刘劲,朱德的扮演者赵凯。欢迎各位来我们演播室做客。嗯,这里我们大家特别想知道在这部史诗电视剧里,有哪些是不为观众所熟知的个性、特点呢?

许铂岑:在塑造毛泽东形象方面,在大革命失败,领导秋收起义之时的艰难以及面对革命过程中,如何团结他的将士指挥员,面对信仰时的一种坚定,都是以往很少描写的。另外我们的剧情发展到毛泽东后来在党内斗争中受到的挫折和艰难困苦,这次是首次披

毛泽东、朱德与周恩来在中共苏区聚首(剧照)

露,比如红四军七大,八大和古田会议前后的描写,观众看后会有一种恍然大悟的感觉,感悟这段历史是这样一种状态,中国革命原来是如此的艰难。

罗忆楠:扮演贺子珍,我想突出她的浪漫。一般人提到贺子珍,都会想到的是她性格的强悍,脾气不好,悲剧等等。《寻路》剧中讲到她和毛泽东的相知相识,所以在开始时,我主要是以少女浪漫天真的形象出现的,前几集我老笑,他们就说,看,8颗大牙又出来了。我想前期表现出她的快乐、浪漫、天真、勇敢,到后期才出现一些沉重的东西。

主持人:就是说你把贺子珍比较强势的一面温柔化了,让人看到女性细腻的一面了,其实我觉得这8颗大牙是女性的标准笑容啊,特别甜美,我们也特别期待你扮演贺子珍时露出的特别温柔的一面,这是我们在电视剧中很少看到的。再有就是毛泽东与贺子珍的战地情缘，其相识相知相恋，包括一起走过的艰苦岁月，这些在一般历史题材电视剧中很少会涉及，一般都是讲如何打仗，以及战略战术等，那么二位是如何理解这段感情的呢？

许铂岑：毛泽东那时处于革命的艰难时期。他是湖南人，来到江西闹革命，人生地不熟，他到当地有一个非常好的习惯，他要做农村的调查，就需要有人会讲当地话，熟悉当地环境，贺子珍给了他最好的帮助。在这个过程中，两个人逐渐地相互了解，有了这样一个后来的感情基础，包括在艰苦环境中的互相照顾，毛泽东给了她很多革命方向上的指引，贺子珍也把她的温柔、泼辣、聪明一面向毛泽东展现出来，这样俩人的感情有了很快的发展。

主持人：温柔、泼辣两个好极端的词，其实当时那个年代感情戏可能不像现在大家这样的 OPEN，这样的外放，那时是非常含蓄内敛的，况且是那么高地位的领导、大人物的感情，对此，张导您是怎样把握的呢？

张多福：我觉得那时二人开始在一起工作，是通过互相了解，我们要强化他们的情感温度，让情感撞出火花。原本贺子珍是生长在大山里，打游击出身，性格比较开朗活泼，一开始毛泽东接受不了，那怎样才能令毛泽东对贺子珍另眼相看呢？我们特意为她设计了一场"巷战"的戏，毛泽东、贺子珍等被敌人包围了，逃不出去了，敌人围堵下令缴枪，贺子珍当时拿的是双枪，她就很智慧地对敌人说：别开枪，我们交枪！随即把一支枪扔了出去，却把另一支枪藏了起来。等敌人一凑前，贺子珍举枪就射，"砰砰"两枪就把敌人撂倒了，成功突围。我们设计这场戏就是想让毛泽东对她有一个重新认识，平时感觉就是舞枪弄棒的一个山村女孩，没想到竟这般智勇双全。后面在镜头的渲染下，当她去捡枪的时候，毛泽东那时候眼睛直直地看着她，眼中满是钦佩之情。因为当时形势很紧迫很危险，用此情节来铺垫贺与毛之间的战地情缘。

主持人：刚听了张导的介绍，一下子就把"泼辣"这个词升华到

“智勇双全”这一高度。

张多福： 还有速度。贺子珍出场就是挎着双枪，武艺高强，当时我们想该从哪里入手表现毛泽东对她产生的好感呢？我们拍摄巷战这场戏，设计了贺子珍的有勇有谋情节，让毛泽东对这位奇女子刮目相看，从而加速推进了俩人的情感升温。

主持人： 张导，我有一个疑问，像这样的正剧，一般都把情感戏削弱削弱再削弱，不会成为描写的重点，《寻路》为什么要加入这样一段感情戏呢？

张多福： 我们这部剧不单单描写毛泽东与贺子珍的情感戏，刘劲老师饰演的周恩来与邓颖超之间的情感戏也很丰富，他们双方在一起的时候相互慰藉，分别之时彼此惦念。当时周恩来身处白区上海，国民党的剿共追杀时时刻刻都对他的生命安危造成一种威胁，周邓之间情感的丰富，包括买花送花等，这是我们在革命正剧里所

毛泽东与贺子珍初识（剧照）

有伟大情感涉及较多较细腻的部分。

主持人:也就是让我们觉得领导人物也是有血有肉的人,而不是像我们大家通常理解的领袖人物开国将领,他们好像就是一副钢铁战士一样。

张多福:以前的很多作品包括电影,都是那种状态化的东西很多,伟人都是一种状态,但我们这次《寻路》里面几乎都是很生动。我当时接到这个本子,看到后觉得挺好看,因为你很难看到的另外一面,这些伟人他们私下的情感生活,他除了在会场上,还有很多私下生活的戏,我觉得这可能也是我们《寻路》这部戏一个亮点,也是大家比较爱看的部分。

主持人:我昨天上网看了下资料,其实没有说的那么的详细,但是通过今天和几位聊,我觉得一旦有了几位领导人物的情感戏加入之后,这就是有别于现在热播的电视剧的最大的一个亮点。我们知道刘劲老师扮演周恩来的这个形象简直可以说是入木三分,一看到您就特别想起立、鞠躬、敬礼的那种肃然起敬的感觉。那么您这次扮演的应该属于青年时期的周恩来。

刘劲:对,29岁了。

主持人:那这次您在《寻路》中扮演青年周恩来,感觉与以往角色相比有何不同之处?

刘劲:他很年轻,29岁,刚才谈到这个伟人的情感,其实我觉得这个戏他很自然,很巧妙,也是必然的。那一代人,毛泽东、贺子珍、朱德、陈毅、周恩来那些精英、革命领导人,他们都很年轻。年轻就会有激情、有感情,就要谈恋爱、就要结婚、生孩子。所以那一段就很自然地把它写出来了,像刚才张导讲到的周恩来和邓颖超,他们俩的那种生离死别,《寻路》里表现得淋漓尽致。第一次他俩的离别是周恩来从黄埔军校,第一次谈判合作失败了,从广州秘密潜伏到上海,他到上海负责领导很多党的重要工作,就和邓颖超分开了。这个时候邓大姐正在怀孕,直到预产期但不知道哪天生,生的顺不顺利,到底是男是女，什么都不知道。通过在报纸上发一些寻人启事来联络，交通员是不可能给你送这个信的，通讯手段也没有现在这么发达。就等着邓颖超和她的妈妈到了上海，在报纸上登了寻人启事，就说谁谁谁你的太太来上海了，用的化名，周恩来没事就买报纸来看，突然有一天看到了，回手把报纸还给卖报纸的老头，老头高兴坏了，不知怎么回事，还不要钱了，拿着报纸按照地址就去找他们了。那种欢欣、喜悦、思念，上楼就开始喊，两人一见面就拥抱，“我”抱着她转了三圈。摄影师也是想了很多办法，怎么让他们俩浪漫起来，表现他们俩分别了半年的时间再重逢，最后没想到他们俩刚刚拥抱完，周恩来问孩子呢，生了吗，在哪，寄养给谁了，邓颖超什么也说不出来。转过身从枕头下拿出给孩子的红兜兜，周恩来就去掏给孩子买的小玩具，回身一看邓颖超含着泪把孩子的红兜兜捧给他，他一看就明白了，问孩子呢，邓说，对不起孩子夭折了。孩子出生的时候，由于当时的条件也很艰苦，医疗条件也不行，最后孩子出来的时候头太大卡住了，然后拿钳子夹，是教堂里的一个神父，给她接生，结果没想到孩子出来以后已经死掉了。所以他从最高点两人重逢，到要接受这个事实，抱着红兜兜号啕大哭，表现了那一代人很真实。夫妻第二次分别，马上要发动南昌起义，中国共产党的第一枪，他去哪里邓颖超不知道，她后来在报纸上看到，中国共产党在南昌发动起义，为首是周恩来与谁谁谁，她才知道，原来恩来到了南昌，做了这么大的事。但是后来的行踪又不知道了，过了很长的时间，周恩来又病了，秘密地从香港又回到上海，最后两人见面，也是一个在楼上跑一个在楼下跑，那时候干革命就是把脑袋别在裤腰带上的，邓颖超给周恩来准备了一个小皮箱，我知道你忙，你有很多突发的事，你说走就要走，走哪儿去我从来不问，但是小皮箱我给你准备好。这个小皮箱据说是能够让周恩来用半年，就是说这半年用这个小皮箱就够了，放了什么东西咱也不知道，邓颖超跟周恩来也没说，也不打招呼拎了小皮箱就走。这就是那一代的革命者，毛泽东和朱德、陈毅他们当时也有矛盾，因为那时候都年轻，都在探索革命之路。

主持人：那这部戏当中有描写这个矛盾吗？

刘劲：那很多。这就是另外一条线，红区怎么办，就是派一个人到中央来，到周恩来同志那个地方，来给他们解决矛盾，他们得听中央的，所以这条线我觉得很有意思，观众一看那个时候是这样的，历史的真实情况是这样的。而且隐蔽战线上周恩来同志真是立了汗马功劳，为我们党培养了一批隐蔽战线的精英，包括聂荣臻、潘汉年这一批人，最后在抗日战争、解放战争都是立了汗马功劳的。他培养了一个熊向晖，毛主席说一个熊向晖要顶三个师，就是这样一些人才，那个时候讲最危险的地方就是最安全的地方，那都是周恩来同志他们当时通过实践得来的一种经验。"下闲棋冷子"我下了冷子不动，迟早他会起作用的。像钱壮飞就是，没想到什么时候突然一下，他就起了一个非常大的意想不到的作用，就是这条线非常的好看，这是我觉得一定会满足观众收视欲望的。

主持人：通过刘老师的介绍，一下子让整部剧立体起来活了起来，仿佛让我见到了特别睿智的周总理在白区工作的这种感觉。29岁的周总理当时主要的工作就是在上海，从事搞谍战隐秘性的工作？

张多福：他主要是组织部的常委、部长，负责跟全国的组织工作。

主持人：那《寻路》这部剧也会还原真实的故事。

刘劲：那必须真实，因为这段历史很少被触碰，一旦要表现那必须要真实，而且重大题材，我们的一些领导包括我们央视这边把关都是很严的，包括我们一些其他像安全部和其他的一些机构对它把关非常严格。

赵凯：这部戏好看就在这里，不能随意演绎，里面有很多观众不知道的内容。

刘劲：我们这个戏凡是表现的东西，我觉得没有一点是虚构的，

周恩来看望阿张伯，与其女儿交谈（剧照）

绝对是真实的历史，非常精彩的历史。

主持人：这些历史的真实故事其实是观众朋友们不太熟知的，但是通过这部剧当中给大家展示出来。

刘劲：我演了18年的总理形象，周恩来同志曾经被国民党抓到过，很多人问过我，我也看过很多资料，但是在这部戏中详细地表现了。其实有两次，一次是当时“四·一二”大屠杀，当时形势已经很紧张，蒋介石已经向共产党下黑手了。周恩来去面见蒋介石，阐述我党的立场，问他你还记不记得孙中山先生的三民主义，你不是要联共扶持政策吗，怎么突然一下变脸了呢，你说话还算不算数，你还是不是一个国民党的领袖。蒋介石就跟他绕，他知道自己是凶多吉少，他们都阻拦他，说蒋介石是不可信的，从他给工人下黑手就能看出来，说变就变。但周恩来为了工人阶级，为了更多人的利益，为了共产党的利益，深入虎穴，蒋介石没敢下手。还有一次他去会见斯烈师长，以前是他的黄埔学生，周恩来同志被扣就是这一次，哨兵、卫士已经把他围在教堂里了，师长说周主任，今天我就只有执行上方的命令，你走不了了。周恩来就在那厉声谴责他们，之后很淡然地说我喝了这杯茶再跟你们走，他这个人很智慧，他有很多关系，后来是因为他去之前就事先安排罗亦农说，如果回不来出现了意外，就给一个亲近共产党的国民党高官打电话，斯烈师长会听这位高官的话，所以说他是很周密的，后来果然给扣住了，罗亦农一看怎么这么长时间还不回来，大事不好，赶紧打电话，等周恩来同志正在“被品茶”的时候，那边已经接到电话了，师长旋即又变了脸，说周主任我接到一个上级的电话，请你回去吧，周恩来再次化险为夷，这些都是真实的历史。

主持人：那据我们了解，还会继续接触很多不为大家了解的历史情节，比如说剧中会有的井冈山会师、秋收起义，这些大家都比较熟悉，那像朱毛会师还有朱毛之争可能也是这部剧另一个矛盾主线，请赵凯老师给我们介绍一下。

赵凯：刚才关于夫妻情感的事，已经聊了很多了，我说说兄弟情吧，也一样很好看。当时朱德带着人上了井冈山，与毛泽东是第一次见面。那时候都很年轻，而且处于寻路时期，所以在出现某些选择、判断的时候，一样会有分歧。朱德是旧军人出身，他身上会有那种血气，所以有可能会执行“我自己”的想法，但是最后总结出来，朱毛是不能分家的，分家就会打败仗，最后总结出还是毛泽东思想是对的，他寻找的这个方法也是对的，那么朱德逐渐从开始认识、认可到相知，直至最后二人成为这么多年的亲密战友，是有一段漫漫历程的。

主持人：这种矛盾转化为兄弟情的描写很细腻。年轻的领袖们血气方刚、意气风发，所以像这种争吵、矛盾是必不可少的，包括这种情感都是必不可少的。刘劲老师您这么多年一直都在塑造周总理的形象，您会沉浸在这个角色当中吗？对您自身有什么样的影响？

刘劲：沉浸肯定是会沉浸的，不承认也不行，毕竟这么多年了，刚才导演和他们都谈到，他们都是第一次拍摄这么重大的革命历史题材。像许铂岑、罗忆楠还有赵凯他们虽与我们一起拍过《延安颂》《解放》，但领袖的角色他们没演过。其实像饰演毛主席、周恩来、朱德包括刘少奇同志的这几位特型演员，以前啥角色都演，现在是观众把你锁定以后认可你了，就觉得你演什么都像总理了，你就是总理你就是主席了，他有一种先入为主的观念。当然不管是谁，第一次演这种人物，心里真的发颤。这不是咱们讲迷信，因为这种人物，他们的那种气场，他们的那种霸气，从抗日战争到解放战争，尤其是渡了江以后，那种气贯长虹的气势，那种无坚不克，摧枯拉朽的气势，这种霸气是打出来的，在战争中形成的，所以说，你要演，我们都是普通人，但你怎么把领袖的东西放到你身上来，你怎样靠近他，这真的是需要一个过程的。你第一次演总理，演砸了怎么办，你首先会想这个。本来演戏好好的，我非要试这个，一试，你看你演的差远了，你怎么把总理演成这样了，你挨骂了，你有很多杂念，包括许铂岑也是这样，还有张导演曾拍过这么多好戏了，今天要拍重大题材，尤其王朝柱的巨作都是大部头的，你要给他拍砸了，你交的了差吗？你脑子里会想很多，压力很大。我曾经写过一篇文章，叫《我与周恩来的情缘》，稀里糊涂的造型之后上去演，又稀里糊涂地下来了，开始真的是发蒙的。后来就演了《周恩来在上海》，自己慢慢沉淀下来，知道了，那一代领袖，他们也有年轻的时候，也有稚气的时候，也有不成熟、不稳重的时候，那时周恩来也经常发脾气，他也有冲动的时候，他不像后期啊，包括他是一步步甚至是通过血的教训慢慢成长起来的，到了后期他们成为开国领袖，那个时候跟他早期是完全不一样了，所以说第一次演，真的是很有压力，心里发颤，第一次我是被惊着了，心说哎哟，能演吗？后果是什么，你得想清楚，但没有办法，有的时候就是缘分啊。人与人之间就是缘分，夫妻也是缘分，从事的职业也是缘分，我们今天能够在一起，也是缘分。我们这个队伍日益在

赵凯饰演朱德(剧照)

扩大,年轻人也进来了,所以我就说,演了这么多年到今天,真的不容易。我也彷徨过迷茫过,2004年我获得中国电视金鹰奖,还是双奖,其中一个是最具人气的男演员奖,我都没想到。当时那个阶段是我最苦恼的时候,你演总理,你老在重复一个人,重复到一定时候了,你就会觉得,我也没个对比,没个刺激,甚至有的戏台词都是一样的,阶段都是一样的,你不允许篡改啊,我怎么能够跳出来,能够获得新的东西,看书也看了,什么东西也尝试了,我怎么才能有所突破,我就上半个台阶,找到一种新鲜的东西,我找不到呀,用影视圈子的话说,叫瓶颈。哎哟,那就放弃了,想演什么演什么,那多轻松啊,多幸福啊,哎,没想到就获了这个奖,当时领奖台上也没准备啊,我就说在最孤独寂寞的时候获得这个奖,对我是一个很大的鼓舞和刺激,打了一剂强心针。没想到这么多观众支持我,他们喜欢这样的题材,他们喜欢总理。你说沉浸,你不沉浸行吗?你不热爱行吗?你不痴迷行吗？你得大量的看东西，只要有新东西，我赶紧得看一看，我们有个很好的渠道就是中央文献，研究我党我军的最新成果，研究成果出来就给我们看，他们有时开玩笑说，你们就是我们中央文献的研究员，你们对中共现代史了解得很透彻，但是真的不说大话，王朝柱写的东西很准确，有品位，怎么看都是真实的，而其他编剧的戏一演，哎，不对呀，当时历史不是这么写的呀，跟我知道的那个是两回事呀，我就提出来了，哎，你这个地方不准确，编剧、导演都很谦虚地说，你们都是专家了，那就赶紧调整，有的就在现场调整，所以说还是挺欣慰的。既然你演上了就好好地演，你演上了就要爱他，因为观众的眼睛是雪亮的，他心里永远有毛主席、周总理、朱德元帅，观众心里有他们，就会有他成功的扮演者，这是一句实实在在的话。

主持人：我们都知道现在90后的年轻人，对这样的题材，他不太喜欢看，觉得这样太红、太正的剧不太吸引他们的眼球，那张导及在座几位说说，怎么才能吸引他们的关注呢？

赵凯：内行看门道，外行看热闹，不要紧，哪怕他不知道发生了什么，你先从他看热闹开始，他看热闹看进来了，他自然而然就会慢慢去了解，慢慢地知道是怎么回事了，是不是？

主持人：是的。今天几位聊了这么多，特别喜欢刘劲老师在戏里说的一句话，在这部剧中最真实的一点就是还原了历史的真实性，这对我们年轻的一代真正树立了一个正确的方向性，在这种时候，应该有我们这样一个团队，应该有我们这样一部电视剧来引导大家，来告诉大家：这是中国最牛的合伙人！

刘劲：这是我第一次听到“合伙人”这个词，是挺牛的啊，感谢你的提法。说到收视率，我们每年都遇到这个问题，都习惯了。不管你收视率高还是低，我们都很坦然，因为歌颂共产党，歌颂中国梦这是必须的，我们也没说做这个事多么的神圣光荣，收视跨越性很大，你也不能说年轻人不看你这个片子就是不好，不能这么说。李安这次获奥斯卡最佳导演奖，谈到中国大陆电影与台湾电影的一些问题，他说大陆的问题不是缺钱，也不是缺好作品，你是缺乏培养观众的审美品位。大陆的电影投资很大，影院也修建很豪华，但拿不到国际上最大的奖，是你们培养不出好的观众。我觉得有一定道理。

主持人：希望《寻路》播出后，我们的观众和网友能从看热闹到看门道。电视剧《寻路》即将在中国共产党建党92周年之际，于6月18日在央视一套黄金档播出，我们相信《寻路》定将会赢得社会各界的一致好评，我也希望它能成为继《解放》《辛亥革命》之后又一部立得住、留得下、传得开的史诗作品。好的，今天再次感谢各位嘉宾的到来，我们期待着这部中国最牛合伙人的作品尽快地呈现在我们的面前。好，谢谢。

（本文原载于CNTV中国网络电视台《戏中人》）

许铂岑：自我的渺小，在塑造领袖人物时得到升华

很显然，《寻路》在这个时段登陆央视，有着献礼“七一”的意图——那是中国历史上，永远被铭记的时间坐标，值得书写。而《寻路》选取了那段历史中火热的岁月，从 1927 年大革命失败后至 1932 年，毛泽东带领朱德、陈毅在农村武装起义，为中国革命闯出了“农村包围城市，武装夺取政权”的发展道路，把中国带入一个新时代。

该剧除了再现中国历史上的大事件，秋收起义、三湾改编、井冈山会师、红四军成立、黄洋界大捷、古田会议、三次反围剿、宁都会议等，还真实地再现了这一时期党内的分歧、领袖人物们在探寻中国革命之路中的缺点和失误，从而更加真实地反映中国革命道路的艰难曲折。

此外，剧中的各位领袖大部分起用新演员饰演。其中，饰演毛泽东的许铂岑无疑是最受观众关注的。他扮演的毛泽东，与古月、唐国强扮演的成熟、稳重的毛泽东相比，更多了书卷气，超人的胆识和智慧也表现得淋漓尽致。

许铂岑(饰演毛泽东)接受记者采访

37岁的许铂岑在生活中是个极其低调的人,喜爱阅读。6月25日,记者通过邮件采访了他。为了演好这个角色,他一年半都没有接戏。对于他本人来说,这部剧让他“自我的渺小的人格,在塑造领袖人物的灵魂时得到了前所未有的升华。”

记者:当时是怎么确定让你来饰演毛泽东的?

许铂岑:其实我们这个创作团队,是由总政话剧团编剧王朝柱老师带领的,已经有着十几年的历史了。他曾编导过《长征》《解放》《解放大西南》《辛亥革命》等多部优秀电视剧。2010年,我在电视剧《解放大西南》中饰演了国民党军统沈醉,开始加入这个团队。后来又有幸在《辛亥革命》里饰演了国民党元老胡汉民这个角色。

《辛亥革命》杀青时,王朝柱老师让我开始准备这个角色。他说《寻路》里面需要一个年轻时期的毛泽东形象,必须要找一个年轻的演员来饰演。于是我有了这次机会,我非常感谢他。

记者：听说为此你准备了一年半？

许铂岑：那段时间，我搜集了各种资料，想从多个角度了解毛泽东的生平和人物性格，开机前还去了井冈山等革命老区采风，不觉中，一年半的时间就过去了。对我来说，饰演这样一位领袖人物，无疑是我一生中最重要的角色。我为了能做充分的准备，推掉了一些拍摄机会，让自己有安静的时间来思考和沉淀。

记者：之前刘烨、保剑锋等年轻演员也饰演过毛泽东，你会去借鉴吗？

许铂岑：所有能找到的饰演毛泽东的影像资料我都看了，优秀的表演是一定要借鉴的，比如唐国强老师的人物形象。我想只有这样才能提高得更快。

记者：第一次饰演伟人，是否压力很大？

许铂岑：还好，因为准备的时间相对较长，所以较为充分。进组的时候，我的兴奋多过压力，热情也打败了压力。

记者：这样一部革命历史题材的戏，需要在氛围、个人气质上，都靠近那个时代，这中间，有些东西需要超越。

许铂岑：这其实是如何创作的问题：首先是一个演员对于角色的理解，感受；其次是浸泡其中的体验，如读书、采风、看影像；接下来就要穿上角色的服装，化好妆，不断地揣摩，拍摄前和拍摄中一直如此，才能不断地增强信心，才能让所有的观众，而不只是年轻观众接受。

记者：为了拍好这部电视剧，剧组转战苏、浙、闽等历史事件发生地取景，拍摄时很艰苦吧？

许铂岑：拍摄艰苦无从谈起，骑马、爆破、趟河、烈日、暴雨、穿山越岭、疲劳，这是我必须要面对的。其实现在印象最深刻的是，每天都告诉自己：不要生病，不要受伤。因为剧组在拍摄，不能因为我一个人停下。

当好历史再现者，增强年轻人的责任感

记者：《寻路》打破许多禁区，有哪些是过去影视剧中没表现过的情节？

许铂岑：首先，“四·一二”反革命大屠杀后，周恩来只身去见蒋介石并痛斥他，这是首次披露。但这个情节播出后，很多观众在网上留言说这是篡改历史，就是因为他们不了解。为了保持吸引力，现在我就不剧透了，继续往下看吧，精彩内容会更多。

记者：剧中也真实表现了领袖们在探寻中国革命之路中的缺点、错误和矛盾。

许铂岑：这的确是这部剧的不同之处。那时候领袖们都年轻，肯定有不成熟的地方。至于他们的错误、缺点和矛盾，归根到底，也是一个探索，论证和选择的过程，有质疑，才有后来的坚定和信任。

朱德与毛泽东出身、经历不同，有矛盾在所难免。其次，周恩来、陈毅等从欧洲留洋回来的同志，受到苏俄的革命理论影响，对毛泽东的理论和路线，也有过质疑。而所有这些矛盾冲突，都是为了说明“农村包围城市，武装夺取政权”这条中国革命之路，以及“实事求是”的态度判断中国革命是完全正确的。

记者：这条道路，改变了中国革命的进程。

许铂岑：对，那一时期的中国革命的实践，为后来的长征、延安时期，以及解放战争，奠定了理论基础、实践方法和军事经验，培养了一大批革命将领骨干。

记者：你平时也喜欢看书看电影、爱思考，饰演完毛泽东之后，你的精神层面是否有了更大的提升？

许铂岑：自我的渺小的人格，在塑造领袖人物的灵魂时，得到了前所未有的扩展。我想提升是全方位的，以后会逐渐感悟、清晰。

记者：现在年轻人大都不爱看“红剧”和主旋律影片，身为主演你是否有收视的压力？

许铂岑饰演毛泽东（剧照）

许铂岑：年轻人不爱看红剧？不见得吧！我相信对这个国家、社会有着责任感的青年人不在少数，对未来怀着希望的人会把自己放在历史坐标里看待，而不了解中国革命历史的人，就无法对自己的未来做出清晰定位，应该会惭愧地补上这一课。滚滚向前的时代不会凭空而来，它总是沿着来时碾出的轮辙，奔向远方。我们算是这段历史的再现者，展示的不仅仅是一段历史或一些历史人物，更多的是传递一种精神、一种信仰。

（原载于 2013 年 6 月 27 日《乌鲁木齐晚报》）

刘劲:演总理碰上新难题

第一次挑战“痛失爱子”时的总理形象
一场戏让他三天吃不下饭

一部值得观众品味历史和思索未来的红色电视剧《寻路》于6月18日登陆CCTV-1黄金档。该剧全景式地讲述了1927年大革命失败后至1932年间,以毛泽东、周恩来为代表的老一辈中国共产党人,在革命根据地和国统区两条战线顽强坚持革命斗争的英雄史诗,热情讴歌了一大批革命先驱为了寻求中国革命正确之路矢志不渝、浴血奋斗的坚定信念和抛头颅、洒热血的革命牺牲精神。据导演张多福介绍,该剧大部分演员都是年轻人,唯一的老面孔就是扮演周恩来的演员刘劲。在和刘劲的攀谈中,记者却了解到了这位老演员这次碰上了新难题。

连刘劲自己都忘记了这些年来出演周恩来总理的次数,他只能记得一个数字——18年。“这18年中,我演过几十次周恩来了。这次

邓颖超鼓起勇气告诉丈夫孩子夭折了，周恩来手里的拨浪鼓应声落地(剧照)

出演《寻路》对于我来说绝对是个挑战。因为其中展现的是周恩来年轻时代的精神风貌，和以往成熟老到的领袖形象绝对不同。这次我要让总理回归到一个年轻人。”刘劲感慨地表示，其中对自己挑战最大的就是“痛失爱子”那场戏，演完那场戏，自己三天都吃不下饭，感觉前所未有的疲惫。

“以往作品中，很少展现周恩来和邓颖超痛失爱子的这部分故事。《寻路》可以说是第一次这么具体地描写出来的。”虽然已经拍完很久，但提起那场戏，刘劲的讲述依然清晰流畅，眼睛里还会有泪光闪烁。他介绍，当时是国共第一次合作失败，蒋介石进行“四·一二”大屠杀，周恩来随党中央就从广州转移到了上海。当时，邓颖超正好有孕在身，就留在了广州。周恩来到了上海，心里依然牵挂着邓颖超，他知道预产期是什么时候，就每天都在盘算日子，就等邓颖超在广州生完孩子之后秘密来到上海一家人团聚。结果没想到到了上海后，他和邓颖超失去了联系。他就天天估算时间。这时的邓颖超已经被转移到了一家教会医院，她妈妈在身边陪着她。然而没想到生的时候遭遇难产。外国医生用产钳去夹孩子的时候劲儿使大了，把头夹坏了。出来孩子就死了。“邓颖超非常伤心，怎么跟恩来交代啊，因为她已经流过一次产了。而且这次医生还告诉她以后都不能生孩子了。怀揣着一个巨大的遗憾，邓颖超来到上海和周恩来会合。她还不敢公开寻找周恩来，就在报纸上登了一则寻人启事。周恩来天天买报纸，终于在报纸上看到这条寻人启事，兴奋地带着给儿子买的拨浪鼓到旅社找到她们。两人一见面，周恩来激动地抱起邓颖超，兴奋不已。再往旁边一看，儿子呢？是带过来了还是寄放在广州了？这时，邓颖超才从箱子里拿出红兜兜，鼓起勇气告诉丈夫，咱们的孩子夭折了。周恩来手里的拨浪鼓应声落地，他仰面号啕大哭。过了一会儿，他抹干眼泪压住悲愤，安慰邓颖超说以后我们还会有孩子的。邓颖超却摇了摇头，说医生说我们不会再有孩子了。周恩来随之潸然泪下，只说了一句：‘只要革命有后，你我无后又如何。’”

周恩来从莫斯科回到上海（剧照）

刘劲坦言，为了拍摄这场戏，自己筹划了很久。“我查阅了大量历史资料和档案，但很少有描写这段时期内容的。但我作为一名父亲，对周恩来当时的心境非常理解。我就想，如果是换作我，我

周恩来在上海冒险找到邓颖超母女，激动相拥(剧照)

当时会有什么样的情绪，肯定也是非常悲恸的。当天拍这场戏时拍了两遍。拍第一遍时我整个人都崩溃了，头发刺着了，脸上的妆花了，因为涂了眼线连眼泪都变成黑色的了。导演说有点过，让我稍微收一点，就拍摄了第二遍。那场戏拍完，我三天吃不下饭，非常伤身。"刘劲坦言，作为一名领袖，周恩来总理很少有这么多感情集中释放的时候。而自己作为饰演了18年总理的人，正是通过这场戏，才对周恩来总理有了更全面更深刻的了解。

(原载于2013年6月28日《北京广播电视报》)

赵凯:细腻展现真实的朱德

主持人:电视剧《寻路》正在CCTV-1黄金档播出,其中历史上著名的"朱毛会师"即将上演。扮演朱德的赵凯也是第一次塑造朱德的形象。

在中国共产党早期的革命道路上,朱德和毛泽东在井冈山的胜利会师是重大的历史时刻,而在电视剧《寻路》中也着重讲述了朱德与毛泽东的革命情谊。

赵 凯:朱德对革命战友毛泽东也是有一个逐渐的认识过程,因为《寻路》这个戏讲的是寻找中国革命道路,大家都在寻找,朱老总自己也在寻找。

主持人:在电视剧《寻路》一剧中,朱毛会师后,两位革命伟人也度过一段相互磨合的时期,比如在戏里,俩人在行军打仗过程中,就曾闹过矛盾。

赵 凯:当时就是有些财主们都跑了,朱德、贺子珍、曾志他们发现了没人认领的几头猪,就把猪给弄回来杀了,煮好红烧肉分给大

赵凯饰演朱德(剧照)

家吃,结果让老毛知道了,他大发雷霆,指责我们未经调查就杀了商人家里的猪,这种行为违反了党的商业政策,是土匪行为。为了这件事情,朱德跟毛泽东也闹了很长时间别扭呢。

主持人:在戏里赵凯扮演的朱老总除了塑造其光辉的伟人形象外,还着重刻画了其宽厚温和的一面。虽然他曾与毛泽东有过摩擦,不过他对待毛泽东如亲兄弟一般的情谊还是颇为打动人心。

赵　凯:是的,《寻路》中有一段戏就是描写朱德特别用心的给毛泽东找大床,这情节真的挺打动人的。

(本文下载于2013年6月26日

CCTV《影视同期声》视频)

黄俊鹏:酣畅淋漓演陈毅

红色革命题材电视剧《寻路》近日在央视一套播出,剧中,曾在《枪花》中有精彩表现的实力演员黄俊鹏出演一代伟人陈毅,备受观众认可。

陈毅元帅的气宇轩昂、英雄虎胆的气质被黄俊鹏的炯炯双眼诠释得非常准确和到位。黄俊鹏饰演的陈毅有一场当上前委书记后的淋雨戏,他为了拍摄这场戏可谓吃尽了苦头,拍摄当天是立冬,在寒冷的天气,剧组采用的是消防车人工降雨,当实际拍摄时,冰冷的山泉水从头淋下,浇了他一个透心凉,黄俊鹏打趣地说,终于知道了什么是“醍醐灌顶”的感觉了。再回头看饰演“朱德”的赵凯时,他已经冻得浑身哆嗦,嘴唇发紫,说不出话了。而拍摄爆炸戏时,炸点离所有演员都很近,相当危险。而在剧中饰演“陈毅”的黄俊鹏为了剧中角色需要,时常需要表现得很镇定,十分不容易。

黄俊鹏毕业于解放军艺术学院,早年曾全英文台词出演电影《毛泽东与斯诺》,后因《英雄无悔》被广大观众熟知,近年来在《国家

黄俊鹏饰演陈毅(剧照)

宝藏》《枪花》等电视剧中都有精彩表现,此次出演陈毅,也是他第七次出演青年陈毅,对此,黄俊鹏坦言,这样的特型出演对自己而言既熟悉又陌生,熟悉是因为以前出演过这样的人物,陌生是因为这个"陈毅"以及这段历史在《寻路》中有非常新鲜的诠释。

黄俊鹏坦言,这是自己饰演的"陈毅"中最有血有肉,最酣畅淋漓的一次,对自己而言,青年时期的陈毅是没有太多影像资料可以借鉴的,而自己能做的就是翻阅文字资料,结合自己对于人物的理解,从内心深处去诠释这个人物,与饰演其他领袖人物的演员不同的是,自己受外在形似的压力很小,对于这个角色,自己没有受那么多条条框框的限制。

(原载于 2013 年 6 月 28 日网易网)

刘岳：我演陈赓
——“不一样的革命者”

7 月 17 日晚，44 集红色史诗大戏《寻路》在央视一套黄金档播出大结局，完美落下帷幕。《寻路》大胆启用青年演员出演伟人领袖等革命人物，其中演员刘岳饰陈赓一角，随着剧情的推进，这位“不一样的革命者”令人耳目一新，获得了观众的极大喜爱。纵观全剧，刘岳的形象十分多变，表演可圈可点，在演员的道路上可谓实现了一大突破。

《寻路》收官　刘岳上演重头戏　网友留言赞誉

随着革命形势的发展，中央决定派遣陈赓去天津开展情报工作。与周恩来吃“法国大餐”分别的戏份可谓是刘岳的一场重头戏，面对这位相处了几年的“顶头上司”，陈赓其实早已把对方当作他心目中的老师，心中万分不忍分离；但革命工作不允许婆婆妈妈，再加上其个性使然，陈赓的“活宝”脾气与直爽个性再次显露了出来。由

刘岳饰演陈赓(剧照)

上海抵达天津之后，西装革履的陈赓再次进行“大变身”，这次摇身成了一位出手大方的丝绸商，要入住顶级客房。整个住店过程中，刘岳未发一语，全部由“手下”与店老板商定，但刘岳通过点烟、微笑、抬手、撩长袍等动作与表情，将一个阔绰的商人形象刻画得入木三分。观众们不由发出感叹，这就是演员的百变气质啊！

如今，《寻路》全剧已经完美收官，就像刘岳当初承诺的，他成功演绎了不一样的革命者陈赓——幽默诙谐、机智灵活、能力出众的谍战工作者，而他本人也完成了演员表演上的一个突破——亦庄亦谐、风格百变。刘岳在剧中可以雷厉风行，也可以耍帅卖萌，同时丝毫不乏革命者的坚定意志与忠诚觉悟，几场哭戏更是打动人心。而观众对刘岳饰演的陈赓也十分买账，纷纷发表感想：“陈赓真是太帅了……神枪手加神电工加墨镜哥加飞车帝，卖关子各种神，天天东奔西走开不上会各种执着，偶尔笑一下卖个萌，经常换衣服各种风衣各种围巾各种鸭舌帽各种皮裤，黑的棕的白的褐的……尤其忠于党忠于总理有木有！”“电视剧《寻路》里的陈赓很讨人喜欢，他不光长得帅，而且幽默风趣，既能在地下党搞谍战，又能拿起枪冲锋陷阵，跟那些沉闷严肃的革命者相比，这个时常变装、年轻帅气的陈赓的确让人耳目一新。”“这几天看《寻路》，是个拍得不错的电视剧。谁有陈赓那样的部下是最幸运的，机敏洒脱，能力出众又忠诚可靠。”

陈赓能力出众贡献大　刘岳感恩继续征途

临行天津前，陈赓总结了几年来情报工作的经验，一语点明党的保卫部门的灵魂是什么，可见革命经历让陈赓沉淀了许多，革命斗志依然昂扬之外，更提升了他作为革命者的政治觉悟与理论水平，颇有领导者的风采。刘岳在全剧的最后一场戏，是从天津再次回到上海，并向陈云作了在天津的工作报告。由日本特务机关长土肥原贤二由天津调去沈阳和末代皇帝溥仪将被偷运出关外的动向，陈

陈赓与潘汉年等乔装执行特殊任务（剧照）

赓察觉到了日本关东军制造“满洲事变”的阴谋,果然不久之后就爆发了“九·一八”事变,可见其政治嗅觉之敏锐……周恩来终于到了中央苏区与毛泽东、朱德并肩作战,而陈赓也去了鄂豫皖苏区,全剧的两条主线至此终于合二为一。

当初,为了应对陈立夫的“中统”特务组织对革命的破坏,陈赓临危受命担任中共中央特科的情报科长,在周恩来的直接领导下主持情报工作。几年来,他在争取进步人士(如杨度等人)、营救被捕同志、清查党内叛徒、培养特科人才等方面作出了极大贡献。从上海到天津再到鄂豫皖苏区,陈赓由一名出色的情报工作者,接下来将在残酷的军事斗争中接受洗礼,并迅速成长为中国工农红军第四方面军的团长、师长——陈赓大将终将诞生!至于演员刘岳,表示十分感谢《寻路》的导演张多福和编剧王朝柱,初次出演陈赓便获得如此厚爱很是感恩。他也仍继续自己的演艺道路,力求一步一个脚印,为观众创作更多喜闻乐见的角色。

(原载于2013年7月18日新华网)

罗忆楠:塑造立体贺子珍

正在央视一套黄金档播出的《寻路》在遵循历史真实的基础上,细腻地还原了伟人的感情经历,成功助力重大革命历史题材电视剧在竞争激烈的暑期档突围而出,收视登顶。剧中,扮演贺子珍的青年演员罗忆楠,以《大风歌》中的窦漪房走进大众视线,之后曾参演过《走过雪山草地》《辛亥革命》等红色影视剧,此次首次挑梁演贺子珍这样的著名历史人物塑造了一个饱满立体的"长征女杰"形象,获得业内人士和观众的一致认可。罗忆楠受访坦言:"我觉得这是我表演生涯里很自豪的一件事情。"

罗忆楠:"毛贺恋"是一段佳话

《寻路》首次在电视荧屏上还原了许铂岑饰演的毛泽东与罗忆楠饰演的"长征女杰"贺子珍之间的相识、相恋过程。对于这段"井冈山之恋,"罗忆楠坦言"在我心里,他们是一段佳话。""贺子珍和毛泽

在中央苏区，贺子珍精心照料毛泽东的生活起居（剧照）

东是真正的十年患难夫妻。那时，毛泽东遭遇党内斗争、贬职、大病，贺子珍始终陪伴左右，不离不弃。”

历史中的贺子珍说话快，性子刚烈，这是她的典型个性。温婉大家闺秀型的罗忆楠除了在表现贺子珍的风风火火之外，更注重表现她智勇双全的一面。因为在罗忆楠看来，只有这样的贺子珍才能被毛泽东所吸引。除了人所共知的贺子珍形象，罗忆楠更侧重表现了荧屏上少有的贺子珍前期情窦初开和天真浪漫的形象，爽朗的个性、温暖的笑容给观众呈现了一版史上最浪漫的贺子珍形象。但罗忆楠也坦言“如何把握前期情窦初开的浪漫和后期坚强彪悍的转变，都是不小的挑战。”无论是前期浪漫还是后期彪悍，罗忆楠从角色本身出发，不断与编剧王朝柱、张多福讨论，最终塑造了一个饱满立体的革命女战士形象，受到业界一致好评。

演员需要信念感硬着头皮骑野马

贺子珍作为一个著名的历史人物，据罗忆楠透露剧组选演员的时候，非常慎重，要通过重重考核，还需要很多历史专家的建议，而罗忆楠在塑造人物时也需要慎重考虑，不敢随意改戏。罗忆楠在接拍贺子珍前做了很多准备，还曾去八宝山为贺子珍扫墓，她说这样"是给自己心灵一个寄托，和她产生一种信念沟通，因为演员很需要这种信念感。"

而后来这个信念感也给罗忆楠带来了很大的帮助。剧组拍戏用的马特别野，不好控制，"拍戏的时候，我眼看着武行连人带马摔到沟里去了。而我本来就很怕马，为了角色也得硬着头皮冲，因为贺子珍可是一个坚强善战的女战士。"

（原载于 2013 年 7 月 12 日新华网）

郑萍：我演宋美龄

由青年演员郑萍、刘劲联袂主演的大型红色革命题材电视剧《寻路》已拍摄过半。该剧从天津、南京、上海完成拍摄后，现转战横店、江西进行新一轮的拍摄工作。如此大跨度的地域拍摄，虽然辛苦但拍摄得十分顺利。剧中，郑萍饰演宋美龄一角。虽然在其他作品中已有众多“宋美龄”，但郑萍表示并不紧张，不同的理解一定会有不同的演绎，对我来说宋美龄是中国女性的优雅化身。

郑萍饰演宋美龄（剧照）

电视剧《寻路》自开拍之日起至今已转换三大城市作为拍摄场景地，从天津、南京、上海完成拍摄后，现转战到横店、江西进行新一轮的拍摄工作。如此大跨度的地域拍摄，着实给

宋美龄与蒋介石(剧照)

每一位工作人员增添了不少的辛苦。因为题材缘故他们不仅要经受体力上的考验,更重要的是对历史的宏观了解,由此可见该剧组的严谨性和克服性是相当高。青年演员郑萍在剧中饰演宋美龄一角,这位上世纪的杰出女性在当今多部影视作品中常常出现。为了演绎别样宋庆龄,郑萍不断地翻阅资料,在深刻了解宋美龄的同时还更全面地研读这个时期的宏观历史,并得到了编剧王朝柱的提携和帮助。

郑萍表示:“拍完《寻路》相信我们每一个人都会找到一条今后的‘路’,无论是创作之路,还是克服困难之路。也希望该剧在开播之际,其红色精神能传播给每一位观众,回忆起那段即艰辛又伟大的历史。”

(原载于 2012 年 11 月 30 日搜狐网)

评　论

主旋律电视剧《寻路》"走红"的启示

大型史诗电视连续剧《寻路》，自今年6月18日在中央电视台一套节目黄金时间播出以来，收视率一路走高，在央视索福瑞46城收视率统计排名中，一度占据同时段第一的位置。

有专家表示，《寻路》"走红"并不意外，它的成功表明，只要尊重历史，用心拍摄，重大革命历史题材同样可以赢得市场，赢得观众，赢得口碑。

《寻路》打动观众引发热议

《寻路》是继《解放》和《辛亥革命》之后，天津策划并推出的又一部重大革命和历史题材作品。

该剧真实生动地展现了自1927年"四·一二"反革命大屠杀至1932年10月宁都会议五年间，毛泽东和他的战友们历经千难万险，终于为中国革命闯出了"农村包围城市，武装夺取政权"的胜利

打漳州全胜，毛泽东和红军战士受到城内百姓欢迎（剧照）

之路。

该剧在央视热播以来，剧中共产党人艰难求索的奋斗历程、革命先烈不畏牺牲的壮志精神深深打动了观众，并引发了人们的热议。

今年已经80岁的天津市民孙彩云说："《寻路》几乎反映了当时所有震惊中外的大事件，通过这一段时间的观看，我好像回到了那个火热的革命年代，共同和革命前辈们去战斗，这部剧可以说是一部形象的'历史教科书'。"

大学毕业生马颖说："我们这代人生活在幸福的时代，对于那段轰轰烈烈的红色历史，是在课本学习和长辈口述中有意念上的领悟。而《寻路》把革命历史活脱脱演绎出来,看了这部电视剧等于读了一段党史,真的给我补足了红色历史这一课。”

网友“皮皮鲁”表示,《寻路》传递的更多的是一种精神,是一种信仰。这样的好剧应该多让青年学生们看看。

《寻路》成功不是偶然

近年来,反映重大历史革命题材的电视剧有很多,但像《寻路》这样能够震撼心灵,收获良好口碑的作品却不多见。记者在采访中了解到,扎实的剧本、过硬的团队、新鲜的内容以及会讲故事是《寻路》成功所在。

对于一部电视剧来讲,扎实的剧本是成功的基础。《寻路》从策划、构思到撰写剧本,历经三年时间。《寻路》的编剧,同时也是《解放》和《辛亥革命》的编剧王朝柱说:“写《寻路》,可以说我是呕心沥血。”

为了写《寻路》,在掌握大量一手文献资料的前提下,年过70的王朝柱把当年毛泽东走过的地方重走一遍。回来后,他一头扎进自己的小屋,潜心创作,埋头笔耕。写完全剧最后一个字,王朝柱累得大病一场。

在中国文联原副主席李准看来,《寻路》最大的成功是它内容的新鲜感。他告诉记者,从1927年大革命失败到1932年宁都会议这段历史至少有几十部影视剧都曾表现过。看《寻路》这部剧,仍然感到很新鲜,直接的原因就是内容的揭秘感。比如,从“四·一二”到“七·一五”,周恩来同志是如何指挥上海白区反蒋斗争的,过去所有重大革命历史题材影视剧都没有系统表现过。

“《寻路》将中国共产党的早期历史,用探寻中国革命之路这样一个主题、一条主线贯穿起来,富有新意。”中宣部文艺局局长汤恒表示,这部电视剧表现的历史,有些是大家比较熟悉的。不管是通过欣赏文艺作品，还是阅读革命历史史料，大家了解到的可能是些片段。比如南昌起义等。“通过‘寻路’这样一个主题和一条主线，将这段历史系统完整地编织起来，是我们过去很少见到的。在《寻路》里，对这段历史中的很多内容和人物又有了新的深化和升华。”

《寻路》为重大革命历史题材拍摄探寻出一条“新路”

近年来，重大革命历史题材的发展似乎进入了一个死胡同，要么进入主旋律似的宣教式解读，要么进入娱乐化的青春偶像演绎。

专家们对此表示，电视剧不是历史的宣教，不是教科书的死板注解，更不是漫无边际地生造，而是从精神情态上的相通把握历史，再现可观看的历史。从这一点说，《寻路》用巧妙的构思和处理历史而没有偏离革命精神的内在感染力，有可取之处，它为重大革命历

大榕树下，毛泽东向王稼祥敞开心扉，坦陈自己对中国革命道路和中国前程命运的认识（剧照）

史题材拍摄探寻出一条“新路”。

李准认为,《寻路》在处理历史真实与艺术虚构的关系上走到了一个新的起点,且引领整个重大革命历史题材影视剧创作走到了一个新的起点。《寻路》中对一系列重大历史事件的描写,都抓住了戏魂,但在具体的故事情节和台词上,又能够大胆按照艺术规律要求进行虚构。从这个角度来说,《寻路》在重大革命历史题材史诗风格的追求上,做出了新的探索,这给今后一些重大革命历史题材的创作带来有益启示。

天津社科院教授王来华认为,《寻路》严格忠于史实,尊重历史,具有很突出的严肃性,真人真事,真实情节,完全不似那些野史或小道传说,观众能够从中学习到历史,得到有关历史以及社会判断上的很多信息,满足人们了解严肃历史的求知欲。

中国文联原副主席仲呈祥表示,《寻路》把“有思想的艺术”同“有艺术的思想”辨证完美地统一起来,这是今后一些电视剧需要学习和借鉴之处,只有这样才能够引领文艺界的风尚,才能够教育人民,才能够推动发展,才能够服务社会。

(原载于 2013 年 7 月 15 日新华网)

《寻路》的历史启示

祝彦

最近热播的电视剧《寻路》,再现了1927年大革命失败后以毛泽东为代表的中国共产党人探索“农村包围城市,武装夺取政权”这条革命道路的一些历史细节，从一定层面上揭示了中国共产党在“寻路”过程中与共产国际的关系。那么,如何从历史上认识那段时间里中共与共产国际之间的关系呢?

共产国际与早期中国共产党的关系

民主革命时期,中国共产党人探寻“农村包围城市,武装夺取政权”的革命道路历经艰难曲折。之所以如此,其中一个重要因素是早期中国共产党受到共产国际的干预和影响。

今天,许多人也许对共产国际这个词语并不熟悉,对于共产国际与中国革命、中国共产党的复杂关系,更是了解不多。因此,脱离与这一概念相关的国际背景,单纯地看电视剧《寻路》就会显得单

攻打赣州失败，毛泽东明确阐述“农村包围城市，
武装夺取政权”的革命道路（剧照）

薄。因为从历史的真实情况来看，毛泽东那一代中国共产党人的“寻路”，不只是中国共产党的“个人”行为，而是受国际共产主义运动的大背景、大环境影响的。对于当时他们的探索行为，用“戴着脚镣跳舞”来形容，或许能让人更好理解其中的艰辛。

先来了解一下共产国际的情况。共产国际（又叫第三国际），1919 年 3 月 2 日成立于莫斯科，1943 年 6 月 10 日解散。成立这一组织的初衷，是通过一个国际性的组织来指导世界共产主义运动。共产国际规定：“共产国际代表大会及其执行委员会的一切决议，所有加入共产国际的党部都必须执行。”中国共产党于 1922 年 7 月正式加入共产国际，成为“国际共产党之中国支部”。

由于中国共产党是共产国际的一个下级组织，而共产国际又有严格的政治纪律，因此从两者关系确立的那天开始，中共的一切重大革命行动均须听命于莫斯科，比如国共合作、城市武装暴动等等。这里要特别说明一下苏联共产党与共产国际的关系。苏联共产党是共产国际中最大的也是唯一取得胜利并成为执政党的，所以它在共产国际中的地位举足轻重。具体表现在：一是把苏联经验当作榜样向全世界推广，共产国际执委会要求各国共产党以苏共为榜样，加强思想、组织建设，实际上是把苏共的经验神圣化、教条化，让各国共产党仿效，这就使国际共产主义运动中出现了教条主义的倾向。二是苏共领导人直接控制共产国际。从1924年共产国际五大起，斯大林开始越来越多地过问共产国际的工作，对各国共产党的内部事务横加干涉；他把共产国际变成干预各国共产党内部事务以及服务于苏联共产党和苏联国家利益的工具。俄国有学者这样认为："在斯大林看来，根据世界发展的总体利益，一切支持马列主义、共产主义的人们理应绝对服从于一个中心，那就是他斯大林本人。……没有

苏先骏、唐瑞林叛变，郭亮、陈乔年被捕，周恩来指示特科设法营救（剧照）

苏联，没有他本人，也就是斯大林，一切共产党人也都将消亡。只有捍卫苏联，一切国家的共产党人才能有望最终取得本国胜利，这就是斯大林的逻辑。基于对问题的这种认识，斯大林极力在中国寻求理解他的立场，对他言听计从的共产党领导人，王明正是这样的人。"还有学者指出："1919年成立的共产国际逐步变成了向其他国家共产党转达莫斯科政策的传送带。……所有重要的共产国际的决议并不是共产国际自己作出的而是在苏共中央政治局中作出的。"张国焘于1928年在莫斯科逗留期间得到的印象是：共产国际不再是"世界革命的大本营"，而已发展成"斯大林鞭策各国共产党人的指挥所"。由于共产国际实际上被苏联共产党控制，因此，在对待中国革命与苏联国家利益的问题上，往往把苏联利益摆在中国革命和中华民族利益之上。为了"指导"中国共产党，苏共中央政治局在1923年至1927年专门开会讨论多达122次，作出了738个决定。斯大林同托洛茨基甚至激烈争论中国在什么时候应当建立苏维埃。

以上材料的引用，并不是为了否认共产国际和苏联共产党对中国革命的帮助。毛泽东说过："十月革命一声炮响，给我们送来了马克思列宁主义。十月革命帮助了全世界的也帮助了中国的先进分子，用无产阶级的宇宙观作为观察国家命运的工具，重新考虑自己的问题。走俄国人的路——这就是结论。"这是肯定共产国际和苏联共产党对中国革命的影响的。

对于共产国际（实际上是苏共）与中共24年之间的关系，周恩来在《共产国际和中国共产党》一文中做了具体的评价。他说："共产国际从成立到解散共存在24年（1919年至1943年），3个8年。毛泽东同志说它是两头好，中间差。两头好，也有一些问题；中间差，也不是一无是处。"

毛泽东在红四军“七大”会上被撤职后，主动提出去闽西指导地方工作，众人相送（剧照）

中国共产党人“寻路”面临的迫切任务

需要特别指出的是，由于共产国际和中国共产党之间这种关系，很大程度上削弱了中国共产党的独立性，在共产国际“铁的政治纪律”的威慑下，再加上早期中共自身理论上的幼稚，就很容易把共产国际的指示教条化，把十月革命的经验神圣化，并对共产国际和苏共领导人的指示唯命是从，套用一句话说就是：“凡是马恩列斯讲的话必须遵守，凡是共产国际的指示必须照办。”

从早期中国共产党领导的革命实践来看，共产国际对中国革命一系列重大问题都有具体指示。比如，1927 年大革命失败后，共产国际根据巴黎起义、十月革命的现成“经验”，指示中共发动城市武装起义（即城市中心论），于是中共就发动了 1927 年 8 月 1 日的南昌起义,12 月 11 日又发动广州起义,由于在城市没有基础,起义队伍最后被迫撤出城市。共产国际还指示中共组织队伍进攻占领城市,于是中共就去攻打城市,1927 年 9 月 9 日的秋收起义,起初的目标是攻打"大城市"长沙,结果是大城市还没有打下来,工农革命军第一师 5000 人的队伍在半途中就只剩下 1500 余人。城市武装起义和进攻城市的计划使中共领导的武装遭受严重损失。再比如,在党的建设上也听命于共产国际,搞"唯成分论"。根据苏共领导人的观点,认为"工人阶级"的出身是革命的招牌,他们最革命,于是就在中共"六大"上指令中共要实现干部的"工人化",把所谓"工人干部"像向忠发、顾顺章、卢福坦等提拔到党的重要领导岗位上来,分别担任中共中央政治局常委会主席、中共中央政治局候补委员兼中央特科负责人、中共中央政治局常委兼全总负责人等十分重要的党内职务。这些人当中,有的工作能力不强,有的政治品质不好,最后成了叛徒,几乎给党的中央机关带来了灭顶之灾。

大革命失败后,中共中央的几次"左"倾错误,也都受到共产国际和苏共的影响。后来甚至把中国工农红军的指挥权交给一个对中国实际情况一无所知的李德。本来所谓"顾问",只有建议权,而无决定权,更无指挥权,"顾问"应当听命于中共中央和军委。但实际上,李德这位"顾问"却成为共产国际的"钦差大臣"。李德并不了解中国革命战争的特殊规律,而是将他的欧洲战场经验和在苏联军事学院书本上所学到的知识,盲目地用来指导中国的革命战争,机械地抄袭搬用苏联红军一套东西来改造中国红军。他把红军的打仗、筹款、做群众工作三项任务,缩减为单纯打仗一项任务。他把红军的游击战术看成是"游击主义",要求进行所谓的"正规战",坚持打阵地战,反对运动战,反对集中优势兵力、在运动战中歼灭敌人的积极防御方针,其结果是直接导致了第五次反"围剿"的失败。

因此,如何摆脱共产国际的错误指示,摆脱思想上的教条主义,就成为以毛泽东为代表的中国共产党人"寻路"过程中面临的一项迫切而又艰巨的任务。为此，以毛泽东为代表的中国共产党人，以敢于担当的革命精神，毅然率领秋收起义的队伍上了井冈山。尽管在此过程中他个人的政治生命受到打击，被撤销了政治局候补委员，尽管这条道路的探索之后不断受到来自共产国际和受其影响的党内错误的干扰、排挤与打击，但最终因为真理的力量，最后被全党同志所接受，中国共产党终于“寻路”成功。

从中国共产党人“寻路”中获得的历史启示

从中国共产党人“寻路”中可以得到这样一个重要历史启示：中国共产党领导中国革命，必须坚持独立自主的立场，从中国实际出发，绝不能被别人牵着鼻子走。1936 年 3 月 20 日至 27 日，毛泽东在山西孝义等地召开的中央政治局会议上的发言中说：“中国人的事要自己干，相信自己。”1964 年 3 月 23 日，毛泽东同外宾谈话时总结说：通过遵义会议，我们得到一条经验，任何一个党的纲领或文件，只能由本国党来决定，不能由外国党决定。1963 年 9 月 3 日，毛泽东同外宾谈话时又说：“中国人不懂中国情况，这怎么行！真正懂得独立自主是从遵义会议开始的。这次会议批判了教条主义。”周恩来也说过：“中国共产党的产生及其发展，是得到了共产国际不少的指导和帮助的，但中国共产党的靠山却不是共产国际，而是中国的人民。”他在肯定共产国际作用的同时，主要指出中国革命靠的是中国共产党和中国人民自己。

对于中共与共产国际的关系，有的学者这样评价说：中国共产党与莫斯科有过长达 40 年的密切关系，这种密切关系既在相当程度上帮助了中国共产党和中国革命，也在很长一段时间束缚了中国共产党人的手脚。但是，如果只是按照莫斯科的计划、经验和需要来进行中国革命的话，中国共产党人大概不会有 1949 年的胜利。

中国革命最终是依靠自己的力量、依靠自己寻找的道路而取得胜利的。对此，胡乔木曾指出：“这个传统可以永远保持。中国有十亿人口，一定要依靠自己，绝不能依靠苏联，也不能依靠美国，子子孙孙都要继承这个思想”。

回顾历史，我们不难看出：中国共产党经历了苦难，最终取得了辉煌，正是在以毛泽东为代表的中国共产党人的执着探索下，才找到了“农村包围城市、武装夺取政权”这条革命道路。民主革命时期中国共产党人“寻路”成功中蕴涵的经验与教训，对于今天的中国共产党人仍有深刻的启示意义。

（作者系中共中央党校党史部教授、博士生导师，
本文原载于2013年7月15日《北京日报》）

《寻路》坦诚面对历史弯路

宁都会议上，意见和大多数同志相左的毛泽东被劝退后方，他和妻儿静静地离开，远去的那条山路弯弯曲曲，一直向上……这是革命题材电视剧《寻路》的最后一个镜头，在这个略显悲情的结尾处，该剧在央视一套黄金档落幕。《寻路》播出期间，其收视率一度排名同时段第一，并且引发观众热议。其实，在该剧导演张多福看来，他最想和观众分享的就是这一结局："这就是后来包括毛泽东在内的中国共产党人的道路，电视剧结束了，可'寻路'没有结束。"

这个领袖形象有血有肉

"你怎么又吃茶叶啊？吃茶叶的习惯什么时候能改啊？""我为什么要改，这是我们老祖宗传下来的习惯。""你呀，就是这点不好，认准的道一定要走到底。哎！你自己不改，还老是批评别人！"这段简短的对话，是毛泽东在被妻子贺子珍责问。《寻路》呈献给观众的是

毛泽东与朱德、陈毅倾谈中国革命道路问题(剧照)

一个和以往不同的领袖形象，他坚持自己的信念，却又处处碰壁。“《寻路》里的毛泽东，多少有些低沉，你能感受到他的苦闷。”观众张先生这样说。

《寻路》编剧是曾创作了《长征》《解放》等多部经典之作的著名编剧王朝柱，他曾阅读了很多一手材料，熟悉那一时期共产党人的具体形象。“以往的革命戏，开会和讲述的东西比较多，缺少人性的一面，《寻路》里讲毛泽东，讲周恩来，都是褪去光环的。”毛泽东在领导秋收起义的途中被乡团逮捕，他跳进池塘靠着一根芦苇游离险境，这段惊心动魄的历史，以前从未在电视剧里出现过。

另外，其他领袖人物的形象也以全新的面貌出现在《寻路》中。主持临时中央工作的瞿秋白，在得知毛泽东不愿发动湖南全省起义时，怒不可遏地责问这位在私下里和自己十分亲近的同志，这和以往影视剧中瞿秋白的翩翩书生形象完全不同。同样，朱德、陈毅、彭德怀等后来毛泽东亲密的战友，他们对于革命的激情也在剧中得到了真诚的展现。

直面路线斗争历史命题

从 1927 年“四·一二”政变到 1932 年宁都会议，这一历史时期是《寻路》的叙事重点。这五年间，发生了南昌起义、秋收起义、井冈山会师等众多历史事件，但剧中最为突出的戏份，却聚焦于年轻共产党人对于前进道路的探索和实践。观众魏先生是一名历史老师，他认为《寻路》带给自己很多新认识：“什么是‘左’倾冒险主义，什么是右倾机会主义，什么是本本主义，什么是宗派主义，以前只是给学生泛泛一讲，但在《寻路》里，这些都很具体。”

毛泽东与战士们行军（剧照）

一条山路藏着深刻寓意

《寻路》中，共产党人曾在道路的选择上存在严重分歧，但无论是毛泽东，还是坚持城市暴动道路的其他领导人，他们都是怀揣一腔热血，都是高举信仰的大旗。信仰让年轻的革命家们能在会上拍桌子，又能在会下团结一致，信仰让他们在经历千折百挠之后还能奋力前行。但与此同时，剧中也出现了向忠发、顾顺章等叛变者的形象，正是他们的作为使得党的革命事业遭受重大损失。

作为《寻路》总制片人之一的倪祖铭，曾参与制作《解放》《辛亥革命》等革命题材大剧，在他看来，《寻路》是段好看的故事，但它更是一段真实的历史。他说："有观众感叹，这段历史怎么能这么坦率地表达出来，我们恰恰是秉承了党的实事求是的作风，真正把问题摆出来，用一种好的办法进行解决。这是一段沉甸甸的历史，对后来党的前进有着十分重要的警示和启迪意义。"

"革命志士的鲜血鼓舞今天的共产党人勇往直前，叛徒的变节则警醒我们坚守理想和信念。"倪祖铭引用编剧王朝柱说过一句话，他想在历史和现实之间搭建一座桥梁，"像向忠发这些人，我们读党史的时候印象不深，通过这个电视剧，形象树立起来以后，确实让人触目惊心，让我们知道党的发展是何其不易。"

（原载于 2013 年 7 月 29 日《北京日报》）

《寻路》征文系列

开栏的话

正在央视一套节目黄金时间热播的电视连续剧《寻路》受到全国电视观众广泛关注。该剧自6月18日开播以来，本报接连收到许多读者来信和电子邮件，从不同角度畅谈观感，热评这部史诗大剧。为此，应广大读者要求，本报从今天起开设《今晚剧评》专栏，精选刊发一些剧评短文。您看了《寻路》之后有什么感受？剧中哪个情节、哪个场景让您心动？哪个演员演得出彩？您都可以分别写成几百字的小文发给我们。不求面面俱到、长篇大论，贵在有感而发、言之有物。

《今晚剧评》收稿邮箱：jwbjwjp@126.com。来信请寄：今晚报社文化部。天津市南开区南京路358号，邮编300100（专栏主持：高丽）观众也可以登录“乐视网”和中国网络电视台收看该剧。

《寻路》剧评：毛泽东形象亲切随和

管淑珍

1927年大革命失败，中国处于历史的十字路口，究竟应该何去何从？电视剧《寻路》以生动形象的方式回答了这一问题。

《寻路》一剧最大的特点就是作者所要表达的思想都是通过人物、情节和戏剧冲突来展示的。毛泽东在剧中的形象也不同于以往的影视剧，年轻的毛泽东不仅显示出过人的文韬武略，而且十分亲切随和。当工农革命军处于最困难的时候，军队中出现了“将帅不和”的现象，有人责怪毛泽东不去攻打城市，认为这样做就是不执行党中央的决定，毛泽东则气定神闲，指挥若定，本着中国国情制定出“农村包围城市，武装夺取政权”的革命策略。事实胜于雄辩，历史证明，这正是中国革命走向成功的根本原因，中国共产党终于经受住了历史考验，带领全国人民走出了一条成功的革命道路。

刑场上诗意的婚礼

滑盈欣

《寻路》这部革命历史题材的电视剧，让英雄人物还原本色，在人性意义上，做出了可贵的探索。给我印象深刻的第 8 集“刑场上的婚礼”尤为典型。

广州起义工人赤卫队总指挥周文雍和广东妇协陈铁军假扮夫妻，在革命工作中感情日益加深。广州起义失败后，双双入狱。在刑场上，面对敌人的屠刀，陈铁军与周文雍紧紧依偎。那一声“共产党人的信仰与主义比生命还重要”的呼喊令人震撼。

周文雍与陈铁军由“戏假”到“情真”，从容奏响生命的绝唱。革命与浪漫的交织，信仰和主义的升华。至真至纯的爱情，共产党人的大爱大恨，令我们深深感动。刑场上两人动情的对白令人潸然泪下：

周文雍：这条纱巾，我要亲手给你戴上。

陈铁军：我做梦都想披上婚纱。

周文雍：我一生中最壮丽的事，就是选择了党，选择了你。

陈铁军：我一生中最幸福的时刻就是成为你的妻子，我好幸福。

剧中主人公的浪漫情怀，诗意的境界，突显了革命者浓浓的人情味。《寻路》摒弃了人物脸谱化，让英雄有血有肉，真实可爱。

（原载于 2013 年 6 月 26 日《今晚报》）

新面孔很出彩

张立巍

在大型史诗电视连续剧《寻路》中饰演领袖人物的演员，绝大多数都是观众并不熟悉的年轻演员。如毛泽东的饰演者许铂岑、贺子

1928 年 2 月 6 日，陈铁军、周文雍在红花岗举行“刑场上的婚礼”，英勇就义（剧照）

珍的饰演者罗忆楠、朱德的饰演者赵凯、陈毅的饰演者黄俊鹏等。连续几天收看该剧过程中，突出感觉这些新面孔虽然是初上荧屏，但是他们在剧中的表现很出彩儿。在剧中，他们将几位领袖人物演绎得很生活化，让观众觉得非常亲切，加之紧凑的剧情发展，吸引着我们对《寻路》的关注。可以说，《寻路》中这几位饰演领袖人物的新面孔的精彩表现，也是该剧的一大亮点。

（原载于 2013 年 6 月 27 日《今晚报》）

正能量打造的作品

夏晓华

看《寻路》，深感这是一部让观众认识历史的鸿篇巨制，真实再现了毛泽东等老一辈革命家在沉沉暗夜中对中国之路的探寻，可以说是用正能量打造作品，激励年轻观众学习历史、读懂历史的教科书。

该剧有我最熟悉的邓颖超饰演者黄薇，我曾经几次在央视与她近距离接触，她的工作作风及演技让我倍加欣赏。在《寻路》中她再次饰演邓颖超，不仅仅是外形与邓颖超相似，对人物内心深层次的刻画也很到位，真实感人。该剧许多情节跌宕起伏，如“龙潭三杰”、“战地情缘”、“痛失爱子”等非常引人，禁得起推敲，韵味悠长。

该剧为了真实还原历史场景，在外景地的选择上，编导也是煞费苦心，如我熟悉的上海龙华园、江西兴国、广州中山大学等地都出现在了镜头中，真实可信。

（原载于 2013 年 6 月 28 日《今晚报》）

还原历史 另辟蹊径

崔发轫

观看《寻路》既是一次对历史的重温，也是一次接受再教育的过程。该剧首次全景式再现了以毛泽东为代表的中国共产党人探索“农村包围城市，武装夺取政权”这一中国革命胜利之路的历史过程。在此之前，《长征》《解放》等一系列革命题材作品已成为人们心中的经典。此次《寻路》另辟蹊径，将目光聚集到大革命失败之后这一特殊的历史大环境下，而那一时期的历史可能又是人们最不熟悉却又很感兴趣的。该剧用写实风格还原历史，使观众身临其境，特别是描写我党在惊险、艰苦的条件下开展隐蔽战线斗争的段落令人印象深刻。在增强故事性的同时，更增强了可看性，有利于吸引更多的年轻人。该剧演员新老搭配，表演细腻。在《寻路》中，观众既能看到刘劲、黄薇这些“领袖专业户”，也能看到许铂岑、罗忆楠等新面孔。年轻演员的加盟为该剧增添了活力，而对人物的刻画及细节的处理更展现出领袖们身为普通人的一面，让观众的内心同历史人物贴得更近。

人物形象 栩栩如生

张国元

电视剧《寻路》将历史人物置于具体的历史事件中，以此描摹人物形象，揭示人物的内心世界，塑造的历史人物有血有肉、栩栩如生。其中青年毛泽东的形象，既表现了他对中国国情的深刻体察与独立思考，同时也体现出他对无产阶级领导农民斗争重要性的正确认识。周恩来的披肝沥胆、朱德的厚德载物、陈赓的机智果敢等在剧中均表现得淋漓尽致。该剧还生动塑造了郭亮、陈铁军、周文雍、陈乔年等可歌可泣的革命烈士群像，展现出一代共产党人为救国救民矢志不渝、追求革命真理的高尚情怀和不怕牺牲的献身精神。

（原载于2013年6月29日《今晚报》）

《寻路》：革命的转折，新中国起点

崔　汀

张多福执导的革命题材电视剧《寻路》，聚焦了1927年“四·一二”大屠杀至1932年10月宁都会议五年的时间里，毛泽东和他的战友们在斗争中摸索革命新道路的艰苦历程。《寻路》不是照本宣科式的历史剧集，也没有把历史人物书面化，剧集中塑造人物的手法更加生动，革命领袖毛泽东、周恩来也有大悲大喜的情绪波动，让观众看到在残酷斗争的岁月中，革命先辈是如何闯出一条走向胜利的道路。

在以往的影视剧《长征》《大转折》《大决战》等等作品中，我们只是能看到中国共产党在成立新中国之前与国民党的殊死较量，但对于1927年蒋介石背叛大革命的历史，影视剧中介绍详细的并不多。

毛泽东亲自指挥龙冈战斗，活捉师长
张辉瓒(剧照)

《寻路》是在影视作品中丰富这段历史，电视剧开篇，就从蒋介石联合北伐军与上海滩的青帮一起，密谋除掉上海的工人纠察队，因为纠察队是由共产党领导，在上海得逞之后，蒋介石分共的计划遂发展到了全国，共产党人面临着自 1921 年成立以来的最严峻考验。

《寻路》的精彩之处在于一开场就扣人心弦，众多熟悉的历史人物纷纷出场，毛泽东、周恩来、赵世炎、邓颖超逐步登场，他们在大时代中开始施展自己的抱负。剧集中角色的年轻化也会吸引到年轻观众，毕竟这段革命历史距离今天已经很遥远，历史中的点点滴滴已经被大众遗忘，在电视剧中重温，并且了解当时很多鲜为人知的内幕，会让观众重新认识历史和更了解革命胜利的来之不易。

电视剧《寻路》的特点就是以小见大，过去影视剧中的革命领袖人物往往就是高大全，在本剧中的毛泽东、周恩来当时的年纪不大，他们处于青年时代也会有年少气盛的一面，也会面临各种失败的挫折，但领袖之所以能成为领袖，在于他们能够不被失败击倒，一次次重新站起换得几十年后的胜利，这种韧劲自然非常人可比。

剧名《寻路》就是讲述毛泽东在1927年至1932年革命最艰苦时期，通过一次次的尝试总结出“农村包围城市，武装夺取政权”这条胜利法则，不要小看这十二个字的总结，这不仅是用鲜血换来的斗争经验，也是奠定了中国共产党最后胜利的基调。路，的确是人走出来的，但寻找路径的千辛万苦也不能忘记。

（原载于2013年6月30日《今晚报》）

毛泽东的伟大创举

齐忠敏

秋收起义，毛泽东第一次亮出了工农革命军的旗帜，拉出了红旗、红五星、红色军团；毛泽东首创把党支部建在连队，设党代表、士兵委员会，实现上下平等、官兵一致，把谭震林这样的工人代表结合进政权机构；毛泽东最早制定三大纪律、六项注意（后来成为八项注意）；他屡屡阻止部队扰民，常常宿营在荒山野岭，使红军一步步成为人民子弟兵的典范。

在毛泽东眼里，老百姓永远是第一位的。那时，主张武装暴动直接夺取政权的人占上风，其代价十分惨重。毛泽东“以农村包围城市”的正确思想，是经过血的教训换来的。包容袁文才、王佐等人，减少了山头之间的摩擦，很快创建了第一个革命根据地，袁文才的妻子还给毛泽东做了一双鞋，成为军民团结的范例。搞农民运动、搞农村调查，都是毛泽东的首创。电视剧《寻路》真实表现了毛泽东脚踏实地为革命谋发展，为人民谋幸福的伟大创举。

（原载于2013年7月1日《今晚报》）

革命者经受考验

李泽田

《寻路》剧中，1927 年大革命失败后，在敌人血腥屠杀下，革命队伍经历巨大考验。

大浪淘沙。真正的革命者“从地下爬起来，擦干净身上的血迹，掩埋好同伴的尸体，继续前进”。但同时也有一些动摇叛变的，像顾顺章、宋家兴、贺治华等等。像鲁迅说的“因为终极目的的不同，在行进时，也时时有人退伍，有人落荒，有人颓唐，有人叛变，然而只要无碍于进行，则愈到后来，这队伍也就愈成为纯粹、精锐的队伍了”。

今日环境不同，考验不一样了，还应该做到“威武不能屈，富贵不能淫，贫贱不能移”，贪污腐化是射向革命阵营的毒箭，禁不起考验的就是革命的叛徒。既然许身革命，宣誓要为共产主义奋斗终生，就应该像老一辈革命者那样信仰坚定，革命到底，随时准备经受各种考验，炼就金刚不坏之身。

真实反映中共六大

靳福增

中共六大是在国内白色恐怖十分严重、国内形势十分复杂、在国内召开十分危险的情况下，被迫在莫斯科召开的会议，这是中共唯一一次在国外召开的党代会。大型史诗电视连续剧《寻路》尊重历史，尊重现实，实事求是地用艺术形象再现了在莫斯科召开中共六大的艰难过程，真实地反映了历史面貌。周恩来等去莫斯科参加中共六大的代表们、被国民党军警特务追杀等镜头，再现了当时中共六大代表被捕被杀的重重危险，这是其他文学作品和影视剧很少见到的。

(原载于 2013 年 7 月 2 日《今晚报》)

年轻人演领袖彰显魅力

张凤桐

《寻路》中，毛泽东的扮演者许铂岑全新亮相，让人有一种眼前一亮的感觉。导演胆大力主，新人敢于担纲。年轻人演领袖，青春帅气中溢满厚重，彰显魅力。许铂岑等人对领袖形象的准确把握和个性化演绎，不仅吻合了剧情特定年代的人物特征，而且让这部鸿篇巨制在解读重大历史题材过程中，把年轻观众的视野导入广阔而平实的认知领地。由此，既为青年人学习历史、了解伟人创造了更加贴近的空间。《寻路》深刻的教育意义在于让青年人从老一辈领导人孜孜以求、艰苦奋斗的历程中，收获更为宝贵的人生体悟和精神财富，为青春励志、报效祖国提供了生动亲切的榜样。

（原载于 2013 年 7 月 3 日《今晚报》）

观剧 学史 明心

沈雪琳

观看电视剧《寻路》，剧中的人物和事件，虽然耳熟却不甚详，这促使我情不自禁地去翻阅手头的《中共党史大事年表》《中国共产党历次重要会议集》以及《毛泽东书信选集》。每天观看《寻路》之余，重温党的历史进程，心如明镜一般，中国共产党建党初期寻路、寻梦、圆梦的道路何等艰苦卓绝。无数共产党人为了寻找革命道路，面对敌人的屠刀，英勇无畏，前仆后继。生活在今天的我们，怎能忘记先烈们为革命事业抛头颅洒热血？对照千千万万寻路者的光辉形象，我们还有什么困难不能克服呢？

（原载于 2013 年 7 月 4 日《今晚报》）

史诗般的视听语言

李竞发

《寻路》尊重历史，“史”中觅诗，把历史真实与艺术真实完美地结合起来。1927 年大革命失败，何去何从。毛泽东以超人胆识和敢闯新路的雄才大略带领共产党人走上“农村包围城市，武装夺取政权”的道路。

剧中写红军井冈山会师以及许多战役和会议，以史诗般的视听语言，交代得层次清晰，如临其境。该剧摄影、音乐、舞美、造型堪称上乘。陡峭的苍山，血红的残阳，黄洋界上炮声隆隆，红军和井冈山群众的生活，都营造出真实的历史环境和氛围。该剧以浓墨重彩塑造人物群像：毛泽东、周恩来、朱德、邓颖超、陈毅、陈赓、贺子珍等，经演员们挥洒自如、激情奔放的表演，栩栩如生，形神兼备。

（原载于 2013 年 7 月 5 日《今晚报》）

信念不倒，青春不老

狄 青

看《寻路》，于我而言有着不同的意义。几年前，我曾沿着修水、铜鼓、安源、永新、宁冈，也就是毛主席率秋收起义队伍上井冈山的路走了一遭。亲身感知到，选择走农村包围城市之路，不仅需要信念和勇气，更需要何等的大智慧。《寻路》直面历史，还原真实，对当年党内矛盾和各种观念碰撞不回避、不掩饰，用事实告诉世人，毛泽东和他的战友们历经千难万险，九死一生，为中国革命闯出“农村包围城市，武装夺取政权”这条前人从未走过的路，是中国革命唯一正确和得以成功的胜利之路。

《寻路》还原的不光是少有影视剧表现的那一革命时间段的真实历史，更有美好和闪光的人性。剧中许多画面令人难忘。当看到年

周恩来夫妇、陈独秀等参加罗亦农、李文宜同志的婚礼(剧照)

轻的贺子珍在波光粼粼的河边将饭团递给同样年轻的毛泽东,之后又把自己的一半分给毛泽东的时候,我被打动了。两个年轻人的目光里所荡漾的是比他们身旁的河水还要美好的感情。井冈山的翠竹,战火中的青春、爱情在那样的环境下显得更加浪漫。《寻路》令我们记住的不仅是青年演员许铂岑和罗忆楠饰演的那个年代里青春洋溢的毛泽东与贺子珍,还有血雨腥风所抹不去的那一缕缕温暖与温馨。另外,《寻路》中对向忠发、顾顺章等形象的塑造也十分成功,它告诉我们,变节者信仰的动摇往往都是从腐败开始的。

《寻路》是一部为了明天、站在今天、表现昨天的力作,是一部反映波澜壮阔的革命历程、激励大家奋力前行的生动历史教科书,在我看来,它还是一部高扬理想信念之帆,彰显革命者青春不老精神的艺术精品。

(原载于 2013 年 7 月 6 日《今晚报》)

寻中国之路

王爱英

革命历史题材电视剧《寻路》,进入剧情很快,剧情的铺垫也恰到好处。从第一集赵世炎、周恩来等人的对话中,传达出巴黎公社、十月革命对中国共产党人影响之深,包括上海工人大游行,既是历史真实,又为紧扣"寻路"主题作了必要的烘托。之后通过一系列历史事件,证明国共合作、城市暴动、工人纠察队等模式,都不适合中国国情。教科书上没有现成的革命模式,中国处于生死存亡之际。这时历史选择了毛泽东。中国革命的特色是农村包围城市,这是通过血的代价和摸索才换来的真理。剧中表现的秋收起义和井冈山道路,就是毛泽东农村包围城市思想的起点。围绕农村与城市的选择,中国革命去向何方,党内始终有分歧,这也成为矛盾的焦点。中国的特点和实际,决定了必须选择适合国情的道路。在今天,回顾这段史实仍有现实意义。这或许正是《寻路》的寓意。

重大革命历史题材的文艺作品,也要推陈出新,除了主题、形式之外,《寻路》还充分利用史料提供新信息。如:南昌起义打的是国民党"左"派旗号,秋收起义直接高张中国共产党大旗;以及"四·一二"之后蒋介石欲拉拢周恩来,周恩来则以楚汉相争为鉴,讲得民心者得天下,既有故事性,又有历史韵味……对普通观众,尤其对年轻一代来说,这都是鲜为人知的历史细节,是难得的普及革命历史知识的机会。

(原载于 2013 年 7 月 7 日《今晚报》)

旗帜的力量

焦海梅

《寻路》带给我最大的震撼，就是经常在生死关头、一马当先的“中国工农红军”的那面红旗。那是由镰刀和斧头组成的一面旗帜，冲锋陷阵有红旗在先，行军打仗有红旗引路，井冈山会师有红旗飘扬。战斗不论打到哪里，只要有红旗在，老百姓就知道那是咱们自己的队伍。

剧中使我怦然心动的场面，要属打了一天一夜的大柏地战役。当冲锋号响起，我们的战士和高举着的红旗一起向着前方冲了上去。当旗手战士中弹倒下后，又一个战士冲上去护卫着这面红旗。战斗稍一停歇，许多战士便冒着硝烟和炮火从四面八方冲过来、集结在这面旗帜下，誓死要用自己的生命来护卫这面红旗。顷刻间形成了一座雕塑，一座英雄纪念碑的雕塑。这是一座雄壮的丰碑！她向人们展示：红旗下有着很多的烈士在捍卫着这面旗帜。我们看到，在战火弥漫的前沿阵地，毛泽东眼含热泪在向这面红旗敬礼。因为这面红旗象征着共产党员坚定的革命信仰。是旗帜的力量凝聚了中国工农的心。

（原载于 2013 年 7 月 8 日《今晚报》）

“与梅花结厚缘”寓意深

王宗征

《寻路》第 25 集中描述了杨度没有履行“宣誓”就加入中国共产党的情节，并以国画《梅花》寓意“党旗”，面对纯真而高洁的“梅花”，杨度感到鲜红的“党旗”就在眼前，这场戏虽短，但内涵深，很感人。杨度曾是袁世凯复辟帝制的幕僚“筹安会六君子”之一，有“帝制余孽”之称，但他在中国新民主主义革命大潮的感召下，逐渐转变了自己的思想和立场，追求革命，信仰共产主义，在中国革命低潮之时，在国民党反动派统治下的白色恐怖的上海，秘密加入中国共产党，并以“社会名流”的身份作掩护，为党做了不少工作。《寻路》通过“隐喻”的表现手法，深情地描述了一位旧知识分子成为共产党员，与“梅花结厚缘”的情节，其思想性和艺术感染力都很强。

（原载于2013年7月9日《今晚报》）

理不辩不明

陆志坚

在《寻路》第25集中，红四军“七大会议”一段精彩辩论堪称精彩：一些留过洋的干部鼓吹西方“自下而上”的民主政治，而毛泽东、罗荣桓同志用拿破仑发动侵略战争，八国联军入侵北京的史实，戳穿了西方民主政治的虚伪面目，阐述了马克思主义与中国革命具体实践相结合的观点，批评了红四军党内的错误倾向。让我们明白一个道理：理不辩不明。正确的思想路线是在与形形色色的错误思想不断斗争中，才被

毛泽东与瞿秋白争辩（剧照）

人们逐步认知的。剧中那些头顶共产国际光环的共产党人指导中国革命的结果是葬送了革命成果，让广大工农群众付出鲜血的代价。

一段熟悉的历史进程，却有许多不为人知的故事。寻找正确的革命道路困难重重，展现了中国革命的曲折历程。这部戏带给我们许多新鲜的内容，对我们学习党史有很大的帮助，有深远的教育意义。

（原载于 2013 年 7 月 10 日《今晚报》）

女性革命者生动感人

王宗征

《寻路》在着力刻画毛泽东、周恩来、朱德、陈毅、陈赓、罗亦农等男性革命家形象的同时，也很注重对邓颖超、贺子珍、陈铁军、曾志、李哲时等女性革命者形象的刻画，这些女性革命者的形象生动感人。

贺子珍与毛毛母子（剧照）

该剧对女性革命者形象的刻画,充分体现了“形神兼备”。在相关人物形象的塑造上,既注重外形美,更注重内在美,尤其是通过曲折传奇、惊心动魄的故事情节,充分表现这些女性革命者在异常艰苦的革命斗争环境中,坚守崇高信仰,严守党的纪律,无比坚定的革命意志和置个人生死于度外、无私无畏、坚贞不屈、大义凛然的革命英雄主义气概,感人至深,令人肃然起敬。

(原载于 2013 年 7 月 11 日《今晚报》)

“冒险”中的突破与创新

闫立飞

如何塑造领袖人物,历来是重大历史题材影视剧创作的难点,表现得成功与否直接决定着作品的成败。因而以往影视剧往往采取较为保险的做法,如采用特型演员,以特型演员相貌与动作的神似激发观众对领袖人物的崇敬与怀念,并通过这种崇敬与怀念实现角色的转换与认同。从这一角度来说,大型史诗电视剧《寻路》大胆起用新人新面孔,可谓一个艺术上的“冒险”。但是,这种“冒险”与电视剧的“寻路”主题及其反映的早期中共领导人的革命事迹与人物性格相一致,并达到了完美的契合,成为重大历史题材影视剧创作的一个新的突破与创造。

许铂岑饰演的毛泽东在《寻路》第 3 集出场,随着故事情节的展开,一个百折不挠、执着信念、有血有肉、有情有义且不断成长成熟的青年毛泽东,逐渐为观众接受。中国共产党人在寻找救国道路,毛泽东以“秋收起义”为起点探索着革命道路,毛泽东的性格与形象也在这种探索中不断丰满。

(原载于 2013 年 7 月 12 日《今晚报》)

因工农革命军第一军第一团团长陈浩错误地下令拆桥，中断了红军回井冈山的路，党代表宛西先愤怒地上前与之“理论”（剧照）

叙事从容 细节饱满

王 松

《寻路》不仅是一部具有强烈的现实意义和历史意义的电视剧，而且也是一部充满细腻情感、深入探究人性的艺术作品。革命历史题材的影视作品一般都会遇到一个问题，就是很难处理宏大叙事与故事细节的关系，编创者往往被一个个重大历史事件裹挟着往前走，而无暇顾及生活在这些历史事件的空间里的人物以及这些人物的具体故事和他们之间的关系。但《寻路》却很好地解决了这个问题。

《寻路》的叙事很从容。比如从“秋收起义”到“三湾改编”。《寻路》在讲述这段历史时不仅将故事设计得很考究，人物性格和心理刻画细致入微，在表现毛泽东与余洒度等几个人物的关系上也非常细腻。至今,从“三湾改编”旧址的墙壁上留下的标语,仍可以感受到当年工农革命军第一军第一师在那里改编时轰轰烈烈的气氛。但这样一个重大的历史事件,《寻路》剧的讲述却从容不迫,尤其在让战士选择留下还是回家,继而宣布改编决定这场戏,更是将在场的每一个人物,甚至是战士的心理活动都表现出来。

《寻路》的细节也非常饱满,给人印象深刻的是第2集。在这集中一共有三条感情线:周文雍与陈铁军的朦胧爱情以及铁军对文雍不谙自己感情的嗔怪;周恩来与邓颖超的夫妻感情以及周邓的丧子之痛;蒋介石与宋美龄的政治联姻企图。应该说,在一集短短的45分钟里,能将这样三条复杂的感情线齐头并进地铺排开,而且将三对人物的关系梳理得如此清晰,是非常难得的。而周文雍与陈铁军的这条爱情线,也正因为在第2集中表现得如此细致,在后面的铁军拍摄结婚纪念照和刑场上的婚礼两场戏,才更加具有震撼人心的力量。

(原载于2013年7月13日《今晚报》)

对比描述 很有嚼头

王宗征

《寻路》对1930年12月蒋介石发动第一次“围剿”与毛泽东、朱德领导的第一次“反围剿”的描述,多处采用“对比”手法,使故事情节既有看点,又很有嚼头。

如该剧选择“圣诞节”这一时间节点,一方面描述蒋介石在发动第一次“围剿”前夜与宋美龄相聚官邸过“圣诞”的情节,看似有情调,实则故弄浪漫,让观众感到他们的矫揉造作;而另一方面则描述毛泽东、朱德、彭德怀也在这一时刻组织召开“反围剿”誓师大会,中央革命根据地军民同仇敌忾,士气高昂,按照毛泽东提出的战略战术充分做好了迎战和歼敌的准备,如此对比性描述,使剧情形成很大的反差，无疑增强了戏剧的冲击力。

再有，该剧对“围剿”与“反围剿”直接作战的对比描述，一方面让观众看到国民党“围剿”军特别是张辉瓒部的骄横、狂妄和轻敌，另一方面则使观众看到毛泽东、朱德领导的革命武装严阵以待，诱敌深入，利用革命根据地的优势和灵活机动的战略战术，打败强敌，活捉国民党“围剿”军第18师师长张辉瓒，取得了第一次“反围剿”的胜利，从而感受到毛泽东军事思想的正确和毛泽东、朱德等探索的“工农武装割据”的革命道路的正确。由此说来，《寻路》的故事情节之所以生动感人，关键是创作者在尊重历史的前提下，把戏剧艺术的表现手法运用得恰到好处。

（原载于2013年7月14日《今晚报》）

文韬武略毛泽东

焦海梅

《寻路》使我重温了一遍毛泽东的经典诗篇。那曾经耳熟能详、久违了的一首首诗词，通过观看电视剧《寻路》，才真正了解了每首诗的深邃内涵。

井冈山，在大兵压境的气势下，毛泽东一览群山、直抒胸臆：“山下旌旗在望，山头鼓角相闻。敌军围困万千重，我自岿然不动。”那气魄是何等豪迈。在敌众我寡、早已壁垒森严的形势下，我军却更加众志成城，山上山下的红军和百姓同仇敌忾，依靠工农群众的力量，将敌军吓得连夜抱头鼠窜。我也从中领略到了“黄洋界上炮声隆，报道敌军宵遁”的历史含义。贯穿全剧的主题歌《重阳》，以“战地黄花分外香”的革命浪漫主义精神，展现了在艰苦卓绝的战斗岁月里，毛泽东高瞻远瞩、乐观潇洒的英雄气概。“寥廓江天万里霜”不正是年轻领袖的思想境界和从容不迫的大无畏精神写照吗？可见，毛泽东在井冈山极度艰难的革命历程中，用心血和激情写下了这一首首不朽的诗篇。

(原载于 2013 年 7 月 15 日《今晚报》)

一部励志版人生教科书

张凤桐

大型史诗剧《寻路》的重磅推出,又一次对重大革命历史题材作了真实还原和倾情演绎。在革命斗争处于异常艰难的形势下,以毛泽东为代表的老一辈革命家,历经千难万阻、披肝沥胆、殚精竭虑,寻出了一条历经求索、洒满血雨、映射希望的中华民族复兴路。

看《寻路》,就像在阅读一部励志版的人生教科书。一是感受信仰。透过革命道路的崎岖与曲折,感受老一辈革命家矢志不渝的共产主义信念;二是激励人生。从老一辈革命家的品质气魄中,我们获得许多弥足珍贵的人生体悟和精神财富,为书写更美的励志人生寻觅到生动贴近的榜样;三是启迪圆梦。对当今为实现中国梦而凝心聚力孜孜以求的人们来说,这部史剧昂然撑起一面浩然正气大旗,带来一股砥砺奋进的正能量。从寻路到圆梦,既是人生理想的升华,更是坚定的承诺。让人们铭记历史、传承伟业、接续奋斗。

(原载于 2013 年 7 月 16 日《今晚报》)

这就是信仰的力量

薛友宏

什么是信仰?我们平时说得很多,但真正懂得“信仰”二字却并不容易。近期观看长篇电视连续剧《寻路》,对这二字才算有了真正的理解。这种理解不是写在纸上,不是说教,而是通过一个个鲜活的人物来诠释的。

电视剧非常成功地刻画了蔡和森、恽代英、张太雷、陈延年、陈乔年、周文雍、陈铁军等一大批革命者的忠诚之魂。细节刻画得非常好，当敌人告诉恽代英"蒋介石对你是非常器重的"，恽代英却告诉敌人"我会让他失望的"；当叛徒顾顺章告诉蔡和森"活着比什么都重要，懂不懂"，蔡和森却说"你这个胆小鬼，你没有资格跟我说话"；当敌人用5颗大铁钉把蔡和森钉在墙上的时候，蔡和森高呼："打倒蒋介石，中国共产党万岁！"这时，我在深深思考，是什么力量使这些革命先烈在敌人的屠刀下从不低头，从不害怕、从不畏惧？唯有一点可以解释，这就是信仰的力量。

艺术群雕饱满鲜活

黄桂元

过去的同类革命题材剧作多以表现红区的武装斗争为主，《寻

彭湃、杨殷等同志在上海市警察局审判法庭上大义凛然，慷慨陈词（剧照）

路》则不同。它的主战场在湘赣边区的红色根据地，是“农村包围城市，武装夺取政权”的星火燎原之势的有力见证。同时还有另一条并行的主线，描述的是发生在隐秘战线的真实故事——中共地下党在血雨腥风、白色恐怖中的传奇经历。“红区”与“白区”两条故事主线各自延伸，又交错穿插，并相互印证。

演绎这段具有决定性转折意义的沧桑岁月，《寻路》显示出超越性的历史深度和艺术新意，绝非偶然。一个重要因素，是得益于各类人物形象的塑造。全剧涉及有名有姓的真实历史人物逾百位，这些人物形象饱满鲜活，栩栩如生，为全剧增光添色。《寻路》在人物塑造方面拒绝脸谱化，而显示出了精准的把握能力，无疑为全剧起到了加分效果。

（原载于2013年7月17日《今晚报》）

伟大的母亲 博大的母爱

杨士军

观看电视剧《寻路》，除了回顾中国革命的艰难历程，领略众多革命先驱的风采以外，片中邓颖超同志的老母亲——杨妈妈，给我留下了深刻的印象。她不仅在生活上体贴、关怀、照顾女儿和女婿，而且在精神上给予了他们强大的支持。片中最感人的一幕是当上海面临白色恐怖，大量共产党人被捕，意志薄弱分子变节，周、邓夫妇人身安全受到严重威胁的紧要关头，杨妈妈依然镇定自若，不顾个人安危，大义凛然地面对叛徒和敌人的威逼利诱，机智勇敢地掩护女儿和女婿脱险，表现出伟大母亲的博大母爱，感人至深，催人泪下。

母亲和母爱对于一个孩子的成长和民族的兴衰至关重要，古代的孟母择邻、徐母骂曹、岳母刺字以及我们在《寻路》中看到的邓大姐的母亲杨妈妈，当然还有许许多多英雄的母亲，是她们用真挚而

周恩来化装转移前夕与岳母杨振德告别(剧照)

博大的母爱和无私无畏的奉献,哺育和培养出让中华民族骄傲和自豪的杰出人物,我们向这些伟大的母亲致敬!

(原载于2013年7月18日《今晚报》)

"苏区"归来话《寻路》

秦 岭

日前刚刚完成了闽、赣苏区的采风任务,而观看热播的电视剧《寻路》,恰似呼应了此行的步履与思考,让自己对中国革命史的认识、判断和回味,从另一条路径进入纵深。

《寻路》的冲击力首先在于跳出传统模式,能够直面国共两党的历史观和价值观。譬如毛泽东、周恩来、蒋介石、陈立夫等面对世界格局、中国的具体实际,特别是民主、民权等话题,多有意味深长的精彩对白和争论,尽管立场有别,却合乎政治交锋的逻辑和历史背景。其次,《寻路》一改以往历史人物的脸谱化和模式化,大胆坚持了艺术的人性展示。瑞金苏区的老百姓曾对我说:"当年的革命者和反革命,不是神,也不是鬼,都是大活人。"《寻路》很好地把握了这一点,比如,蒋介石和宋美龄、周恩来和邓颖超、罗亦农和李文宜等国共两党领导人的情感戏,都是从普通人的情感逻辑出发,着力于人性、人情、人文视角下的呈现,逼真可信。特别是顾顺章、苏先骏、陈浩等由革命者蜕变成反革命的前后形象刻画,稳中渐进,避免了唯角色化和主题先行的通病。作为我市继《解放》《辛亥革命》取得巨大成功后的又一影视力作,《寻路》给我们作家的启示在于:如何在反思历史中观照现实,这是考验艺术家思想和情怀的重要标志。

(原载于 2013 年 7 月 18 日《今晚报》)

台词贴近生活 表演有吸引力

王亚东

作为一名 80 后,我被电视剧《寻路》的台词和年轻演员的表演所吸引,剧中的陈赓将军就给我留下了深刻的印象。扮演陈赓的年轻帅气的演员刘岳,诠释了一个独具魅力的将军形象。

《寻路》讲述的是 1927 年大革命失败后至 1932 年间,以毛泽东为代表的一代中国共产党人求索革命道路的奋斗历程,因此要求剧中的人物要年轻化,比如陈赓将军当时只有二十多岁,年轻帅气且风趣幽默,为了谍战工作的需要,还不时乔装打扮与敌人周旋,让人眼前一亮。

另外,剧中的台词也更贴近生活,平实、朴素,还时不时夹几句幽默俏皮话。比如陈赓受伤在医院治疗期间,“正巧”碰见了叛徒唐瑞林,陈赓说:“怎么你变铁拐李了!”简单的一句话,可以透露出在特殊时期,革命者不仅需要勇敢,还得机敏灵活。

(原载于 2013 年 7 月 19 日《今晚报》)

新人担纲 耳目一新

佟彬恒

《寻路》起用大量的新人担纲演绎领袖人物,给人耳目一新之感,尤以许铂岑饰演的毛泽东和罗忆楠饰演的贺子珍,给人留下了十分深刻的印象。

第一次扮演毛泽东的许铂岑,褪去了领袖的光环,让我们看到了一个血肉丰满、情感丰沛的毛泽东。如毛泽东遇见弟弟毛泽覃时满眼含泪无语凝咽的场景以及在担架上被抬着去参加党的会议等几场戏，演得真情感人。罗忆楠扮演的贺子珍可以说是我们到目前为止看到的最浪漫的一个贺子珍，塑造了一个坚韧果敢、永不服输、智勇双全、情感丰富的女英雄形象，同时更演绎出了年轻女子的浪漫情怀，让观众感觉真实可爱。很多年轻演员演绎的众多领袖群像也给观众留下了深刻印象。这些青年演员的演出为《寻路》增添了青春活力，同时也向当代年轻人传递了一种精神、一种信仰、一种力量。

（原载于 2013 年 7 月 20 日《今晚报》）

《寻路》观后话编剧

何学如

《寻路》编剧王朝柱是一位古稀老人，胸膛里迸发出如此浩瀚的创作激情，细腻地刻画了历史人物的形象，着实令人赞叹。

在该剧的开机仪式上，王老即兴讲了几句想说的话：中国共产党自诞生以来，继承了中华民族的革命传统，用生命和鲜血将革命之路铺得更宽、染得更红。自己只想用真诚之心去认识、歌颂这段历史。淳朴的话语言简意赅、铿锵有力，赢得雷鸣般的掌声。

这么一位普通老人，举手投足间难掩从骨子里透出的学者风范，却又将自己融入平民之中的文史大家。可以想见，他对作品所付出的艰辛绝对是常人难以承受的。

（原载于 2013 年 7 月 21 日《今晚报》）

艺术再现隐蔽战线的斗争

何铁冰

中国共产党人在探索革命道路的艰苦历程中进行了多种尝试，当

朱德在做陈毅的思想政治工作(剧照)

年在上海,以周恩来为代表的党中央地下斗争是探索革命之路的重要组成部分,《寻路》以艺术的表现力再现了当年惊心动魄的历史瞬间。

和井冈山的红色武装割据不同,上海党中央的地下斗争面临的形势更加险峻和复杂多变,党组织除了要应对国民党血腥的白色恐怖,还要面临党内出现叛徒的严峻考验,同时还有党内左倾路线的干扰。《寻路》生动地塑造了周恩来处理错综复杂局面的高超领导艺术。在表现周恩来坚定的革命信念同时,电视剧还有一组温馨的镜头,如送钱给身患疾病的瞿秋白同志,派邓颖超照顾赴苏区的任弼时将临产的妻子,对蒙受冤屈的蔡和森和风细雨的谈话,这些感人的细节令人回味无穷。

(原载于 2013 年 7 月 22 日《今晚报》)

火红七月观《寻路》

金曼曼

在这样一个红色的7月，我观看了电视剧《寻路》。该剧讲述了1927年大革命失败后至1932年间，以毛泽东为代表的中国共产党人奋斗求索，为中国革命闯出了“农村包围城市，武装夺取政权”的伟大道路。

无数革命先辈为了崇高的信仰，献出了自己宝贵的生命；他们为了理想，不畏艰辛，不断求索。我们青少年不正需要这种精神吗？我们应该树立伟大的理想为中华之崛起而读书，中华民族的伟大复兴有我们一份责任。

观《寻路》有感

樊依萌

当年寻路苦登攀，中华崛起铁肩担。
百战军前发号令，赢得英名万古传。
案前挑灯强国计，战场扬沙社稷安。
半世辛勤今不负，终换人间春满园。

（原载于2013年7月24日《今晚报》）

看《寻路》写剧评畅所欲言　读者“追剧”热情高

刘桂芳　高　丽

由中共天津市委宣传部、天津广播电视台联合出品的大型史诗电视连续剧《寻路》在央视一套黄金档热播期间，本报文化新闻版的“艺文谈”、“今晚剧评”两个专栏集中刊发的一批专家学者和普通观众的剧评文章在社会上引起强烈反响。截至今天，“艺文谈”、“今晚剧评”两个专栏共刊发剧评文章近五十篇，“艺文谈”上的专家文章从专业性角度分析该剧，为观众观剧“导航”；观众观剧后自发为“今晚剧评"撰写观剧感受,从剧情、人物表演等方面畅所欲言,不论是专家学者还是普通观众,所写文章都是有感而发,言之有物,获得读者高度赞扬。

艺文谈:专家为观众"导航"

电视剧《寻路》在央视一套开播后,本报"艺文谈"专栏从6月27日起,陆续刊发重大革命历史题材影视创作领导小组专家,著名历史、党史专家,著名文艺评论家和有关方面领导的评论文章近二十篇。专家学者们在文章中从思想性、艺术性、历史真实等方面,对《寻路》给予评价和分析。中宣部文艺局局长汤恒在文章中评价"该剧是群众路线教育的生动教材,在群众路线教育实践活动中,必将给广大党员干部以教育和启迪作用"。中国文联副主席、中国视协主席赵化勇从践行文化担当、尊重历史真实、锤炼史诗品格三个方面,分析《寻路》的题材厚重,立意深刻,独具思想深度和现实意义。国家广电总局宣传管理司副司长、中国电视艺术委员会副主任兼秘书长王丹彦从这部剧的题材表现着手分析,认为该剧成功地填补了重大革命历史题材电视剧创作的空白。中共中央文献研究室原主任逄先知对该剧尊重历史真实给予高度肯定,直言"看了这部电视剧等于读了一段党史"。中国文联原副主席、著名文艺评论家李准为《寻路》总结出三个看点:新鲜感、揭秘性、创意制胜。中国文联原副主席、著名文艺评论家仲呈祥从美学角度评析,认为《寻路》很好地把文献性、史诗性同一般电视剧很难具备的思辨性统一了起来。

专家学者们以专业性的分析和评价,指出了《寻路》的精彩之处和重要看点,在广大电视观众观剧时发挥了"导航"作用。读者张先生告诉记者,刚开始他不明白,这部剧为什么叫"寻路",在看了几位专家的文章后,他明白了"寻路"的含义,更感受到毛泽东的伟大。在校大学生王同学说,他在看《寻路》的同时,也一直在看"艺文谈"上的专家文章,"这不仅帮助我更深入地了解这部剧的历史背景,还感受到在当下播出《寻路》的现实意义"。

今晚剧评：读者“追剧”热情高

“今晚剧评”专栏自6月26日起，每天以一到两篇的篇幅，刊发普通观众在观看《寻路》之后的观剧感想。近一个月时间，已陆续发表读者来稿近三十篇，使“今晚剧评”专栏成为读者畅所欲言的一块良好阵地。读者王宗征、张凤桐、夏晓华、薛友宏、王亚东、焦海梅等在文章中结合打动自己的剧情细节，评价《寻路》是一部用正能量打造的真实作品。“今晚剧评”专栏还收到王松、王爱英、秦岭、狄青、黄桂元、阎立飞等我市多位文学创作和评论者的稿件，对《寻路》进行了多个视角的品评，认为《寻路》很好地解决了宏大叙事与故事细节的关系，重大史实真实，细节非常饱满，充分利用史料为观众提供了很多新信息，全剧有许多突破与创新，人物形象饱满鲜活，栩栩如生。

许多读者在“追剧”的同时，每天都阅读“今晚剧评”专栏。读者李竞发在写给本报的信中表示，“今晚剧评”专栏让广大普通读者享有了话语权，大家在这里畅所欲言，这是新闻媒体“走基层、转作风、改文风”和“开门办报”的很好体现。读者杨士军表示，一边收看《寻路》，一边阅读“今晚剧评”，更感觉这部电视剧“很有嚼头儿”，读者参与其中畅谈感受，互相启发，极大地激发了观众的观剧热情。

（原载于2013年7月24日《今晚报》）

《评播专报》

2013 年第 4 期

观众热议电视连续剧《寻路》

由天津市委宣传部、中央电视台、天津广播电视台联合出品的大型史诗电视连续剧《寻路》6 月 18 日开始在央视一套黄金时间开播。该剧播出后，观众反响强烈。为此，我们汇集了一些观众来信供参考。

宣传精品力作未播先热

铁路第三设计院　吴宏源

天津电视台新闻栏目连日来集中宣传天津市委宣传部、中央电视台、天津广播电视台联合出品的大型史诗电视连续剧《寻路》将在央视首播的专题报道，吸引了人们的关注。

天视此次集中宣传精品力作的举动，带给观众的感受：一是天津高度重视重大革命历史题材的创作，不间断地推出一批影响广泛的电视剧力作，弘扬主旋律，为促进文艺繁荣贡献自己的力量；二是集中宣传活动中，充分表达了对老一辈无产阶级革命家们浴血奋斗，为建立新中国，实现中国梦，不懈追求的缅怀和致敬。这种集中宣传精品力作产生未播先热的效应，贵在灵活、适度、得体、富于创新性，体现了新闻价值和社会价值原则，展现了现代电视媒体的营销策略，令人赞赏。

一部历史和时代的精品力作

中国农业银行　杨继玲

由中共天津市委宣传部和天津广播电视台策划摄制的大型史诗电视连续剧《寻路》，以国共合作全面破裂和大革命失败为时代背景，以毛泽东开辟井冈山革命根据地，探寻中国革命道路为主线，同

毛泽东率领红军打漳州，取得大捷，进城受到百姓夹道迎接(剧照)

毛泽东开辟井冈山革命根据地(剧照)

时展现了党在“国统区”建立隐蔽战线,坚持开展对敌斗争的战斗历程。该剧剧名“寻路”,即是全剧主题。为了探寻中国革命正确之路,中国共产党历经了艰苦卓绝的“寻路”历程。这条路走来极其艰辛,而“寻路”的主题在当今更具有强烈的现实意义和深远的历史意义。

该剧的播出不仅吸引了中老年观众，许多青少年也十分喜爱,远在外地读书的孩子在看完电视剧后打来电话,述说同学们对这部电视剧的感受。他们说,大家感觉《寻路》开头很好,故事情节很吸引人。而且,像这样一部红色电视剧,更是一部很好的教科书,让世人了解,中国共产党对中国革命道路进行艰苦探索的曲折历程。这部电视剧拍摄得很真实,而且主创阵容强大,是一部难得的好片,对于我们重新审视历史,起到了很好的作用。该剧从历史发展规律的高度告诉人们,要发展中国,实现中华民族的复兴伟业,不能照搬西方之路,只有探寻符合中国国情的中国特色社会主义道路,才能真正实现“中国梦”。

《寻路》令人瞩目的艺术高地

铁路第三设计院　吴宏源

大型史诗电视连续剧《寻路》近日播出，成为令人瞩目的非凡思想和艺术魅力的高地，久久牵动观众的视线，从中感受着那种强大的思想穿透力。

首先，《寻路》有声有色、活灵活现地反映了从1927年大革命失败到1932年宁都会议的五年间，中国共产党在历史转折关头，面临生死存亡历史时刻，在选择什么道路继续革命这个关键问题上，党内进行的一场大的争论和斗争。观众已经从教科书上、历史小说里多次认识。然而，今日《寻路》将这段历史用艺术的方式搬上电视荧屏，广大观众感受到了超乎以往的震撼力。并由此引发了对老一辈无产阶级革命家创造丰功伟绩永远不可磨灭，他们所开创的道路今天必须继承的多重思考。

其次，《寻路》具有独特的发现和思想艺术张力，追求宏大叙事，追求史诗性。把历史的真实和丰富的艺术想象结合起来，是真正具有史诗性品格和美学品质的上乘之作。以唯物历史观、价值观，创造出有血有肉、栩栩如生、真实可信的人物形象，营造出真实的历史氛围。以史鉴今，观照现实，是一部形象的中国革命史，艺术的党史教科书。带给观众的正能量引起强烈共鸣，激扬起中华民族复兴的中国梦，永远跟着中国共产党以实干谋振兴，正成为人们的共同价值追求。

寻新中国之路　再现星火燎原

和平区同庆里　齐忠敏

一、大型史诗连续剧《寻路》是饱含“天津制造”风格，继《解放》《辛亥革命》之后又一部辉煌剧作。在建党92年之际让广大观众有幸重睹老一辈革命家星火燎原的艰难历程。此剧撞击观众视野的是由新人担纲。毛泽东、贺子珍夫妻双双由新人担纲显现大制作的魄力，表现了革命伊始，红军初创，毛泽东尊重客观实际，审时度势的态度和博大胸怀；贺子珍敢爱敢恨、敢作敢为的率真本色。秋收起义与其他起义的不同之处是由毛泽东第一次打出了工农红军的旗帜；把党支部建在连队，抓思想政治工作，军队上下平等、官兵一致、爱护群众一针一线，使红军成为人民子弟兵的典范。当时，尚无其他革命家做到这一点，毛泽东思想初显其威力。相比过去的史诗剧作，《寻路》中的领袖人物更注重神似。

二、突出“真理往往在少数人手中”，逐渐被广大群众接受的过程，使剧作变得更加真实可信。毛泽东“以农村包围城市”的正确思想，是经过血的教训换来的，他在错误路线占据上风的中央受到排斥，当时许多同志热衷于武装暴动直接夺取政权，以卵击石，给革命

蒋介石在国民党内部权力纷争中，被迫下野（剧照）

带来巨大损失。如陈铁军、周文雍烈士用他们的机智营救了邓颖超，自己却没有逃脱大屠杀，他们壮烈地举行了史无前例的刑场上的婚礼，令观众潸然泪下。《寻路》的台词形象生动，毛泽东告诫大家："嘴皮子打不过枪杆子"，使"枪杆子里面出政权"的道理更容易被接受。

三、蒋介石等人物没有脸谱化，是《寻路》的又一个看点，他在第一次下野时眼含热泪，他说有他的武装，就不容有另外的武装存在，即便是对于帮助北伐革命成功的工人纠察队，其刽子手面目昭然若揭。他和宋美龄初次见面，宋美龄穿戴得像山东大妞，给观众不一样的感觉。

血雨腥风，漫漫征程，《寻路》寻的是救中国之路，奔向新中国之路。

期盼《寻路》在天视播出

北京观众　谢春晖

这几天，我高兴地观看着央视播放的电视剧《寻路》，这部大型史诗电视连续剧，高扬主旋律，集思想性、艺术性、观赏性于一身，是继多次获奖大型电视剧《解放》《辛亥革命》之后，天津台策划推出的又一部反映重大革命历史题材的佳作。《寻路》，也是寻梦之作。寻路，就是追寻中华民族伟大复兴之路。《寻路》所揭示的中国革命正确道路，在今天，对实现中华民族伟大复兴的中国梦依然给人们以启示。

《寻路》向人们讲述了 1927 年大革命失败后，中国向何处去，路该怎么走，老一代革命家在历史的紧要关头所做出的回答。他们在革命根据地和国统区顽强坚持斗争，以他们的智慧和决心，走出一条"农村包围城市，武装夺取政权"的正确道路。中国共产党的历史就是一部历经艰难曲折、团结带领中华民族走向伟大复兴的寻路和寻梦的历程。《寻路》用大众化的电视艺术再现了党的历史上一段峥嵘岁月，从历史发展规律的高度告诉人们，要发展中国，实现中华民族的复兴大业，只有寻求符合中国国情的中国特色社会主义道路。

寻路和寻梦一样，是个重大的主题，它启迪教育人们、引导社会、推动发展，激励人们为中华民族伟大复兴、实现中国梦努力奋斗。

电视剧热情讴歌一大批革命志士仁人为寻求中国革命正确的道路，不怕艰难险阻、不怕流血牺牲的坚定信念和崇高境界，最终决定中国的命运，生动展示党带领人民探寻中国革命道路的艰辛历程，反映波澜壮阔的战斗画卷，具有强烈现实教育意义和深远历史意义。

我特别感到骄傲和自豪的是，我的故乡天津已成为全国重大革命历史题材影视作品的创作高地。《寻路》有高度，有看点，很精彩，能引人入胜。它必将成为继《解放》《辛亥革命》之后，又一部能立得住、留得下、传得开，能经得起时间考验的佳作，成为一部给人以精神力量，促进人们树立正确的人生观、世界观、价值观的教科书，我们盼望像这样的佳作将不断涌现，天津将在弘扬主旋律、促进文艺繁荣中发挥更大的作用。

期盼天视尽早播出这部电视剧，并希望天津电视台多多报道人们的观后感。

这是一部难得的历史题材电视剧

华苑淦江西里　张致呈

现在全国人民都在谈论"中国梦"这个话题，可"中国梦"怎么实现，路怎么走，这就需要一个"寻路"的过程，电视连续剧《寻路》给了我们许多启示。它让观众看到，一大批革命先烈为寻求中国革命正确之路矢志不渝、浴血奋斗的坚定信念和抛头颅、洒热血的革命牺牲精神。

这部还原真实历史、体味前辈艰辛的好片，演绎了共产党人的奋斗精神，对于今天的发展也是值得借鉴和学习的。该剧虽然启用了很多新演员，但是看得出整出剧的主创都有很深的底蕴，正如一些观众所言，看该剧重温历史，比教科书上的内容更加生动。前几集的剧情很紧张，宝山路血案让人愤怒；剧情情节紧凑，十分吸引人；周恩来被扣押的时候镇定自若，在危险面前高声呼喊，共产党人是不怕死的，而且还机智地利用品茗的时机赢得了“解围”的时间。

由于该剧播出之前的宣传很到位，让更多的观众十分关注该剧的播出。当真的看到播出的内容后，许多的观众说看正剧才觉得比预想的效果还要好！

“温故才能知新”，这部重大革命历史题材作品是对老一辈革命家探索党的发展道路、民族振兴自强之路的生动展现，通过观看这部电视剧必定会对当前社会的发展变化有个新的、更深刻的启示作用。

“三湾改编”是中国革命历史的经典之作

南开区天拖南　雪砚

大型电视连续剧《寻路》，正在中央电视台综合频道晚上黄金时间热播，这是天津电视台又一部具有文献价值的电视连续剧走进中央台，献给全国观众。

看过该剧的前几集，观众有一种震撼感！特别是在湘赣秋收起义失败以后的“三湾改编”，我说它是中国革命史上的经典之作。

我之所以认为“三湾改编”是中国革命历史上的经典之作，是因为秋收起义的失败，让毛泽东更清醒地认识了中国革命的现状。面对国民党反动派的白色恐怖和党内右倾机会主义，他挺身而出，以无产阶级革命家的胆略和气魄，力排众意，提出了把革命根据地建在农村，开展游击战，建立“苏维埃”政权，实行“农村包围城市”的战略。可是，当时带队向山沟里进发时，除了秋收起义的卢德明总指挥支持这个决定，余洒度、苏家骏这些坚持右倾机会主义的军官是坚决反对的。就是在这样的历史条件下，在“三湾”这个小村庄，毛泽东进行了具有划时代意义的“三湾改编”，清除了领导层的右倾机会主义分子，改编了军队，使革命的队伍更纯洁，战斗力更强，让工农苏维埃政权在中国农村出现，并成为中国革命的“星星之火”！了解这段中国革命历史，就是我们今天重新学习毛泽东“农村包围城市”“游击战”、“党指挥枪”、“枪杆子里面出政权”等一系列重要思想，从而坚定我们在和平时期的今天，时时、处处要与党中央保持一致，坚定建设中国、美丽家园的信心。

《寻路》没有说教，没有“高、大、全”；有的是毛泽东、周恩来、邓颖超、周文雍、陈铁军、罗亦农等一个个普通的、鲜活的、用马列主义思想武装的人。《寻路》是又一部中国革命历史的教科书！

为《寻路》在央视开播喝彩

天津占道办　张俊伟

大型史诗电视连续剧《寻路》是天津继《解放》《辛亥革命》之后，天视策划推出的又一部重大革命历史题材作品。这部电视剧有多处看点，第一是内容真实，观看了这部剧，等于看了一遍党史，能够受到很好的教育；第二，情节设置精彩饱满，剧中有多重矛盾：有国共两党间的矛盾、有党内两条路线的矛盾，还有国民党新军阀内部的矛盾，以及共产党与叛徒的斗争，各种矛盾错综复杂，但叙述得有条不紊，跌宕起伏、引人入胜；第三，具有现实的教育意义，对于广大人民群众，特别是青少年朋友全面了解党的历史，进一步坚定中国共产党的领导、坚持走中国特色社会主义道路将发挥出积极的作用。

近年来，天津高度重视重大革命历史题材创作，推出了一批影响广泛的电视剧力作，已成为全国重大革命历史题材影视作品的创作高地。相信天津一定能在弘扬主旋律，促进文艺繁荣中发挥更大的作用。作为天津观众，我们感觉拥有这样一支电视创作队伍，是天津广播电视业的财富，更是我们国家电视创作队伍中不可缺少的血液，我们期待着他们创作出更加优秀的作品奉献给电视观众。

《寻路》是天津电视台奉献的精品力作

南开区西湖道　李泽田

6月18日，央视一套晚上黄金时间播出的电视连续剧《寻路》，这是天津电视台继《解放》等电视连续剧创作之后又一部重大历史革命题材的巨作，一经播出，便受到观众热烈欢迎，广大观众为天津台电视剧制作水平日益提高而感到高兴。

第一集开门见山就展现1927年“四·一二”蒋介石叛变革命，血腥屠杀革命者，在南京建立“国民政府”，以毛泽东、周恩来等革命先驱者为代表的共产党人，被迫转入地下，坚持革命的历史镜头。剧中周恩来以革命大无畏精神，只身勇闯敌穴，直面指斥敌人的叛变丑行。也写出他和邓颖超真挚高尚的革命爱情，表现革命领袖感情生活同样也是丰富深挚感人。剧中写蒋介石和上海青帮杜月笙、黄金荣相互勾结，彼此利用，沆瀣一气，共同血腥镇压革命工人的丑恶罪行，也写革命队伍中也有禁不住严酷考验而出现的叛徒，种种历史真实写照，让观众感觉其中既有革命现实主义，也有革命浪漫主义的表现手法，体现的是艺术性和思想性的完美结合。

周恩来在上海(剧照)

观众知道该电视剧还将有更丰富更精彩的内容，“八一”南昌起义、井冈山胜利会师、五次反围剿、两万五千里长征等历史内容，自然是渴望了解，十分期待。

播出该剧既是对革命历史的

在井冈山的艰苦岁月，毛泽东与贺子珍水边抓鱼改善生活（剧照）

正面回顾，又具有重大的现实意义，让观众特别是年轻一代了解当年革命先辈在强大敌人重压下，怎样坚持真理，艰苦奋斗，怎样找到建立革命根据地，坚持土地革命，建立工农联盟，农村包围城市，农村城市两条战线配合作战的革命道路，终于取得全国解放的全面胜利，是多么的不容易。观看这部电视剧，我们一定要继承发扬革命传统，依靠自力更生，艰苦奋斗，把我们的国家建设得更强大，才能让人民过上和谐幸福的全面小康的幸福生活。

（原载于天津广播电视台
2013 年第 4 期《编播动态》）

报　道

开 机

《寻路》开机：又一部重大革命历史题材巨制

继电视剧《解放》《辛亥革命》之后，本市策划推出的又一部重大革命历史题材作品《寻路》在酝酿两年多之后，于昨天开机。来自专家、学者对《寻路》剧本的肯定以及主创人员拍好这部剧的决心，让大家相信又有一部立得住、留得下的经典重大革命历史题材电视剧将在天津诞生。

题材厚重气势恢弘

大型史诗电视连续剧《寻路》，全景式讲述了 1927 年大革命失败后，以毛泽东、周恩来为代表的老一辈中国共产党人，在革命根据地和国统区两条战线顽强坚持革命斗争的英雄史诗，热情讴歌了一大批革命先驱为了寻求中国革命正确之路矢志不渝、浴血奋斗的坚定信念和抛头颅、洒热血的革命牺牲精神。

《寻路》的总顾问、中共中央文献研究室原主任逄先知，在谈到

2012 年 9 月 21 日，电视剧《寻路》开机新闻发布会，在北京人民大会堂举行

《寻路》剧本的思想性和艺术性的完美结合时说："这场发布会的召开，标志着王朝柱又一部重大革命历史题材的巨作即将与观众见面。我认为，《寻路》这部巨作的诞生，是王朝柱文学创作生涯的又一个高度！看完剧本之后，我意识到这部剧具有深刻的思想性，同时又有高超的艺术性，是思想性和艺术性的高度统一。剧本以其独具的思想深度，全面、准确、深刻地讲述了大革命失败后的血雨腥风和漫漫征程中，共产党人苦苦探寻中国革命道路的曲折历程，体现了较强的思想性、政治性。其叙事的厚重感、纵深感、宏大感，使之具有了史诗般的品格，值得我们期待。"

《寻路》艺术顾问，中国文联原副主席、著名文艺评论家仲呈祥，对于天津影视剧创作方面的突出成绩，给予很高评价。他表示："近几年，天津在影视剧创作方面成绩卓著，创作出一系列立足天津、放眼全国，受到全国观众普遍欢迎的好作品。我认为，天津已经成为名副其实的中国电视剧创作的重镇。"在谈到通读《寻路》剧本之后的感受时，他表示：“看完剧本，我就被这部剧讲述的内容深深感动。中国共产党的历史就是一部历经艰难曲折，不断从胜利走向胜利的寻路历史。”仲呈祥认为，《寻路》剧本中成功塑造了国共双方及其他方面的历史人物上百人，人物形象鲜活生动，有血有肉，立体丰满。该剧在写史的同时，通过大量的细节描写，注重塑造人物，周恩来的披肝沥胆、朱德的厚德载物、彭德怀的横刀立马等都表现得淋漓尽致。“《寻路》这部作品可以称得上是具有很高的史诗品格和美学品格的力作。”同时他也提出希望：“希望剧组在对《寻路》进行二度创作的时候，忠实于原著，忠实于原著的历史意义和美学意义，使我们的创作能够真正的更上一层楼。”

主创团队精心筹备

大型史诗电视连续剧《寻路》主创阵容强大，汇集了当前全国一流的影视剧创作队伍。编剧王朝柱曾创作过多部红色经典电视剧，该剧是他的又一全新力作。从筹备到撰写，《寻路》剧本历经两年时间完成，编剧王朝柱为此付出巨大心血。张多福、刘娟担任导演，许铂岑、刘劲、马晓伟等实力派演员担纲主演。剧组分成AB两组同时拍摄，在100天里将沿着当年毛泽东和工农红军走过的中国革命红色之路，转战江、浙、闽、赣、鲁和津、京、沪等历史事件发生地取景拍摄，力求真实还原历史。

为拍好这部剧，导演张多福和刘娟阅读了大量史料、资料以及与这段历史相关的文学作品。张多福说：“作为真实再现毛泽东等一代伟人在沉沉暗夜中对中国革命道路进行艰苦探索的鸿篇巨制，《寻路》还特别注重贴近电视观众欣赏习惯，讲求戏剧冲突和揭秘的悬念感，故事情节跌宕起伏，一波三折，比较吸引人。我想我们一定要以真实取胜，力求做到历史的真实、艺术的真实。”刘娟导演表示：“在接过拍摄任务之后，感到肩上责任重大，压力也很大，唯有挑战

毛泽东给林彪的信，批评了红四军党内存在的错误思想（剧照）

自我，将《寻路》做成一部里程碑式的电视剧作品。”

许铂岑是首次在荧幕上扮演毛泽东，为更好的把握人物，他在过去的一年零六个月时间里不接戏、不外出，只专心研读与毛泽东有关的书籍。许铂岑表示：“接到这个任务，心情既紧张又激动。”他认为，饰演革命领袖人物，不光外部形象要与人物原型符合，更重要的是要苦练内功。首先要吃透剧本和那段党史，再就是做好吃苦的心理准备，要将革命领袖形象的神魂更加淋漓尽致地表现出来。

（原载于 2012 年 9 月 22 日《今晚报》）

天津又一重大革命历史题材力作 大型电视剧《寻路》开机

继电视剧《解放》《辛亥革命》之后，由中共天津市委宣传部和天津广播电视总台策划推出的又一部重大革命历史题材电视剧《寻路》历时两年多酝酿，于 9 月 21 日在天津开机。天津市人大常委会主任肖怀远，中共天津市委常委、宣传部部长成其圣等出席开机仪式。

由王朝柱编剧的《寻路》全景式讲述了 1927 年大革命失败后至 1932 年 10 月宁都会议的五年时间里，以毛泽东、周恩来为代表的老一辈中国共产党人，在革命根据地和国统区两条战线上顽强坚持革命斗争的英雄史诗，热情讴歌了一大批革命先驱为了寻求中国革命正确之路矢志不渝、浴血奋斗的坚定信念和抛头颅、洒热血的革命牺牲精神。

《寻路》总顾问、中共中央文献研究室原主任逄先知说，《寻路》是王朝柱文学创作生涯的又一个高度。该剧既具有深刻的思想性，同时又有高超的艺术性。剧本以其独具的思想深度，全面、准确、深刻地展示了大革命失败后的血雨腥风和漫漫征程中共产党人苦苦

周恩来在上海领导中共地下斗争(剧照)

探寻中国革命道路的曲折历程,体现了较强的思想性、政治性。其叙事的厚重感、纵深感、宏大感,使之具有了史诗般的品格,值得我们期待。《寻路》艺术顾问、中国文联原副主席仲呈祥认为,《寻路》剧本成功塑造了国共双方及其他方面的历史人物上百人,人物形象鲜活生动、有血有肉、立体丰满。该剧在写史的同时,注重通过大量的细节描写塑造人物,周恩来的披肝沥胆、朱德的厚德载物、彭德怀的横刀立马等都表现得淋漓尽致,称得上是具有很高史诗品格和美学品格的力作。

据悉,剧组将沿着当年毛泽东和工农红军走过的中国革命红色之路,转战江浙闽赣鲁和京津沪等地,全部是在历史事件发生地取景拍摄,力求真实还原历史。《寻路》由张多福、刘娟担任导演,演员规模也格外庞大,除了刘劲、马晓伟等实力派演员外,剧组也大胆起用新人演绎历史人物,包括许铂岑(饰毛泽东)、赵凯(饰朱德)等。

(原载于2012年9月26日《文艺报》)

大型史诗剧《寻路》开机 2013 年登陆央视一套

继《解放》《辛亥革命》后，天津市委宣传部、天津电视台再次推出史诗性巨制《寻路》。该剧由《解放》《辛亥革命》的原班底打造，预计 2013 年上半年登陆央视一套黄金档。

该剧真实展现了自 1927 年“四·一二”大屠杀至 1932 年 10 月宁都会议五年间，毛泽东和他的战友们在中国革命的重大历史转折点，坚持从中国革命的实际出发，最终为中国革命闯出了“农村包围城市，武装夺取政权”这条胜利之路。该剧由《解放》《辛亥革命》的原班底打造，预计 2013 年上半年登陆央视一套黄金档。

再现系列重大历史事件

《寻路》真实展现了自 1927 年“四·一二”大屠杀至 1932 年 10 月宁都会议五年间，毛泽东和他的战友们在中国革命的重大历史转折点，坚持从中国革命的实际出发，最终为中国革命闯出了“农村包围城市,武装夺取政权"这条胜利之路。同时表现了周恩来领导下的中共地下党在国统区建立隐蔽战线,与敌对势力斗智斗勇的较量。讴歌了陈铁军、周文雍等革命先烈的崇高精神,对教条主义、宗派主义以及腐化堕落、叛党变节分子进行了鞭挞和批判。

剧中真实再现了"四·一二"大屠杀、秋收起义、三湾改编、井冈山会师、黄洋界大捷、古田会议、三次反围剿胜利等重大历史事件,全面、准确、深刻地讲述了大革命失败后的血雨腥风和漫漫征程中,共产党人苦苦探寻中国革命道路的曲折历程,具有重大的现实意义和深远的历史意义。

天津"史诗三部曲"收官之作

近年来,天津集中优势资源,着力打造天津电视剧品牌。《寻路》继电视剧《解放》《辛亥革命》之后,天津市策划推出的又一部重大革命历史题材作品。据悉,剧中有名有姓的演员三百多人,工作人员二百多人,分成AB两组同时拍摄,在100天里,将沿着当年毛泽东和工农红军走过的中国革命红色之路,转战江浙闽赣鲁和津京沪五省三市进行实地拍摄。预计明年上半年登陆央视一套黄金档。

《解放》《辛亥革命》原班底打造

《寻路》》由《解放》《辛亥革命》的原主创班底打造。编剧王朝柱曾创作过多部红色经典电视剧,该剧是他继《解放》《辛亥革命》之后的又一作品。接受采访中,他表示,"《寻路》,顾名思义,探寻中国革命之路。所以这部剧需要真实地再现这段错综复杂的历史,客观地写出这些领袖人物的不同性格,以及他们在探寻中国革命之路中的缺点和错误。让今天的观众从这段繁杂的历史中、这些历史人物的精神世界中认识过去,鉴知今天,在新时期的寻路中能少走一些弯

1931 年 5 月，毛泽东率部“钻牛角尖”，秘密穿过两敌之间 25 公里的空隙（剧照）

路。”导演张多福则表示，自己早已进入了创作状态，一定让这部戏同时满足领导、专家和观众的审美。剧中，许铂岑是首次在荧幕上扮演毛泽东，他表示，自己作为中国戏剧学院青年教师，首次出演青年毛泽东，心情既紧张又激动，“这段历史中的毛泽东还是青年，也是革命路线寻找的核心人物，需要更多更深入地理解剧本，肯定会与其他版本的毛泽东不同”。

（原载于 2012 年 9 月 22 日网易网）

大型史诗电视剧《寻路》开机

9 月 21 日，由大型史诗电视连续剧《寻路》，在天津举行了开机新闻发布会。值得一提的是，演员许铂岑是首次出演毛泽东的角色，在接受媒体采访时他也表示："希望能和其他演员塑造的毛泽东有所区别。"

将重走红色革命之路

《寻路》以革命史诗风格，真实生动展现了自 1927 年"四·一二"大屠杀至 1932 年 10 月宁都会议五年间，毛泽东和他的战友们在中国革命的重大历史转折点，坚持从中国革命的实际出发，于风雨逆境中上下求索，历经千难万险，九死一生，终于为中国革命创出"农村包围城市，武装夺取政权"这条从未走过的独特的胜利之路。同时表现了周恩来领导下的中共地下党在国统区建立隐蔽战线，与敌对势力斗智斗勇的较量。

毛泽东与朱德在雨中行进(剧照)

编剧写完作品病倒

编剧王朝柱,被誉为“中国编剧第一人”,曾成功创作过《开国领袖毛泽东》《李大钊》《张学良》《毛泽东周恩来与长征》《周恩来在上海》《决战淮海》《长征》《延安颂》《八路军》……多部重大历史题材的影视作品。在本月进行的金鹰奖角逐中,王朝柱又凭借《辛亥革命》斩获最佳编剧的殊荣。电视剧《寻路》是编剧王朝柱继《解放》《辛亥革命》之后的又一力作。王朝柱为写好这部作品,曾闭关长达3个月时间,在写完剧本的当天下午就病倒。而担任该剧导演的著名导演张多福、刘娟,更是查阅大量史料,为拍摄做好充分准备。

导演张多福在接受记者采访时表示:“《寻路》的拍摄会以真实故事为基础,但同时也不排斥谍战等手法的运用,力图让该剧在经得起推敲的同时,也非常好看。”

许铂岑首次出演毛泽东

《寻路》剧组可谓空前的庞大，剧中有名有姓的演员达三百多人,工作人员有二百多人。

剧组除了邀请刘劲、黄薇、马晓伟等观众所熟悉的特型演员加盟之外,也大胆起用新人,来自中央戏剧学院的青年教师许铂岑也将首次出演毛泽东。他透露,他此次塑造的毛泽东,褪去了领袖光环,更多是展现其平凡人性光辉的一面。对于许铂岑首次出演毛泽东,会让观众觉得不像的担心,导演张多福也回应:“我们严格按照历史人物的外形去寻找演员,神似是前提。”张多福还透露,剧中将展现毛泽东与贺子珍相恋的故事。

(原载于 2012 年 9 月 21 日搜狐网)

报　道

摄制

《寻路》拍摄　一路艰辛

由中共天津市委宣传部、中央电视台、天津广播电视台联合出品的史诗巨制大型史诗电视连续剧《寻路》，再现一段峥嵘岁月，展现中国共产党面对腥风血雨，如何求生存谋发展，探寻革命胜利道路的曲折历程。剧组秉承严谨的创作态度，齐心协力，克服困难，力求拍出精品。

善于“打硬仗”的团队

电视剧《寻路》的创作拍摄历时三年多的不懈努力。在创作拍摄的过程中，我市各有关方面全程参与，与剧组并肩战斗，确保了该剧的顺利拍摄。该剧制片人、天津电视艺术有限公司总经理倪祖铭告诉记者，电视剧《寻路》剧组在紧张艰苦的拍摄阶段，发扬“寻路”精神，同心协力誓将《寻路》打造成一部精品力作。他介绍：“《寻路》的拍摄，沿用了电视剧《解放》和《辛亥革命》的主要拍摄班底，这是个

《寻路》摄制组跋山涉水，力求还原历史真实场景（剧照）

善于‘打硬仗’的团队。剧组在进入革命老区拍摄时，那里的条件非常艰苦，生活上遇到很多问题，但大家都毫无怨言。为了让自己饰演的角色更加‘接地气’，几位主演和老区百姓吃住在一起，下地种田干农活，和当地百姓打成一片。大家都秉承着严谨的创作态度，以继续创作出重大革命历史题材精品力作的理念，克服重重困难，拍摄完成了《寻路》这部剧。”

剧组力求拍出精品

导演张多福告诉记者，为了严格尊重历史史实，最大化地还原历史场景，剧组花了大半年时间赴江西兴国、瑞金和井冈山，以及上海龙华烈士陵园、福建土楼等历史事件发生地实地采景，沿着当年革命领袖人物的足迹感知历史。“我们走过的地方，有些环境特别艰苦，为了保证拍摄效果和这部剧的质量，剧组上下齐心协力，不计个人得失，牺牲休息时间。特别是拍摄大柏地那场戏，我们找到当年打伏击战的大柏地原址时，那里已经种上了很多树，不适合拍摄。我们就在周边按照大柏地的原貌，找相似的地形。那场戏的拍摄非常艰苦，有很多爆破戏，用掉了上万发子弹，埋设了非常多的爆点，场面相当大，拍出来的效果也非常好。”张多福表示，尽管整个拍摄过程大家都很辛苦，但剧组人员的状态始终非常好。“剧组上下都有个想法，要拍出好的作品、拍出精品。在拍摄过程中，我们都被英雄先烈们的事迹感动和激励，剧组上下，从演员到工作人员都非常认真、非常真诚。”

（原载于 2013 年 6 月 18 日《今晚报》）

大型史诗电视连续剧《寻路》在天津紧张拍摄

日前，大型史诗电视连续剧《寻路》正在天津紧张拍摄。该剧是继《解放》《辛亥革命》之后，由中共天津市委宣传部、天津广播电视台联合出品的又一部大型史诗电视连续剧。该剧在天津选择了一些有特色的建筑和场景进行拍摄，力求达到再现历史场景的效果。

10 月 19 日，记者来到有着 149 年历史的天津利顺德大饭店豪华精选酒店(以下简称利顺德酒店)探班。《寻路》正在这里紧张拍摄。为了配合《寻路》的拍摄，利顺德酒店此次将维多利亚中庭花园、胡佛套房、孙中山套房和海维林酒吧提供给剧组，进行拍摄。这几处场景至今保留着古老的建筑风格，非常符合该剧的年代要求。

在采访中，扮演宋美龄的演员郑萍向记者表示，在天津拍摄过程中选取的都是实景拍摄，与摄影棚的效果不同，更能再现历史场景，也为演员的表演提供了更为真实的创作环境。谈到对于角色的扮演，郑萍说："我的表演是渐入佳境。刚开始的时候有些压力。因为《寻路》是我至今演艺生涯里最为重要的一部作品。开拍前我看了很

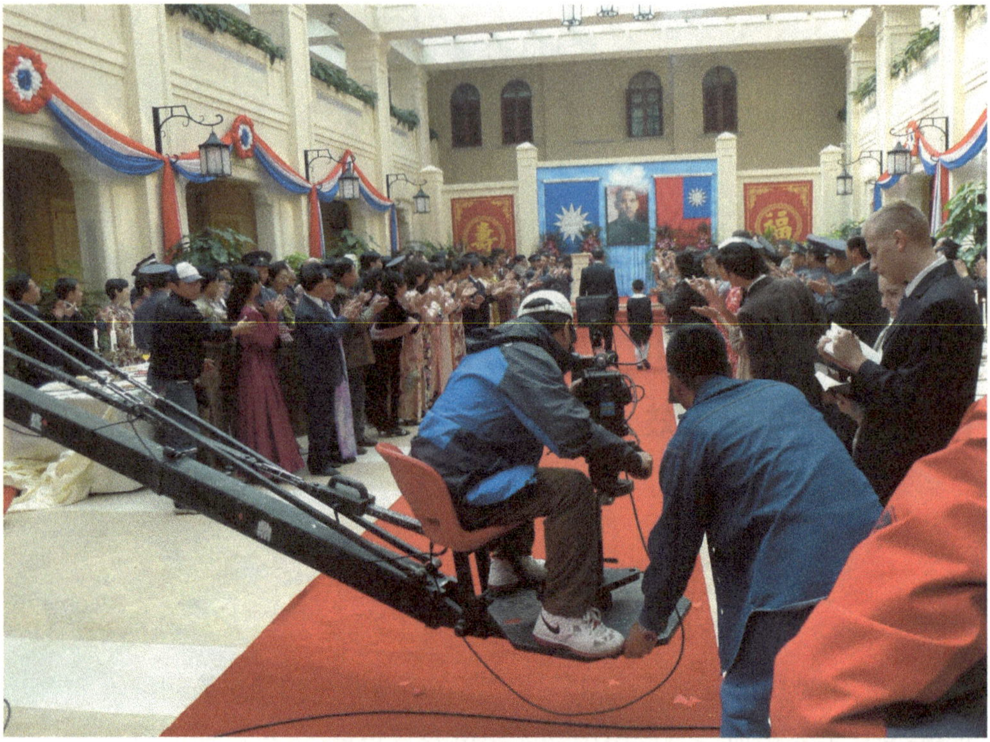

大型史诗电视连续剧《寻路》在津紧张拍摄中

多相关的书籍和影像资料，吸取好的经验。另外，编剧王朝柱老师也与我长谈过，帮我分析人物。王朝柱老师说我在外形和气质上与宋美龄很像，鼓励我在表演上找到自信。”

在现场，编剧王朝柱也向记者表示，《寻路》开拍以来，演员们的表演比较顺利，也达到了他预期的效果。许铂岑是首次在荧幕上扮演毛泽东，王朝柱认为许铂岑身上有一股书卷气，符合当时人物的特征。他说：“1927 年大革命失败后至 1932 年 10 月宁都会议期间，正是毛主席从拿着笔杆子的文人向军队领袖的过渡阶段。许铂岑身上的书卷气恰好符合当时人物的气质。对于他的表演，我也比较满意。”

《寻路》全景式讲述了 1927 年大革命失败后至 1932 年 10 月宁

都会议这五年间波澜壮阔的历史风云，以毛泽东为代表的一代中国共产党人在中国革命的重大历史转折点，坚持从中国革命的实际出发，于艰苦逆境中奋斗求索，历经千难万险，终于为中国革命闯出了“农村包围城市，武装夺取政权”这一条前人从未走过、其他国家更没有先例的崭新的胜利之路。同时，表现了周恩来等在上海建立隐蔽战线，与反动派斗智斗勇，坚持革命斗争的内容。该剧将这段峥嵘岁月用最大众化的电视艺术手段进行再现，将波澜壮阔的革命历程写就成一部最生动、最形象的历史教科书，可以让广大观众更加全面深刻地了解认识中国革命的艰难曲折，并从一大批革命先烈可歌可泣的奋斗牺牲中得到心灵的震撼和精神的洗礼，更可以激励广大人民群众坚定中国共产党的领导，坚持中国特色社会主义道路的信念和决心。

据了解，《寻路》在天津拍摄期间，得到了有关方面的高度重视和支持。同时，还得到了不少天津特色建筑单位及特色景区的支持。除了选取利顺德酒店的场景以外，还选取了天房置业有限公司的老开滦矿务局旧址、大维集团的东方公主号游轮、应大集团的徐氏旧宅、梁启超纪念馆、广东会馆、天津港客运码头、天津西洋美术馆、宁河七里海国家湿地公园和宁河卧牛湖度假村等地进行实景拍摄。

据悉，该剧将于本月26日完成在天津的全部拍摄任务，剧组将奔赴上海继续进行拍摄。

（原载于2012年10月19日北方网）

史诗巨作《寻路》拍摄正酣

由中共天津市委宣传部、中央电视台、天津广播电视台联合出品的大型史诗电视剧《寻路》拍摄正酣，剧组全体人员以高度的责任感和使命感投入创作，精益求精，力争拍出一部思想性、艺术性和观赏性俱佳的优秀作品，为党的十八大献上一份厚礼。

以高品质投入创作

连日来，《寻路》剧组在本市梁启超纪念馆、意式风情区、广东会馆、静园、西洋美术馆、和平宾馆等二十多处景地紧张拍摄，各方力量给予剧组大力支持和周到服务。昨天在利顺德大饭店豪华精选酒店，剧组拍摄了一场蒋介石（马晓伟饰）与宋美龄（郑萍饰）举行婚礼的重头戏，有近百名演职员参与。每拍摄一组镜头前，导演刘娟都会与主创人员就人物把握、拍摄方式等细心交流。她表示，从建组之初，全体演职员就以高标准、高要求投入创作，努力奉献出一部立得

第三次反围剿中，毛泽东、朱德根据截获敌台电报，掌握敌人动向（剧照）

住、留得下、传得开的优秀作品。

真实还原历史

为了真实还原历史，剧组做了大量细致入微的准备工作。著名编剧王朝柱在开拍前，便给剧中导演、主演详细讲解了相关党史。昨天，王朝柱也亲临拍摄现场，他在接受记者采访时表示："为写《寻路》，我酝酿了很长时间，读了大量关于中共党史和革命领袖的传记。自1927年'四·一二'大屠杀至宁都会议，短短的五年，毛泽东和他的战友们历经千难万险，九死一生，终于探寻到了一条'农村包围城市，武装夺取政权'的革命大道。就是这条长长的探寻中国革命之路中的一段，给后人留下了太多启示，是一笔了不起的精神财富。"

昨天的婚礼戏份告一段落时，第一次出演重大革命历史题材剧的郑萍称，她已经从压力中渐入佳境，“《寻路》是我目前演过的所有戏中非常重要的一部，为此我读了很多书和资料，研究了许多过去出现宋美龄的影视作品。尤其王朝柱老师给了我很大帮助，拍戏前我们有一次长谈，谈及演宋美龄最大的挑战，他语重心长地说其实我已经是这个人物了，外形和气质都很接近，最关键的是再找到内在的根和自信。现在可以说，宋美龄的根已经在我的心里生长发芽。”

发扬“寻路”精神

电视剧《寻路》的创作得到了中宣部和中共天津市委的关注和支持，拍摄该剧具有重大历史意义和现实意义。该剧制片人倪祖铭告诉记者：“创作组主创人员花了大半年时间深入前往江西兴国、瑞金和井冈山、上海龙华烈士陵园、福建土楼等实地采景，沿着当年革命领袖人物的足迹去感知历史。拍摄《寻路》是一项大工程，一定要发扬‘寻路’精神，同心协力，将《寻路》打造成一部具有里程碑意义的伟大作品。”在本市的拍摄工作完成后，剧组将于本月下旬赶赴上海、浙江等地取景，计划于今年年底完成拍摄进入后期制作，预计明年上半年在央视一套黄金时间播出。

（原载于 2012 年 10 月 20 日《渤海早报》）

《寻路》在江西永新紧张拍摄中

2012 年 10 月 24 日—26 日凌晨，为真实再现历史场景，电视剧《寻路》在永新县三湾改编旧址及永新县湘赣边界特委、红四军军委、永新县委联席会议旧址拍摄

《寻路》进入后期制作
精益求精打造电视剧精品

由中共天津市委宣传部、中央电视台、天津广播电视台联合出品的大型史诗电视剧《寻路》目前已进入后期制作阶段。该剧自2012年9月开机以来，跨越六省三市，总行程逾万里，剧组三百人的团队，AB两个摄制组拍摄历时百天。

精益求精，打造电视剧精品

《寻路》秉持严谨的创作态度，严格尊重历史史实，以广阔的视角、宏大的叙事，全景式讲述了1927年大革命失败后，以毛泽东为代表的一代中国共产党人在中国革命的重大历史转折点，坚持从中国革命的实际出发，于艰苦逆境中奋斗求索，历经千难万险，终于为中国革命闯出了“农村包围城市，武装夺取政权”这一条前人从未走过，其他国家更没有先例的崭新的胜利之路。同时，表现了周恩来等在上海建立隐蔽战线，与反动派斗智斗勇，坚持革命斗争的内容。

邓颖超祝贺熊瑾玎与朱瑞绶喜结良缘(剧照)

为了拍好《寻路》,剧组主创从建组的第一天起就时刻以创作时代精品的态度投入到拍摄中。该剧制片人倪祖铭告诉记者:“创作组主创人员曾赴江西兴国、瑞金和井冈山,以及上海龙华烈士陵园、福建土楼等地,历时半年感受历史氛围;剧中出现的二百多位历史人物,都经著名编剧王朝柱亲自为导演和主演一一详解相关党史;为了真实还原历史场景,美术部门四处查阅资料,拍摄了上千张照片,制作的场景图多达数百张;在著名化妆师王希钟的带领下,化妆部门将剧中历史人物的原型照片全部贴在墙上,和每一位演员进行认真比对……剧组每一位工作人员就是以这样的认真精神,力求将《寻路》打造成一部具有里程碑意义的伟大作品。”

据了解,在津拍摄期间,《寻路》剧组也得到了天津市各方的大力支持,先后在梁启超纪念馆、西洋美术馆、广东会馆、天津利顺德大饭店、原开滦矿务局、徐氏旧宅、天津港客运码头、东方公主号、宁河七里海国家湿地公园、宁河卧牛湖度假村等地取景，为全剧顺利拍摄提供了有力保障。

克服困难，不在艺术上丢分

在三个月的拍摄过程中，《寻路》剧组的每一位演职人员用一心一意“拍好剧”的精神激励着自己，也感染了身边的每一个人。

说起《寻路》，A组导演张多福每每都会竖起大拇指：“这是我见过的最艰苦的拍摄，最有激情的工作团队，最辛苦的场务，最好的烟火！”B组导演刘娟在谈及《寻路》的拍摄过程时，也满怀激动之情。在拍摄中，她时常会遇到拍摄时间和艺术要求发生冲突的情况。每到此时，她总是会“挤时间保艺术”，“宁可大家不睡觉，也不能在艺术上丢分、计划上掉队。”

从开机那天开始，《寻路》剧组就一直保持着每天十几个小时的工作量，一干就是三个月。极少的睡眠，大量的工作，使有的兄弟在拍摄现场站着就能睡着；南方北方，天气冷暖变化无常，许多人生了病依然坚持在片场。寒冷的晚上，经常可以看到现场有要热水喝药的场面，但是没有一个人叫苦，没有一个人掉队。

在随队拍摄过程中，武警某部一位指挥员将剧组的辛苦拍摄都看在眼中。他说：“回去一定要告诉没来的战士，电视剧《寻路》是怎样拍成的！剧组的工作人员有多累，我们要向剧组学习！”

（原载于2013年1月1日《天津日报》）

电视剧《寻路》进入后期制作
各方支持助力拍摄

由天津市委宣传部、中央电视台、天津广播电视台联合出品的大型史诗电视连续剧《寻路》，在圆满完成拍摄任务之后，已经进入后期制作。三个多月的拍摄中，《寻路》剧组跨越六省三市，行程万里。

作为继《解放》《辛亥革命》之后，本市策划推出的又一部重大革命历史题材作品，电视剧《寻路》讲述了 1927 年大革命失败后，以毛泽东、朱德、周恩来等为代表的老一辈中国共产党人，坚持从中国革命的实际出发，于艰苦逆境中奋斗求索，历经千难万险，终于为中国革命闯出了"农村包围城市，武装夺取政权"这一条前人从未走过，其他国家更没有先例的崭新的胜利之路。该剧由王朝柱编剧，张多福、刘娟联合执导，许铂岑（饰演毛泽东）、刘劲（饰演周恩来）、罗忆楠（饰演贺子珍）、马晓伟（饰演蒋介石）、郑萍（饰演宋美龄）、赵凯（饰演朱德）等实力派演员主演。

电视剧《寻路》的剧本厚重、扎实，为全剧的成功拍摄奠定坚实

《寻路》在天津七里海国家湿地公园拍摄，得到宁河县委、县政府和有关方面的大力支持

基础，而从筹备到撰写《寻路》剧本，编剧王朝柱在两年时间里付出了巨大心血；导演张多福和刘娟为拍好这部剧，阅读了大量史料和与这段历史相关的文学作品，拍摄中不惜力、不取巧，为追求、还原当年真实人物状态做了巨大努力。在制片部门的精心组织和安排下，全组上下发扬团队合作与拼搏精神，每天平均工作 14 个小时，并克服了许多困难，顺利完成拍摄。

值得一提的是，《寻路》剧组演员的平均年龄不到 30 岁。怎样演好领袖人物，让观众接受，是摆在演员面前的一个重要课题，也是制片部门和导演面临的课题。在接到拍摄任务之后，许铂岑、赵凯、罗忆楠、高原等演员做了大量的案头工作；制片部门也组织年轻演员听课、阅读、体验生活，编剧和导演为演员讲述创作思想、人物把握要点、示范动作等。拍摄中，年轻演员严格要求自己，认真揣摩人物内心情感，力求最大化还原自己饰演的人物。在拍摄过程中，他们不怕辛苦，无论是拍摄冰天雪地中单衣跳入寒冷河水的戏，还是战争戏中在密集的炸点中穿梭，都亲力亲为，从不叫苦。

《寻路》自去年9月21日在津开机以来，得到了天津社会各界的鼎力支持。在津拍摄期间，剧组在梁启超纪念馆、西洋美术馆、广东会馆、天津利顺德饭店、原开滦矿务局、许氏旧宅、天津港客运码头、东方公主号、宁河七里海国家湿地公园、宁河卧牛湖度假村等地拍摄，这些场地的工作人员都给予剧组全方位的支持，许多取景地为剧组提供了周到的服务。在剧组转场江西吉安、上海及浙江横店继续拍摄后，也得到拍摄地各方面的大力支持。

（原载于2013年1月1日《今晚报》）

专家审片后盛赞：《寻路》实现影视创作新突破

由中共天津市委宣传部、中央电视台、天津广播电视台联合出品的大型史诗电视连续剧《寻路》，将于6月18日在央视一套黄金档开播。这部剧是天津继《解放》《辛亥革命》之后，策划推出的又一部重大革命历史题材作品。国家重大历史题材领导小组的专家们在审片之后，盛赞这部剧从策划到制作，都实现了影视创作的新突破。

史诗巨制《寻路》全景式讲述了1927年大革命失败后至1932年间，以毛泽东、周恩来、朱德为代表的一代中国共产党人，把马克思主义普遍原理同中国革命实践相结合，在革命根据地和国统区顽强坚持革命斗争，为中国革命走出了一条“农村包围城市，武装夺取政权”的光明之路，热情讴歌了一大批革命先烈为寻求中国革命正确之路矢志不渝、浴血奋斗的坚定信念和抛头颅、洒热血的革命牺牲精神。

参加审片的专家们一致认为：《寻路》是一部思想性、艺术性和观赏性俱佳的优秀作品。这部剧主题立意鲜明，角度新颖独特，拍摄制作精良，生动展现了中国共产党历经磨难不断发展的曲折历程，开掘弘扬了党带领人民探寻中国革命道路的重大主题，具有深远的历史意义和强烈的现实意义。

该剧总顾问，中央文献研究室原主任、著名党史专家逄先知，对于剧中青年毛泽东形象的塑造颇为满意。他认为，该剧成功塑造了青年毛泽东革命领袖的光辉形象，其高瞻远瞩的雄才大略既体现了他对中国国情的独立思考与深刻体察，体现了他对农民问题在中国革命中的重要地位和无产阶级领导农民斗争的极端重要性的正确认识，尤其体现在他与共产国际和党内“左”倾路线“城市中心论”的教条主义和宗派主义进行的坚决斗争上。剧中，毛泽东出神入化的超人胆识和绝不盲从的性格特点，给人留下了极其深刻的印象。该剧还以一种平民化的视角，生动展现了毛泽东与贺子珍，与曾志、蔡协民等的相识相交，表现了他们作为普通人的喜怒哀乐，让人感到平易近人，可亲可敬。

中国文联原副主席、著名文艺评论家仲呈祥说，《寻路》一剧成功塑造了国共双方及其他方面的历史人物上百人，人物形象鲜活生动，有血有肉，立体丰满。

中央文献研究室原常务副主任、著名近代史专家金冲及说，《寻路》为同题材的大型革命历史剧提供了许多新的思路。中国文联原副主席、著名文艺评论家李准说，《寻路》对重大革命历史题材影视剧创作，实现了新的突破。看片后感到既有新鲜感，又有创造性。

专家们一致认为，这部剧一定能够成为一部反映波澜壮阔的革命历程、予人以精神力量的历史教科书，激励大家为实现中国梦奋力前行。这部剧的播出，对于广大人民群众，特别是青少年朋友全面了解党的历史，进一步坚定中国共产党的领导、坚持走中国特色社会主义道路将发挥出积极的作用。

（原载于 2013 年 6 月 16 日《今晚报》）

报 道

开 播

《寻路》央视将播 展现中国革命艰辛历程

由中共天津市委宣传部、中央电视台、天津广播电视台联合出品的大型史诗电视连续剧《寻路》,6月18日起将在中央电视台一套节目黄金时间播出。6月14日,该剧首播新闻发布会在北京人民大会堂举行。

市人大常委会主任、该剧总策划肖怀远;中组部原部长张全景;该剧总顾问,中央文献研究室原主任、著名党史专家逄先知;中央文献研究室原常务副主任、著名近代史专家金冲及;海军副政委王兆海;该剧总出品人、中央电视台台长胡占凡;中国文联副主席、中国电视艺术家协会主席赵化勇;中国文联党组成员、书记处书记夏潮;该剧艺术顾问,中国文联原副主席、著名文艺评论家李准;《文艺报》原主编郑伯农、《小说》原主编李硕儒;该剧历史顾问,中央文献研究室专家冯蕙、黄允升、廖心文、熊华源;中视协分党组书记、驻会副主席张显及有关方面的领导和专家出席会议。中央和地方百余家媒体、网站的记者出席新闻发布会。

毛泽东率领革命武装艰难探寻
中国革命道路(剧照)

电视连续剧《寻路》是继《解放》《辛亥革命》之后，本市策划推出的又一部重大革命历史题材作品。该剧全景式讲述了1927年大革命失败后至1932年间，以毛泽东、周恩来、朱德为代表的一代中国共产党人，把马克思主义普遍原理同中国革命实践相结合，在革命根据地和国统区顽强坚持革命斗争，为中国革命走出了一条“农村包围城市，武装夺取政权”的光明之路，热情讴歌了一大批革命先烈为寻求中国革命正确之路矢志不渝、浴血奋斗的坚定信念和抛头颅、洒热血的革命牺牲精神。

该剧主创阵容强大，汇集了当前全国一流的影视剧创作队伍。曾创作过多部红色经典电视剧的王朝柱担任编剧，张多福、刘娟担任导演，许铂岑、刘劲、马晓伟等实力派演员担纲主演。全体人员以强烈的责任感投入创作，剧组行程万余里，沿着当年毛泽东和工农红军走过的中国革命红色之路，转战苏、浙、闽、赣、鲁和津、京、沪等历史事件发生地取景拍摄，力争为广大观众奉献出一部无愧于历史和时代的精品力作。

肖怀远在讲话时对中宣部、国家安全部、国家广电总局、中央电视台、重大革命历史题材领导小组等方面的大力支持和有关领导专家的倾情指导，以及主创人员、剧组成员的辛勤付出表示感谢。他说，中国共产党的历史，就是一部历经艰难曲折，团结带领中华民族走向伟大复兴的寻路历史。电视连续剧《寻路》将党的这段峥嵘岁月用最大众化的电视艺术手段进行再现，让广大观众更加全面深刻地了解认识中国革命的艰难曲折，从革命先烈的奋斗牺牲中得到精神的洗礼，更加坚定中国共产党领导、坚持中国特色社会主义的信念和决心。该剧从历史发展规律的高度告诉人们，要发展中国，实现中华民族的复兴伟业，不能照搬西方之路，只有探寻符合中国国情的中国特色社会主义道路，才能真正实现“中国梦”。

（原载于2013年6月14日
CNTV中国网络电视台）

谱写共产党人艰难探寻中国革命道路的英雄史诗

由天津市委宣传部、中央电视台、天津广播电视台联合出品，著名编剧王朝柱执笔，张多福、刘娟担任导演，许铂岑、刘劲、马晓伟等实力派演员担纲主演的电视剧《寻路》6月18日将登陆央视一套黄金时段。天津市人大常委会主任肖怀远，中央电视台台长胡占凡，中国文联党组成员、书记处书记夏潮以及张全景、逄先知、金冲及、李准、张显、向云驹、王伟国、曾庆瑞、黄会林等专家出席了该剧6月14日在北京人民大会堂举办的首播新闻发布会。

《寻路》以其独具的思想深度，全面、准确、深刻地讲述了1927年大革命失败后至1932年间，以毛泽东、周恩来为代表的老一辈中国共产党人，在革命根据地和国统区两条战线顽强坚持革命斗争的英雄史诗，热情讴歌了一大批革命先驱为了寻求中国革命正确之路矢志不渝、浴血奋斗的坚定信念和抛头颅、洒热血的革命牺牲精神。

该剧主创阵容强大，汇集了当前全国一流的影视剧创作人员。编剧王朝柱曾创作过多部红色经典电视剧，该剧是他的又一全新力

毛泽东与朱德(剧照)

作,从筹备到撰写《寻路》剧本历经两年时间完成。王朝柱说,之所以写这部电视剧就是想让观众了解,中国的发展必须要与中国革命实际相结合,才能实现中华民族的伟大复兴。为拍好这部剧,张多福和刘娟阅读了大量史料以及与这段历史相关的文学作品。张多福说:“作为真实再现毛泽东等一代伟人在沉沉暗夜中对中国革命道路进行艰苦探索的鸿篇巨制,《寻路》还特别注重贴近电视观众欣赏习惯,讲求戏剧冲突和揭秘的悬念感,故事情节跌宕起伏,一波三折。我想我们一定要以真实取胜,力求做到历史的真实、艺术的真实。”演员许铂岑首次在荧幕上扮演毛泽东,为更好地把握人物,他在过去的一年零六个月时间里不接戏、不外出,只专心研读与毛泽东有关的书籍。许铂岑认为，饰演革命领袖人物，不光外部形象要与人物原型符合，更重要的是要苦练“内功”。要吃透剧本和那段党史，才能将革命领袖形象的神魂更加淋漓尽致地表现出来。

（原载于 2013 年 6 月 17 日《中国艺术报》）

《寻路》致敬历史 启示未来

2013年6月14日下午1:30,北京人民大会堂,大型史诗电视连续剧《寻路》央视首播新闻发布会开始前半小时,会议厅旁的休息室里已是欢声笑语。当中国文联原副主席、著名文艺评论家李准走进休息室的时候,编剧王朝柱立刻迎了上去,拉住李准的手,两位老友开心地聊了起来。王朝柱说:“老伙计,感谢支持啊!”李准也揽住王朝柱的胳膊高兴地说:“柱子哥,祝贺啊,也感谢你们为观众又带来一部重大历史题材的精品之作!”

之后,随着该剧总顾问,中央文献研究室原主任、著名党史专家逄先知,中央文献研究室原常务副主任、著名近代史专家金冲及,中国文联副主席、中国电视艺术家协会主席赵化勇等专家的陆续到来,大家围坐在一起,专家们与该剧总策划、制片人等亲切交谈,现场一片欢快、喜悦的气氛洋溢开来。

李准说:“今天我们来参加电视剧《寻路》开播的发布会,这更像一场老朋友的聚会。这几年来,我和在座的几位史学家、文艺评论

2013 年 6 月 14 日，大型史诗电视连续剧《寻路》首播新闻发布会在北京人民大会堂举行

家，一直在关注天津在重大历史题材影视创作方面所做的工作。从《解放》到《辛亥革命》，再到《寻路》，我们非常高兴地见证了天津在策划、制作重大革命历史题材影视剧方面扎实迈进，取得的突出成绩。这些成绩的取得，也为我们国家在重大革命历史题材影视创作方面提供了有益的启示和参考。”

专家盛赞:《寻路》有高度,看点多,精彩好看

发布会尚未开始,逄先知、金冲及、李准等专家便已被媒体记者围住竞相采访。谈到观看这部剧后的感受,专家们都有很多话想说。

作为《寻路》的总顾问,逄先知告诉记者,他已提前看完了整部电视剧《寻路》,看后非常感动。他认为,这部剧有很多看点,“首先是真实:看了这部剧,等于看了一遍党史,能够受到很好的教育;第二,情节设置精彩好看:剧中有很多矛盾,有国共两党间的矛盾、有党内两条路线的矛盾,还有国民党新军阀内部的矛盾,以及共产党与叛徒的斗争,各种矛盾错综复杂,但叙述得有条不紊,跌宕起伏、引人入胜;第三,很有现实的教育意义:要寻找中国正确的革命道路,怎么选择?就是从中国实际出发。而寻找新的道路,必须要有创新、开拓的精神。”

该剧艺术顾问李准认为,这部剧在中国共产党成立后的重大革命历史题材影视剧中,揭秘历史的深度和密度最高。“比如第一集中,周恩来冒着被杀头的危险去质问蒋介石,这是以往此类题材影视剧中从来没有表现出的。”李准还特别提到,这部剧的片名“寻路”,高度提炼了这部剧的“戏魂”。

由中共天津市委宣传部、中央电视台、天津广播电视台联合出品的大型史诗电视连续剧《寻路》,秉持严肃认真的创作态度,严格尊重历史史实,以广阔的视角、宏大的叙事,全景式讲述了1927年大革命失败后至1932年间,以毛泽东为代表的一代中国共产党人在中国革命的重大历史转折点,坚持从中国革命的实际出发,历经千难万险,在革命根据地和国统区顽强坚持斗争,于艰难困苦中奋斗求索,终于为中国革命闯出了“农村包围城市,武装夺取政权”的伟大道路。

该剧从历史发展规律的高度告诉人们,要发展中国,实现中华民族的复兴伟业,不能照搬西方之路,只有探寻符合中国国情的中

国特色社会主义道路，才能实现中国梦。

主创感受：百日行程万里拍摄，经历灵魂的洗礼和震撼

将于18日在央视一套黄金时间首播的电视剧《寻路》，汇集了当前全国一流的影视剧创作队伍。自2012年9月开机以来，导演张多福、刘娟分别带领AB两个组转战南北、行程万里拍摄。在100天紧张拍摄中，他们重上井冈山、重走红军路、重访老红军，经历灵魂的洗礼和震撼，在艰苦的条件下，用“寻路”精神完成了这部巨制的拍摄。

回忆起拍摄经历，剧组人员无不感慨万分。导演张多福在发布会上动情地说：“尽管我们拍这部剧受了很多苦，但剧组中的每个人特别是年轻演员都在拍摄过程中深受教育，精神世界得到了升华。”

剧中除了饰演周恩来的刘劲、饰演邓颖超的黄薇和饰演蒋介石的马晓伟，还大胆起用了许铂岑、赵凯、罗忆楠、高原等一批青年演员担纲主要角色。饰演毛泽东的许铂岑是首次在荧幕上扮演毛泽东，为准确地把握人物，他花了大量时间研读有关书籍，找专家请教。拍摄中反复揣摩人物内心情感。重大历史题材审查小组专家们看完这部剧之后，一致认为许铂岑饰演的青年毛泽东形象“立得住”。

发布会上，当精彩的片花播放完毕，现场观众报以热烈的掌声。中央电视台台长胡占凡说：“相信《寻路》播出后定将赢得社会各界好评，成为继《解放》《辛亥革命》之后又一部能够立得住、留得下、传得开的史诗作品。”

（原载于2013年6月15日《今晚报》）

《寻路》将在央视开播：展历史底蕴　寻革命之路

由中共天津市委宣传部、中央电视台、天津广播电视台联合出品的44集大型史诗电视剧《寻路》将于6月18日在央视一套黄金档盛大开播。14日在北京举行的新闻发布会上，该剧众主创及专家一致表示，《寻路》独具思想深度和现实意义，是一部能够让观众品味历史、思索未来的红色力作。

史诗品格充满正能量

大型史诗电视剧《寻路》全景式讲述了1927年大革命失败后至1932年间，以毛泽东、周恩来为代表的老一辈中国共产党人，在革命根据地和国统区两条战线顽强坚持革命斗争的英雄史诗，热情讴歌了一大批革命先驱为了寻求中国革命正确之路矢志不渝、浴血奋斗的坚定信念和抛头颅、洒热血的革命牺牲精神。

发布会上，《寻路》编剧王朝柱，导演张多福、刘娟，主演许铂岑

《寻路》在江西拍摄中

（饰毛泽东）、刘劲（饰周恩来）、罗忆楠（饰贺子珍）、赵凯（饰朱德）、黄俊鹏（饰陈毅）、黄薇（饰邓颖超）等主创人员纷纷上台分享创作感悟。金牌编剧王朝柱坦言，《寻路》顾名思义，是探寻中国革命之路，不仅能关照历史，更能昭示现在与未来，“我为写《寻路》酝酿了很长时间，阅读了大量关于中共党史和革命领袖的传记。《寻路》要做到真实地再现这段错综复杂的历史，客观地展现这些领袖人物的不同性格和精神世界，让今天的观众从中认识过去、鉴知当下。只有坚持走中国共产党领导的道路，我们才能实现‘中国梦’，实现中华民族的伟大复兴。”

张多福说：“《寻路》非常注重贴近电视观众欣赏习惯，讲求戏剧冲突和揭秘的悬念感，故事情节跌宕起伏，一波三折。”《寻路》启用了大量青年演员，全剧组上百名演员的平均年龄不到30岁。张多福相信，这部充满正能量的红色史诗剧能够感染年轻观众。

“中国梦”需“寻路”精神

《寻路》日前通过重大办专家组和国安部审查，得到有关领导、专家的高度评价。发布会现场，《寻路》总顾问、中共中央文献研究室原主任逄先知在谈到《寻路》的思想性和艺术性的完美结合时说：“看完《寻路》之后，我意识到这部剧具有深刻的思想性，同时又有高超的艺术性。该剧全面、准确、深刻地讲述了在大革命失败后的血雨腥风和漫漫征程中，共产党人苦苦探寻中国革命道路的曲折历程。其叙事的厚重感、纵深感、宏大感，使之具有史诗般的品格，值得我们期待。”

中国文联原副主席、著名文艺评论家李准表示，《寻路》既有深厚的历史底蕴，又具新鲜感与美学品格，可谓让中国重大革命历史题材作品站上了新起点。中央电视台台长胡占凡称，秉承“好剧出央视”的理念，他在看完《寻路》后深深感动，“中国共产党的历史就是一部历经艰难曲折，不断从胜利走向新的胜利的寻路历史。该剧展现的革命志士以天下为己任的情怀，正是表达了实现‘中国梦’的追求。”

（原载于 2013 年 6 月 15 日《渤海早报》）

电视剧《寻路》今央视开播

由中共天津市委宣传部、中央电视台和天津广播电视台策划摄制的大型史诗电视连续剧《寻路》，历时三年多的不懈努力，今日起在中央电视台一套节目黄金时间播出。该剧是继《解放》《辛亥革命》之后，本市策划推出的又一部重大革命历史题材作品，为纪念中国共产党成立 92 周年献上了一份厚礼。

电视连续剧《寻路》生动讲述了 1927 年大革命失败后至 1932 年宁都会议这五年间，中国共产党对中国革命道路进行艰苦探索的曲折历程，挖掘和提炼出了“寻路”这一重大主题。该剧真实再现了秋收起义、三湾改编、井冈山会师、红四军成立、黄洋界大捷、古田会议、三次反“围剿”胜利、宁都会议等重大历史事件。同时，描写表现了党在白色恐怖下的国统区建立隐蔽战线，坚持开展对敌斗争的动人经历。

本市相关部门高度重视电视剧《寻路》的创作生产，有关负责同志从策划剧本到拍摄制作全过程参与，深入拍摄现场，与主创进行

毛泽东在前线与林彪讨论战略战术(剧照)

沟通交流,对该剧的政治把握、人物定位等提出明确要求。摄制组秉持严肃认真的创作态度,沿着当年毛泽东和工农红军走过的中国革命红色之路,行程万余里,转战苏、浙、闽、赣、鲁、冀和津、京、沪等历史事件发生地取景,精心拍摄,精心制作。

许多领导专家表示,这些年来,天津高度重视重大革命历史题材创作,弘扬主旋律,促进文艺繁荣,充分发挥优秀作品教育人民、引导社会、推动发展的作用。电视剧《解放》《辛亥革命》《寻路》三部重大革命历史题材电视剧相继推出,奠定了天津在全国电视剧创作生产的重要地位。

(原载于 2013 年 6 月 18 日《今晚报》)

《寻路》行程万余里
拍摄之路体味先辈艰辛

今晚,由市委宣传部和天津广播电视台策划摄制的大型史诗电视连续剧《寻路》将登陆央视一套黄金档。该剧全面展示了中国共产党在 1927 年至 1932 年五年间历经艰难曲折探寻中国革命正确之路的波澜画卷,激情谱写了革命根据地和“国统区”两条战线顽强坚持革命斗争的英雄史诗。这是本市继《解放》《辛亥革命》之后又一部重大革命历史题材电视剧, 在即将迎来中国共产党成立 92 周年生日之际,该剧在中央电视台播出意义重大。

该剧以国共合作全面破裂和大革命失败为时代背景,以毛泽东开辟井冈山革命根据地,探寻中国革命道路为主线,同时展现了党在国统区建立隐蔽战线,坚持开展对敌斗争的战斗历程。该剧剧名“寻路”,即是全剧主题。为了探寻中国革命正确之路,中国共产党历经了艰苦卓绝的“寻路”历程。这条路走来极其艰辛,而“寻路”的主题在当今更具有强烈的现实意义和深远的历史意义。

该剧自 2012 年 9 月开机以来,几百人的剧组分为 AB 两个摄制

毛泽东在井冈山的艰苦岁月（剧照）

组，跨越六省三市，行程万余里，沿着当年工农红军革命足迹，在历史事件发生地取景拍摄，力求真实还原历史。

据介绍，剧中出现的历史人物多达三百余位，其中主要人物除刘劲饰演的周恩来和马晓伟饰演的蒋介石外，剧组大胆起用了一批新人演绎毛泽东、朱德等人物形象。该剧导演张多福告诉记者，除了靠化妆的办法在形象上接近伟人外，更重要的是要让青年演员从内在气质上更靠近伟人。“因为他们都是在城市里生活，难免会有一种脂粉气，我们就让他们尽量地去体验生活，每天与当地百姓同吃同住同劳动,在骄阳与风雨中体味当年老一辈革命家的艰辛。”张多福的想法和做法也得到了剧组所有青年演员的认可，毛泽东的扮演者许铂岑就表示，在拿到剧本后自己做的第一件事就是搜集各种资料，“每天就是看资料、读书，到江西去采风,与当地农民一起生活，开拍前看大量的纪录片以及那个时代的影像资料。”

说起拍摄《寻路》的感受，已经多次在影视剧中饰演周恩来形象的刘劲颇多感慨："我认为这既是一部文艺作品，又是一部教科书，同时也是一部非常精彩、励志的革命偶像剧。希望年轻人可以坐下来好好看一看，跟那个年代的革命者来个心灵互动，看完后绝对会有所收获的。"

（原载于2013年6月18日《天津日报》）

《寻路》实现历史剧的新探索

为纪念中国共产党成立92周年，央视一套日前推出了大型史诗电视连续剧《寻路》，该剧生动展现了1927年大革命失败后至1932年间，中国共产党人历经千难万险探寻革命胜利道路的艰难历程。值得一提的是，该剧将一些重大历史事件首次搬上荧屏，为同题材的大型革命历史剧提供了许多新的思路。

新探索：力求还原历史场景

为求最大化地还原历史场景，《寻路》剧组花了大半年时间赴江西兴国、瑞金和井冈山，以及上海龙华烈士陵园、福建土楼等历史事件发生地实地采景；为了让角色更"接地气"，几位主演深入革命老区和当地百姓吃住在一起，下地种田干农活；为了拍摄好一些气势宏大的部队行军、会师和战争场面，剧组投入了大量的人力、物力，导演张多福回忆道："在拍摄大柏地那场戏时，我们找到当年打伏击战的大柏地原址，那里已经种上了很多树，不适合拍摄。我们就在周边按照大柏地的原貌，找相似的地形。”

新思想：缅怀并致敬“中国梦”

中央文献研究室原常务副主任、著名近代史专家金冲及指出，《寻路》最大的亮点在于剧中“没有回避革命前进道路上曾经遇到过的困难”。在那个困难的时代中，我们的第一批领导人，都能感到中国人必须要站起来，为了那个时代的“中国梦”奋斗，而如今前面还有更大的“中国梦”等着我们去实现，所以我们也要像革命先辈们那样，不断在探索中前进。

用新人：为红色经典注入活力

为了让这类红色经典题材更加贴近观众，剧组大胆起用新人，除了刘劲（饰周恩来）、黄薇（饰邓颖超）等几位老演员外，剧中使用了大量青年演员。导演张多福表示，在拍摄过程中这些青年演员不仅看了大量历史方面的书，更是努力去体验当年的生活，从形象和气质上尽量靠近几十年前的人物，这方面的要求是非常严格的。

（原载于 2013 年 6 月 21 日《沈阳日报》）

报 道

热 播

革命历史题材电视剧《寻路》热播 百所红军小学选为革命历史教材

革命历史题材电视剧《寻路》在我台综合频道黄金档热播后，引起了巨大的反响，被全国的一百多所红军小学定为革命历史教育的教材。

大型史诗电视剧《寻路》展现了 1927 年至 1932 年五年间，毛泽东和他的战友们历经千难万险为中国革命闯出了“农村包围城市，武装夺取政权”的胜利之路。日前我台电视剧频道和全国红军小学建设工程理事会相关人员，来到湖南和江西的一些红军小学赠送电视剧《寻路》的光盘，供师生收看。围绕电视剧的相关剧情，红军小学还开展了参观革命遗迹，讲革命故事等活动，让孩子们收看《寻路》，成为生动的革命历史教育课堂。

（原载于 2013 年 7 月 22 日中央电视台新闻频道）

红军小学的师生收看《寻路》
（中国青年网通讯员　熊伟摄）

贺子珍红军小学在枫树坪下听校长
李升讲述“三湾改编”的故事

百所红军小学以多种形式收看《寻路》收效良好

湖南省宜章县曾经是湘南起义的策源地，宜章县“碕石村革命英烈红军小学”在组织同学们看《寻路》的同时，还请老革命家彭儒的女儿陈宜生到学校讲述当年的革命史，加深了同学们对《寻路》剧情的理解。彭星慧同学说：通过这样的活动，使自己更了解了革命历史，当年老一代革命家朱德、陈毅在这里发动了宜章年关暴动，打响了湘南起义第一枪，作为革命老区的后代，要继承先辈的革命精神，薪火相传。

遂川“正人红军小学”采取争取家长配合，以家庭为主收看《寻路》的方法，保证了收看的深入进行。黄逸同学全家在央视播出《寻路》期间，每天都提早做完家务，然后坐在一起收看，看完后，爸爸对于片中的一些问题，还做重点讲解，使黄逸有了很大的收获。他说：没有想到革命的成功是这样来之不易，正是有了毛泽东等老一辈革命家的艰难探索，最终才找到成功之路。

“贺子珍红军小学”地处江西三湾地区，这里是红军建设中“三

全国红军小学建设工程理事会副理事长兼秘书长方强到湖南宜章"碕石村革命英烈红军小学"指导收看《寻路》

湾改编"发生地,他们在重点组织同学们收看《寻路》中关于"三湾改编"的内容后,带领同学们来到三湾枫树坪下,校长李升讲述当年在这里发生的具有重要历史意义的事件,使同学们深刻认识到"三湾改编"是我党建设新型人民军队最早的一次成功探索和实践,标志着毛泽东建设人民军队思想的开始形成。

"井冈山毛泽东红军小学"在组织同学们收看《寻路》的过程中,把央视电视剧频道的有关领导请到学校,请他们讲述《寻路》所揭示的重大意义,促进了收看活动。电视剧频道常务副总监韩建群向同学们介绍了《寻路》的剧情,引导同学们从中国革命发展的客观规律和中国革命必然选择的高度,认识农村包围城市的革命道路,使同学们大有收益。学校还组织同学们到宁冈朱毛会师的地方,重温革命历史,在同学中开展讲革命故事活动,并组织同学们在井冈山革

红军小学的学生开展讲革命故事的活动

命历史纪念馆前朗诵毛主席的诗词《西江月·井冈山》，体味老一辈的革命情怀，使同学们更加了解了井冈山的革命斗争史，知道了"农村包围城市，武装夺取政权"这一光辉道路产生的背景。

通过多种形式地收看以及围绕《寻路》开展多项活动，使百所红军小学的孩子们认识到，农村包围城市的革命道路，是符合中国国情的正确的革命道路，也是中国革命能够成功的唯一正确的革命道路。作为革命老区的新一代，要牢记革命历史，传承革命精神，肩负起习近平爷爷提出的强国梦，让我们的祖国更加昌盛。

全国百所红军小学以多种形式收看《寻路》活动，在社会上引起了热烈的反响。新华社、人民日报、中央电视台电视剧频道"影视同期声"、中国青年报以及地方新闻媒体进行了大量报道。

（原载于2013年7月26日中国青年网）

《寻路》引观众“追剧”

由天津市摄制的大型史诗电视连续剧《寻路》，在央视一套开播之后，吸引了众多媒体和广大观众关注。多位观众告诉记者，自从《寻路》开播后，每天晚上吃过晚饭，都会守在电视机前“追剧”。

国内众多媒体关注

电视剧《寻路》再现1927年大革命失败后至1932年间那段峥嵘岁月，展现中国共产党面对腥风血雨，如何求生存谋发展，探寻革命胜利道路的曲折历程。开播后，引起中央媒体广泛关注。《人民日报》《光明日报》《文艺报》《中国艺术报》、人民网、中国网络电视台等，都对这部剧的开播、剧情以及演员阵容给予报道。中央电视台《影视同期声》《影视俱乐部》《精彩一刻》等栏目，还特别为电视剧《寻路》录制了专题节目。央视网《戏中人》栏目，也对主创进行专访，讲述这部剧拍摄中的精彩故事。此外，《北京晚报》《新京报》《南方日报》《扬子晚报》《华商报》《广州日报》《羊城晚报》《齐鲁晚报》等国内众多媒体，也纷纷对电视剧《寻路》的播出给予关注、报道。

揭秘性成一大看点

《寻路》中内容的新鲜感和情节的揭秘性，成为吸引观众的一大看点。家住南开区的观众张广文告诉记者，《寻路》开播后，他一直在看，“很好看，从第一集开始就很抓人。该剧开门见山地展现了 1927 年‘四·一二’蒋介石叛变革命，血腥屠杀革命者，以毛泽东、周恩来等为代表的共产党人，不畏白色恐怖，不怕流血牺牲，顽强坚持革命斗争的历史时代背景。”他认为，这部剧的播出，会让观众特别是年轻人了解认识当年革命先辈怎样坚持真理，艰苦奋斗，最终寻找到正确革命之路的艰难历程。

创作态度精益求精

电视剧《寻路》从策划到拍摄，始终坚持严谨认真、精益求精的创作态度。一位曾参与该剧拍摄的群众演员告诉记者：“我有幸参加并目睹了《寻路》在梁启超纪念馆的全部拍摄过程。为了真实再现剧中的环境，剧组工作人员费了很大心思。因为纪念馆院子里的喷泉和剧中要求的场景不相符，工作人员愣是花费了大半天的时间，把喷泉四周用材料包围起来。刚开始我觉得，只不过是一个一闪而过的镜头，何必这么麻烦。但后来我被他们这种精雕细琢、力求完美的创作态度感动了。这部剧开播以来，我一直在看。作为一名普通观众，我觉得《寻路》非常好看。比如，毛泽东在战友牺牲之后也会号啕大哭，生气的时候也会怒吼、骂人。这样的生动细节，是之前这类电视剧中很少见到的。另外，表现周恩来领导我党隐蔽战线斗争的内容，剧情很紧凑，很吸引人，看着非常紧张。”

青年演员表演清新

《寻路》热情讴歌了毛泽东、周恩来、朱德等老一辈革命家为了寻求中国革命正确道路浴血奋斗的革命精神和坚强意志，深情赞颂了蔡和森、恽代英、罗亦农、彭湃等一批革命先烈为了革命事业甘愿抛头颅洒热血的牺牲精神。该剧由青年演员担纲主演，饰演这些领袖和革命先烈的演员绝大多数都非常年轻，他们的表演给观众带来了新鲜感。

南开大学历史学院大一学生李超说："这部剧中几位伟人形象以及表演，相较以往给人带来清新之感。我比较喜欢陈赓，能够从他身上感受到人物鲜明的个性和对信仰坚定不移的追求。虽然饰演毛泽东、陈赓的演员都是青年演员，但通过他们的精彩表演，将我们带回到那个激情澎湃的革命年代，让我们感受到了革命先烈的崇高和伟大，使我们受益匪浅。"

（原载于 2013 年 6 月 26 日《今晚报》）

编剧　导演　演员齐心
《寻路》创作拍摄精益求精

连日来，由本市策划摄制的电视剧《寻路》在央视一套播出，引发众多观众关注。许多观众表示，这是一部生动形象的历史教材，看了该剧，了解了党史，得到了教育，心灵上受到了震撼，精神上受到了鼓舞。记者采访剧组时，该剧制片人、导演以及演员都表示，在拍摄过程中，全剧组齐心协力、全力以赴、精益求精，力争拍出一部思想性、艺术性和观赏性俱佳的优秀作品，这也是为党的生日献上的一份厚礼。

全剧组都能“打硬仗”

对于一部电视剧来讲，扎实的剧本是成功的基础。《寻路》从策划、构思到撰写剧本，历经三年时间。中央及本市有关方面对该剧的创作拍摄高度重视，有关领导全程参与，并对作品主题立意、表现内容和人物定位提出了重要意见。曾创作过多部红色经典电视剧的王朝柱激动地对记者说："写《寻路》，可以说我是呕心沥血啊！"为了写《寻路》，在掌握大量一手文献资料的前提下，年过七十的王朝柱把当年毛泽东走过的地方重走一遍。回来后，他一头扎进自己的小屋，将对革命领袖和先烈们的无限深情凝于键盘指尖，潜心创作，埋头笔耕。写完全剧最后一个字，王朝柱累得大病一场。

"我们的剧组在紧张艰苦的拍摄阶段，发扬'寻路'精神，每天平均工作 14 个小时。特别是进入冬季以来，江西阴雨不断，气候恶劣，给摄制组、制片部门带来很大困难。脚下是泥，天上是雨，井冈山区山高路滑，大家硬是靠身背肩扛把拍摄器材一趟趟扛上山。"

各环节追求完美

回忆起"刑场婚礼"那场戏的拍摄，刘娟导演颇为感慨。12 月中旬的横店已经是天寒地冻，这场戏她已经准备了很长时间，而且精心设计并找到了满意的场景。但当天由于天气原因，拍得不够理想。剧组其他人没有察觉到，只有导演心存遗憾。晚上回到驻地后，她一夜没睡。刘娟告诉记者："每次想起周文雍、陈铁军的故事，我都会被深深打动。我想这场戏一定要拍得完美，一咬牙，不行，得重拍。"第二天一早，她找到制片主任要求重拍，制片主任表示全力支持。制片部门紧急联系场景并调整了

陈铁军在刑场上与群众告别（剧照）

拍摄计划，所有部门通力合作，重拍了这场戏。当导演满意地喊停时，连续奋战的剧组人员脸上露出了欣慰的笑容。

倪祖铭还介绍说，《寻路》剧组演员的平均年龄不到30岁。“怎样演好领袖人物为观众接受”是摆在演员面前的一个重要课题。这样一支年轻的演员队伍，承担这样一个重大的革命历史题材，也是摆在导演和制片部门面前的一大课题。制片部门专门组织青年演员进行集体学习和体验生活，同时，编剧、导演多次为演员们讲述创作思想、人物把握要点等等。年轻的演员们以对革命先烈的敬仰之情投入创作，许多演员阅读了大量相关史料，做了很多的案头准备工作。

全剧组以革命领袖为榜样，在“寻路”精神的感召下拍摄《寻路》。拍摄中，年轻演员不辞辛苦，冰天雪地中，演员单衣单褂，面对寒冷的河水演员要跳下去，面对危险的战火演员要冲过去。临近杀青，扮演朱德的演员赵凯血压升高、心脏不舒服，但为了保证拍摄，他从医院输液治疗后直接又回到拍摄现场继续拍戏。经过大家的共同努力，一个个大家熟悉的领袖形象跃然银屏，同时又带给观众许多新意。特别值得一提的是著名造型大师王希钟，虽已85岁高龄，但在《寻路》剧组跟组指导化妆工作却干劲十足。一天，王希钟半夜三点突然想起领袖造型的细节问题，立即起身来到化妆室。当人们劝他注意休息时，王老说：“拍这种戏有感情，不辛苦！”

（原载于2013年6月30日《今晚报》）

《寻路》播出过半 收视率一路走高

大型史诗电视连续剧《寻路》在央视一套播出过半。随着剧情的不断发展和一系列重大历史事件的逐渐展开，这部剧更加引人入胜，观众的收看热情不断攀升，收视率一路走高。在央视索福瑞46城收视率统计排名中，一度占据同时段第一的位置。

中央及地方媒体反响强烈

电视剧《寻路》全景式讲述了1927年大革命失败后至1932年间，以毛泽东、周恩来为代表的老一辈中国共产党人，在革命根据地和国统区两条战线顽强坚持革命斗争的英雄史诗，热情讴歌了一大批革命先驱为了寻求中国革命正确之路矢志不渝、浴血奋斗的坚定信念和抛头颅、洒热血的革命牺牲精神。自开播之初，中央及各地众多媒体就高度关注该剧，给予了充分报道，《人民日报》、中央电视台等先后刊发重头评论文章和系列专题报道，《文艺报》和《中国艺术报》用两个整版的篇幅刊登有关专家的评论文章，在观众中产生强烈反响。

让红军小学看到《寻路》

《寻路》描写再现了秋收起义、三湾改编、井冈山会师、红四军成立、黄洋界大捷、古田会议、三次反围剿胜利、宁都会议等重大历史事件。在拍摄中，为力求真实再现历史场景，剧组跨越六省三市，沿着当年红军走过的地方，深入到历史事件发生地取景拍摄。这部剧开播之后，当年革命先烈战斗过的地方开办的"红军小学"对此高度关注。

记者了解到，"红军小学建设工程"是我国老一辈革命家和红军后代发起的一项公益行动。这一行动在中国工农红军战斗过的地方和贫困地区建设"红军小学"，帮助革命老区改善办学条件，让老区孩子接受学校教育，传承红军精神。《寻路》开播后，全国红军小学建设工程理事会下发通知，要求有条件的红军小学组织师生按时收看央视一套《寻路》的播出。而当制片方得知贵州沿河"红二方面军"红军小学、贵州遵义"突破乌江"红军小学、四川"四渡赤水"红军小学等一些位于条件艰苦地区的红军小学不具备收看条件后，马上组织人员为这些条件艰苦的红军小学寄送光盘，让老师和孩子们能够有机会看到这部重大革命历史题材电视剧，了解那段不平凡的历史。

忠贞信仰震撼观众心灵

电视剧《寻路》真实生动地展现了毛泽东和他的战友们历经千难万险，为中国革命探寻"农村包围城市，武装夺取政权"这一条独特的胜利之路的曲折历程，艺术地再现了一段交织着血与火、激情与信仰、奋斗与牺牲、苦难与胜利的峥嵘岁月，以其所蕴涵的强大精

毛泽东与刘伯坚、袁汉澄接洽，顺利完成第 26 军起义，改编为红五军团(剧照)

神感召力和审美魅力，强烈地叩击着电视荧屏前每一位观众的心灵。

红桥区分局的刘警官前段时间因病住院。在医院治疗、休养期间，恰逢《寻路》开播。于是每天看《寻路》成为他念念不忘的大事。目前为止，他一集不落地在看。刘警官告诉记者："在《寻路》中看到毛泽东、周恩来、朱德等共产党人在艰苦时期的不懈斗争，深刻地感受到这么多年来，我党'全心全意为人民服务'的宗旨始终没有改变。最为难得的是，这部剧真实地表现了许多共产党员在危急时刻的不屈服和不怕牺牲，真是催人泪下。看到这些片段，我内心不由说，那些共产党人实在是太伟大了！"

为青年人提供生动榜样

这部史诗电视剧在解读重大革命历史过程中，深深地吸引了许多年轻观众。天津工业大学青年教师袁老师是《寻路》的“追剧人”，他告诉记者，在天津工业大学的青年教师中，看《寻路》、说《寻路》已经成为焦点话题。有的老师和学生由于晚上有课，没能赶上观看央视首播，纷纷在“乐视网”和中国网络电视台收看该剧。他和他的同事们都认为，《寻路》拍得真实、好看、感人，“在写史的同时，通过大量的细节描写塑造人物。毛泽东的超人胆识，给人留下了极其深刻的印象。同时，剧中对周恩来、朱德、彭德怀等人物的塑造也是淋漓尽致。”他认为，《寻路》深刻的教育意义在于让青年人从老一辈革命家孜孜以求、艰苦奋斗的历程中，收获更为宝贵的人生体悟和精神财富，为青春励志、报效祖国提供了生动亲切的榜样。

在网络论坛中，有关《寻路》的讨论也不断刷新。很多这部剧的“粉丝”已经习惯了看完当天播放的两集内容之后，就会上论坛谈感受、讲心情。网友“zqgpzy”说：这样的好剧应该多让青年学生们看看，作为学校的讨论素材，进行深入的讨论。对照今天的现实，相信学生们能够得到自己的正确答案。网友“北村夫”说：以毛泽东为代表的老一辈无产阶级革命家根据中国的实际所进行的探索之路，无疑是一条救国救民的伟大之路！

（原载于 2013 年 7 月 10 日《今晚报》）

各界观众热议《寻路》：看好剧就像读一本好书

由天津市策划拍摄的大型史诗电视连续剧《寻路》正在央视一套黄金档热播。自开播以来，《寻路》便以鲜活的史实、真实感人的历史细节和独具一格的演绎方式获得观众认可，收视率一路走高，在央视索福瑞46城收视率统计排名中，一度占据同时段第一的位置。同时，该剧在乐视网和中国网络电视台的点击量也突破千万次。很多一直在关注《寻路》的观众和网友表示，该剧不仅揭示了许多不为人知的历史细节，更重要的是展示了共产党人的精神和信仰，不愧为一部具有史诗品格的历史正剧。

《寻路》开播后，位于当年革命先烈们战斗过的地方的"红军小学"对这部剧也非常关注。"红军小学建设工程"是我国老一辈革命家和红军后代发起的一项公益行动，这一行动将在中国工农红军战斗过的地方和贫困地区建设"红军小学"，帮助革命老区改善办学条件，让老区孩子接受学校教育，传承红军精神。《寻路》开播后，全国红军小学建设工程理事会下发通知，组织各革命老区红军小学师生

毛泽东发动秋收起义(剧照)

收看,要求有条件的红军小学组织师生按时收看央视一套《寻路》的播出。而当制片方得知,贵州沿河“红二方面军”红军小学、贵州遵义“突破乌江”红军小学、四川“四渡赤水”红军小学等一些位于条件艰苦地区的红军小学不具备收看条件后,马上组织人员为这些条件艰苦的红军小学寄送光盘,让老师和孩子们能够有机会看到这部优秀的革命史诗电视剧,了解先辈们的奋斗历史。

《寻路》以其平实真挚的拍摄手法让领袖人物更接“地气”,这种演绎方式获得了更多年轻学子的认可,同时革命先烈们的崇高精神更感染打动了无数观众。天津商业大学学生李英蕊告诉记者:“以前觉得这种革命历史题材的电视剧给人感觉比较遥远。最近看了《寻路》,发现其中对领袖人物的刻画非常真实感人,像毛泽东、朱德、陈毅这样的伟人要面对各种困难的局面,常常看着看着不自觉就为他们捏一把汗。后来我又花了三天时间把之前的剧情都补上了,越来越觉得这是一部难得的好剧。尤其是剧中一些细节的展现，比如朱德特别关心毛泽东的身体，做什么事都让陈毅陪着，看了很感动。还有就是他们在面对艰苦环境时的乐观态度，这些对于我们现在的生活也很有启发。”李英蕊的“追剧”行为也让她的母亲成了“《寻路》迷”：“一开始我们没关注这部电视剧，可是跟着孩子看了几集渐渐就被吸引了。这部电视剧最大的新意就是真实表现了中国共产党成立后在探索革命道路中一些不为人知的事件和细节，注重立体地、全面地勾勒角色，比如最近几集反映红四军内部矛盾的情节就很吸引人，也反映了当时革命的艰难和先辈们的艰辛。”

“看一部好的电视剧就像是读一本好书。”退休职工孙立说，“我们都是共和国的‘同龄人’，对这段探索中国革命道路的历史也非常感兴趣。现在有很多年轻人不理解，为什么我们这代人对于毛泽东、周恩来、朱德等老一辈革命家有那么深的感情，通过这部电视剧很能够说明问题。我想，也许了解了我们党在早期是如何寻求、探索正确的革命道路，就能了解这些革命家之所以被称为伟人的伟大之处。坚定的信仰、不懈的追求、宽大的胸怀和正确的指引，这些放在当今社会都是有现实意义的。”

（原载于2013年7月10日《天津日报》）

《寻路》引发观众热议

由我市策划拍摄的大型史诗电视连续剧《寻路》目前正在央视一套黄金时段热播，揭秘性极强的剧情以及全新的领袖人物群像都引发了观众和网友的广泛热议，而他们也被剧中共产党人艰难求索的奋斗历程、革命先烈不畏牺牲的崇高精神深深打动。

在武清区委党史研究室工作的李娜告诉记者，电视剧《寻路》有着很高的史料价值，堪称一部“影视教科书”，值得每一位党史研究工作者细细品味。“从历史研究的角度来看，这部电视剧非常真实，而且很有看头。电视剧既表现了 1927 年至 1932 年这五年间，毛泽东和他的战友们如何从中国革命的实际出发，为中国革命闯出了‘农村包围城市，武装夺取政权’的道路，同时又表现了周恩来领导下的中共地下党在国统区建立隐蔽战线，与敌对势力斗智斗勇的较量。通过许多不为人知的历史事件和生动细节，展现了以毛泽东等为代表的中国共产党人冲破教条主义束缚，向实践学习、向群众学习，总结群众斗争的新鲜经验，在革命的转折关头，表现出了大无畏

陈毅带回中央"九月来信",毛泽东回到红四军与陈毅坦诚交谈(剧照)

的首创精神,为革命胜利闯出了唯一正确的道路。"她认为,《寻路》在当今有着极高的现实意义,"《寻路》中所表现的坚持理论联系实际;密切联系群众,真正做到权为民所用、情为民所系、利为民所谋;抓好作风建设,保持艰苦朴素、真抓实干的工作作风,这些都有着极强的现实意义和教育意义。"

家住在河东区的耿女士和老伴儿,每天都准时收看《寻路》。剧中展现的众多历史事件和历史人物也让他们感触良多:"我感觉《寻路》既有宏大的历史线索脉络,又有细节上的描写,很能引起观看兴致。比如有一集表现青年毛泽东用智勇双全的谋略和胆量,及时制止了一起反革命叛变行为,在展示一代伟人雄韬大略、大智大勇的同时,情节还很富有戏剧冲突,看起来非常过瘾。还有表现革命先烈周文雍、陈铁军刑场上婚礼的那段戏,既表达出共产党人不怕牺牲的革命精神，又用细腻的手法描绘出普通人的美好爱情和人性光芒。还让我感受颇深的是，以毛泽东为代表的老一辈无产阶级革命家，时时刻刻扎根于群众，永远依靠群众，一切为了人民群众。”

在《寻路》中，全新的领袖人物群像成为一大看点。而随着剧情的深入，青年演员们的表现得到了广大观众的认可。家住南开区的赵大爷对剧中青年演员们的表演印象颇为深刻，他对记者说：“《寻路》中几位青年演员的表演体现出了年轻人的朝气，他们把这些青年时期的革命前辈们塑造得很鲜活。全剧情节也是跌宕起伏，精彩不断，十分吸引人。”今年已经80岁的孙彩云老人说：“《寻路》几乎反映了当时所有的大事件，通过这几天的观看，我好像也置身到了那个风起云涌的革命年代，这部剧可以说是一部形象的 历史教科书。”

值得一提的是，电视剧《寻路》在年轻观众中也引发了观剧热潮。大学生张艺青在看过该剧后说：“看到剧中人物排除万难，为了理想和信仰去拼搏，这种精神深深打动了我。我认为，《寻路》的内容对当下大学生很有启迪作用。”刚刚走上工作岗位的大学毕业生马颖说，“我们这代人生活在幸福的时代，对于那段轰轰烈烈的红色历史，更多的是在课本学习和长辈讲述中才有所接触，形象感、直观感相对较少。而《寻路》这部电视剧通过声、像等各种效果，在荧屏上把革命历史活脱脱演绎出来，真的给我补足了党史国史这一课。每天看完两集，还要再上网和看书查找剧中革命先烈的事迹，追寻他们的脚步，使我更加深刻地感受到革命先辈们的信仰之忠贞和意志之坚定。”

（原载于2013年7月1日《天津日报》）

《寻路》在央视圆满收官 精品力作无愧史诗品格

大型史诗电视连续剧《寻路》17日晚在央视一套黄金档圆满收官。该剧播出期间，收视率一路走高，好评如潮，并引发社会各界的广泛关注，成为今年央视一套黄金档电视剧的“亮点”。随着该剧的圆满收官，其思想价值和艺术魅力也益发凸显。在央视索福瑞46城收视率统计排名中，《寻路》一度占据同时段第一的位置。同时，该剧的网络点击量不断攀升，说明其在年轻观众群中也颇有人气。

自开播伊始，中央及各地众多媒体就高度关注该剧，给予了充分报道。《人民日报》、新华网、中央电视台等先后刊播评论文章和系列专题报道，《文艺报》和《中国艺术报》用四个整版的篇幅刊登有关专家的评论文章。《人民日报》刊发的评论文章指出，《寻路》的主题具有强烈的现实意义和深远的历史意义，《寻路》所揭示的中国革命正确道路，今天依然给我们以重要启示。新华网在题为《主旋律电视剧〈寻路〉“走红”的启示》中写道，“《寻路》走红并不意外，它的成功表明，只要尊重历史，用心拍摄，重大革命历史题材同样可以赢得市

红军抓住战机，粉碎敌人第三次“围剿”（剧照）

场，赢得观众，赢得口碑。”

《寻路》播出后，在广大观众中引发了强烈反响。新中国成立前就已入党的老党员魏乃生今年已经81岁高龄，他告诉记者，自己和老伴每天晚上都要准时收看《寻路》：“我在参加工作后就一直在学习党史，而这次看《寻路》，也让我知道了很多我党在发展初期一些不为人知的细节，可以说是一部生动的历史教材。”剧中，毛泽东不怕被撤职开除党籍，始终坚持真理，向忠发、顾顺章等党内变节分子腐化堕落，这些生动的情节都给魏乃生留下了深刻的印象，“《寻路》对于今天的人们太有启示了，它揭示了我们为什么要坚持走中国特色社会主义道路，马克思列宁主义必须与中国的实际相结合才能取得成功。现在，很多年轻人对于《寻路》所展现的这段历史并不了解，通过电视剧的形式，可以让年轻人对党的历史有一个全面的了解，相当于上了一堂生动的党课，真的是最好的营养剂。”

在北辰区党史研究办公室工作的庄倩倩是一名毕业不久的大学生，主修历史专业的她对于《寻路》中的许多历史人物印象深刻："我觉得剧中的贺子珍演得特别好，电视上的形象英姿飒爽，通过演员表演让我对这个人物的认识更加丰满。还有周文雍和陈铁军在刑场上的婚礼感人至深，革命先烈们为'大我'而牺牲'小我'的精神深深震撼了我。每个人都有自己的理想，大家的梦合在一起就是我们的'中国梦'。"她还告诉记者，《寻路》吸引了很多和她一样的年轻人，"这部电视剧反映的是中国共产党探索革命道路的真实历史，有很多人都像我一样对这段历史很感兴趣。"

继《解放》和《辛亥革命》之后，《寻路》作为本市策划拍摄的又一部重大革命历史题材电视剧，此次在央视一套黄金档播出后产生强烈反响。国家广播电影电视总局宣传管理司副司长、中国电视艺术委员会秘书长王丹彦认为，《寻路》以道路探索为叙事主脉，有着填补创作空白的深远意义，从而使重大革命历史题材创作的连续性、完整性、系统性又向前迈进一大步。"在尊重历史规律与艺术规律的前提下，这部剧深掘史实、力求创新，成为思想性、艺术性、观赏性和谐统一的重大革命历史题材精品力作。"中国文联副主席、中国电视艺术家协会主席赵化勇认为，《寻路》题材厚重，立意深刻，独具思想深度和现实意义。"这部剧在历史观察、考量辨析等方面具有新突破，在历史真实与艺术真实相结合上气象万千，大型史诗电视剧《寻路》必将成为一部极好的党史教材和历史教科书，为党员干部特别是为青年一代提供珍贵的教材。"中宣部文艺局局长汤恒指出，《寻路》是天津出品的又一部重大革命历史题材电视剧，是一部生动的、艺术化和富有感染力的党的历史的"正史"。"相信这部电视剧会成为一部常播剧，在我国电视艺术发展中发挥重要作用。在群众路线教育实践活动中，这部电视剧也必将发挥教育和启迪作用。"

（原载于 2013 年 7 月 18 日《天津日报》）

报　道

专家研讨会

大型史诗电视剧《寻路》专家研讨会召开

由中国电视艺术委员会、中共天津市委宣传部、中央电视台和天津广播电视台联合举办的大型史诗电视连续剧《寻路》专家研讨会今天在北京举行。这部将于6月18日晚登陆央视一套的电视剧，全景式讲述了1927年大革命失败后至1932年间，中国共产党人在革命根据地和国统区两条战线顽强坚持革命斗争的故事。与会专家认为，这是重大革命历史题材的又一力作，角度新颖独特，主题立意鲜明，拍摄制作精良，较好地实现了思想性、艺术性和观赏性的统一，具有较高的历史文献价值。剧中生动表现了毛泽东和他的战友们苦苦探寻中国革命道路的艰难曲折历程，挖掘和提炼出了“寻路”这一重大主题，深刻揭示了历史为什么会选择中国共产党、中国共产党为什么会选择毛泽东、中国革命为什么会选择“农村包围城市”这一道路的历史必然。

（原载于2013年6月17日《光明日报》）

专家高度评价电视剧《寻路》

——艺术再现中国革命的“寻路”历程

日前，中国电视艺术委员会、中共天津市委宣传部、中央电视台和天津广播电视台在京联合举办了《寻路》专家研讨会。与会者围绕该剧的主题立意、人物塑造、历史叙事，以及在重大革命历史题材电视剧创作上的新突破、新拓展、新思考进行了深入研讨。

“寻路”的主题蕴涵极富历史价值和现实意义

《寻路》真实完整地再现了“四·一二”大屠杀、秋收起义、三湾改编、井冈山会师、黄洋界大捷、古田会议、三次“反围剿”胜利等重大历史事件，全面、准确、深刻地讲述了大革命失败后的血雨腥风和漫漫征程中，共产党人苦苦探寻中国革命道路的曲折历程。剧作尤其表现了以毛泽东同志为代表的真正的共产党人在艰苦卓绝的岁月里，为了孕育中国革命的星星之火，历经坎坷与磨难的寻路历程和不屈不挠的革命斗志，同时也再现了周恩来同志领导中共地下工作

2013 年 6 月 16 日在北京举行《寻路》座谈研讨会

者在白色恐怖下的隐蔽战线，坚持开展对敌斗争的伟绩奇功。与会者认为，该剧有着革命历史教科书般的历史价值，对于今天的青年一代更好地认识中国革命历史，唤起以天下为己任的爱国情怀，加强革命优良传统教育有着积极的推动作用。

中宣部文艺局局长汤恒认为，该剧将中国共产党早期的历史，用探寻中国革命之路的主线系统地、完整地贯穿起来，给该剧的创作带来了全新的意义、全新的价值。他认为，该剧秉承了实事求是的创作精神，表现在三个方面：一是从历史本身、从党的领导人的角度，表现了像瞿秋白、李立三等中共早期领导者的活动经历，并给予其恰如其分的客观展示；二是对毛泽东同志、周恩来同志探索正确的革命道路过程中进行的共同努力，从微观的细节上给予了充分的展示；三是通过真实、丰富的历史实践，特别是一些生动的细节和精彩的对白，自然而然地揭示出是历史选择了马克思主义、选择了中国共产党、选择了社会主义这样的一个历史的必然趋势。该剧的整个创作团队充满了对党的热爱，饱含着对革命先烈的敬仰，饱含着对人民领袖和老一辈无产阶级的深情，同时，也饱含着对人民和人民革命的热情。它给当代人以一种时代的豪迈、奋进的激情。

文艺评论家仲呈祥认为，《寻路》给我们的最大启示，就是创作者必须坚守与时俱进的中国化的唯物史观，必须坚守与时俱进的中华民族的审美观，没有这两条，就可能戏说历史、消费历史、颠覆历史。

史、思和诗的融合

《长征》《延安颂》《解放》《辛亥革命》……几十年下来，王朝柱在重大革命历史题材电视剧创作上积累了丰富的经验。《寻路》可谓是他的心血之作。为了再现那段错综复杂的历史，王朝柱翻阅、运用了大量中国革命史、党史和人物传记的材料，他不仅为观众揭示了历史发展的必然趋势，而且客观展现了当年老一辈无产阶级革命家们不同的性格和精神世界，进一步推进、拓展了重大革命历史题材的创作内涵。文艺评论家李准认为，从方法论的角度，该剧把对革命历史的展现提高到哲学方法论的高度，即要寻找到一条正确的革命道路，必须要解放思想，要善于吸收各种最先进的东西；从组织路线的角度，该剧不仅关注干部的培养和锻炼，而且涉及建军路线，即要探寻农村包围城市的道路，必须要有一支先进的革命军队，要坚持党对军队的绝对领导；从坚持美好信仰的角度，该剧贯穿了对信仰的坚守，即为了人民群众能够真正地当家做主，救中国老百姓于水火而敢于献出自己的一切，包括名誉、荣辱、生死。

中国传媒大学教授曾庆瑞认为，《寻路》蕴含着上升为革命历史题材创作经典的基因：首先，它是一部典型的宏大叙事；其次，它是一部精致的史、思和诗相融合的史诗电视剧；最后，它是一部刻意追求创新、颇具艺术新意的电视剧。该剧从头到尾都在追问中国革命的道路在哪里？中华民族复兴的道路究竟在何方？这样一种有哲理的思辨，从头到尾贯穿在整个剧情之中。它是全剧的内容主线，也是情感主线、情绪主线，其所带来的诗化效果也在感染着观众的审美。他认为，“大事不虚、小事不拘”是中国电视剧在处理革命历史题材作品时提炼出来的一个创作经验。在这方面，《寻路》是一个样本。

塑造了可亲可敬的优秀共产党人形象

与会者认为，《寻路》塑造了一大批可亲可敬的共产党人形象，而且揭示了在“寻路”过程中各自的表现。该剧成功塑造了青年毛泽东革命领袖的光辉形象，其雄才大略、超人胆识，其不盲从、不臣服的独立人格，让人们感受到了毛泽东作为伟人的运筹帷幄，又体会到了他作为血肉真实的人的一面。此外，该剧还塑造了周恩来、朱德、陈毅等老一辈无产阶级革命家，以及蔡和森、周文雍、罗亦农等共产党的领导者形象。特别是在领袖人物的塑造上，中国传媒大学教授王伟国认为，创作者把领袖人物放在社会矛盾和阶级斗争的风口浪尖中去展示他们的性格特征、斗争艺术和胆略，让观众看到的不仅仅是党内斗争和反“围剿”斗争中的毛泽东和周恩来，而是走进了领袖人物的精神世界，看到了他们的信仰、理想、人格和精神制高点，从而让我们对他们产生由衷的敬仰和崇拜。这也是《寻路》的革命理想主义和浪漫主义精神的真切传达。

该剧还塑造了像向忠发、顾顺章等曾经在党内担任高级领导职务，但最终走向背叛革命道路的人物形象。《光明日报》文艺部主任彭程认为，这充分体现了创作者尊重历史真实的创作原则。电视剧既描绘了他们对革命的贡献，也揭示了他们走向堕落的原因，贪恋女色、个人欲望膨胀等，印证了周恩来所说的一个共产党人只要在

2013年6月19日在天津电视台举行《寻路》座谈研讨会

生活上放纵自己就等于被敌人在精神上打开了缺口。由此对照现实，具有一种强烈的警示意义。

国家新闻出版广电总局电视剧管理司司长李京盛认为，当前电视剧面临着来自市场、产业、大众文化、流行文化，以及一些过于追求轻松、娱乐层次趣味的伤害，最不应该出现的就是用娱乐的精神来对中国革命历史进行颠覆性的改变。然而，现实中，雷剧、神剧、过度娱乐化的操作，这些题材确实还是比较受市场追捧。他认为，一方面要充分挖掘、总结王朝柱的电视剧创作经验和文化态度，另一方面，也要把中国电视剧几十年来坚守的艺术特性和精神文化内涵巩固好、传承好。

（原载于2013年6月19日《文艺报》）

《寻路》专家研讨会举行
被赞艺术性观赏性俱佳

电视连续剧《寻路》从6月18日起将在中央电视台一套节目黄金时间播出。6月16日,《寻路》专家研讨会在北京职工之家举行,中宣部和广电总局领导以及电视剧制作方、专家都应邀出席活动。大家高度评价《寻路》是一部思想性、艺术性和观赏性俱佳的优秀作品,认为其主题具有强烈的现实意义和深远的历史意义,是一部激励大家为实现中国梦而奋力前行的作品。

《寻路》是继《解放》《辛亥革命》之后的又一部重大革命历史题材作品,真实生动地展现了自1927年"四·一二"大屠杀至1932年10月宁都会议五年间,毛泽东和他的战友们历经千难万险,九死一生,终于为中国革命闯出了"农村包围城市,武装夺取政权"这一条前人从未走过的独特的胜利之路。

该剧主创阵容强大,汇集了当前全国一流的影视剧创作队伍。曾创作过多部红色经典电视剧的王朝柱担任编剧,张多福、刘娟担任导演。为适合剧中人物的实际年龄,在演员的选择上,除了邀请观

贺子珍在宣传“三大纪律　八项注意”(剧照)

众所熟悉的特型演员刘劲饰演周恩来、黄薇饰演邓颖超、马晓伟饰演蒋介石外,《寻路》电视剧启用了众多青年演员,分别饰演毛泽东、朱德、彭德怀等角色。

为拍好这部剧,导演张多福和刘娟阅读了大量史料、资料以及与这段历史相关的文学作品。张多福说:“作为真实再现毛泽东等一代伟人在沉沉暗夜中对中国革命道路进行艰苦探索的鸿篇巨制,《寻路》还特别注重贴近电视观众欣赏习惯,讲求戏剧冲突和揭秘的悬念感,故事情节跌宕起伏,一波三折,比较吸引人。我想我们一定要以真实取胜,力求做到历史的真实、艺术的真实。”刘娟导演表示:“在接过拍摄任务之后,感到肩上责任重大,压力也很大,唯有挑战自我,将《寻路》做成一部里程碑式的电视剧作品。”

许铂岑是首次在荧幕上扮演毛泽东,为更好地把握人物,他在过去的一年零六个月时间里不接戏、不外出,只专心研读与毛泽东有关的书籍。他认为,饰演革命领袖人物,不光外部形象要与人物原型符合,更重要的是要苦练内功。首先要吃透剧本和那段党史,再就是做好吃苦的心理准备,要将革命领袖形象的神魂更加淋漓尽致地表现出来。

(原载于2013年6月17日
CNTV中国网络电视台)

《寻路》：追求创新的史诗电视剧

于6月18日起在央视一套播出的《寻路》是一部填补重大革命历史题材空白的电视剧，它全景式地讲述了1927年大革命失败后至1932年间，以毛泽东为代表的一代中国共产党人在中国革命的重大历史转折点，历经千难万险，在革命根据地和国统区顽强坚持斗争，于艰难困苦中奋斗求索，终于为中国革命闯出了“农村包围城市，武装夺取政权”的伟大道路。“用电视剧的方式把中国共产党的这段探索表现出来，而且能够展现得很清楚，是相当不容易的。”中央电视台总编辑罗明在日前由中国电视艺术委员会举办的电视剧《寻路》专家座谈会上表示，这也是当日参加研讨会的诸多专家学者的共同感受。

很难驾驭的一段历史

1927年至1932年，是中国共产党历史上最复杂的五年。在中国传媒大学教授曾庆瑞看来，要在一部电视剧里面展示这样一段错综复杂、人物众多的历史，“叙事难度是非常大的”。作为剧作家，尽管王朝柱曾创作了以《长征》《延安颂》《辛亥革命》为代表的重大革命历史题材的电视剧，经验十分丰富，但是他自己也说，作为编剧，《寻路》是很难驾驭的一段历史。

当这部剧终于播出后，《光明日报》文艺部主任彭程用“心潮澎湃、思绪连绵”来形容自己看《寻路》后的感受，他称该剧“再现了那段包含了激情与信仰、奋斗与牺牲、苦难与胜利的峥嵘岁月，蕴藏着强大的精神感召力和审美的魅力，强烈地控制着电视机荧屏前每一位观看者的心灵。”在他看来，对那一段历史风云进行全方位、全景式的描绘是这部电视剧最为鲜明的特征，“以往的影视作品中对这段历史都有描述，但是就我看过的而言，大部分是片断式的，或者是聚焦于其中某一个具体的事件，这部作品是对五年期间所有重大事件的集中的展现。”

让彭程印象深刻的是剧中的一条主要的分线索，即周恩来领导下的中共地下党在上海等国统区建立隐蔽战线，配合苏区的革命斗争。“这一段历史，过去鲜为人知，在这部作品中被表现得较为完整和充分，像李克农、钱壮飞等我方特殊战线的人物，在命悬一线、时刻面临死亡的惊险环境中表现的大无畏的英雄气概和过人的智慧，让人感佩不已。”他说，“尤其难能可贵的是该剧突破了不少禁区，正面描写了那一时期党内的分歧斗争，包括中央苏区军内各方面的矛盾，从而更加真实地反映了中国革命道路的曲折、坎坷。”

领袖是人而不是神

《寻路》的编剧王朝柱力图在剧中“真实再现那段客观复杂的历史，客观写出领袖人物的不同性格，以及他们在探索中国革命之路中的缺点和错误”。这一点得到了中国传媒大学教授王伟国的肯定，

周恩来与陈赓在上海白区(剧照)

他认为该剧塑造了以毛泽东、周恩来以及朱德为代表的一代优秀共产党人的光辉形象,“领袖是人,而不是神,是人就免不了会有一些缺点,犯下一些错误,但是他们既敢于坚持真理,又能随时随地修正错误,这才是鲜活的、真实的人物形象”。

同时,王伟国认为,该剧继电视剧《长征》后,进一步开拓和深化了毛泽东自强不息和周恩来相忍为党的性格,让观众看到的不仅仅是党内斗争和“反围剿”斗争中的毛泽东和周恩来,而是走进了领袖人物的精神世界,看到了他们的信仰、理想、人格和精神制高点,从而让观众对他们产生由衷的敬仰和崇拜。这也是《寻路》的革命理想主义和浪漫主义精神的真切传达。除了领袖人物,其他人物同样很出彩。“鲜活、丰满、亮丽、动人”,这是曾庆瑞对《寻路》中贺子珍形象的评价,他认为这是对贺子珍形象刻画得最成功的一部剧。北京师范大学教授黄会林也表示,“包括贺子珍、邓颖超、宋美龄等在内的几个女性形象,把整部剧调剂得刚柔相济”。

为了贴近电视剧观众的欣赏习惯,《寻路》非常讲究戏剧冲突和揭秘的悬念感,故事情节跌宕起伏,一波三折,也经常是把人物置于风口浪尖之上来表现和突出他们的性格。曾庆瑞认为,如何把这类剧拍得好看,《寻路》做出了很好的示范。

艺术想象让历史更可信

为了创作《寻路》,王朝柱用了几年时间查阅了大量的文献资料。此类重大革命历史题材电视剧,必须坚持历史人物、历史事件的真实再现。“历史文本的真实是重大革命历史题材创作的生命,没有了历史的真实,哪里还有电视剧艺术的真实可言?”王伟国说。但艺术真实同样不可或缺,他如此阐释:“这就要求在创作中做到艺术的虚构和想象,这种艺术的虚构不是违背历史和历史精神的胡编乱造,而是虚构出在历史真实中不曾有过的人和事件,他们是对历史真实和历史精神的丰富和补充,从而营造出历史上虽不曾有过,但是可能会有的人和事,使历史更加真实、更加可信。”

他认为《寻路》的成功就在于它没有仅停留在对历史文本的真实呈现上,而是从电视剧艺术的规律出发,将繁杂的历史现象经过艺术的虚构、加工和提炼,转换成艺术真实。从而使历史真实和艺术真实有机结合,相得益彰。

“这是一部追求创新的史诗电视剧。”曾庆瑞的这个评价,同样基于该剧对历史真实和艺术真实的处理。他认为《寻路》创新的核心就是对于重大革命历史题材创作“大事不虚、小事不拘”的进一步深化。“在中国电视剧已走过55年的发展之路时,再往前发展就一定要追求创新。”他说,“创新已经不再是一种可以做也可以不做的自由选择,而是一种必须,是中国电视剧生存和发展的必须。”

(原载于2013年6月28日《中国艺术报》)

电视剧《寻路》：为实现中国梦凝聚正能量

近期，中国电视艺委会、中共天津市委宣传部、中央电视台和天津广播电视台在京联合举办了著名编剧王朝柱新作《寻路》专家研讨会。与会者围绕这部登陆央视一套的电视剧的主题立意、人物塑造、历史叙事以及在重大革命历史题材电视剧创作上的新突破、新拓展、新思考进行了研讨。

《寻路》严格尊重历史，以广阔视角、宏大叙事，全景式呈现了1927年至1932年间，以毛泽东同志为代表的一代中国共产党人在中国革命的重大历史转折点，坚持从中国革命实际出发，历经千难万险，在革命根据地和国统区顽强坚持斗争，于艰难困苦中奋斗求索，终于为中国革命闯出一条“农村包围城市，武装夺取政权”的伟大道路。

中宣部文艺局局长汤恒认为，该剧秉承实事求是的创作精神，将党的早期历史用“探寻中国革命之路”的主线系统地、完整地贯穿了起来。一是从党的领导人角度，表现像瞿秋白、李立三等中共早期

王尔琢同志壮烈牺牲，毛泽东和战士们在其坟前举行哀悼仪式（剧照）

领导者的活动经历，并给予恰如其分的客观展示；二是从微观细节上充分描述毛泽东、周恩来共同探索中国革命道路的过程；三是通过真实、丰富的历史实践，特别是一些生动故事细节和精彩对白，自然而然地揭示出“历史选择了马克思主义、选择了中国共产党、选择了社会主义”。

文艺评论家仲呈祥认为，《寻路》给观众的最大启示就是创作者必须坚守与时俱进的中国化的唯物史观，必须坚守与时俱进的中华民族的审美观。如果没有这两条，就可能戏说历史、消费历史、颠覆历史。

中国传媒大学教授曾庆瑞认为，《寻路》蕴含着上升为革命历史题材创作经典的“基因”。首先,它是一部典型的宏大叙事;其次,它是一部精致的史、思、诗相融合的电视剧;最后,它是一部追求创新的电视剧。该剧从头到尾都在追问:中国革命的道路在哪里?中华民族复兴的道路在何方?这种思辨贯穿整个剧情。它是全剧的内容主线,也是情感主线、情绪主线,所带来的诗化效果也在感染着观众。

中国传媒大学教授王伟国表示,《寻路》把领袖人物放在社会矛盾和阶级斗争的风口浪尖中,展示他们的性格特征、斗争艺术和胆略,让观众看到的不仅仅是党内斗争和反“围剿”斗争中的毛泽东和周恩来,还带领观众走进领袖人物的精神世界,看到他们的信仰、理想、人格和精神,从而对他们产生由衷的敬仰。

光明日报社文艺部主任彭程谈到,该剧塑造了向忠发、顾顺章等曾经在党内担任高级领导职务,但最终走向背叛革命道路的人物形象。这充分体现了作者尊重历史真实的创作原则。电视剧既描绘了他们对革命的贡献,也揭示了他们走向堕落的原因,如贪恋女色、个人欲望膨胀等。这些内容恰好印证了周恩来所说的“一个共产党人只要在生活上放纵自己,就等于被敌人在精神上打开了缺口”。由此对照现实,具有一种强烈的警世意义。

国家新闻出版广电总局电视剧管理司司长李京盛认为,当前电视剧遭到来自市场、产业、大众文化、流行文化以及一些过于追求娱乐化的电视节目的伤害,其中最不应该出现的就是用娱乐的态度对待中国革命历史。王朝柱的电视剧创作经验和文化态度值得业界学习,大家要把中国电视剧几十年来坚守的艺术特性和精神文化内涵巩固好、传承好。

(原载于2013年7月5日《中国文化报》)

内容具有新鲜感　新人表演有亮点

——京津专家座谈研讨电视剧《寻路》

由我市策划摄制的大型史诗电视连续剧《寻路》,在中央电视台一套黄金时段开播以来,在社会各界引起强烈反响。随着剧情的展开推进,广大观众对该剧的关注越来越高。日前,由中国电视艺术委员会、中国电视艺术家协会、中共天津市委宣传部、中央电视台、天津广播电视台等单位联合主办的电视剧《寻路》座谈研讨会分别在北京和天津召开,来自全国的专家学者高度评价了该剧的故事内容、演员表演和重要意义等。

内容的新鲜感和情节的揭秘性,是电视连续剧《寻路》的一大特色,成为吸引观众的一个主要看点,也成为众多专家充分肯定的一个方面。中国文联原副主席、著名文艺评论家李准说:"剧中众多人物和情节都是第一次展现,如第一次完整再现了周恩来同志领导我党地下工作者,在白色恐怖下的国统区建立隐蔽战线,坚持开展对敌斗争的惊险历程。"全国副刊协会副主席、《解放军报》文艺部原主任陈先义也列举了剧中许多具有揭秘性的内容和第一次以鲜活生

毛泽东、朱德与陈毅(剧照)

动的画面展现于荧屏的情节。他说,剧中表现了毛泽东一次又一次被撤销职务后,却置个人荣辱于不顾,依然无比坚定地与错误的决定和路线作斗争;“四·一二”大屠杀发生的当天,周恩来以大无畏的英雄气概,大义凛然地去面见蒋介石,当面痛斥蒋介石的滔天罪恶;蔡和森被钉在墙上时,还高呼共产党万岁,高唱《国际歌》。这些鲜为人知的历史真实,是第一次生动地展示在观众面前,使我们对革命先烈的敬仰之情油然而生。该剧正是通过众多的史实和一个个生动的细节,揭示出“寻路”之艰难,热情讴歌了共产党人之伟大。

电视剧《寻路》大胆起用了一批新人,怎样演好领袖人物和革命先辈,让观众接受,是摆在演员面前的一个重要课题。为此,剧组专门组织年轻演员读书学习和体验生活,编剧、导演多次为演员讲述创作思想、人物把握要点等。许铂岑是首次在荧幕上扮演毛泽东,为了更准确地把握人物,他在一年半的时间里不接戏、不外出,只专心研读与毛泽东有关的书籍。拍摄过程中，演员们严格要求自己，不怕辛苦，无论是拍摄冰天雪地中单衣跳入寒冷河水的戏，还是战争戏中在密集的炸点中穿梭，都全神贯注，全力投入。

新人们的艰辛付出得到了专家和观众的认可，许多观众在看过该剧几集后，纷纷称赞许铂岑的表演。“《寻路》中的毛泽东是一个崭新的人物形象，许铂岑的表演也是全新的，他是越演越好，渐入佳境。”《小说选刊》杂志社原社长柳萌更是肯定了该剧积极起用新人的做法。他说，剧组演员平均年龄不满三十岁，这些年轻演员在“寻路”精神的鼓励下拍摄《寻路》。拍摄中，剧组住农家、干农活，既排戏又带队伍，打造出一支富有潜力、肯于吃苦的青年演职员队伍，这对当今电视剧创作具有示范意义。

中宣部文艺局局长汤恒表示，“全剧洋溢着革命的激情，看得出，整个创作团队充满了对党的深情和热爱，饱含着对党的领袖和老一辈无产阶级革命家的深情，饱含着对革命先烈的景仰，饱含着对人民的热情”。中国文联党组成员、书记处书记夏潮在座谈研讨会上提出，天津有一种自觉担当的文化使命和广阔胸怀，汇聚起全国众多的艺术家，连续多年勤勤恳恳、踏踏实实，创作生产出《解放》《辛亥革命》《寻路》三部重大革命历史题材作品。这次电视剧《寻路》的推出，滋养了我们，是给我们“补钙”，同时又为纪念中国共产党成立 92 周年献上了一份厚礼。

（原载于 2013 年 6 月 24 日《今晚报》）

图说

《寻路》的诞生

编剧王朝柱与主创见面、阐述创作思想

电视剧《寻路》正式建组

主创、制片部门等各方面共同研究、认真做好前期准备工作

剧中涉及的二百多位历史人物，导演组将剧中历史人物的原型照片全部贴在墙上，和每一位选定的演员进行认真比对

导演张多福、刘娟与演员探讨创作

总制片人倪祖铭、制片人黄金城、导演张多福与制作人员在讨论服装细节

美术设计师孙吉明与创作人员在为电视剧《寻路》采景

摄像师于长江在拍摄现场

如何生动塑造青年领袖人物形象，怎样才能令老演员返老还童，这可给化妆组带来不小的难题。85岁高龄的著名造型大师王希钟、任宜工出神入化、妙手回春的化妆术，竟让老演员减去30岁

剧组在浙江影视城采景

剧组在福建古田采景

剧组在江西采景

剧组在江西井冈山采景

剧组在天津西沽公园黄叶村采景

剧组在福建土楼采景

剧组在天津南开中学采景

剧组在上海影视城采景

剧组在上海华亭宾馆采景

剧组在江西采景

剧组在江西赣州兴国采景

剧组在江西采景

2012 年 9 月 21 日《寻路》开机以来，在 100 天的拍摄行程中，AB 两个摄制组，300 人的团队，五十余部车辆，跨越六省三市，总行程一万多里，沿着当年毛泽东和工农红军走过的中国革命红色之路，转战江、浙、闽、赣、鲁、冀和津、京、沪等历史事件发生地取景拍摄，3.6 万人次参演。剧组秉承严谨的创作态度，以继续创作出重大革命历史题材精品力作的理念，克服重重困难，圆满完成了拍摄任务

《寻路》在天津紧张拍摄中

重上井冈山、重走红军路、重访老红军，百日行程万里拍摄，全体演职员在艰苦的条件下，用“寻路”精神完成了这部巨制的拍摄

2012年冬，出品人、天津广播电视台台长万克，编剧王朝柱到江西井冈山、上海胜强、车墩影视城深入剧组进行慰问，并带去了上级领导的问候，给演职人员以莫大的鼓舞和激励。图为万克与王朝柱(左)在拍摄现场

《寻路》A剧组在江西外景地合影

《寻路》B 剧组在天津景地合影

《寻路》主创人员与剧组在江西外景地合影

毛泽东

周恩来

朱德

陈毅

彭德怀

邓颖超

陈赓

瞿秋白

李立三

贺子珍

李强

潘汉年

蔡协民

宛希先

谭震林

曾志

林彪

小龙

罗迈

罗亦农

彭湃

王明

向忠发

顾顺章

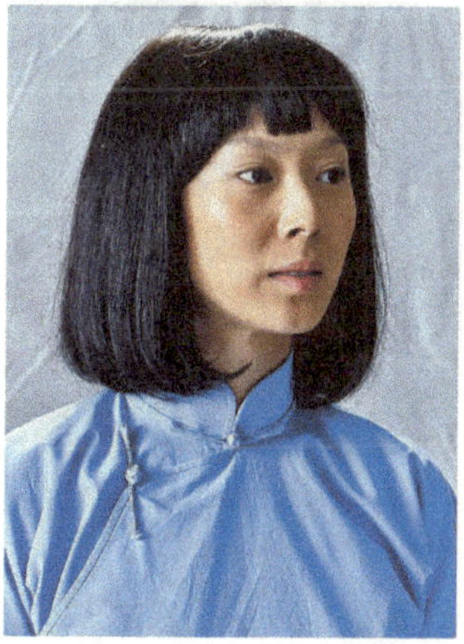

陈铁军

杨登瀛

刘鼎

杨殷

聂荣臻

杨振德

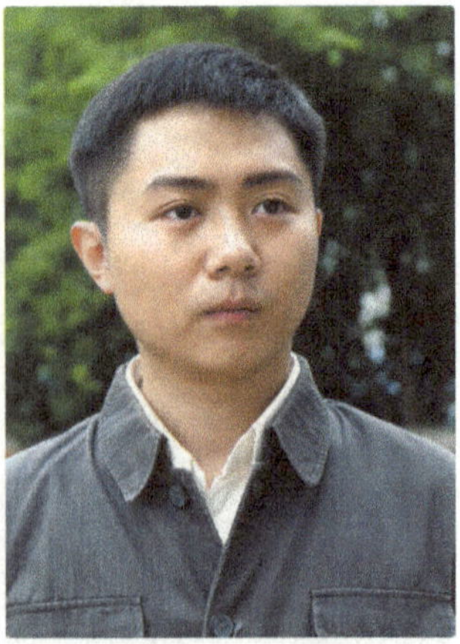

江华

杨度

钱壮飞

袁文才

卢德铭

陈独秀

鲁迅

郭沫若

贺龙

陈云

陈乔年

蔡和森

恽代英

博古

汪寿华

蒋介石

宋美龄

杜月笙

陈立夫

徐恩曾

白鑫

何应钦

陈皓

张冲

熊式辉

范争波

贺稚华

陈诚

白崇禧

卫立煌

张群

倪桂珍

大和尚

电视剧《寻路》故事梗概

大型电视剧《寻路》以革命史诗风格，真实生动展现了自1927年“四·一二”大屠杀至1932年10月宁都会议五年间，毛泽东和他的战友们历经千难万险，九死一生，终于为中国革命闯出了“农村包围城市，武装夺取政权”这一条前人从未走过的独特的胜利之路。

1927年4月12日，蒋介石发动反革命政变，制造了惨绝人寰的宝山路血案。为应对敌人极端残酷的大屠杀，中国共产党人被迫选择了独立领导武装斗争的道路。8月1日，周恩来率国民革命军发动南昌起义，向国民党反动派打响了第一枪。

毛泽东在“八·七”会议上提出“枪杆子里面出政权”。9月，毛泽东在湖南领导秋收起义，建立了工农革命军第一军第一师，并作出转移到农村、保存力量、发动农民革命的决定。这个决定，成为中国革命具有决定意义的新起点。

三湾改编，党支部建在连队上，成为建设新型人民军队的原则。红一军收编地方农民武装袁文才、王佐部，建立了井冈山根据地，并建立湘赣边第一个红色政权——茶陵工农兵政府。

由于党的“左”倾错误路线，广州暴动失败，周文雍、陈铁军被捕入狱，在刑场上举行了悲壮的婚礼。

1928年初，蒋介石命令陈立夫建立特务机关，收买共产党变节分子，致使中共领导人罗亦农、陈乔年、郭亮等相继被杀害。周恩来针锋相对，亲自领导特科与国民党特务作斗争。

4月，毛泽东部与朱德部会师，成立工农革命军第四军。井冈山根据地逐渐扩大，边界进入全盛时期。

8月，湘、赣敌军对井冈山发动第一次“会剿”，毛、朱红四军分兵以对，红二十八、二十九两团在龚楚、杜修经的鼓动下，擅自下湘南，造成八月失败。留守井冈山的一个营凭借黄洋界天险，用一门迫击炮，抗击了赣敌四个团的进攻，取得反“会剿”的胜利。

在陈赓、刘鼎的掩护下，周恩来、邓颖超从莫斯科安全回到上海。

1929年1月，为打破湘赣两省国民党军以三万人分五路向井冈山发动的“会剿”，毛泽东、朱德率红军主力下井冈山，向赣南出击。2月，毛、朱率部在大柏地设伏，红军主力大胜，扭转了被动局面。

4月上旬，蒋桂战争爆发，参加“会剿”的国民党军相继调离，毛泽东抓住有利时机，在赣南、闽西建立革命政权，为后来中央革命根据地奠定了基础。毛泽东在实践中找到“农村包围城市，武装夺取政权”革命道路：中国革命要有个落脚点，也就是根据地。先和周围的地主争地盘，然后再去争夺小城镇、中等城市、大城市，最后夺取全国政权。

5月底，红四军内部发生一场争论，6月下旬，红四军七大召开，陈毅当选前委书记。毛泽东受到严重警告，离开红四军到闽西。陈毅到中央汇报。蒋介石发动赣粤闽三省“会剿”，朱德采取分兵闽中战略，在梅县战役中遭受损失。

陈毅带回中央“九月来信”，毛泽东重回红四军主持工作。12月，古田会议召开，加速了人民军队建设进程。

1930 年 5 月，中原大战爆发。李立三推行“左”倾盲动政策。毛泽东、朱德依据实际抵制“左”倾错误，避免了损失，实现了红一军团与红三军团胜利会师，合编为红一方面军。

1930 年 12 月至 1931 年 5 月，蒋介石对革命根据地发动大规模“围剿”。红一方面军遵照毛泽东“诱敌深入，待其疲惫而歼之”的战略方针，活捉师长张辉瓒。然后向东横扫，歼敌三万多人。接着红军在酷暑下实行千里大迂回，又歼敌一万多人，国民党发动的三次“围剿”全被粉碎。

打破三次“围剿”后，根据地取得重大发展。毛泽东和战友们经过艰辛实践，终于为中国革命闯出了“农村包围城市，武装夺取政权”的成功之路、胜利之路。

1932 年 1 月，博古在共产国际支持下，继续执行“左”倾冒险政策，毛泽东被剥夺了军权。中国共产党寻求真理的道路坎坷而崎岖，但真理是不可战胜的！

真理是不可战胜的，但寻求真理的道路却是坎坷而崎岖的。正如毛泽东所说：“让人们认识真理，光有正面的经验还不够，还得要有反面的教训才行”。

电视剧《寻路》分集梗概

第一集

1927 年 4 月,蒋介石密谋发动反革命政变,命令青帮首领杜月笙诱杀上海工人领袖汪寿华;二十六军第二师师长斯烈扣留周恩来;青帮分子假扮工人纠察队袭击上海工人纠察队总部和重要据点,国民党军架起机枪逼迫工人纠察队缴械。

第二集

二十六军用机关枪扫射群众示威游行队伍,当场打死一百多人,伤者无数,制造了惨绝人寰的宝山路血案。反动派在广州大肆屠杀共产党人,邓颖超和她母亲在周文雍、陈铁军、德国医生帮助下,在广州脱险来到上海。

第三集

为应对敌人极端残酷的大屠杀，中国共产党人被迫选择了独立领导武装斗争的道路。周恩来率国民革命军贺龙、叶挺部两万多人发动南昌起义；毛泽东在"八·七"会议上提出"枪杆子里面出政权"，随即到湖南发动秋收起义，组建工农革命军第一师。蒋介石在国民党内部权力纷争中，被迫下野。

第四集

工农革命军三个团分别在修水、安源、铜鼓发动起义，毛泽东从实际出发，在卢德铭支持下，战胜革命军内部反对意见，毅然决定工农革命军转移到敌人力量薄弱的农村。这是中国革命具有决定意义的新起点。此时蒋介石静观待变，筹划他的政治婚姻。

第五集

毛泽东率部进行三湾改编，成为建设新型人民军队的开端。为使军队和地方结合，决定团结、改造袁文才、王佐的地方农民武装，以井冈山为根据地，遭到师长余洒度的强烈反对，余洒度一怒之下，去上海党中央状告毛泽东。

第六集

湘桂战争即将爆发，蒋介石一面对宋美龄展开火热的追求，一面积极准备复出。倪桂珍、宋子文为保护家族利益不得不答应蒋宋联姻。毛泽东获悉湘军进攻茶陵，率部迎敌，途中遭袭击，贺子珍掩护毛泽东突围。另一方面，周恩来乔装回到上海。

第七集

湘桂战争打得正酣，毛泽东乘虚部署工农革命军攻打茶陵。中共临时政治局扩大会议，坚持“以城市为革命中心”、盲目发动城市武装起义。撤销毛泽东临时政治局候补委员、湖南省委委员等职务。蒋介石偕宋美龄到达上海，筹备婚礼，伺机复出。

第八集

工农革命军占领茶陵县城，建立起湘赣边第一个红色政权——茶陵县工农兵政府。部队修整练兵，毛泽东进行宁冈调查。蒋介石与宋美龄在上海举行婚礼。中央盲目发动的广州起义失败，周文雍、陈铁军被捕入狱，牺牲前举行了悲壮的刑场上的婚礼。

第九集

蒋介石命陈立夫建立特务机关，收买共产党内变节分子，疯狂暗杀中共领导人。周恩来大力加强中央特科，派人打入敌人内部。毛泽东设计抓捕了欲投敌叛变的陈浩，并召开公审大会，纯洁了革命军的队伍。

第十集

蒋介石复职，在准备北伐张作霖的同时，命陈立夫利用叛徒捕杀中共领导人，并重金悬赏周恩来、郭沫若的人头。周恩来紧急安排贺龙、郭沫若离开上海。与此同时，邓颖超等人也在积极开展妇女运动。

第十一集

毛泽东率部在罗霄山脉中段开展游击战争，袁文才、王佐部改编为工农革命军，宁冈、永新、茶陵、遂川建立了工农兵政府，井冈山革命根据地初步形成。苏先骏、唐瑞林叛变，郭亮、陈乔年被捕，周恩来指示特科设法营救。

第十二集

陈立夫建成中统特务机关，只对蒋介石一人负责。任命杨先生主持上海中统工作，其实杨先生却与中共秘密合作。何家兴、贺稚华意志消沉，很快叛变，罗亦农被捕。

第十三集

蒋介石命令就地处决，罗亦农英勇就义，特科设计营救陈乔年阴差阳错失败了。毛泽东与朱德、陈毅所部在酃县胜利会师，组建工农革命军第四军。

第十四集

中共六大即将在莫斯科召开，蒋介石布下天罗地网抓捕回国的共产党，周恩来化装赴会，镇定自若，化险为夷。毛、朱红军会师后，力量壮大，打了永新、老七溪岭和龙源口几个大胜仗。井冈山根据地不断扩大，边界进入全盛时期。湘赣敌军对井冈山发动第一次“会剿”，红军分兵以对。

第十五集

贺子珍为即将上前线的曾志、蔡协民送行，感慨万千。朱德、陈毅率二十八、二十九团攻克酃县后，在龚楚、杜修经的鼓动下，不执行回援井冈山的决议，另选陈毅为前委代书记，擅自向湘南进军，打下了郴州。

第十六集

占领郴州后，龚楚带领二十九团哄抢商铺，不放警戒哨。范石生部连夜反扑，朱德被迫率部撤出郴州。二十九团大部官兵逃散，只剩肖克一个连编入二十八团。毛泽东得知郴州失利的消息，亲自去湘南迎接朱军长及二十八团。

第十七集

毛泽东、朱德、陈毅率部在桂东县会合后，突遭湘军吴尚部袭击，由林彪掩护，迅速撤离。袁崇全带二营探路途中叛变，参谋长王尔琢不幸牺牲。留守井冈山的一个营凭借黄洋界天险，取得反“会剿”的胜利，红军主力回到井冈山。

第十八集

蒋介石在大肆破坏中共组织，杨先生成为秘密接线人，在陈赓的精密部署下，周恩来、邓颖超先后从莫斯科回到上海。特科加强了保卫工作，李强担负起研究无线电技术的工作。此时红军在井冈山出现了粮食短缺的问题，毛泽东、朱德与战士们一起背粮。

第十九集

彭德怀、滕代远率红五军与红四军会合。蒋介石发动新的"会剿"。毛泽东决定率红军主力下井冈山，出击赣南，开辟新的革命根据地。毛泽东、朱德率红军主力初到赣南，屡次陷入险境。进入大余城，遭追剿军李文彬部猛攻。

第二十集

红军仓促应战，打得很惨烈。在项山圳下村又遭敌人偷袭。在闽粤赣边界的罗福嶂，毛泽东从报纸看到蒋桂战争一触即发，预见我军否极泰来的时机就要到了。周恩来从报纸得知红军主力在赣南受挫，蒋介石要趁机铲除红军，遂代表中央起草"二月来信"。

第二十一集

毛泽东率部发起大柏地伏击战，激战一天一夜，取得红军主力下井冈山以来第一个大胜仗，扭转了被动局面。接着北上东固，与李文林部会师，在赣南站住脚跟。在蒋介石要对共产党采取斩草除根的政策下，杨度却逆流而上，要求加入中国共产党。

第二十二集

蒋桂战争爆发，蒋介石借机抓捕共产党领袖人物。李立三认为发动全面城市起义的时机到了，却被叛徒出卖，险遭不幸。周恩来制止了党内文人对鲁迅先生的围攻，开始文化战线的建设。彭德怀率红五军与红四军会合后又出发回到井冈山重建革命根据地。

第二十三集

周恩来为邓小平送行，并决定把刚刚从俄国回来的刘安恭送到红四军中工作。红四军所到之处，宣传三大纪律八项注意，刘安恭刚到红四军就遇到毛泽东责怪朱德破坏了红军纪律，对毛泽东产生了不满情绪，并以中央代表自居。

第二十四集

毛泽东率红军主力开辟赣南、闽西根据地。在永定湖雷召开的红四军前委会议上，刘安恭发难，毛泽东辞去前委书记一职。毛泽东借给林彪的回信，批评了四军党内存在的错误思想。

第二十五集

红四军七大召开，陈毅当选前委书记，毛泽东以前委特派员名义到闽西指导地方工作。朱德、陈毅到上杭见毛泽东，谈打破敌人“会剿”之策和陈毅到中央汇报问题，毛泽东表示不宜分兵。在周恩来的支持下，杨度终于加入了共产党。

第二十六集

白鑫叛变，彭湃、杨殷等五人被捕。杨先生为营救他们左右周旋。陈赓率特科武力营救却失败了，蒋介石遇刺后更加强了警备。此时，陈毅来到了上海，向中央汇报红四军工作。彭湃等在狱中写信，做好了牺牲的准备。

第二十七集

杨殷、彭湃等英勇就义。陈毅见到了周恩来，阐述了红四军的现状及毛泽东的意见，周恩来很重视这些意见，决定请毛泽东回到四军继续主持工作。毛泽东隐居养病，听说杨殷、彭湃牺牲的消息病情更重了。

第二十八集

朱德主持召开红四军八大，毛泽东病重，坐担架去参加会，但未赶上。周恩来与潘汉年深入到工人中，开班办学，又支持鲁迅成立中国左翼作家联盟，杨匏安、任弼时等人先后被捕。大律师潘震亚为任弼时辩护，慷慨陈词伸张正义。

第二十九集

陈毅回到红四军，将中央“九月来信”送毛泽东阅。毛泽东回到红四军，与陈毅、朱德坦诚交谈，古田会议召开，解决了人民军队建设的根本问题。党的无线电台实验成功，钱壮飞、李克农等潜入了国民党党务调查科。

第三十集

曾志、蔡协民去厦门工作，王明被捕，周恩来设法营救，左翼作家联盟成立，鲁迅成为文化旗帜。中原大战爆发。周恩来到莫斯科汇报工作，李立三推行“左”倾冒险政策，指示红军“夺取中心城市”。

第三十一集

毛泽东、朱德奉命进攻南昌、九江，他们从实际出发，不仅避免了损失，而且红一军团发展壮大，并支援红三军团，红一、红三军团合编为红一方面军。中共六届三中全会批评了李立三的错误。恽代英被捕。

第三十二集

周恩来领导的特科在上海不断与敌人周旋，特科主要负责人顾顺章却意志消沉。中原大战结束后，蒋介石部署重兵围剿红军，任命江西省主席鲁涤平为总指挥。周恩来命特科尽快搞到情报送往苏区战场。

第三十三集

钱壮飞、李克农等在徐恩曾身边潜伏，积极展开情报工作。毛泽东决定采取"诱敌深入"的战略方针，集中兵力粉碎敌人围剿。蒋介石限令围剿部队以"分进合击"于新年前剿灭赣南朱毛红军。在米夫支持下，王明等密谋夺取中共领导权，改组中央。

第三十四集

毛泽东、朱德亲自指挥龙冈战斗，歼灭张辉瓒师一万人，活捉师长张辉瓒。乘胜东进，歼灭谭道源半个师。打破敌人第一次围剿。在米夫的操纵下，中共六届四中全会上把王明选为政治局委员，激化了党内的矛盾。

第三十五集

国民党与叛徒勾结，制造了“东方旅社”案，何孟雄等 23 人被捕，特科设法营救失败，鲁迅笔伐刽子手，王明等人却无动于衷，蒋介石的围剿计划正在进行，陈赓、钱壮飞等设法获取敌人情报。

第三十六集

钱壮飞与李克农合作，巧妙地骗取徐恩曾使用的密码，顾顺章私生活日益堕落，听不进劝告反萌生投敌之念。毛泽东深入实际，分析敌我双方的形势和特点，使项英及中央代表放弃不同意见，决定第二次反围剿坚持“诱敌深入”的战略方针。

第三十七集

蒋介石完成“稳扎稳打，步步为营”的战略计划，发动第二次围剿。针对敌军阵势。毛泽东决定“先打弱敌，由西向东横扫”。顾顺章在武汉被捕叛变。钱壮飞用徐恩曾的密码译出顾顺章叛变后武汉发给徐恩曾的 6 份电报，即派刘杞夫到上海报告周恩来。

第三十八集

收到钱壮飞情报，周恩来、李克农、陈赓立即部署中共机关、人员转移。钱壮飞给徐恩曾留下一封信后从容撤离。顾顺章被押到南京，投降蒋介石，由于他的出卖恽代英惨遭杀害，杨先生被捕，上海中央机关遭到重创。

第三十九集

为创造首战王金钰部的战机，毛朱率部“钻牛角尖”，秘密穿过两敌之间25公里的空隙，又指挥红军由西向东横扫七百余里，打破了国民党军的第二次围剿。周恩来调整部署，情报战线“三杰”胡底、钱壮飞、李克农去苏区，陈赓去天津，潘汉年在上海。

第四十集

蒋介石庐山遇刺，惊魂未定，调集30万军队，并亲自坐镇庐山指挥第三次围剿。由于顾顺章出卖，蔡和森在香港被捕，英勇就义。周恩来为了掩护向忠发安排他住在自己家中，向忠发却违反纪律擅自跑了出去。

第四十一集

向忠发私自出门会见情人，被车行老板出卖被捕，随机叛变投敌，蒋介石命令就地秘密枪毙。周恩来、邓颖超紧急转移。第三次围剿来势凶猛。毛泽东、朱德根据截获敌台电报，掌握敌人动向。采取“避敌主力，打其虚弱，乘胜追击”的作战方针。

第四十二集

毛朱率三万红军指战员日宿夜行，千里大迂回，当蒋介石侦察发现红军已到兴国，即令九个师进逼。红军出其不意，悄悄穿过敌军之间的空隙，在敌人后方寻找战机，粉碎了敌人第三次围剿，黄攻略受伤牺牲，杨匏安等二十多人被捕牺牲。

第四十三集

毛泽东与刘伯坚、袁汉澄接洽，顺利完成第二十六路军起义，改编为红五军团。周恩来到达苏区。是否攻打中心城市的讨论继续在红军中展开，毛泽东却只能以少数服从攻打赣州的决定，无奈到东华山古庙养病。

第四十四集

攻打赣州失败，毛泽东明确阐述“农村包围城市，武装夺取政权”的革命道路。周恩来支持毛泽东攻打漳州。红军指战员斗志昂扬，如猛虎下山，取得漳州大捷，红军首次占领中等城市。由于王明“左”倾教条主义错误，宁都会议上，毛泽东被剥夺了军权，第五次反围剿失败，丢掉了中央苏区和白区阵地，中国革命到了危急关头。

主创人员　演职员表

主创人员

总策划	肖怀远
总出品人	胡占凡　成其圣
总顾问	逄先知　金冲及　王兆海
出品人	罗　明
出品人	万　克
总监制	张子扬　赵鸿友
艺术顾问	李　准　仲呈祥　郑伯农　李硕儒
历史顾问	冯　蕙　黄允升　廖心文　熊华源
艺术总监	王朝柱　黄如论　陈先义
监制	翟振江　韩建群　汪　恒　杨君毅 王　岚　黄智基　申箭峰
策划	孔令泉　黄海涛　申积军　张西甫　关　玮
总制片人	倪祖铭　周亚平
制片人	黄金城　李西平　张　洁　王　浩
责任编辑	纪美娟　王　岩
责任制片	林　威　林　刚　王　跃
编剧	王朝柱

发 行 人	刘 郡 张春林
摄 像	吕杏武 于长江
美术设计	孙吉明 任浩林 张永平 郝文勇
作 曲	邹 野
主 题 歌	廖昌永
化妆造型	王希钟 任宜工
服装设计	张仁春
道具设计	范成波
置景设计	甘辉淼
录 音	邓健如 毛锦玲
剪 辑	张 吉 宛 铮
配音导演	廖 菁
统筹主任	姜世民
主 演	许铂岑 刘 劲 赵 凯 马晓伟 黄俊鹏
联合主演	罗忆楠 黄 薇 郑 萍 李晓枫
	杨俊勇 刘 岳 张 琳 张页石
友情出演	金 鑫 倪祖铭 马 云 林毅杰
导 演	张多福 刘 娟

《寻路》演职员名单

毛泽东——许铂岑 周恩来——刘 劲 朱 德——赵 凯
陈 毅——黄俊鹏 彭德怀——姜 毅 邓颖超——黄 薇
贺子珍——罗忆楠 陈 赓——刘 岳 向忠发——张 琳
瞿秋白——张页石 李立三——杨舒枫 顾顺章——李晓枫
王尔琢——苗 克 李 强——黄继鹏 潘汉年——林毅杰

蔡协民——马　云　宛希先——樊晓洋　谭震林——徐连顺
曾　志——高　原　林　彪——李吉昌　小　龙——周彦呈
罗　迈——孙磊岩　罗亦农——尹君正　王　明——刘宇航
彭　湃——周绪奇　杨先生——任　山　刘　鼎——彭梓洋
杨　殷——边　辉　聂荣臻——于　笑　杨振德——关丹莉
江　华——姜锡涛　任弼时——魏　鹏　李文宜——徐　扬
杨　度——郑天庸　钱壮飞——陈天路　柯　麟——夏　天
滕代远——马　辉　项　英——超　凡　袁文才——李锦程
卢德铭——单阳光　阿张伯——袁之顺　王稼祥——祁子轩
刘安恭——王雅迪　陈　云——李雪枫　阿　妹——赵毓洋
陈独秀——倪祖铭　鲁　迅——陈友旺　郭沫若——金　粮
蒋介石——马晓伟　宋美龄——郑　萍　杜月笙——金　鑫
陈立夫——杨俊勇　徐恩曾——宋乃刚　白　鑫——藏　晋
何应钦——孙学增　陈　浩——金珠佐罗
龚　楚——彭　涛　丽　莎——王卓雅　张　冲——李新华
熊式辉——许　戈　范争波——张春林　白　妻——田　甜
贺稚华——洪乙心　兰普逊——高　林　洛　丁——欧　豹
杨淑珍——丁　玲

参加演出人员

杜星奇　赵新浩　张　恒　乔　阳　晓　东　任　宇
黄　维　崔晓东　纪　帅　孙正林　王骊亚　邹东孝
李槐龙　丁　宁　宋　波　田二喜　胡　彪　赵亚波
李　义　祝　纯　包　克　福　才　任天奇　张志勤
孙鲁江　张雅蓓　任羿鸣　王浩楠　苗　强　郭东岳
刘　学　赵伟淇　曾红生　曲　戈　王　尉　郭　海

钟　山　许立苑　苟　亮　刘洪涛　袁宇龙　任　雨
金　鑫　董　涛　柯广和　于　雷　李　智　张　楷
邹　亮　武　鹏　孟　蔚　于　跃　陈禹同　李　盟
屈　洋　张艺辰　陈立新　韩雪微　赵文明　戴　岩
赵　群　邵　逸　安　子　母静华　张　苗　王　锐
张　琳　陆　煊　刘　芳　余志斌　王帅兵　殷晓红
董　照　刘　峰　万基础　齐　超　叶舒浩　家　洛
肖　剑　邱小春　史东鑫　周文韬　刘长纯　赵洪纪
田　杰　谢　琳　程　枫　张世会　刘运成　丁晓楠
杜　相　刘伯英　佟家琪　李　博　石黎明　李　阳
张小明　阿流沙　周　能　黄文浩　贺　强　杨嗣辰
赵　雍　王　闰　陈兴业　杨　明　江　虹　石　罕
孙明珠　陈　晨　刘景州　王　强　刘飞翔　王　成
曾建国　毕小凡　王　楠　屈　彦　马士允　孙仕贵
刘国强　贾　邱　刘　威　何　麟　季　琴　曾国润
贾继成　向秋卓玛　胡海平　刘　宇　杨中山　熊志文
王清生　朱福州　朱　城　刘志明　杨晓辉　杨　华
任　杰　戈　彬　王　静　蒋　群　牛　豹　姜　馗
曹世平　范　洪　郝文勇　韦道军　刘科金　李金声
尹　陆　肖淑丽　李　博　王庆军　杨俊超　张　晔
胡子聪　王成恭　瞿超凡　陈立捷　陈　辉　王一霖
肖　磊　王雨灏　丁云东　陈亚军　庞海兵　胡世东
李勇强　黄旅川　肖　盼　帅泽东　谢明亮　魏友发
吴　越　郭世杰　袁先捷　张　豹　王晨东　厉学思
刘银龙　谢凯文　吴江平　郭建明　谢起文　王海江
刘汉青　关建盟　常超峰　甘程剑　王　园　刘　宇

周洁起　李振生　刘　鑫　朱　雄　陶　东　陈　勇
胡长瑛　魏国桥　许云起　巴洪江　哈斯苏德　孙凯强
李振兴　贾继成　高　各　金小钧　赵恩全　刘　平
汪一杰　庄晴凯　杨　文　陈　亮　许书建　刘明海
易洪亮　张定章　李辉涛　王　轶　宋永鹏　张华亮
单小磊　陆公粮　张清人　杜　艳　孔繁宇　贺　凤
李家栋　杨洪顺　杨景文　朱成骏　王鹏程　万胜新
郭艳欣　白婧萱　辛华晨　张　宏　陈明明　高俊启
刘兴雷　蔡夏杰　姚　拓　樊　宇　魏　微　李　响
刘正亮　谢　越　刘　建　孙宏洁　赵海鹰　赵　鑫
秦时钺　李　超　郭　义　马　骥　王兆业　陈煜琦
段博文　李　明　朱宝平　张少益　张　颖　金昌福
姜世民　贾长森　刘　涛　黄金城

职　　员
执行导演　陈　强　丁晓楠
副 导 演　王春霞　谢　琳　黄继鹏　姜锡涛　马士允
　　　　　汤　勇
导演助理　苟　亮　孙凯强
场　　记　张　帆　张　彪
掌机摄影　董　栋　余　磊
副 摄 影　刘泽文　周生博　周　帅　李鹏飞　冯玉铭
　　　　　王　振　魏国桥　李振明　张存福　陶　东
　　　　　杨　海　祝金磊　王力飞　王余军　王建武
　　　　　谭　辉　李振中
跟 机 员　黄俊超　李　兵　朱敬允　李红超

副 美 术	迟　旭	李　响	尤　翔	吕红娜	张　薇
	刘笑天	王传军	霍崇华		
照明设计	南基哲	相　博			
照　　明	韩小毛	杨天雷	史相峰	孙小强	靳怀中
	韩大毛	相　沛	张梁林	杨书洋	孙要兵
	王帅宾	王　旦	孙新安	李　科	高凯歌
	李长权	郭　有	老　丁	王颜科	梁盼盼
	李庆河	陈春长	陈　彪	田俊涛	
服装设计	张　晋				
服装组长	刘　涛	苏荣凯	陈兴业		
服 装 员	胡庆珍	赵　茜	裴淑娟	户淑芹	毕忠臣
	王　龙	张永林	刘国强	陈元朋	刘　寒
	顾　宾	阎晓林	贺湛钧	都晓晶	李晓麓
	张二磊	朱秀东	李　聪	付伟亮	史浩吾
	李　博				
化妆组长	唐玉卓	杨　雪	霍玉山		
化 妆 员	郑时光	张威龙	张利多	于雪芳	杨　希
	李　博	苏为娜	贾继成	刘颖博	马月超
	李春海	朱鹏飞	朱勇源	吕小梅	孙　达
	赵　磊				
道具组长	王利彬	朱润军			
道 具 员	张东生	支书新	胡雷雷	杜庆民	王　军
	胡兴泽	任志和	华其利	蒋力涛	曹金波
	刘文学	付伟彪	王　欢	祝学成	周洪录
	王　跃	邹锦云	刘爱华	周军闯	王建坤
	张　川	于　楼	于士杰	王利彬	许云起

置景组长　刘培洪　陈云龙
置 景 员　张继军　张砚刚　霍金水　张　超　张宾强
李金坤　张俊然　付晓伟　陈权刚　王　宗
王仲辉　李法志　王建辉　张继扬　吕振义
王增福　霍荣杉　吴文俊　刘新永　王起亮
霍福军　赵国志　张营水　李法治　杨文志
杨文清　浩　田
烟火设计　魏新才
烟 火 员　仝清波　憨景山　罗　强　魏修果　王清锋
罗　强　刘文元　魏洋洋　魏秀然
枪 械 组　冷　竟　林玉生　张　毅　江　兴　宋成宝
马 术 组　孟　克　刘银龙　厉学思　孙战勇　包路生
哈　斯　郭福亭
动作导演　陈　强
武术特技　刘　学　张　涛　常起峰　刘　宁　张华亮
宋永鹏　单小磊　郑建盟
制片主任　张秀英　贾长森　张春林
现场制片　王　强　江　涛　李元帅
外联制片　李明新　范世刚　王　闰　王高建　舒斯一
仁　杰
制　　片　刘　涛　迟　旭　高红倩　李辛全　万亚方
统　　筹　杨　威　张晓华　杨正成
车辆管理　胡金泉　刘治兴
策　　划　许　凡
片头题字　夏　潮
宣传策划　曹津生　刘桂芳　郭　婷　练曙求　刘兆虎

	刘　超	王　玥	杨春果	郑霏菲	李琳颖
生活制片	殷晓红	彭光功	戴　岩	区　劲	李　青
	王子义				
场　　务	高俊起	何　龙	刘汝飞	宋福泰	李　奕
	杜　罂	郝　亮	温佳辉	杜红波	叶松泉
	王　晶	王大鹏	陈　强	李富强	卫　博
	王海江	刘尊杰	徐佳勇	李振生	陈　闯
	孙　涛	查林勇			
剧　　照	张保安	王晓鹄	满　超		
财务统筹	周　鑫	孙金凤	刘会芹		
剪　　接	刘　琳	梅　楠	樊　婷		
特　　技	陈其华				
音　　响	宋维强	韩登启			
对白录音	李文魁				
配音导演	张　伟				
旁　　白	岳　斌				
作　　词	毛泽东				
演　　唱	廖昌永				
演　　奏	中国爱乐乐团				
音乐录音	张正地				
二胡独奏	王晓南				
车辆驾驶	何卫军	韩俊来	徐华夏	陆义新	陆公梁
	巴洪昆	张忠敏	苏成秋	宋国庆	刘殿国
	张清才	李国体	郭立新	王作勇	王绍利
	张水利	卜尔新	李金生	孙仕贵	高　各
	向海军	张志强	葛占永	宗金城	史东鑫

祝金磊	李建国	李景松	王建勇	巴红江
韩战会	杜影超	杨立超	葛战勇	张志强
张守雁	曹　新	宋树森	祝为超	张战伟
杜　鸣	王　翔	朱永红	张韩平	宗金城
范道峰	苏　建	韦道军	孙仕贵	李瑞红

特别支持：

中共宁河县委、县人民政府
韩克胜－雕塑工作室

鸣谢单位：

福州贵安新天地
宁波杭州湾世纪城
世纪金源香山商旅酒店
天津市房地产开发经营集团有限公司
奉化市溪口旅游集团有限公司
浙江象山影视城
江西吉安影视艺术学校
吉安文武学校
台州国际文武学校
瑞金市职业中等专业学校
中国历史文化名村4A级景区——渼陂古村
天津市利顺德大饭店豪华精选酒店
天津应大投资集团有限公司
天津市美华酒店
宁河水木年华传媒公司
七里海国家湿地公园
武警部队江西总队吉安支队

武警部队江西总队赣州支队
上海市公安局
上海市司法局
上海政法学院
上海市公安局松江分局
辽宁调兵山铁煤蒸汽机车博物馆

视频支持：鼎盛佳作（北京）文化传媒有限公司
独家网络支持：新浪娱乐
网络支持：北方网
平面媒体支持：今晚报
视频网站独占播映：乐视网
互联网电视独占播映：乐视 TV　3D 云视频智能机
法律顾问：天津坤德律师事务所

本片音像制品由广州优乐文化传播有限公司总经销

独家鸣谢：

世纪金源投资集团有限公司

联合摄制：

中央电视台电视剧管理中心
天津电视艺术发展有限公司
深圳泛亚中视文化传媒有限公司

联合出品：

中共天津市委宣传部
中央电视台
天津广播电视台

制作许可证：甲（第）060 号

电视剧《寻路》主题歌词

——毛泽东诗词《采桑子·重阳》

作曲 邹 野

人生易老天难老，
岁岁重阳，
今又重阳，
战地黄花分外香。

一年一度秋风劲，
不似春光，
胜似春光，
寥廓江天万里霜。